King of London

Louise Bay schreibt Romane, wie sie sie selbst gern liest: sexy und romantisch. Die USA-TODAY-Bestseller-Autorin lebt in London und liebt neben Tagen ohne Make-up vor allem ihre Freunde, Elefanten und Champagner. Weitere Informationen unter: louisebay.com

Louise Bay

King of London

Roman

Ins Deutsche übertragen von
Anja Mehrmann

Weltbild

Die Originalausgabe erschien 2018 unter dem Titel *The Ruthless Gentleman.*

MIX
Papier | Fördert gute Waldnutzung
FSC® C083411

Besuchen Sie uns im Internet:
www.weltbild.de

Genehmigte Lizenzausgabe für Weltbild GmbH & Co. KG,
Ohmstraße 8a, 86199 Augsburg

Übersetzung: Anja Mehrmann
Umschlaggestaltung: Atelier Seidel – Verlagsgrafik, Teising
Umschlagmotiv: www.shutterstock.com (© kiuikson; Amry979)
Satz: Datagroup int. SRL, Timisoara
Druck und Bindung: CPI Moravia Books s.r.o., Pohorelice
Printed in the EU
ISBN 978-3-98507-816-5

1. Kapitel

Hayden

Wenn eine Krise droht, gibt es im Geschäftsleben zwei Sorten von Menschen: diejenigen, die behaupten, sie würden sich niemals kampflos geschlagen geben, und diejenigen, die die Möglichkeit eines Scheiterns von vornherein ausschließen. Ich gehörte eindeutig zur zweiten Kategorie.

Ich hatte mir meinen Ruf auf andere Art erarbeitet als viele Geschäftsleute in der City, dem Banken- und Finanzviertel von London. Anstatt mich auf familiäre Verbindungen zu verlassen oder bei einem Drink alte Freunde vom Internat zu beeindrucken, konzentrierte ich mich auf Zahlen. Ich bedachte jedes Detail und traf clevere Entscheidungen. Es gefiel mir, Geld zu verdienen. Viel Geld. Und ich dachte nicht daran, diese Tatsache in die Welt hinauszuposaunen.

Im Lauf der vergangenen zehn Jahre hatte ich Wolf Enterprises von einem Start-up-Unternehmen in einer besseren Abstellkammer am Stadtrand von London zu einer der größten Firmengruppen Europas gemacht. Ich war für Zehntausende Jobs und eine milliardenschwere Bilanz verantwortlich. Ein Jahrzehnt lang hatte ein Erfolg den anderen gejagt, aber in den zurückliegenden zwölf Monaten hatte sich etwas verändert. Ich war bei wichtigen Verkäufen leer ausgegangen, bei Vertragsabschlüssen unterboten und bei manchen Angeboten von vornherein übergangen worden. Mein Imperium schwankte.

Ich würde nicht zulassen, dass es zusammenbrach.

Ich musste lediglich meine Investoren bei einem Lunch davon überzeugen, dass ich das Steuer wieder herumreißen konnte.

Als ich den Eingang des Restaurants erreicht hatte, entdeckte ich Steven und Gordon am anderen Ende des Raums. Ich blickte auf die Uhr. Ich war auf die Minute pünktlich, was bedeutete, dass die beiden zu früh gekommen waren. Ein schlechtes Zeichen, denn normalerweise ließen sie die Leute gern warten. Sie meinten es ernst.

Aber das tat ich auch.

Die Kellnerin führte mich zu dem Tisch hinten im Lokal, und ich nahm den beiden gegenüber Platz. Diese Typen überließen nichts dem Zufall: ein Mittagessen in der Öffentlichkeit anstatt eines privaten Treffens. Zu früh kommen. Sofort Platz nehmen, um den Eindruck zu erwecken, dass zwei gegen einen gespielt wurde – all das war sorgfältig inszeniert, sollte eine Botschaft übermitteln, bevor überhaupt ein Wort gesprochen wurde.

»Gordon, Steven, freut mich, Sie zu sehen« , sagte ich und begrüßte zuerst Gordon, den älteren der beiden. Ich kannte die Hackordnung. Im Geschäftsleben spielen die kleinen Dinge oftmals die größte Rolle.

»Ich liebe die Aussicht hier«, sagte Gordon und eröffnete das Gespräch mit einer zwanglosen und doch leicht respektlos wirkenden Bemerkung, denn er hatte sich nicht einmal die Mühe gemacht, mich zu begrüßen.

Ich blickte aus dem Fenster. Diese Quadratmeile im Osten Londons, allgemein als »die City« bekannt, war eines der ältesten Viertel der Hauptstadt, und in ihm ballten sich die größten Banken, Versicherer und Investmenthäuser des Landes. Die City galt als der finanzielle Dreh- und Angelpunkt Europas; dort waren die Anzüge todschick, der Verstand messerscharf.

In diesen Straßen regierte das Geld, und in den Augen dieser beiden Männer hatte ich zu wenig davon verdient.

Das wollten sie mir klarmachen.

Als wäre das nötig.

»Von hier oben haben Sie all Ihre Investitionen im Blick«, sagte ich und deutete mit dem Kinn auf die Aussicht.

Gordon lächelte, musterte mich dabei jedoch durchdringend. »In der Tat«, sagte er.

Sie glaubten, sie könnten mich aus dem Hinterhalt überfallen, aber ich war hervorragend vorbereitet. »Es wird Zeit, dass ich Sie bei einigen Dingen auf den neuesten Stand bringe.«

»Es heißt, Sie haben den Lombard-Deal verloren«, sagte Steven.

Nun war es so weit. Keine Nettigkeiten mehr. Die Schwerter waren gezogen.

Es wäre sinnlos gewesen, Steven zu fragen, woher er das wusste. Ich hatte die beiden unter anderem deshalb als Investoren ausgewählt, weil sie zu den bestvernetzten Leuten in der City gehörten.

Ich lehnte mich auf dem Stuhl zurück und sagte: »Gestern Nacht habe ich erfahren, dass wir überboten wurden und ein anderer Käufer den Zuschlag erhalten hat.«

Schweigend warteten Steven und Gordon darauf, dass ich die Lücken füllte.

»Wissen Sie, wer Sie überboten hat?«, fragte Steven schließlich.

»Ja, Cannon.« Meine Miene blieb ausdruckslos, obwohl meine Hände vor Frustration zuckten. Am liebsten hätte ich die Fäuste geballt und auf etwas eingeschlagen. Heftig. Immer wieder. Verdammter James Cannon. Die letzten vier Unternehmen, die ich hatte übernehmen wollen, hatte ich an ihn verloren.

»Das ist die vierte Übernahme nacheinander, bei der Sie gescheitert sind« , sagte Steven. »Wir finden, Sie haben ganz schön nachgelassen.«

Der Vorwurf war berechtigt. Ich hatte als Geschäftsmann Karriere gemacht, indem ich kleine, zu niedrig bewertete Unternehmen entdeckt, aufgekauft und ihren Wert innerhalb von drei bis fünf Jahren verdreifacht hatte, um sie dann weiterzuverkaufen. Und das tat ich noch immer, allerdings überbot mich Cannon inzwischen bei jeder Firma, die ich ins Visier genommen hatte.

»Haben Sie sich bei denen Feinde gemacht?«, fragte Steven. »Es scheint ja etwas Persönliches zu sein.«

»Nein, an Verschwörungstheorien glaube ich nicht«, entgegnete ich. »Wenn man ganz oben ist, dient man automatisch als Zielscheibe.« Scheinbar gleichmütig zuckte ich mit den Schultern, obwohl ich wusste, dass es im Fall von Cannon tatsächlich um etwas Persönliches ging.

»Wie dem auch sei, Sie müssen herausfinden, was vor sich geht. Wir haben in Sie investiert, weil Sie bislang ein gutes Geschäft nicht nur erkennen, sondern es auch unter Dach und Fach bringen konnten«, erklärte Steven.

»Für mich ist das genauso frustrierend wie für Sie«, antwortete ich und vermied es, den Fehdehandschuh aufzunehmen.

»Frustrierend? Diese Geschichte ist nicht frustrierend, sondern es geht ganz konkret um geplatzte Deals«, fuhr Steven fort. »Verlierer zu unterstützen fällt nicht in unseren Zuständigkeitsbereich.«

»Und meiner erstreckt sich nicht aufs Verlieren, darum habe ich mich um größere und bessere Deals gekümmert.«

Gordon räusperte sich. Er war absolut *oldschool,* von den gestickten Monogrammen auf den Hemdmanschetten bis zu dem Anwesen auf dem Land, das seiner Familie seit fünf Generationen gehörte. Er erhob nie die Stimme und ließ sich in der Öffentlichkeit niemals auf eine Auseinandersetzung ein. Er war derjenige, der hier das Sagen hatte.

»Wir möchten gern wissen, wie wir Ihnen helfen können«, erklärte Gordon. »Wir glauben, dass Sie in Ihrem Job hervorragend sind, und wir wollen Sie gern wieder ganz oben sehen.«

Obwohl Gordon mitfühlend und freundlich klang, überbrachte er mir dieselbe Botschaft wie zuvor schon Steven, nur tat er es auf völlig andere Art und Weise. Unsere Beziehung stand auf Messers Schneide.

Wenn Steven und Gordon jetzt gingen, wäre das eine klare Botschaft an die City – Hayden Wolf war ein lebender Toter. Meine Tage als erfolgreicher Geschäftsmann wären gezählt, und das Unternehmen, dass ich meinem Vater zu Ehren aufgebaut hatte, würde zerfallen.

Ich versuchte, ruhig zu wirken, obwohl das Adrenalin durch meine Adern rauschte. »Ich bin Geschäftsmann, aber ich kaufe nicht einfach, um zu kaufen. Cannon mag im Augenblick für Schlagzeilen sorgen, aber sie geben zu viel Geld für Übernahmen aus.« Wenn ihre Strategie darin bestand, mich zu schlagen, dann funktionierte das zwar, aber es geschah auf Kosten ihres eigenen Unternehmens. Um mich fertigzumachen, zahlten sie zu viel für Firmen, die zu wenig wert waren.

Gordon nickte. »Ich mache mir keine Sorgen um Cannons Profit oder Geschäftsgebaren. Ich mache mir Sorgen um Sie.«

»Wolf Enterprises ist nach wie vor auf Kurs«, sagte ich, um keine Schwäche zu zeigen. »Und meine nächste Übernahme wird Sie die vergangenen zwölf Monate vergessen lassen.«

Stille senkte sich über unseren Tisch, als die Kellnerin mit Drinks für Gordon und Steven auftauchte und wieder verschwand.

»Um das letzte Jahr auszugleichen, brauchen Sie einen größeren Deal als je zuvor«, stellte Steven fest.

»Das stimmt«, bestätigte ich.

»Und wir sollen Ihnen glauben, dass Sie nach einem Jahr größter Verluste alles mit einem einzigen Abschluss umdrehen können? Mit einem Deal, der jeden übertrifft, den Sie je zuvor getätigt haben?«

»Er wird nicht nur *einen* vorherigen Erfolg übertreffen«, korrigierte ich Steven, sah dabei aber Gordon in die Augen. »Sondern alle zusammen.«

Steven lachte mich unverblümt aus, Gordon jedoch verstummte und betrachtete mich mit demselben Blick wie an dem Tag, an dem er beschlossen hatte, in einen unbekannten jungen Burschen ohne Referenzen zu investieren, der nichts zu verlieren hatte.

»Sie glauben also, dass sie sich mit Phoenix aus der Asche

erheben werden?«, fragte er und musterte mich aus schmalen Augen.

Ich hielt seinem Blick stand. »Genau«, sagte ich. Spiel, Satz und Sieg für mich. Phoenix hatte Jahrzehnte voller Erfolge hinter sich, es war der Juwel in der Finanzkrone der City. Bei unserem ersten Treffen zehn Jahre zuvor hatte ich Gordon versprochen, dass dieses Unternehmen mir eines Tages gehören würde. Er hatte nur gelacht, aber mir war es schon damals ernst damit gewesen, und nun würde ich mein Versprechen halten und Phoenix aufkaufen.

»Das darf auf keinen Fall publik werden«, sagte Gordon. Seine Stimme war kaum lauter als ein Flüstern. »Sobald die Nachricht, dass sie verkaufen wollen, an die Öffentlichkeit gelangt, wird ein Chaos losbrechen, ein Bieterkrieg, wie ihn die Welt noch nicht gesehen hat.«

»Das glaube ich auch«, sagte ich und beobachtete, wie Steven zu begreifen versuchte, wovon wir sprachen.

»Cannon hat es auf Wolf Enterprises abgesehen. Sie lassen Sie einen Deal klarmachen, und dann funken sie in letzter Minute dazwischen und überbieten Sie. Aber von irgendwem müssen sie diese Informationen ja haben«, sagte Gordon.

Seitdem der Lombard-Deal geplatzt war, dachte ich kaum noch an etwas anderes. Wie hatte Cannon mir diesen Abschluss vor der Nase wegschnappen können? Ich hatte nur wenigen Menschen, die noch dazu eng miteinander verbunden waren, von dem Deal erzählt. Alle Berater hatten wasserdichte Geheimhaltungsverträge unterschrieben. Ich war mir absolut sicher gewesen, das Geschäft bereits in der Tasche zu haben.

»Wirtschaftsspionage?«, fragte Steven.

Wahrscheinlich, obwohl ich das nur ungern zugab. Als der erste Deal geplatzt war, hatte ich das noch als unwichtig abgetan. Beim zweiten hatte ich meine Finanzberater gewechselt. Und beim dritten Mal und jetzt bei Lombard? Nachdem sie mir den dritten Deal vor der Nase weggeschnappt hatten, hatte ich dafür gesorgt, dass nur ein vertrauenswürdiges Viererteam – meine Assistentin eingeschlossen – von Lombard erfuhr. Was bedeutete, dass das Leck sich in meinem eigenen Büro befinden musste.

Der Gedanke machte mich krank.

Ich hatte mein Team selbst zusammengestellt. Jeder einzelne meiner Mitarbeiter hatte sich mein Vertrauen verdient, und ich vertraute nie jemandem leichtfertig.

Wenn ich weiterhin Geheimhaltung gewährleisten wollte, würde ich mich noch stärker isolieren müssen. Damit das funktionierte, durfte ich niemandem mehr vertrauen, musste von vornherein jeden verdächtigen. Mein Unternehmen, mein Ruf, alles, was ich im vergangenen Jahrzehnt so mühsam aufgebaut hatte, stand auf dem Spiel.

»Wenn ich diesen Abschluss rasch und ohne Aufsehen über die Bühne bringen will, muss ich verschwinden. Niemand darf erfahren, dass ich überhaupt an einem Deal arbeite. Wenn ich mich das nächste Mal an Sie wende, dann mit der Bitte um Finanzierung.«

»Verschwinden?«, fragte Gordon.

»Ein ausgedehnter Arbeitsurlaub. Vorzugsweise im Ausland. Meinetwegen können die Geier ruhig glauben, dass ich abgehauen bin, um nach dem letzten geplatzten Deal meine Wunden zu lecken.« Sollte Cannon sich doch einbilden, dass ich am Boden lag.

»Ich weiß, wie viel Ihnen dieses Geschäft bedeutet«, sagte Gordon, während Steven sich vorbeugte. »Und ich möchte, dass Sie erfolgreich sind. Tun Sie alles, was dafür nötig ist.«

»Ich bin bereit«, sagte ich und nickte.

»Sorgen Sie dafür, dass es funktioniert, Hayden.« Gordon erhob sich. »Denn wenn es nicht funktioniert, wird es das Ende von Wolf Enterprises bedeuten.«

2. Kapitel

Avery

Ich hatte einen heftigen Kater. Als Chefstewardess auf einer Superjacht war ich es gewöhnt, lächelnd mit jeder Zumutung fertigzuwerden, darum sah es für Außenstehende so aus, als wäre alles mit mir in Ordnung. Mein Make-up war perfekt, die langen, braunen Haare hatte ich zu einem glänzenden Pferdeschwanz zusammengebunden. Mein rebellierender Magen und die pochenden Kopfschmerzen sagten allerdings etwas anderes.

»Eigentlich erstaunlich, dass du uns daran hindern konntest, den ganzen Laden zu verwüsten«, sagte Leslie, ein Mitglied der Crew. Sie tauchte hinter mir auf, als wir den Hauptsalon der Jacht betrachteten, die in den vergangenen fünf Monaten unser Zuhause gewesen war. Die dunklen Ringe unter Leslies Augen, ihre zerknitterte Kleidung und die Art, wie sie sich ständig an die Stirn fasste, verrieten das Ausmaß unseres Alkoholkonsums am Abend zuvor. Wir hatten den letzten Gast verabschiedet und bereits zu trinken angefangen, als wir alles auf Vordermann brachten. Allerdings mochte unsere Gründlichkeit unter all dem Wein ein wenig gelitten haben.

»Unsere Arbeit soll schließlich nicht umsonst gewesen sein«, antwortete ich. Irgendwann hatten wir an Land weitergefeiert, und als wir wieder an Bord gegangen waren, hatte ich die Crew aufgefordert, in der Messe zu bleiben. Ich wusste, wie es war, auf einer Jacht anzukommen, auf der das Chaos herrschte. Dieses Erlebnis wollte ich der nächsten Chartercrew gern ersparen und mit reinem Gewissen nach Kalifornien zurückkehren, nach Hause.

Ich konnte es kaum erwarten, endlich einen ganzen Monat freizuhaben, denn an das letzte Mal erinnerte ich mich kaum noch. Dreißig Tage, um mit meinem Bruder und meinem Dad zusammen zu sein und alte Freunde zu treffen. Ich hatte keine Ahnung, wie ich diese fünfmonatige Karibiksaison durchgestanden hatte. Der Winter war hart gewesen, und die erste Woche in Sacramento würde ich vermutlich einfach durchschlafen.

»Avery, Avery, hier spricht der Captain«, schallte es aus meinem Funkgerät. Ich verdrehte die Augen. »Was will der denn von mir?«, sagte ich und blickte auf die Uhr. »Ich habe schon Feierabend.«

Die Saison in der Karibik war offiziell vorbei, und mein Flieger würde nicht auf mich warten. Aber ob im Dienst oder nicht – wenn der Captain mich anfunkte, meldete ich mich stets. Manche Kapitäne waren geborene Arschlöcher. Auf Captain Moss traf das nicht zu. Er war streng, aber fair, und ich konnte mir vorstellen, dass er dreißig Jahre zuvor, ehe das Wetter und sein Job ihren Tribut gefordert hatten, sehr attraktiv gewesen war.

Ich löste das Funkgerät von meiner Taille und drückte auf den Knopf. »Captain, hier spricht Avery.«

»Bitte zum Ruderhaus kommen.«

Ich ließ die Schultern sinken. Mein ganzer Körper kribbelte vor Verlangen, endlich dieses Schiff zu verlassen. Nach fünf Monaten auf diesem Ding war ich fix und fertig.

»Roger, Sir.«

Ich drehte mich zu Leslie, und wir umarmten uns. »Wir sehen uns in Frankreich.«

»Oder Italien.«

In Italien lagen einige meiner liebsten Hafenstädte – es war dort ruhiger als in Südfrankreich, und die Leute waren entspannter. Und natürlich gab es Pasta. »Ja, hoffentlich in Italien.« Wenn der Vertrag auf dem bisherigen Schiff nicht verlängert wurde, ließ sich die nächste Saison zwar kaum im Voraus planen, aber ich konnte immerhin auf eine hoffen, in der ich *viel* von Italien sehen würde. Und wenn es nur vom Wasser aus war.

Ich löste mich von Leslie und machte mich auf den Weg zum Ruderhaus, von dem aus der Kapitän das Schiff steuerte, Befehle erteilte und dafür sorgte, dass wir alle am Leben blieben, solange wir uns an Bord aufhielten.

»Avery, kommen Sie rein«, sagte er, als ich anklopfte. »Nehmen Sie Platz.«

Ich setzte mich auf einen der beiden Stühle, die auf dem Boden festgeschraubt waren. »Sie hatten eine gute Saison«, sagte er, während er mir gegenüber Platz nahm.

»Danke sehr, Sir.«

»Ich stelle gerade die Besatzung für die Mittelmeersaison zusammen, und ich möchte gern, dass Sie die erste Stewardess sind.«

»Ich fühle mich geschmeichelt. Welche Jacht?«

»Die *Athena* – vor zwei Jahren auf dem Trockendock instand gesetzt. Eine 47-Meter-Jacht. Ich habe bereits eine Saison auf ihr verbracht; es ist ein schönes Schiff.« Als spürte er, dass er mir das Angebot versüßen musste, fügte er hinzu: »Sie würden eine eigene Kabine bekommen.«

Ich runzelte die Stirn. »Tatsächlich?« Privatsphäre für die Besatzung einer Jacht, das war ungefähr so selten wie ein weißer Rabe.

Er lächelte. »Himmlisch, nicht wahr? Und das Grundgehalt ist gut – vierzig Prozent mehr als das, was Sie in der zurückliegenden Saison bekommen haben.«

»Im Ernst?« Die Gehälter für Chefstewardessen waren mehr oder weniger festgelegt und beruhten weitgehend auf der Größe der Jacht. »Wie kommt's?«

Er zuckte mit den Schultern. »Die Anfrage kam vom Eigentümer der Jacht. Er hat jedes einzelne Besatzungsmitglied persönlich ausgewählt und ist bereit, gut zu zahlen, um seinen Willen zu bekommen.«

Ich hatte keine Ahnung, wo der Eigentümer auch nur meinen Namen gehört haben sollte. Normalerweise heuerten sie einfach einen Kapitän an und überließen es ihm, den Rest der Besatzung auszusuchen. »Vierzig Prozent mehr? Wo ist der Haken?« Es musste einen Grund dafür geben, dass der Jachtbesitzer so viel zahlte.

»Nun, die erste Reise der Saison ist lang, acht Wochen. Es wird also in den nächsten zwei Monaten kaum Freizeit geben. Ich glaube, er versucht, uns die bittere Pille ein wenig zu versüßen.«

Normalerweise hatte die Besatzung in der fünfmonatigen Saison zwischen zwei Charterreisen ein paar Tage frei, um ein bisschen abzuschalten und sich neu zu formieren. An diesen Tagen schlief ich immer wie eine Tote. Acht Wochen waren lang, wenn es keine Tage ohne Gäste gab. Aber eine Erhöhung um vierzig Prozent war bedenkenswert. Meine Ersparnisse waren so weit geschrumpft, dass sie praktisch nicht mehr existierten, und ich hatte vergessen, wann ich mir zuletzt neue Sandalen oder ein neues Outfit gekauft hatte. Ich schickte all mein Geld nach Hause, und trotzdem reichte es dort nur knapp zum Leben. Mehr Geld würde es mir erlauben, etwas für Notfälle zurückzulegen und bei Zara vorbeizuschauen, um meine Garderobe um ein paar Teile zu erweitern.

»Aber der Vorteil bei der Sache ist, dass es nur einen Gast gibt.«

»Wirklich?« Das klang zu gut, um wahr zu sein. »Auf einer 47-Meter-Jacht? Die muss doch mindestens sechs Kabinen haben.«

»Jep. Das Schiff bietet Platz für zwölf Personen.«

Ich runzelte die Stirn. »Das ergibt keinen Sinn.«

»Der Gast ist offensichtlich auf Geheimhaltung bedacht. Er will Arbeitsurlaub machen.« Captain Moss zuckte mit den Schultern. »Vielleicht bekommt er ja Besuch, wenn er sich erst mal eingewöhnt hat.«

»Und wie viele Stewardessen gibt es?« Vielleicht landete ich mit dieser Charterreise ja einen Volltreffer. »Nur mich?«

»Sie bekommen zwei Kräfte. Die Besatzung bleibt also gleich, obwohl es nur einen Passagier gibt. Aber wenn jemand ausfällt, wegen Krankheit oder Unfähigkeit, gibt es keinen Ersatz. Er hat uns checken lassen.«

Das war zwar unüblich, aber Hintergrundprüfungen kamen durchaus vor. »Ist das ein Promi, der eine Detoxkur macht oder so?«

»Ich habe keine Ahnung. Man hat mir außerdem mitgeteilt, dass wir weder erfahren werden, um wen es sich handelt, noch welche Präferenzen der Gast beim Essen und Trinken hat.«

Der einzige Grund, warum ein Gast eine Charterreise buchte, bestand darin, dass all seine Marotten berücksichtigt wurden. Wenn wir aber nicht einmal wussten, was dieser Typ gern aß und trank, wie sollten wir ihn dann zufriedenstellen?

»Ist er Russe?« Es klang, als wäre der Knabe komplett paranoid. Reiche Russen waren immer paranoid und das nicht ohne Grund. Eine Freundin von mir hatte ein paar Monate auf Boris Kasanovs *Sunset* gearbeitet. Sie hatte geglaubt, es sei glamourös, auf der drittgrößten Jacht der Welt zu arbeiten, aber stattdessen hatte es dort offenbar vor finster dreinblickenden Ex-FSB-Agenten gewimmelt, die damit rechneten, jeden Augenblick jemanden niederschießen zu müssen. Sie war gegangen, nachdem jemand versehentlich einem Besatzungsmitglied ins Bein geschossen und man ihr befohlen hatte, entweder darüber hinwegzusehen oder zu kündigen. Sie hatte gekündigt.

»Nein, ein Brite. Wenn ich es richtig verstanden habe, ist die Privatsphäre des Gastes wichtiger als jede Überlegung, was wir zum Dinner servieren. Mir ist nur gesagt worden, dass Geheimhaltung höchste Priorität hat, und eins ist klar: Wenn seine Forderungen nicht vollständig erfüllt werden, wird er die Jacht verlassen, und wir werden mit tödlicher Sicherheit kein Trinkgeld bekommen.«

Das Letzte, was wir wollten, war ein Gast, der auf einer achtwöchigen Charterreise das Schiff vorzeitig verließ – *Last-Minute*-Buchungen waren selten. Nicht mal eine vierzigprozentige Gehaltserhöhung würde das fehlende Trinkgeld ersetzen können. Es war ein Spiel, aber eins, bei dem ich durch großartigen Service die Chancen zu unseren Gunsten beeinflussen konnte.

»Sie wissen ja, wie solche Gäste sind. Wenn er erst an Bord ist, stellt er mit Sicherheit weitere Forderungen, und ich glaube, wir können davon ausgehen, dass der Kerl ziemlich wählerisch ist«, fuhr Captain Moss fort. »Es wird hart, aber die Bezahlung ist gut. Wir bringen einfach rasch in Erfahrung, was ihm gefällt, und stellen uns darauf ein. Sie sind schon mit viel Schlimmerem fertiggeworden, da bin ich mir sicher.«

Die Bedingungen kamen mir merkwürdig vor, waren aber nicht sonderlich schwer zu erfüllen. Irgendwo musste es einen weiteren Haken geben. Nie zuvor hatte ich kostenloses Mittagessen bekommen. Nicht einmal eine Speisekarte hatte uns zur Verfügung gestanden.

»Eine letzte Sache wäre da noch.«

Ich hatte gewusst, dass noch etwas kommen würde. So war es immer.

»Wir müssen in drei Tagen in Saint-Tropez sein.«

Ich stöhnte. Es war so verdammt typisch. Das konnte ich auf keinen Fall schaffen, also schüttelte ich den Kopf und sagte: »Mein Flug nach Sacramento geht heute Abend.«

»Sie wollen für ein bisschen Freizeit eine Saison mit eigener Kabine und vierzig Prozent mehr Gehalt ablehnen?«

Ich war nicht einfach nur müde. Vor allem wollte ich meine Familie sehen, ein bisschen Zeit mit meinem Bruder und meinem Dad verbringen. Ich hasste es, dass ich den Großteil des Jahres weit von ihnen entfernt verbringen musste. Wenn ich auf einer Jacht in Kalifornien genauso viel verdienen könnte, wäre ich auf jeden Fall zu Hause geblieben. So glamourös es auch klang, Segeln war harte Arbeit, und mir ging es dabei ausschließlich um das Geld.

Und genau darum war dieses Angebot so verlockend.

»Die Sonne in Europa wird Sie neu beleben. Und nicht vergessen: Zusätzlich zum Gehalt bekommen Sie Trinkgeld. Und Sie wissen doch: Wenn ein Gast sich die Mühe macht, unseren Background zu überprüfen, dann ist das Trinkgeld wahrscheinlich gut.«

Ich seufzte. Die Reise versprach, viel zusätzliches Geld einzubringen. »Ich muss erst mit meinem Dad reden.« Tatsache war, dass sich auch mein Vater auf eine Pause freuen würde. Ich kümmerte mich um reiche, anspruchsvolle Gäste, aber er verbrachte seine Zeit damit, sich um meinen fünfundzwanzigjährigen behinderten Bruder zu kümmern. Für meinen Vater gab es kein Entkommen, keine freien Tage, dabei wurde er für seine Arbeit nicht einmal bezahlt.

»Ich brauche Ihre Antwort noch heute. Das wird zweifellos eine herausfordernde Aufgabe, aber wenn jemand schnell reagieren und die seltsamsten Wünsche erfüllen kann, dann Sie.« Captain Moss stand auf, das Gespräch war beendet, und jetzt musste ich meine Entscheidung treffen.

»Danke. Ich rufe meinen Vater sofort an.«

Ich entschuldigte mich und ging zu den Schlafkabinen. Eine Erhöhung um vierzig Prozent und eine eigene Kabine hätten mich normalerweise dazu gebracht, den Champagner wieder auszuspucken, hätte ich welchen getrunken, aber die vergangenen fünf Monate der Karibiksaison hatten ihren Tribut gefordert. Ich hatte mich so sehr auf eine Pause gefreut, und bereits bei der Vorstellung, direkt die nächste fünfmonatige Reise anzutreten, noch dazu die ersten acht Wochen ohne einen einzigen freien Tag, fühlte ich mich vollkommen erschöpft.

Ich nahm mein Handy vom Nachttisch, legte mich aufs Bett und wählte die Nummer meines Vaters.

Es hörte auf zu klingeln, aber niemand meldete sich. »Dad, hier ist Avery«, sagte ich. »Hörst du mich?«

»Ja, Liebes, mir ist nur der Apparat runtergefallen.« Er klang atemlos.

»Bist du gerannt?«

»Nein, ich komme gerade aus der Küche.«

In meiner Herzgegend zog sich etwas zusammen. Dieser Mann hatte mich früher in die Luft geworfen wie einen Fußball, und jetzt kam er außer Atem, wenn er von der Küche ins Wohnzimmer ging. Wie lange würde er sich noch um meinen Bruder kümmern können?

»Wie ist die Lage in Sacramento?« Er hasste es, wenn ich Aufhebens um ihn machte, und er hätte einen Anfall bekommen, hätte er gewusst, wie schwer es für mich war, ihn jeden Tag anzurufen, weil unsere Schichten so lang und die Gäste so anspruchsvoll waren. Aber wenn ich seine Stimme hörte, kam es mir nicht mehr so vor, als hätte ich ihn im Stich gelassen.

»Nicht so sonnig wie in Florida.«

Trotz seiner siebenundsechzig Jahre war mein Vater noch nicht in Rente gegangen – die Arztrechnungen für meinen Bruder machten das unmöglich –, aber seitdem ich einen großen Teil der Ausgaben übernommen hatte, arbeitete er Teilzeit und hatte freitags immer frei. »Habe ich dich geweckt?«

»Nein, wir frühstücken gerade.«

Ich lächelte, als ich mir die beiden am Küchentisch vorstellte. Direkt nach dem Unfall hatte Michael seine Arme nicht bewegen können und musste gefüttert werden, aber nach einiger Zeit und viel Krankengymnastik hatte er oberhalb der Taille große Fortschritte gemacht, obwohl er immer noch nicht gehen konnte.

»Habt ihr gestern etwas Nettes unternommen?«, fragte ich.

»Wir haben uns ausgeruht und das Spiel angesehen.«

Ich schüttelte den Kopf und lächelte. Wenn er Baseball-, Hockey- oder Footballspiele verfolgte – und nur dann –, begannen die Augen meines Bruders wieder zu leuchten wie früher.

»Habt ihr euch Pizza bestellt?«, fragte ich.

»Selbstverständlich haben wir das.«

Ich verdrehte die Augen. Natürlich, ich hätte es wissen müssen. »Daddy, du musst versuchen, gesund zu bleiben.« Wenn ich zu Hause war, liebte ich es, für die beiden zu kochen. Dinge wie Lebensmittel einkaufen, Suppe kochen, ja, sogar Sportsendungen im Kreis der Familie waren zu etwas Besonderem geworden, etwas, wonach ich mich sehnte, wenn ich auf See und weit weg von zu Hause war.

»Ach was, ich bin stark wie ein Ochse«, entgegnete mein Vater.

Ich lächelte, als ich ihn vor meinem geistigen Auge aufrecht und mit gereckter Brust dastehen sah. »Ich will ja nur, dass es auch so bleibt.«

»Hör auf, so ein Aufhebens um mich zu machen. Wir Walkers kommen schon klar. Erzähl mir lieber, was bei dir so los ist. Wie viele reiche, verwöhnte Hintern hast du heute wieder abgewischt?«

Ich lachte. »Die Gäste sind gestern alle abgereist.«

»Wie schön, dann gehst du also auf Sightseeing-Tour oder legst dich ein bisschen in die Sonne, ehe du nach Hause kommst?«

»Ja, so ähnlich. Ist die Physiotherapeutin gestern dagewesen?« Dreimal in der Woche kam jemand zu uns nach Hause, um mit Michael zu arbeiten.

»Klar, sie war hier. Michael hat die Muskeln in seinen Beinen schon sehr gut aufgebaut – die Gewichte sind sehr hilfreich«, sagte Dad, seufzte aber gleich darauf.

»Was ist?«

»Ach, sie ist wirklich nett und so. Aber sie redet ständig darüber, dass noch mehr Behandlungstermine nötig wären, und wenn Michael Fortschritte machen will, dann ...«

Im Hintergrund hörte ich meinen Bruder murmeln, wahrscheinlich sagte er, dass wir nicht so einen Wirbel machen sollten.

»Mehr Behandlungstermine? Wie viele denn noch?«

»Ich weiß es nicht, Liebes. Sie hat etwas von sechs Monaten und sechs Terminen pro Woche gesagt. Aber sie weiß schon, dass wir uns das auf keinen Fall leisten können. Die Versicherung kommt dafür nicht auf.«

Michael wollte wieder gehen können. Auch mein Dad und ich wünschten uns das für ihn, und ich hatte mich mehr als einmal wegen der Physiotherapie mit der Versicherung angelegt. Nur deshalb bekam Michael nach wie vor drei Behandlungen pro Woche, obwohl der Unfall schon lange zurücklag. Sechs Termine pro Woche würden sie niemals bewilligen, das war völlig klar.

»Und sie glaubt, dass das so viel mehr bringen würde?«, fragte ich.

Mein Vater antwortete nicht. Das Kratzen des Stuhls auf dem Boden und das leise Stöhnen meines Vaters beim Aufstehen hallten durch den Hörer und verrieten mir, dass er den Raum wechselte, damit Michael ihn nicht hören konnte.

»Sie hat gesagt, wenn er sechs Mal pro Woche behandelt wird, kann sie uns in einem halben Jahr sagen, ob es eine realistische Chance gibt, dass er wieder laufen lernt. Wir würden dann sehen, was er in dieser Zeit für Fortschritte macht.«

Der Unfall meines Bruders sieben Jahre zuvor hatte das Leben unserer Familie völlig verändert. Unsere Mutter hatte uns kurz danach verlassen; sie war nicht damit zurechtgekommen, dass sich das Leben nur noch um ihren neuerdings behinderten Sohn drehte, und bald darauf begannen sich bereits die Rechnungen zu stapeln.

Ich hatte vorgehabt, im Herbst mein Studium an der UCLA aufzunehmen, aber plötzlich brauchte meine Familie mich. Ich musste Geld verdienen, und zwar schnell.

Die Freundin einer Freundin hatte einen Sommer lang auf einer Jacht in Miami gearbeitet und war nach ihrer ersten Saison mit einer Louis-Vuitton-Tasche zurückgekehrt. Es schien eine Möglichkeit zu sein, ohne Erfahrung oder besondere Fertigkeiten schnell und leicht viel Geld zu verdienen. Zum Teil stimmte das auch. Es ging tatsächlich schnell. Aber das Leben auf einer Superjacht war immer auf die Bedürfnisse der superreichen und gelegentlich auch berühmten Passagiere ausgerichtet, und das war alles andere als leicht. Ich vermisste meinen Vater, und meinen Bruder auch. Dennoch konnte ich mich nicht beklagen. Ich war nicht diejenige, die im Rollstuhl saß und der man die Zukunft gestohlen hatte.

Michael wollte wieder gehen können. Und wenn ich die Charterreise antrat, die Captain Moss mir anbot, konnte ich ihm das vielleicht ermöglichen oder zumindest herausfinden, ob das Ziel realistisch war.

»Ein halbes Jahr lang drei Sitzungen pro Woche zusätzlich?«

»Ja, es ist völlig unmöglich. Ich habe es ihr gesagt.«

In Gedanken überschlug ich den Betrag. Bei grober Schätzung belief er sich auf über zehntausend Dollar.

Mir sank der Mut.

»Ich wollte gerade zum Flughafen fahren, aber Captain Moss hat mir eine *Last-Minute*-Charter angeboten«, sagte ich und erklärte meinem Dad, dass der Captain speziell mich dafür ausgesucht hatte.

»Das ist ein Riesenkompliment«, antwortete mein Vater. »Allerdings hätte ich von meiner wunderbaren Tochter auch nichts anderes erwartet.«

»Ich weiß nicht, was ich machen soll. Ich habe mich so darauf gefreut, dich und Michael wiederzusehen.«

»Wir haben uns auch auf dich gefreut, Liebes. Komm nach Hause. Wir beklagen uns zwar immer darüber, aber die Hektik, die du so gern veranstaltest, fehlt uns.«

Ich wusste, dass mein Dad mir für die finanzielle Hilfe dankbar war, aber ich wusste auch, dass sein Ego nur schwer damit zurechtkam. Darum taten wir beide gern so, als wäre mein Job glamouröser, als er tatsächlich war.

»Es ist viel Geld, Dad. Es wäre genug für die zusätzliche Therapie.« Ich würde die Therapeutin anrufen und mich erkundigen, ob sie uns einen Sonderpreis machen konnte, aber möglicherweise würde ich sogar den regulären Preis bezahlen können. »Andererseits würde es bedeuten, dass wir uns weitere fünf Monate lang nicht sehen.«

»Wenn du nicht willst, solltest du ablehnen. Ich möchte, dass du dein eigenes Leben lebst, Liebes. Um Michael und mich musst du dir keine Sorgen machen.« Dad sagte das, als wäre die Sorge ein Wasserhahn, den ich einfach zudrehen konnte. Ich war verdammt, wenn ich es tat, und wenn ich es nicht tat, war ich auch verdammt. Mehr Geld bedeutete bessere Pflege für meinen Bruder, aber wenn ich nach Hause fuhr, würde mein Vater eine Atempause und ich einen Monat Normalität bekommen. Es war eine Lose-lose-Situation.

»Ich glaube, ich sollte das Angebot annehmen«, sagte ich schließlich. Das war die vernünftige Entscheidung, die, mit der ich leben konnte. Denn wenn ich meinem Bruder nicht half, wieder gehen zu lernen, würde ich mir das nie verzeihen. Egal, wie erschöpft ich war. Egal, wie sehr ich mich danach sehnte, in meinem eigenen Bett zu schlafen, mich mit meinen Freundinnen auf einen Drink zu treffen und meine Familie zu bekochen.

»Ich finde, du solltest tun, womit du am glücklichsten bist.«

Ich starrte auf die Schlafkoje über mir. Glücklich wäre ich in Sacramento, aber meinen Bruder zu unterstützen war das Wichtigste für mich. Das Geld, das ich auf dieser Charterreise verdienen konnte, würde mich zwar nicht glücklich machen, aber es kam dem immerhin recht nahe.

»Ich wünschte nur, ich wäre näher bei dir und Michael.«

»Du bist eine gute Tochter und Schwester, Avery. Aber du musst dich mehr um dich selbst kümmern. Lass dich zur Abwechslung doch mal umsorgen. Du hast für deinen Bruder verdammt große Opfer gebracht, und du verdienst eine Pause.«

»Mir geht es sehr gut. Ich glaube, ich nehme das Angebot an, aber ihr werdet mir fehlen.«

»Bist du sicher? Du klingst müde, und wir vermissen dich.«

»Habe ich dir schon erzählt, dass ich eine eigene Kabine bekomme?« Ich musste mich auf das Positive konzentrieren. Eine eigene Kabine war ein riesiger Vorteil. »Wir können uns also jederzeit per Video-Chat unterhalten.«

»Ich wäre glücklicher, wenn ich wüsste, dass du drüben in Europa etwas nur für dich tun wirst. Du verbringst viel zu viel Zeit damit, dich um andere zu kümmern.«

Und was sollte das sein? Ein Shoppingtrip zu Zara war jetzt nicht mehr drin. Ein Date? Dating war unpraktisch, und es war unmöglich, jemanden zu finden, den ich lieben konnte. Die Gäste waren tabu, und Beziehungen mit anderen Besatzungsmitgliedern hielten nie lange, nachdem man die Füße wieder auf festen Boden gesetzt hatte. Ich wollte nichts Unverbindliches.

Genauso wenig, wie ich in zwei Tagen nach Frankreich aufbrechen wollte. Aber genau darauf schien es hinauszulaufen.

»Ich verspreche dir, dass ich drüben etwas Schönes machen werde«, sagte ich und verdrehte die Augen. Vielleicht zählten ja auch ein Teller Pasta und eine neue Flasche Selbstbräuner.

»Das ist mein Mädchen. Und versuch, nicht zu hart zu arbeiten.«

Harte Arbeit brachte mein Job nun mal so mit sich, aber noch lagen ein paar freie Tage vor mir. Ich würde in einem hübschen Hotel einchecken. Vielleicht konnten mich ein paar Nächte Schlaf und einige Tage Zimmerservice für weitere fünf einsame Monate auf See entschädigen.

3. Kapitel

Avery

Ein neuer Tag unter blauem Himmel, eine neue Superjacht. Als ich das Hauptdeck der *Athena* betrat, ein Glas Champagner und eins mit Orangensaft in der Hand, ließ ich den Blick über den Jachthafen von Saint-Tropez schweifen, der in der Ferne zu sehen war, und atmete tief durch, um mich zu beruhigen. Die erste Charterreise einer Saison trat ich normalerweise ausgeruht an, und der Mai war in den Ländern rund um das Mittelmeer im Allgemeinen ein schöner Monat, aber ich hatte die Erschöpfung der zurückliegenden Saison noch nicht abgeschüttelt. Zusätzlich zu meiner Abgeschlagenheit belasteten mich die mangelnden Informationen über den ersten achtwöchigen Trip, denn es machte mich nervös, dass ich auf den Gast nicht vorbereitet war.

Wir stellten uns in einer Reihe auf, um den Gast willkommen zu heißen. Captain Moss als Erster, ich daneben, gefolgt von Bootsmann Eric, dann Küchenchef Neill und der Rest der Crew, abgesehen von den Maschinisten, die lieber im Maschinenraum verschwanden, als unseren Gast kennenzulernen.

Das blecherne Geräusch des Beiboots hinter uns wurde lauter, und aus dem Augenwinkel sah ich, dass Stewardess August den Hals reckte, um etwas zu sehen. »Blick geradeaus«, sagte ich. Ich hasste es, wenn ich meiner Crew in den Hintern treten musste. Einige der Chefstewardessen, unter denen ich gearbeitet hatte, genossen es, Macht auszuüben, aber so war ich nicht. Ich wollte nur, dass die Arbeit gemacht wurde, die Gäste begeistert und die Trinkgelder hoch waren.

Auf der Treppe erklangen Schritte und kamen rasch näher. Ich setzte ein Lächeln auf, sorgfältig auf das Tablett in meinen Händen achtend.

Als der Gast erschien, verschlug es mir den Atem. Er war jung – um die dreißig, höchstens fünfunddreißig – und attraktiv mit dunkelbraunem Haar und breiten Schultern. Dieser Typ entsprach überhaupt nicht dem durchschnittlichen Gast eines Chartertrips. Aber das hier war schließlich auch keine normale Reise. Er war groß – deutlich über eins achtzig. Ausgeprägte Wangenknochen rahmten sein Gesicht ein und gingen in ein vollkommen glattrasiertes, kantiges Kinn über. Seine Augen waren dunkel, der Blick ernst. Wäre seine Nase nicht leicht gekrümmt gewesen, so als hätte er sie sich irgendwann einmal gebrochen, hätte ich ihn vielleicht sogar als schön bezeichnet, aber diese Unebenheit ließ ihn lediglich attraktiv aussehen. Vermutlich verbarg sich unter der allzu glatten Oberfläche ein rauer Charakter.

Ich schluckte. Nie zuvor hatte ich einen Gast attraktiv gefunden. Nicht mal ein bisschen. Andererseits hatten wir auch noch nie einen Passagier gehabt, der so aussah wie dieser Typ. Als Anfängerin hatte ich erwartet, die ganze Zeit von reichen, schönen Menschen umgeben zu sein. Und während es tatsächlich eine Menge Reichtum gab, waren normalerweise nur die Frauen schön. Ich war in vielerlei Hinsicht sehr flexibel, aber wenn es um meine Fantasien ging, interessierten mich nur Kerle.

Mit großen Schritten ging der Mann auf Captain Moss zu, und sie begrüßten sich per Handschlag. »Freut mich, Sie kennenzulernen«, sagte der Gast mit auffallend tiefer Stimme, die meinen ganzen Körper vibrieren ließ.

»Freut mich, Sie an Bord zu haben«, erwiderte Captain Moss.

»Ich bin Hayden Wolf«, sagte er, drehte sich um und spießte mich mit einem so durchdringenden Blick auf, als könnte er hellsehen. »Avery, nicht wahr?«

Woher kannte er meinen Namen? Vielleicht hatte er bei der Hintergrundüberprüfung ein Foto von mir gesehen. Und wie er meinen Namen aussprach … Mit britischem Akzent sollte sich *Avery* nicht viel anders anhören als sonst, aber die Art, wie er jede Silbe einzeln aussprach, dazu die dunkle Klangfarbe seiner Stimme, ließen ihn irgendwie bedeutsam klingen. »Ja, Sir«, antwortete ich.

Er nickte und lächelte mich an. Meine Nippel wurden hart. *Fuck.* Gott sei Dank trug ich einen T-Shirt-BH.

Die oberste Regel auf einer Jacht lautete: Überschreite niemals die Grenze zwischen Persönlichem und Beruflichem. Manchen Crews fiel das schwer, vor allem, wenn die Gäste locker drauf waren und wollten, dass die Besatzung sich mit ihnen amüsierte. Manchmal verwischte die Grenze, aber mir passierte das nie – es war nämlich die einfachste Art, gefeuert zu werden. Noch nie hatte ich in einem Gast etwas anderes als die Person gesehen, die für mein Trinkgeld verantwortlich war und dafür, dass ich meiner Familie Geld schicken konnte.

Aber Hayden Wolf?

Er hatte etwas an sich, das die rote Linie komplett auslöschte, und auf einmal stellte ich ihn mir nackt und verschwitzt vor. *Hör auf damit,* befahl ich mir selbst.

»Darf ich Ihnen ein Glas Champagner oder Orangensaft anbieten?«

Er schüttelte den Kopf. »Nein, danke.«

Mein Herz, das mir zuvor noch in der Brust gehüpft war, wurde schwer.

Bitte, lieber Gott, mach, dass er Alkohol trinkt.

Ein nüchterner Gast war das Schlimmste überhaupt. Jemand, der verlangte, dass all seine Laken aus Italien und sein Whiskey von einer Destillerie auf einer entlegenen schottischen Insel eingeflogen wurden, war mir immer noch lieber als jemand, der gar keinen Alkohol trank.

»Haben Sie das WLAN deaktiviert?«, fragte Hayden, an Captain Moss gewandt.

»Ja, wie Sie verlangt haben«, bestätigte der Captain.

Das WLAN war deaktiviert? Normalerweise lief das genau umgekehrt. Die Gäste verlangten immer eine bessere Verbindung und verstanden nicht, dass es auf See Dinge gab, die sich unserer Kontrolle entzogen – wie zum Beispiel der verdammte Ozean.

»Okay, ich brauche von allen die Mobilgeräte«, verkündete Hayden. »Handys, Tablets, Laptops.«

Niemand rührte sich, und ich spähte zu Captain Moss hinüber, der jedoch seine übliche undurchdringliche Miene zur Schau trug. Sollten die Geräte auf etwas Bestimmtes überprüft werden?

»Sie haben unseren Gast gehört«, sagte Moss. »Wir warten.«

Im Gänsemarsch gingen wir zurück ins Innere der Jacht

und zu den Kabinen, in denen wir die wenigen persönlichen Dinge verwahrten, die wir mit an Bord genommen hatten. Ungewöhnlich schweigsam suchten wir unsere Geräte zusammen, unsicher, warum dieser Gast unsere persönlichen Gegenstände verlangte.

»Ist das alles?«, fragte Hayden, als Küchenchef Neill, der als Letzter wiederaufgetaucht war, Laptop und Handy auf den Teakholz-Tisch legte, der später für den Lunch gedeckt werden würde.

»Es ist von grundlegender Bedeutung für mich, dass nichts dieses Schiff verlässt. Keine Bilder, keine Telefonanrufe, keine E-Mails, gar nichts«, erklärte Hayden.

Verschwiegenheit war Regel Nummer zwei auf jeder Jacht. Wir alle wussten, wie man sich möglichst diskret verhielt. Niemand tratschte außerhalb der Jacht über seine Gäste. Na ja, das stimmt nicht ganz. Wir tratschten alle über die Gäste, aber wir nannten keine Namen. Die haarsträubenden Geschichten, die wir im Lauf unserer Karriere erlebt hatten, ordneten wir niemals einer konkreten Person zu.

»Mir ist klar, dass das eine Herausforderung für Sie darstellt, darum werden Sie als zusätzliche Sicherheitsmaßnahme während meines Aufenthalts an Bord auch keinen Zugriff auf Ihre Kommunikationsgeräte haben«, sagte Hayden.

Die ganze Reise ohne Handy oder Laptop? Das musste ein Witz ein. August neben mir schnappte nach Luft, und ich ballte die Fäuste, während ich weiterhin zu lächeln versuchte.

»Acht Wochen lang nichts«, bestätigte der Captain, und ich erkannte, dass die gesamte Besatzung am liebsten lautstark protestiert hätte, aber niemand Captain Moss in Verlegenheit bringen wollte.

Die dritte Regel auf einer Jacht lautet, dass der Gast bekommt, was der Gast haben will. An befremdliche Wünsche war ich gewöhnt, aber acht Wochen lang kein Internet oder Handy zu haben, war mehr als unangenehm. Hätte ich das vor Beginn der Reise gewusst, hätte ich wahrscheinlich abgelehnt.

»Können Sie uns das bitte genauer erklären?«, fragte ich. Normalerweise erfüllte ich den Gästen klaglos jeden Wunsch, tat mehr für sie, als sie verlangten, aber jetzt konnte ich mich einfach nicht zurückhalten. »Wir werden zwei Monate lang nicht in der Lage sein, Kontakt zu unseren Familien aufzunehmen? Die persönliche Situation einiger von uns ist …«

»Nicht von dieser Jacht aus«, schnitt Hayden mir das Wort ab. »Ich stelle nur sehr wenige Forderungen, aber mein Bedürfnis nach absoluter Diskretion hat Vorrang vor allem anderen. Darüber werde ich nicht diskutieren oder verhandeln. Wenn Sie an Land gehen, können Sie sich mit anderen Leuten in Verbindung setzen, aber wenn Sie damit nicht einverstanden sind, werden Sie sich eine andere Jacht zum Arbeiten suchen müssen.«

Es war, als hätte mich die Kraft und Eindringlichkeit seiner Worte gegen eine Wand gedrückt. Dieser Idiot hatte mich nicht einmal aussprechen lassen. Ich hatte durchaus schon mit unverschämten Gästen zu tun gehabt, aber normalerweise konnte ich mein berufliches von meinem privaten Selbst trennen, und das Verhalten dieser Leute machte mir nicht das Geringste aus. Aber in diesem Augenblick wollte ich explodieren, ihn anbrüllen, dass ich auf keinen Fall zwei Monate lang auf diesem Schiff bleiben konnte, ohne Kontakt zu meinem Vater aufzunehmen. Ich wusste aber, dass ich damit ein Zeichen für Skylar und August, meine beiden Stewardessen, setzen würde. Ich musste ruhig bleiben und mir überlegen, was zum Teufel ich tun würde.

»Vielen Dank für Ihr Entgegenkommen«, sagte Hayden, als hätte er uns gebeten, in den nächsten acht Wochen kein Kaugummi zu kauen oder kein Pink zu tragen. Was für ein Start in die neue Saison!

»Avery wird Ihnen das Schiff zeigen«, sagte Captain Moss.

Ich lächelte und versuchte, mich auf etwas anderes zu konzentrieren als auf Mr Wolfs nahezu perfektes Gesicht und auf die Tatsache, dass ich ihn ebenso gern geküsst wie geohrfeigt hätte. Ich wusste, wenn jemand derart attraktiv war, gab es einen Haken – er war eindeutig extrem paranoid und ein Arschloch noch dazu. Aber ich war eine Problemlöserin, und vielleicht konnte ich ihn dazu bringen, seine Meinung zu ändern.

Ich gab Skylar, der zweiten Stewardess, mein Tablett. »Zuerst möchte ich Ihnen den Hauptsalon zeigen. Würden Sie bitte die Schuhe ausziehen?«, fragte ich, blieb an der automatischen Schiebetür stehen und deutete auf einen flachen Korb neben der Tür, den ich speziell für Schuhe dort platziert hatte.

»Im Ernst?«

Ich nickte. »Tut mir leid. Jachtdecks werden üblicherweise nicht lackiert, um die natürliche Farbe zu erhalten, darum können Schuhe das Teakholz schnell beschädigen. Das ist auf jeder Jacht so.«

Er warf einen Blick auf meine bestrumpften Füße, dann bückte er sich und löste seine Schnürsenkel. Ich betrachtete seinen breiten Rücken. Wer trug zu Beginn einer Urlaubsreise einen Anzug? Ich musste mehr über diesen Typen erfahren, außer, dass er gut aussah, Brite und sehr misstrauisch war. »Wie war Ihre Anreise?«, fragte ich. Vielleicht würde er sich entspannen und uns nach einigen Tagen unsere Handys zurückgeben. Ich wollte dieses schöne Schiff nicht verlassen und auf das höhere Gehalt verzichten, aber ich musste mit meinem Vater in Verbindung bleiben. Ich würde mir etwas einfallen lassen. Ich musste.

»Gut«, antwortete er und richtete sich aus der Hocke wieder auf. Er griff nach seinem Aktenkoffer, den er auf den Boden gestellt hatte.

»Darf ich den für Sie tragen?«, fragte ich und streckte bereits eine Hand aus.

Seine Fingerknöchel wurden weiß, als er die Faust fester um den Griff schloss. »Schon gut. Ich nehme ihn selbst.«

Seine knappe Antwort ließ vermuten, dass sich in diesem Aktenkoffer etwas Wichtiges befand. Zu unser aller Wohl hoffte ich nur, dass es keine Drogen waren. Beim Segeln galt für Drogenkonsum die Devise: null Toleranz. Wurde auch nur eine Spur illegaler Drogen an Bord gefunden, verlor der Kapitän sein Patent, und zwar für immer. Wenn Hayden Wolf Drogen in diesem Aktenkoffer hatte, musste Captain Moss die Charterreise absagen, und wir alle würden für die kommenden acht Wochen ohne Gäste und ohne Trinkgelder dastehen.

Ich blickte auf, als er über mir aufragte. Obwohl er die Reise mit einer völlig überzogenen Forderung begonnen hatte, fühlte ich mich in seiner Nähe leicht euphorisch. Niemand hatte mich je mit diesem Adjektiv beschrieben. Die meisten Leute hielten mich für fokussiert und fleißig, und wenn man meine Familie fragte, war ich lustig und loyal. Aber euphorisch war ich nie. *Hör auf damit, hör endlich auf,* trällerte es in meinem Kopf.

»Das hier ist der Hauptsalon. Wir haben hier eine Auswahl an Spielen«, sagte ich und zeigte auf das Schachbrett und den Kartentisch. Obwohl er allein natürlich nichts davon würde nutzen können.

Er schob die freie Hand in die Hosentasche. »Schach.«

Ich zögerte, wartete ab, ob er weitersprechen würde, aber er tat es nicht, sodass wir den Salon der Länge nach durchschritten.

Die *Athena* war eine schöne Jacht, genau wie Captain Moss versprochen hatte: eine schlichte Linienführung, elegant und leicht. Der gesamte Innenraum sah aus wie ein Sommerhaus in den Hamptons – sauber und frisch in Weiß-, Creme- und Grautönen dekoriert. Sämtliche Möbel wirkten edel, aber nicht übertrieben luxuriös. Manchmal waren Jachten ein wenig protzig ausgestattet, aber wenn ich selbst eine hätte, würde ich sie ähnlich wie die *Athena* einrichten – alles drückte nobles Understatement aus.

Hayden Wolf gab keinen Kommentar zur Ausstattung ab.

»Wir können jeden Cocktail zubereiten, den Sie mögen«, sagte ich und deutete auf die Bar in der Ecke. »Haben Sie einen Lieblingsdrink?«

Er schüttelte den Kopf. »Hin und wieder einen Whiskey.«

Wir hatten einige gute Whiskeys an Bord, und ich nahm erleichtert zur Kenntnis, dass er Alkohol trank. Hoffentlich konnten wir ihn mit einer Verkostung locken. »Haben Sie einen Lieblingswhiskey, den ich vielleicht für Sie auftreiben kann?«

Er blickte auf die Fenster, sah hinaus auf den Horizont. »Nein. Ich nehme, was Sie vorrätig haben, ist schon in Ordnung.«

»Und was Ihre Mahlzeiten betrifft: Neill ist ein hervorragender Koch. Er bereitet Ihnen gern alles zu, was Sie mögen. Lieben Sie Steak?«

Er zuckte mit den Schultern. »Gelegentlich.«

»Fisch?«, riet ich.

»Ich bin nicht wählerisch.«

Ich lächelte, während ich mir auf die Zunge biss, um ihn nicht einen Lügner zu nennen. Ein Milliardär, der nicht wählerisch war – so etwas gab es einfach nicht. Ich schaffte es, den Mund zu halten, und führte uns zum Treppenhaus. »Wir haben vier Etagen für die Unterbringung von Gästen. Die Schlafzimmer sind unten, ich würde also sagen, wir beginnen im oberen Stockwerk, gleich über uns.«

Die Reflexion des Wassers blendete uns fast, als wir die Tür öffneten und hinaus auf das Oberdeck traten. »Hier oben ist eigentlich nur der Whirlpool. Es gibt auch ein wenig Schatten«, sagte ich und deutete auf die beiden Liegesessel, wobei ich es vermied, Hayden anzusehen. Als Chefstewardess hatte ich es mir zur Pflicht gemacht, meine Gefühle nicht zu zeigen, und daran würde auch dieser Mann nichts ändern. »Die meisten Gäste benutzen gern die Liegestühle auf dem Hauptdeck. Auf dieser Ebene ist auch vorn auf dem Schiff noch Platz zum Sonnenbaden.« Ich deutete auf den

Gang, der zu den Sonnenliegen führte. Bestimmt verbarg dieser Typ kräftige Oberschenkel und eine muskulöse Brust unter dem Stoff seines Anzugs. Nicht, dass ich genauer hinsehen würde. »Sie werden sicher bald wissen, welchen Platz Sie bevorzugen.«

Als er nicht antwortete, musterte ich ihn verstohlen. Er schürzte nur die Lippen und nickte. Er war nicht unhöflich, wirkte nur ein bisschen desinteressiert, so als empfinde er es als überflüssig, sich in den kommenden acht Wochen zu entspannen.

»Gut, dann sehen wir uns jetzt den zweiten Salon und das Speisezimmer an.« Ich ging ihm voran und führte ihn zwei Stockwerke tiefer. »Hier werden Sie essen, wenn es draußen zu windig ist«, sagte ich, als wir im kombinierten Wohn- und Essbereich ankamen. »Oder wenn Sie Abwechslung wünschen. Der Hauptsalon ist größer, aber hier gibt es einen Fernseher, und manche Leute finden es auch ein bisschen gemütlicher.«

Er lachte leise, und ich drehte mich rasch um, weil ich glaubte, mich verhört zu haben, aber das war nicht der Fall. Er lachte tatsächlich. Gut zu wissen, dass er dazu in der Lage war, und außerdem passte es zu ihm, ließ ihn jünger und weniger ernst wirken.

»Ich glaube, auf diesem Schiff gibt es nur wenige Dinge, die mir ein behagliches Gefühl vermitteln«, sagte er.

Da hatte er vermutlich recht. Er würde hier alles durcheinanderbringen. »Haben Sie vor, Gäste zu empfangen? Wir würden uns freuen, wenn weitere Passagiere an Bord kommen.«

Sein Lächeln erlosch. »Nein.«

Offenbar hatte ich einen wunden Punkt getroffen. Ich wusste nur nicht, welchen. Ich hatte nichts Brisantes angesprochen. Es war einfach unmöglich, diesen Kerl zum Reden zu bringen. »Okay, gehen wir zur Ebene mit den Schlafkabinen.«

Am Ende der Treppe zögerte ich. Der Raum war hier unten enger als überall sonst auf dem Schiff, und in dem quadratischen Korridor gab es keine Fenster. Er und ich waren allein an diesem dunklen, engen Ort, nur wenige Zentimeter trennten uns voneinander, und die Atmosphäre schien sich kaum merklich zu verändern. Er atmete durch, und ich ertappte mich dabei, dass ich ihm auf die sich weitende Brust starrte. Ich hob den Kopf und begegnete seinem Blick. *Mist.* »Ihnen stehen selbstverständlich sechs Kabinen zur Verfügung.« Hoffentlich hatte er nichts bemerkt.

»Und sind die alle geschützt?«, fragte er.

»Ja, Privatsphäre ist ein Hauptmerkmal.« Ich betrat die zweite Kabine. Da Captain Moss erwähnt hatte, dass es sich um einen Arbeitsurlaub handeln würde, hatte ich die üblichen Möbel entfernen und durch einen großen weißen, modernen Schreibtisch, einen Bürodrehstuhl, zwei Lehnstühle und einen zusätzlichen Schreibtischstuhl ersetzen lassen. »Ich dachte, dass Sie diesen Raum vielleicht zum Arbeiten nutzen können. Wenn Sie noch etwas brauchen, lassen Sie es mich einfach wissen. Ich wusste nicht genau, was Sie möchten.«

»Das ist sehr hilfreich«, sagte er und sah sich in der Kabine um. »Haben Sie die Schlüssel?«

Ich holte den Schlüsselring aus der Tasche.

»Danke.« Er hielt mir eine große Hand hin, um ihn entgegenzunehmen, und ich nahm einen erdigen, maskulinen Duft wahr. Sein Äußeres – der Anzug, die Haare, sogar sein Gang – wirkte glatt, aber wenn er etwas sagte, war er vorsichtig und reserviert und schien sich jedes Wort genau zu überlegen. Unwillkürlich spürte ich, dass es unter der Oberfläche Dinge gab, die ich wissen wollte.

Ich ließ die Schlüssel in seine Hand fallen, wobei ich sorgfältig darauf achtete, ihn nicht zu berühren, und er schloss die Finger zur Faust.

»Ich will hier unten keine anderen Besatzungsmitglieder sehen, und niemand außer mir hat Schlüssel zu den Kabinen, ist das klar?«

Ich nickte und machte kehrt, um den Raum zu verlassen, denn ich wollte seinem Blick nicht begegnen. An meinem Schlüsselring hing ein weiterer Satz Schlüssel. Der Captain hatte erwähnt, dass außer Hayden niemand die Schlüssel bekommen sollte, aber das würde Moss auf keinen Fall zulassen. Er hatte mich angewiesen, einen Satz zu behalten. Ich hasste es zu lügen, aber ich tat, was der Captain mir befohlen hatte.

»Die Mastersuite ist nebenan. Ich nehme an, dass Sie dort schlafen möchten, aber Sie können sich natürlich auch für einen der anderen vier Schlafräume entscheiden.« Ich öffnete die Tür zum Hauptschlafzimmer. »Kommen Sie, ich zeige es Ihnen.« Es war mein Lieblingsraum an Bord der *Athena.* Er war luxuriös, vermittelte aber durch das weiße Bettzeug, den silbergrauen Teppich und das mit Samt überzogene Kopfende des Bettes ein Gefühl von Klarheit und Frische, ganz zu schweigen von der frei stehenden Doppelbadewanne und der Dusche, in der gut und gern vier Personen Platz gehabt hätten. Es war die Art von Raum, in dem ich gern mit einem Liebhaber oder meinem Ehemann eine romantische Woche verbringen würde, wenn ich eine Jacht gechartert hätte oder bei jemandem wie Hayden Wolf zu Gast wäre.

Aber ich hatte diese Jacht nicht gechartert und war auch niemandes Gast. Ich war die Hilfskraft. Ich war Zimmermädchen und Kellnerin.

»Soll ich für Sie auspacken?« Eric hatte Mr Wolfs Taschen bereits in den Gepäckablagen verstaut.

Er runzelte die Stirn. »Ich kann meine Koffer selbst auspacken«, antwortete er, als wäre mein Angebot, diese Aufgabe für ihn zu übernehmen, das Lächerlichste, das er je gehört hatte.

»Ganz wie Sie wünschen. Der Wandschrank ist hier. Wenn etwas gebügelt werden muss, geben Sie einfach mir oder einer der anderen Stewardessen Bescheid.« Ich hatte das Gefühl, nicht genug zu tun.

»Packen Sie immer die Koffer für Ihre Gäste aus?«, fragte er, als er den Reißverschluss des ersten Koffers öffnete.

»Ja, immer«, antwortete ich. »Es wäre mir ein Vergnügen.« Sicherlich war er diese Art von Service gewöhnt. Selbst wenn er nie zuvor auf einer Jacht gewesen war, hatte er mit Sicherheit in den besten Hotels übernachtet. Und er war *Brite.* Hatten reiche Briten nicht einen Butler oder so ähnlich?

Er drehte sich zu mir und blinzelte; seine langen Wimpern bewegten sich auf und ab. »Ein Vergnügen?« Seine

Mundwinkel zuckten, und seine raue Stimme sorgte dafür, dass ich Gänsehaut bekam.

Ich nickte und versuchte, ruhig weiterzuatmen. »Absolut. Ich möchte, dass Sie Ihren Aufenthalt hier genießen.«

Er lachte in sich hinein. »Ich komme schon klar, aber trotzdem danke.«

Lachte er mich aus? Ich ging über seine Belustigung hinweg und erklärte: »Schiffskoch Neill bereitet den Lunch für Sie zu. Möchten Sie zuvor vielleicht einen Drink?«

»Ich muss noch einen Anruf erledigen. Danach komme ich wieder zu Ihnen rauf.«

»Betätigen Sie einfach den Summer neben dem Bett und dann …«

»… dann tauchen Sie aus einer Rauchwolke hier auf wie eine gute Fee?«, beendete er den Satz mit hochgezogenen Brauen.

Ich setzte zu einer Antwort an, aber ehe ich ein Wort herausbringen konnte, legte er mir seine große Hand auf die Schulter und sagte: »Danke. Es ist alles in Ordnung. Und jetzt erledige ich meinen Anruf.«

Ich versuchte, in normaler Tonlage zu sprechen. »Dann lasse ich Sie jetzt allein.« Ich schlüpfte aus der Kabine, zögerte aber an der Treppe. Meine Schulter war noch heiß an der Stelle, an der er mich berührt hatte, und ich legte die Finger auf den Stoff der Bluse und versuchte mich daran zu erinnern, wie sich seine Hand angefühlt hatte. Ich verstand diesen Kerl einfach nicht. Er war unglaublich attraktiv, aber trotzdem allein auf dem Schiff. Er war eindeutig wohlhabend, aber offensichtlich nicht daran gewöhnt, bedient zu werden. Schlimmer noch, er schien sich über meinen Wunsch, ihm zu helfen, auch noch lustig zu machen.

Vielleicht hielt er meinen Job für wertlos, und im Vergleich zu dem, womit er sich beschäftigte, war er das vielleicht auch, aber ich würde ihm zeigen, wie sehr ihm hervorragender Service das Leben erleichtern konnte. Auf dieser Reise mochte es für ihn nur ums Geschäft gehen, aber ich konnte dafür sorgen, dass er sie ein bisschen mehr genoss als erwartet.

4. Kapitel

Hayden

Für acht Wochen mein Büro zu verlassen, um auf dem Mittelmeer dahinzusegeln, kam mir intuitiv nicht richtig vor. Mein Instinkt sagte mir, dass ich in London bleiben und um den Phoenix-Deal kämpfen sollte. Aber im vergangenen Jahr hatte mein Instinkt mir keine guten Dienste geleistet, darum bereitete ich mich nun darauf vor, den Kampf von einer Superjacht aus zu führen.

Ich zog den Reißverschluss eines der drei Gepäckstücke auf, die ich mitgebracht hatte, und holte ein Satellitenhandy heraus. Waren die Leute wirklich so faul und anspruchsvoll, dass sie jemand anders für sich auspacken ließen?

Kopfschüttelnd dachte ich an Averys Angebot. Ms Walker, geboren in Sacramento, arbeitete seit sieben Jahren auf Jachten, kein Collegeabschluss, obwohl sie beim SAT-Studierfähigkeitstest exzellent abgeschnitten hatte. Sie gehörte zu den wenigen, die den umfassenden Sicherheitscheck meines Bruders bestanden hatten. Ich kannte jeden in dieser Crew besser, als irgendeiner von ihnen mich kannte. Avery war attraktiv, womit ich nicht gerechnet hätte. Tatsächlich war sie sogar *sehr* attraktiv. Sie war schön, und als ich sie zum ersten Mal sah, ertappte ich mich dabei, dass mir die Luft wegblieb. Mein Bruder hatte Fotos zur Akte über die Besatzung besorgt, aber ich hatte sie nur überflogen und Averys Schönheit nicht bemerkt. Sie hatte ein ungezwungenes Lächeln und gab sich große Mühe, mir den Aufenthalt so angenehm wie möglich zu machen, was … nett von ihr war. Amüsant. Sexy. Und sie hatte einen hübschen Hintern.

Aber ich war nicht auf der *Athena,* um darüber nachzudenken, wie Avery Walker nackt aussah.

Ich tippte die Nummer meines Bruders in das Satellitenhandy, das er mir an diesem Morgen an meine Londoner Adresse hatte liefern lassen.

»Hayden. Bist du an Bord?«, fragte Landon.

Das Erste, was ich nach dem Scheitern des Lombard-Deals getan hatte, war, meinen Bruder anzurufen. Ich wusste, dass ich in Schwierigkeiten steckte, und in einer Krise war mein kleiner Bruder der einzige Mensch, der mir helfen konnte. Paranoid wie eh und je, hatte er mir ein persönliches Treffen vorgeschlagen, ehe ich ihm zu Ende erklären konnte, was passiert war.

»Yep, gerade angekommen.«

»Wie ist das Wetter?« Gemeinsam waren wir auf die Idee gekommen, das ich weggehen könnte, um die Übernahme von Phoenix unter Dach und Fach zu bringen, während er und sein Team herausfinden würden, wo bei Wolf Enterprises die undichte Stelle war. Als ich die Jacht vorschlug, hatte er mir einen Vortrag gehalten und behauptet, ich hätte mir eine Verschwörung als Vorwand ausgedacht, um eine Jacht chartern zu können.

Ich zuckte mit den Schultern. »Ich bin in Südfrankreich. Wie soll das Wetter da schon sein? Ich bin zum Arbeiten hier und nicht, um mich zu sonnen.«

»Wie sind die Frauen?«

»Landon, kannst du bitte bei der Sache bleiben? Ich rufe

dich nicht an, um dir einen detaillierten Bericht über die Luftfeuchtigkeit zu geben oder darüber, wie die Frauen im Bikini aussehen.« Landon und ich waren in der Schule ständig in Schwierigkeiten geraten. An unseren schulischen Leistungen gab es nichts auszusetzen – wir waren beide Musterschüler. Aber unsere Einstellung ging den Lehrern auf die Nerven. Wir wussten überaus geschickt zu verbergen, wie hart wir arbeiteten und wie viel es uns bedeutete, gute Leistungen zu bringen. Obwohl Landon tat, als interessierte ihn die undichte Stelle in meiner Firma nicht im Geringsten, war mir darum klar, dass er längst an der Sache dran war.

Ein entnervtes Seufzen hallte durch die Leitung. »Du hast dein Handy nicht dabei, stimmt's?«

Ich verdrehte die Augen. »Nein. Ich bin zwar kein Ehemaliger des *Special Air Service,* aber ich bin sehr wohl in der Lage, zuzuhören und Anweisungen zu befolgen. Ich habe mein Handy in der Wohnung gelassen, genau, wie du gesagt hast.« Landon und ich hatten uns trotz unserer unterschiedlichen beruflichen Laufbahn immer nahegestanden – sehr zum Missfallen unserer Eltern war er gleich nach der Uni in die Spezialeinheit SAS der britischen Armee eingetreten, während ich die City auf der Suche nach einem Spalt, einem Weg hinein durchforstet hatte. Trotz der Unterschiede zwischen uns war er in diesem Augenblick der einzige Mensch, dem ich vertraute.

»Und du hast auch keinen Laptop oder Tablet oder so dabei?«

»Nichts Elektronisches außer dem Zeug in dem Aktenkoffer, den du mir hast bringen lassen.«

»Gut. Dann hast du also ein einfaches Handy ohne Internetzugang, etwas zur Gegenüberwachung und einen Airgapped Computer, also einen, der noch nie mit dem Internet verbunden war – womit es praktisch unmöglich ist, ihn zu hacken.« Nach seinem Ausscheiden aus dem SAS hatte Landon eine private Sicherheitsfirma aufgebaut.

»Okay, Meisterspion. Meinst du nicht, dass du ein bisschen übertreibst?« Landon ging bei allem und jedem stets vom Schlimmsten aus, und da er in Gestalt der Taliban den übelsten Vertretern der Menschheit begegnet war, hatte er damit vermutlich recht.

»Vertrau mir, ja? Wirtschaftsspionage ist der am schnellsten wachsende Bereich in meiner Firma. Und zwar aus zwei Gründen. Erstens ist sie inzwischen allgemein üblich. Zweitens bin ich großartig in dem, was ich tue. Und obwohl du mein Bruder bist und mir ganz schön auf die Nerven gehst, werde ich wie immer mein Bestes geben.«

Ich ignorierte sein Gezeter. Ich wusste, dass er gut war, aber ich würde sein Ego nicht noch weiter aufblasen.

»Und hast du die Mobilgeräte aller Personen an Bord an dich genommen?«

Die Crew war über meine Forderung nicht erfreut gewesen. »Ja. Aber ich dachte, wir wären uns einig, dass ich mich nicht verstecke. Dass ich mich einfach verhalte wie im Urlaub.«

»Absolut. Es spielt keine Rolle, ob jemand erfährt, dass du an Bord bist. Wir wollen nur nicht, dass dich jemand abhören kann. Wenn die Besatzung ihre Handys bei sich hat, können die Geräte gehackt und als Abhörvorrichtungen benutzt werden.«

Ich wusste nicht, ob jemand so weit gehen würde, um mich fertigzumachen, aber wenn es um James Cannon ging, war alles möglich. »Wenn du es sagst.«

»Was hast du den Leuten im Büro erzählt?«, fragte er.

»Nur, dass ich mir Arbeitsurlaub nehme. Sie haben mich gefragt, wie sie mich erreichen können, und ich habe gesagt, dass sich Anita um alles kümmert.« Ich hatte gehofft, dass ich den Informanten outen würde, wenn ich den Leuten davon erzählte, sodass bald alles wieder in geordneten Bahnen verlaufen würde. Aber falls ich mit dem Maulwurf gesprochen hatte, hatte der es sich nicht anmerken lassen. Obwohl ich lange über die Reaktion meiner Assistentin auf die Nachricht, dass ich eine Weile fort sein würde, nachgedacht hatte. »Anita hat mich gefragt, ob mit mir alles okay ist. In den zehn Jahren, die sie jetzt für mich arbeitet, hat sie mir noch keine einzige persönliche Frage gestellt.«

»Was hast du ihr geantwortet?«

»Nur, dass alles in bester Ordnung ist.« Ich fand es schrecklich, dass meine Situation mich dazu brachte, jedem in meiner Umgebung zu misstrauen, sogar mir selbst und meiner eigenen Urteilsfähigkeit. Ich konnte es kaum erwarten, endlich anzufangen – Phoenix kaufen, Landon die undichte Stelle finden lassen und dann mein normales Leben wieder aufnehmen.

»Ich werde sie unter Beobachtung stellen, dann wissen wir, ob es sich um aufrichtige Besorgnis handelt oder nicht. Ich habe die Handys deines gesamten Führungsteams angezapft – privat und dienstlich. Und ich werde ihre Finanzen analysieren und auf verdächtige Einzahlungen überprüfen.

Und bei dir in der Gegend habe ich ein Team vor Ort, um festzustellen, ob dich jemand ausspioniert. Du musst nachsehen, ob es an Bord Überwachungsgeräte gibt. Hast du das RF-Gerät?«

Ich holte den Abhörgeräte-Detektor heraus, den Landon mir gegeben hatte. »Ja. Aber niemand weiß, dass ich diese Jacht gechartert habe – dafür hast du selbst gesorgt, schon vergessen?«

»In Ordnung. Aber führ unbedingt einen Test durch, wo du arbeitest und schläfst, und nimm nur dort Anrufe entgegen.«

Ich atmete tief durch und schloss die Schlafzimmertür ab. »Okay. Das mache ich noch vor dem Auspacken. Und du hältst mich täglich über deine Fortschritte bei der Suche nach dem Leck auf dem Laufenden, okay?« Selbst wenn es mir nicht gelingen sollte, Phoenix zu kaufen, wäre es sinnlos, meine üblichen Geschäfte wieder aufzunehmen, solange die Person, die meine Firmengeheimnisse verkaufte, nicht wie ein Tumor aus dem Gewebe von Wolf Enterprises herausgeschnitten war.

Vor meinem inneren Auge sah ich, wie mein Bruder mit den Augen rollte. »Vielleicht behalte ich diese Info auch einfach für mich.«

»Okay, wie auch immer.« Ich drehte die Lamellenjalousie – im Raum wurde es dunkel – und griff nach der Taschenlampe, die Landon mir zusammen mit dem RF-Gerät gegeben hatte.

Ich drückte auf den Knopf und erzeugte einen Lichtstrahl, der das Bett beleuchtete.

»Führ unbedingt zuerst die Überprüfung mit der Taschenlampe durch. Viele Leute übergehen diesen Schritt, aber damit kannst du viel mehr sehen als mit dem raffinierteren Zeug«, sagte Landon. »Halt nach der Reflexion einer Kameralinse oder nach dem Blinken eines Aufnahmegeräts Ausschau.«

»Bin schon dabei.« Mit der Lampe in der Hand bewegte ich mich durch den Raum, suchte Wände und Decke, ja sogar die Jalousien und Bilder ab.

»Ich lasse dir bald noch mehr Equipment zukommen.«

»Ich suche den Raum nach Wanzen ab, und dann mache ich mich an die Arbeit.«

»Und übrigens … Nutz die Tatsache aus, dass du dich auf dieser verdammten Jacht befindest. Du bist der einzige Mensch, dessen Probleme am Ende wie der Luxusurlaub eines reichen Promis aussehen.«

»Ich wäre lieber in der City, falls dich das tröstet.«

»Du bist ein Idiot.«

»Halt die Klappe und mach dich an die Arbeit.« Ich legte auf, und auf dem Weg durch das Zimmer warf ich das Handy aufs Bett.

Mein Puls beruhigte sich wieder, als meine erste Überprüfung nichts ergab. Ich überprüfte die Schalter und Steckdosen auf Anzeichen dafür, dass kürzlich jemand an ihnen herumgebastelt hatte. Als Nächstes nahm ich mir den Rauchmelder vor. Nichts. Lufterfrischer und Handyladestationen waren offenbar bevorzugte Orte für Überwachungsgeräte, aber nichts steckte irgendwo, wo es nicht hingehörte.

Ich tauschte den Anzug gegen ein Hemd und Shorts. Zum ersten Mal würde ich ein Geschäft in Freizeitkleidung in einem Liegestuhl durchführen oder während mir eine so schöne Frau wie Avery Walker kalte Drinks servierte. Nichts davon spielte eine Rolle. Nichts und niemand würde mich davon abhalten, mein Unternehmen zu retten und meine unerkannten Feinde auszumerzen.

5. Kapitel

Avery

Die Besatzung hatte sich in der Bordküche versammelt, und die Aufmerksamkeit aller richtete sich auf mich, als ich hereinkam, nachdem ich Hayden Wolf zu seiner Kabine gebracht hatte. »Er scheint zufrieden zu sein«, war alles, was ich ihnen angesichts ihrer offensichtlichen Besorgnis wegen dieser ungewöhnlichen Charterreise sagen konnte. Unten hatte unser Gast ein wenig entspannter gewirkt. Meine Haut prickelte immer noch an der Stelle, an der er mich berührt hatte, um mir zu zeigen, dass ich nicht so viel Aufhebens um ihn machen sollte. Meine Familie schimpfte immer mit mir, wenn ich überfürsorglich war, aber die Gäste genossen meine Aufmerksamkeit im Allgemeinen. Schließlich bezahlten sie mich dafür. »Ich bringe ihm einen Drink, wenn er mit dem Auspacken fertig ist.«

»Kein Handy und kein Computer, Avery, *fuck*«, sagte Neill.

»Stimmt«, antwortete ich. Was sollte ich dazu sagen? Neill und ich hatten bereits mehrere Saisons miteinander gearbeitet, und er kannte mich gut genug, um zu wissen, dass es mich tierisch nerven würde, auf mein Handy zu verzichten, aber in Gegenwart von August und Skylar würde ich meinem Ärger keine Luft machen. Wir mussten uns auf das Positive konzentrieren. »Vielleicht beruhigt er sich nach ein paar Tagen wieder. Andernfalls wird sich diese Unannehmlichkeit stark auf unsere Reise auswirken.« Ich würde einfach regelmäßig an Land gehen müssen, um zu Hause anzurufen.

»Irgendetwas stimmt mit dem Typen nicht«, sagte August, während sie ein Weinglas auf Hochglanz polierte. »Ich meine, wer geht im Anzug an Bord einer Jacht? Obwohl er rattenscharf aussieht.«

Ich starrte sie an und legte mir einen Finger auf den Mund. Wir waren in der Küche, nur wenige Meter vom offiziellen Speisezimmer entfernt. Normalerweise konnte ich die Schritte der Gäste schon auf einen Kilometer Entfernung hören, aber bei Hayden Wolf war ich mir da nicht so sicher.

»Was ist?«, flüsterte sie. »Du musst zugeben, dass er seltsam ist. Scharf, aber seltsam.«

»Er ist eben Brite«, sagte Skylar. »Stimmt's?« Auf der Suche nach Bestätigung drehte sie sich zu mir. »Die sind nun mal ein bisschen pedantisch, aber eins kann ich euch sagen: Die saufen alle, als wollten sie Gold bei den Olympischen Spielen für Alkoholiker gewinnen.«

»Ein potenzieller Ehemann?«, fragte August, an ihre Kollegin gewandt.

»Vielleicht. Ich meine, er ist wirklich unfassbar heiß. Und noch dazu ist er reich, damit erfüllt er schon zwei von drei Voraussetzungen«, antwortete Skylar.

»Er ist *kein* potenzieller Ehemann«, fiel ich ihr ins Wort. »Weil er nämlich ein Gast ist. Und das ist wichtiger als jede Liste von Qualitäten, die ein Ehemann haben muss.«

»Skylar will einen reichen, gut aussehenden Mann, der kein Arschloch ist. Der Typ wird ja nicht für immer auf dieser Jacht bleiben. Sobald die Reise vorbei ist, sind Gäste doch Freiwild«, sagte August.

»Keine von euch sollte so etwas über einen Gast auch nur denken«, widersprach ich. »Wir müssen uns auf die Arbeit konzentrieren.« Ich wusste nicht, ob ich die anderen oder mich selbst zu überzeugen versuchte. »Da wir gerade von der Arbeit sprechen: Er hat mir tatsächlich erzählt, dass er Whiskey mag.« Ich versuchte, Neills Blick auf mich zu ziehen. Er holte gerade Gemüse aus dem Kühlschrank.

Er war schlecht gelaunt, seitdem der Captain verkündet hatte, dass Hayden Wolf keinen Bogen ausfüllen würde, um seine Vorlieben beim Essen und Trinken und seine bevorzugten Freizeitaktivitäten darzulegen, und ich dachte, die Nachricht, dass Hayden gern trank, würde ihn vielleicht ein bisschen aufheitern.

»Hat er irgendwas zum Thema Essen gesagt?«, fragte Neill.

»Nur, dass er manchmal Steak mag und manchmal lieber Fisch.«

Neill verdrehte die Augen und prüfte weiterhin das Gemüse, das vor ihm auf der Theke lag.

»Er scheint nicht besonders penibel zu sein«, sagte ich.

»Bullshit«, murmelte der Koch. Wahrscheinlich war das Essen zu oft zurückgekommen, als dass er sich noch einen Gast auf einer Jacht vorstellen konnte, der nicht penibel war.

»Wir werden es herausfinden.« Jetzt redete ich tatsächlich Unsinn. Normalerweise verriet die Liste der Vorlieben eine Menge darüber, wie fordernd oder wählerisch die Gäste sein würden. Manche dieser Listen umfassten fünfzig Seiten. Andere nur zehn, aber in den sieben Jahren, die ich bereits auf Jachten gearbeitet hatte, hatte ich nie ohne eine solche Liste auskommen müssen. »Ich frage ihn noch mal, wenn ich ihm nachher einen Drink bringe.«

»Sag ihm, er soll den verdammten Bogen ausfüllen«, meldete sich Eric zu Wort. »Offensichtlich hält er Papierkram für unter seiner Würde und erwartet von uns, dass wir Gedanken lesen.«

Im Lauf der Saison kam es unter der Besatzung immer wieder zu Gereiztheit – das war unvermeidlich, wenn man in solch engen Unterkünften lebte und arbeitete und unter starkem Druck stand, weil man anspruchsvolle Gäste zufriedenstellen musste. Ein Job auf einer Jacht hätte selbst aus einem Heiligen ein übellauniges Arschloch gemacht. Aber normalerweise hatten wir bereits ein paar Törns hinter uns, ehe sich die Stresssymptome bemerkbar machten. Diesmal jedoch waren wir noch nicht mal aufgebrochen, und schon fragte ich mich, wie ich die kommenden fünf Monate überstehen sollte.

»Und ich verstehe nicht, warum wir ihn nicht an der Marina abholen konnten. Warum ist er aus irgendeinem unbekannten Hafen eingelaufen? Ist er vielleicht Batman oder so?«, fragte Eric.

»Ich schätze, das liegt an der Geheimhaltung«, antwortete ich. Jetzt waren sie unserem neuen Gast gegenüber unfair. Ich hatte schon Leute von Beibooten einsteigen sehen.

»Ja, aber dass er nur dich und den Captain das Stockwerk mit den Schlafkabinen betreten lässt, ist die eine Sache. Die andere ist, dass wir nicht mal Vorräte anliefern lassen dürfen. Wusstest du das? Kein frisches Gemüse, keine Blumen, einfach rein gar nichts.« Neill schnitt beim Reden in eine Zwiebel. »Wir müssen immer jemanden schicken, der neuen Proviant holt.«

»Tatsächlich?«, fragte ich. Das war ungewöhnlich. »Obwohl wir die gesamten acht Wochen vor der Küste liegen sollen?«

Während ich noch sprach, zuckte ich zusammen, und Neill fing an zu lachen. Ich hätte das Thema nicht ansprechen sollen, denn Eric war stinksauer gewesen, als er erfuhr, dass wir zwei Monate lang keinen Hafen anlaufen würden, und ich wollte nicht, dass seine Stimmung sich noch weiter verschlechterte. Er und sein Team würden Nachtschichten für die Ankerwache einlegen müssen, um sicherzustellen, dass die Jacht den Anker nicht weiterschleppte und wir mit einem anderen Schiff zusammenkrachten.

Eric murmelte etwas Unverständliches und verschränkte die Arme.

Es war wirklich kein guter Start in die Saison.

»Wir lockern ihn ein bisschen auf.« August grinste, und ich warf ihr einen warnenden Blick zu. Ich hatte mir angewöhnt, neue Besatzungsmitglieder rasch einzuschätzen. August war eindeutig ein Mädchen, das sich gern amüsierte. Ich hoffte nur, dass sie wusste, wo die Grenze verlief.

»Ich weiß schon«, sagte sie und rollte mit den Augen. »Keine Berührungen. Keine unangemessenen Gedanken. Aber ein bisschen flirten ist doch erlaubt, oder? Ich meine, schließlich wollen wir doch alle ein üppiges Trinkgeld, nicht wahr?«

August und Skylar waren zwar sehr gegensätzlich, aber schön waren sie beide. August hatte Brüste, für die ich sterben würde, rabenschwarzes Haar und eine sehr laute Stimme. Skylar hingegen war stiller. Sie hatte weißblondes Haar, eine Stupsnase und ein breites Lächeln. Ich hatte Bilder ihrer norwegischen Familie an der Wand neben ihrem Bett gesehen, und sie sahen alle unfassbar gut aus.

»Ich glaube, anstatt zu flirten, sollten wir uns lieber auf den Service konzentrieren«, sagte ich.

»Vielleicht gehört Flirten ja dazu«, gab August zu bedenken, und sie und Skylar fingen an zu lachen.

»Verzeihung«, erklang eine männliche Stimme.

Ich fuhr herum und sah Hayden Wolf, der keinen Anzug mehr trug, weigerte mich aber wahrzunehmen, ob sein Körper wirklich so muskulös und gebräunt war, wie ich ihn mir vorstellte. »Verzeihung, Sir. Was kann ich für Sie tun?« Ich verhielt mich so professionell wie nur irgend möglich.

»Kann man hier irgendwo Wasser bekommen? Leitungswasser reicht.«

In meinen sieben Dienstjahren hatte mich noch nie jemand um Leitungswasser gebeten. Hätte er gewollt, hätte er sich wahrscheinlich vollkommen sauberes Wasser von einem arktischen Gletscher einfliegen lassen können. Ich ertappte mich dabei, dass mir die Vorstellung gefiel, einen unkomplizierten Gast zu haben. Das wäre eindeutig eine Abwechslung gewesen. »Soll ich Ihnen Eis und Zitrone dazu bringen?«

»Wie's gerade passt«, sagte er, drehte sich um und ging wieder in Richtung Speisezimmer. Irgendwie war es unwiderstehlich, dass er eindeutig verdammt viel Geld hatte und trotzdem nicht erwartete, dass man ihm sofort jeden Wunsch erfüllte. Wie war er so geworden? Hatte seine Familie dafür gesorgt, dass er auf dem Teppich blieb, oder gab es einen anderen Grund für seine … Bescheidenheit?

»Wow, er sieht wahnsinnig gut aus«, sagte August. »Und

du hast auch geflirtet mit deinem ›Ja, Sir‹ und ›Soll ich Ihnen Eis und Zitrone bringen‹«, sagte sie mit alberner Klein-Mädchen-Stimme. »Warum darf ich das dann nicht?«

»Ich habe nicht geflirtet, sondern war lediglich höflich. Das ist etwas anderes.« Ich nahm ein Longdrink-Glas aus dem Schrank über der Theke. Hatte ich geflirtet? Nicht bewusst, aber ich hatte mir noch nie zuvor Gedanken über meine Reaktion auf einen Gast machen müssen. Bei diesem Typen würde ich mich vorsehen müssen. Meine Freundinnen hatten mich immer mit meinem eigenartigen Männergeschmack aufgezogen, aber auf herkömmliche Weise attraktive Männer hatte ich noch nie gemocht. Ich glaubte wirklich, dass das Innere eines Menschen durchscheint, darum verstand ich nicht, warum ich mich seit seiner Ankunft zu Hayden hingezogen fühlte. Vielleicht hatte er mehr zu bieten als ein schönes Gesicht; vielleicht war es so etwas wie Tiefe, das mich zu ihm zog.

Ich machte einen Schritt auf die Spüle zu, drehte den Hahn auf und vergewisserte mich, dass das Wasser kalt war. Die Jungen, mit denen ich auf der Highschool zusammen gewesen war, hatten mich mit ihrem Humor oder ihrer Leidenschaft herumgekriegt. Ich konnte nicht anders, als Hayden Wolf wahrzunehmen. Es ergab keinen Sinn. Ich wusste nichts über ihn, und das wenige, das ich aufgeschnappt hatte, warf eher neue Fragen auf, als welche zu beantworten.

Nachdem ich Eis und einen Zitronenschnitz hinzugefügt hatte, brachte ich Hayden den Drink zum Sonnendeck hinauf, wo er sich mit Laptop und Notizblock auf einem Liegestuhl niedergelassen hatte.

»Leitungswasser mit Eis und Zitrone«, verkündete ich, als ich seinen Drink auf dem kleinen Tisch abstellte. Auf einmal kam ich mir lächerlich vor. Schließlich servierte ich kein Drei-Sterne-Menü aus dem Guide Michelin.

Er schob sich die Sonnenbrille auf den Kopf und blickte blinzelnd zu mir hoch. Mit einem süffisanten Grinsen sagte er: »Danke.«

»Gern geschehen. Kann ich noch etwas für Sie tun?«

Sein Blick schweifte zu meinem Mund und dann wieder zurück zu meinen Augen. »Alles gut, danke.« Er hielt meinem Blick ein bisschen zu lange stand, und ich sah weg, auf das Wasser hinaus, hielt das Gesicht in den Maiwind und hoffte, er würde kühl genug sein, um die Hitze zu lindern, die mir in die Wangen stieg.

»Der Tag wird schön. Sagen Sie mir oder einem von der Crew an Deck einfach Bescheid, wenn Sie Jetski fahren möchten oder …« Was würde dieser Typ hier wohl anstellen, so ganz allein ohne Freunde?

Erneut blickte ich ihn an, und er musterte mich noch immer, als wollte er mich analysieren.

»Danke«, sagte er, blinzelte und deutete dann auf seinen Laptop. »Ich habe eine Menge zu tun.«

Mist, hatte ich ihn etwa gestört? »Natürlich.« Ich drehte mich um und ließ ihn mit seinem mobilen Büro allein.

Als ich den Hauptsalon betrat, erwartete mich bereits Captain Moss. Die Hände in den Hosentaschen, bat er mich mit einem Kopfnicken zu sich.

»Bitte überprüfen Sie die Schlafkabinen, wenn Sie mal Glück haben und der Gast nicht dort ist«, sagte er. »Ich möchte sichergehen, dass er nichts tut, was er nicht tun sollte. Ich werde nicht hinnehmen, dass er mein Patent gefährdet, wissen Sie.«

»Glauben Sie, dass wir Grund zur Sorge haben?«

Captain Moss zuckte mit den Schultern. »Einige seiner Forderungen sind ungewöhnlich. Wir müssen vorsichtig sein. Aber Sorgen mache ich mir erst, wenn ich Grund dazu habe.«

Ich betastete den Schlüsselring, den ich an der Taille trug, und meine Finger fanden die Schlüssel zu seiner Kabine und zum Büro. »Ich mache noch ein bisschen Ordnung. Er ist bestimmt noch nicht dazu gekommen, sich häuslich einzurichten.«

»Kommen Sie zu mir, wenn Sie fertig sind.«

»Ja, Sir.«

Captain Moss verließ den Salon, und ich ging zurück in die Bordküche.

»Kannst du im Wäscheraum anfangen?«, fragte ich August. »Und Skylar, du deckst bitte den Tisch für den Lunch und siehst in etwa zwanzig Minuten nach Mr Wolf. Vielleicht braucht er etwas. Ich überprüfe die Etage mit den Schlafkabinen, jetzt, wo die Koffer eingeräumt sind.« Wir wechselten jedes Mal die Handtücher, reinigten die Toiletten und Waschbecken, nachdem die Gäste sich nach der Ankunft frisch gemacht hatten, also würde ich das auch jetzt tun. Und wenn er mich dabei erwischte, würde ich ihm einfach erzählen, dass es eine Verwechslung bei den Schlüsseln gegeben hatte.

Mit pochendem Herzen steuerte ich auf die Treppe zu. Ich tat nichts Unrechtes – der Captain hatte mich schlicht gebeten, nach dem Rechten zu sehen.

Selbst wenn sich nichts Konkretes ergab, würde ich vielleicht einen Hinweis darauf finden, warum jemand, der reich genug war, um eine Jacht wie diese zu chartern, klaglos Leitungswasser trank und sich nicht die Mühe machte, uns über seine Vorlieben beim Essen und Trinken in Kenntnis zu setzen. Warum sich jemand, der derart gut aussah, allein in diesem Mittelmeerparadies aufhielt. Auch wenn er arbeiten musste – wollte er denn allein zu Abend essen? Nie zuvor war mir ein reicher Mann ohne attraktive Frauen im Schlepptau begegnet, die nur zu gern ihre Zeit mit ihm verbrachten.

Ich holte zwei saubere Handtücher und ein paar Putzlappen aus dem Wäscheraum. Als ich die untere Etage erreichte, hielt ich die Luft an und lauschte an der Treppe nach oben, ob jemand kam. Das entfernte Geräusch der Trockner im Wäscheraum war das Einzige, das ich hörte.

Ich holte die Schlüssel heraus und schloss die Tür zur Mastersuite auf. Dann suchte ich den Raum ab, konnte aber nichts Ungewöhnliches entdecken. Alles sah genauso aus wie zu dem Zeitpunkt, als ich ihn zu seiner Kabine geführt hatte. Aber … wo waren all seine Sachen? Ich öffnete die Schubladen neben seinem Bett. In der oberen Lade lagen ein paar Notizbücher, und in der unteren befanden sich einige altmodische Aktenmappen und ein Tablet. Ich schloss die Schublade und ging zum Wandschrank. Er hatte seine Sachen ausgepackt und alles ordentlich aufgehängt, einschließlich des Anzugs, den er bei der Ankunft getragen hatte. Ich richtete die Kleiderbügel; ein erdiger, maskuliner Duft hüllte mich ein. Er schien Kleidung zu besitzen, die dem Aufenthalt auf einer Jacht angemessen war, darum hatte ich keine Ahnung, warum er im Anzug angereist war, so gut der ihm auch stehen mochte. Vielleicht hatte er in aller Frühe ein Arbeitsfrühstück gehabt?

Ich überprüfte die Laden und fand nichts außer seiner Unterwäsche. Ich hob die Koffer an, die an einer Seite gestapelt waren, aber sie schienen leer zu sein. Nachdem ich das Badezimmer überprüft, aber nichts gefunden hatte, was den Captain beunruhigen würde, tauschte ich die Handtücher aus, putzte das Waschbecken und ließ den Blick ein letztes Mal durch den Raum schweifen. Neben seinem Bett lag ein Buch. Es lag nicht an Captain Moss' Anweisung, dass ich genauer hinsah. *Der Marsianer.* Ein altes Foto lugte als Lesezeichen oben heraus. Fasziniert schob ich den Finger zwischen die Seiten, um das ganze Bild zu enthüllen, und sah genauer hin. Die Aufnahme zeigte eine Familie. Alle lächelten. Sie standen in einer Reihe, hatten einander die Arme um die Schultern gelegt, im Hintergrund waren Bäume zu sehen. Zwei Teenager standen auf der einen Seite, daneben ihre Eltern. Einer der Jungen war Hayden, sein Haar war etwas länger, als er es jetzt trug, sein Körper etwas weniger stattlich, aber schon attraktiv. Er war vermutlich achtzehn oder neunzehn Jahre alt. Der Junge neben ihm, dem Schnitt von Nase und Kinn nach zu urteilen sein Bruder, trug einen Bürstenhaarschnitt. Beim Anblick der glücklichen Szene musste ich lächeln. Der junge Hayden hatte nichts Kaltes oder Geheimnisvolles an sich. Nichts Reserviertes lag in seinem breiten Lächeln.

Ich fuhr herum, denn im Treppenaufgang hatte ich etwas knarren gehört. August und Skylar wussten, dass sie hier unten nichts zu suchen hatten. Ich legte das Buch wieder an seinen Platz zurück und huschte zur Tür, um zu lauschen.

Wahrscheinlich hatte das Schiff ein seltsames Geräusch von sich gegeben.

Ich griff nach dem Türknopf und wollte die Kabine verlassen, ehe Hayden Wolf mich erwischen konnte, aber dann hörte ich, dass sich auf der anderen Seite der Tür ein Mann räusperte, und ich erstarrte. *Mist.* Wir waren erst seit wenigen Stunden unterwegs, und unser Gast würde uns womöglich schon wieder verlassen. Ich blickte über die Schulter. Eine Sekunde lang zog ich in Erwägung, mich im Wandschrank zu verstecken, aber auf diese Weise würde ich nur noch tiefer in Schwierigkeiten geraten. Das Klimpern der Schlüssel vor der Trennwand aus Nussbaumholz bedeutete, dass es kein Zurück mehr gab.

Ich zog die Tür auf und stand Hayden Wolf gegenüber.

6. Kapitel

Hayden

Ich war noch keine Stunde auf dieser Jacht, und schon ging alles schief. Ich hatte ausdrücklich Anweisung gegeben, dass die Räume hier unten verschlossen bleiben sollten und dass nur ich einen Schlüssel haben durfte. »Was machen Sie hier unten?«, blaffte ich Avery an. Ich versuchte, ruhig zu bleiben, grub mir aber die Fingernägel in den Handballen.

Avery schluckte und neigte den Kopf auf eine Art, die ich in jeder anderen Situation sehr erregend gefunden hätte, aber in diesem Augenblick wollte ich einfach nur eine ehrliche Antwort von ihr. »Es tut mir leid, wenn ich Sie gestört habe. Das war nicht meine Absicht. Ich habe nur nachgesehen, ob Sie alles Nötige haben. Frische Handtücher bringen und ein bisschen Ordnung machen. Das ist alles.« Sie hob die Arme, um mir das Handtuch zu zeigen, das ich nur einmal benutzt hatte.

»Ob ich alles Nötige habe? Alles, was ich brauche, ist Privatsphäre – Leute, die sich aus meinen Angelegenheiten heraushalten.« Sollte ich einfach meine Sachen packen und verschwinden? Ich blickte an ihr vorbei in meine Kabine. Was hatte sie hier zu suchen? Ich war so vorsichtig gewesen. »Warum schnüffeln Sie hier herum?«

»Mr Wolf, es ist mein Job, dafür zu sorgen, dass Sie auf dieser Jacht Sieben-Sterne-Service bekommen. Diese Verantwortung nehme ich sehr ernst.«

»Aber worum ich gebeten habe, ist Privatsphäre. Sie haben gesagt, nur ich hätte einen Schlüssel.«

»So ist es auch, aber natürlich habe auch ich einen Satz Schlüssel. Ich bin vollkommen unwichtig. Wenn ich meinen Job mache, bin ich unsichtbar. Ich bin hier, um Sie mit allem zu versorgen, was Sie sich wünschen, ehe Sie überhaupt merken, dass Sie es brauchen – ich muss Ihre Wünsche vorhersehen. Ich werde nicht warten, bis Sie mich bitten, Ihre Handtücher zu wechseln oder den Müll zu entsorgen. Ich erledige meinen Job nicht richtig, wenn Sie sich auf etwas anderes konzentrieren müssen als auf die wundervolle Zeit, die Sie auf diesem Schiff verbringen.«

Ich atmete tief durch. Sie schien ihrer Arbeit tatsächlich mit Leidenschaft nachzugehen, aber das war nicht das, worum ich gebeten hatte. »Ich werde hier eine wundervolle Zeit haben, wenn ich meine Arbeit ungestört erledigen kann, ohne dass ich mir Sorgen machen muss, weil meine Forderungen nicht erfüllt werden.«

Sie zuckte zusammen, als täte es ihr tatsächlich weh, die Wünsche eines Gastes zu ignorieren. Sie sah zerknirscht aus, und es wirkte aufrichtig, aber ich hatte das Vertrauen in meine Menschenkenntnis verloren. »Es tut mir leid, wenn ich etwas getan habe, das Sie nicht wollten, und wenn es nach mir ginge, würde ich Ihnen meinen Schlüssel nur zu gern geben, aber wenn Sie wollen, dass ich keinen Zutritt zu Ihrer Kabine mehr habe, müssen wir darüber mit Captain Moss sprechen.«

Das Letzte, was ich erwartet hätte, war der Vorschlag, mit ihr zu ihrem Chef zu gehen. »Wollen Sie damit sagen, er besteht darauf, dass Sie meine Handtücher wechseln, ehe ich bemerke, dass es notwendig ist?«

»Nein, so was überlässt er mir. Aber er hat andere Bedenken. Er ist im Ruderhaus.«

Sie stieg mir voran die Treppe hinauf, und ich versuchte, nicht darauf zu achten, wie ihr nahezu perfekter Hintern ihren Kakirock ausfüllte. Wäre ich zu einer anderen Zeit in meinem Leben mit einer so schönen Frau wie Avery Walker konfrontiert gewesen, vor allem mit einer, die behauptete, *meine Wünsche vorhersehen* zu wollen, hätte sie innerhalb einer halben Stunde nach unserer ersten Begegnung nackt unter mir gelegen. Allmählich hatte ich das Gefühl, dass Avery gar nicht wusste, wie verführerisch und sexy sie war. Sie strahlte es förmlich aus, bei jedem Schritt, bei jeder Bewegung. Aber ich würde mich von Avery Walker nicht ablenken lassen. Ich wollte wissen, was Captain Moss für Bedenken hatte und warum zum Teufel meine Bitte um Privatsphäre nicht beachtet worden war.

Avery klopfte und wartete auf die Antwort des Captains, ehe sie die Tür öffnete. Wir waren zwar nicht bei der Royal Navy, dennoch gab es eine sehr klare Befehlskette. Wir stiegen zwei Stufen hinauf in einen hellen, halbrunden Raum mit Blick über das Mittelmeer.

Captain Moss' Blick huschte von Avery zu mir. »Mr Wolf, ist alles in Ordnung?«

Avery verschränkte die Hände auf dem Rücken und blickte mich an.

Als ich nichts sagte, ergriff sie das Wort. »Mr Wolf hat mich angetroffen, als ich seine Kabine aufgeräumt habe, und er ist besorgt, weil ich einen Schlüssel habe«, sagte sie kopfschüttelnd und presste die üppigen Lippen aufeinander.

Der Captain nickte. »Verstehe.«

Entweder war er nicht überrascht, oder er war daran gewöhnt, seine Gefühle zu verbergen.

»Muss ich mir Sorgen machen?«, fragte er Avery.

»Nach allem, was ich gesehen habe, würde ich sagen: Nein«, antwortete sie.

Ich konnte diesem Gespräch nicht mehr folgen. Es klang, als hätte Avery meine Kabine durchsucht. »Ich dachte, ich hätte mich klar ausgedrückt. Zwei Kabinen müssen abgesichert sein, und zu diesen habe nur ich die Schlüssel«, sagte er.

»Nun, Sie wollen doch sicher, dass Avery ihre Arbeit machen kann. Und selbst wenn nicht – es ist ausgeschlossen, dass mir der Zugang zu einer Kabine auf dieser Jacht verwehrt ist. Lassen Sie mich das erklären«, sagte der Captain und deutete auf eine halbrunde Sitzbank hinter einem polierten ovalen Tisch, von dem aus man das Meer überblicken konnte.

Ich setzte mich, wobei ich wie stets sorgfältig darauf achtete, meine Frustration nicht zu zeigen. Captain Moss nahm auf der anderen Seite des Tisches Platz.

»Als Kapitän unterliege ich einer enormen Anzahl von Vorschriften und Bestimmungen. Ein Raum, zu dem ich keinen Zutritt habe – ob direkt oder durch meine Chefstewardess –, ist nicht akzeptabel. Alles, was auf diesem Schiff passiert, liegt in meiner Verantwortung.«

»Wollen Sie damit sagen, dass Sie alle Gäste ausspionieren?«

»Absolut nicht. Und es ist auch nicht unsere Absicht, Sie *auszuspionieren.* Als Chefstewardess verfügt Avery über einen Satz Schlüssel, damit sie ihre Arbeit machen und Ihnen den Aufenthalt so angenehm wie möglich gestalten kann. Ich habe schon früher mit ihr gearbeitet, und sie ist grundehrlich – ich vertraue ihr vollkommen. Aber ich habe sie gebeten, zu überprüfen, ob wir Grund zur Sorge haben. Wenn Sie Drogen an Bord bringen, bin ich meinen Job los.«

»Drogen?«, fragte ich. Sah ich aus wie jemand, der Drogen nimmt? War die Farbe meines Anzugs zu grell?

»Nur ein Beispiel. Irgendetwas Illegales.«

»Ich tue nichts Illegales.«

»Sicher verstehen Sie, dass Ihre wiederholten Bitten um höchste Geheimhaltung über das Übliche hinausgehen und deshalb einen gewissen Argwohn erregen«, sagte der Captain.

Ich atmete durch. Ich wünschte, ich wäre hier, um abzuschalten und ein bisschen zu entspannen, und die abgeschlossenen Türen und von Kurieren gelieferten Pakete, die ich bald in Empfang nehmen würde, könnten mir völlig egal sein. Himmel, wenn das losging, würden sie mich erst recht für einen Drogendealer halten.

»Und damit meine ich nicht nur, dass ich nicht mehr Kapitän dieses Schiffs sein dürfte. Ich würde mein Patent verlieren, und meine Karriere wäre vorbei. Für mich steht zu viel auf dem Spiel, als dass ich unnötige Risiken eingehen würde.«

Das Gefühl kannte ich. Mir stand die sehr realistische Möglichkeit vor Augen, dass mein Unternehmen zerstört wurde, wenn ich in den kommenden acht Wochen nichts Substanzielles zustande brachte. Ich hatte Moss ebenso gründlich checken lassen wie die gesamte Crew. Sein Ruf war über jede Kritik erhaben, und er war der Grund, warum ich mich für die *Athena* entschieden hatte. In diesem Augenblick zeigte er mir das ganze Ausmaß seiner Rechtschaffenheit. »Ich bin nicht hier, um etwas Unerlaubtes zu tun. Ich bin hier, um zu arbeiten. Dass ich so erfolgreich bin, macht mich zur Zielscheibe von Menschen, die Dinge in Erfahrung bringen wollen, ehe ich bereit bin, sie öffentlich zu machen, und deshalb ergreife ich alle möglichen Vorsichtsmaßnahmen«, erklärte ich.

Ich warf Avery einen Blick zu, die vor Erleichterung förmlich in sich zusammensank, obwohl ihre Miene sich nicht veränderte. Sie zeigte eine Fassade freundlicher Geschäftsmäßigkeit, aber ich hatte das Gefühl, dass sich ein Blick hinter die Kulissen lohnen würde.

»Ich leite ein Unternehmen für Finanzdienstleistungen«, fuhr ich fort. »Die Regulierungsbehörde würde meine Firma schließen, wenn ich mich an illegalen Aktivitäten beteiligen würde.«

»Verstehe, aber ich muss genauso vorsichtig sein wie Sie.« Captain Moss musterte Avery. »Und ich kann Ihnen versichern, dass Sie sich in vertrauenswürdigen Händen befinden. Wenn Sie sich mit den anderen nicht wohlfühlen, können Sie sich ganz auf Avery verlassen.«

Ich nickte, denn ich verstand Captain Moss' Haltung, aber ich glaubte nicht mehr, dass ich mich außer auf meinen Bruder auf irgendjemanden verlassen konnte, obwohl ich das nicht laut sagen würde. »Ich habe nichts vor Ihnen zu verbergen, aber meine geschäftlichen Angelegenheiten halte ich aus guten Gründen geheim.«

»Vielleicht finden wir eine Lösung, die für beide Seiten funktioniert. Wie Sie verlangt haben, ist Avery das einzige

Besatzungsmitglied, das Zugang zur Etage mit den Schlafkabinen hat, und außer ihr hat auch niemand Zugang zu den Schlüsseln. Das kann ich Ihnen versichern. Und Avery auch.«

Avery nickte. »Ja, absolut. Ich habe die anderen Crewmitglieder schon informiert, dass nur ich nach unten gehen darf.«

»Sie haben sie genau überprüft. Sie wissen, dass sie vertrauenswürdig ist. Wenn Ihr Computer und ein paar Unterlagen das Einzige sind, das sie nicht sehen soll, dann kann ich Ihnen versichern, dass sie sich nichts davon ansehen wird. Beim Reinigen wird sie die Gegenstände auf Ihrem Schreibtisch nicht anfassen, und wenn Sie es doch tut, werden Sie es sicherlich bemerken, nicht wahr?«

Captain Moss' Worte klangen vernünftig, und er hatte recht, Landon hatte jeden einzelnen auf dieser Jacht überprüft. Außerdem konnte ich meine Unterlagen definitiv auf eine Weise zurücklassen, dass eindeutig zu sehen war, ob jemand sie angefasst hatte, und darüber hinaus hatte ich tatsächlich nichts zu verbergen. »Ich sage klar und deutlich, dass sie meinen Schreibtisch nicht anfassen soll. Überhaupt nicht. Nicht einmal, um ihn zu putzen. Ich wäre sehr enttäuscht, wenn ich feststellen müsste, dass etwas darauf verschoben wurde.« Hochsensible Unterlagen konnte ich in meinem Aktenkoffer lassen.

»Ich werde auf Ihrem Schreibtisch nichts anrühren, Mr Wolf. Da können Sie vollkommen sicher sein.«

Ihre rauchige Stimme und ihr verzweifelter Wunsch, es mir recht zu machen, nahmen mir den Wind aus den Segeln, und ich ertappte mich dabei, dass ich weich wurde.

»Außerdem möchte ich, dass Sie den Schlüssel immer bei sich haben. Dass Sie ihn nirgendwo hinlegen, wo jemand ihn finden und einstecken könnte«, sagte ich so schroff wie möglich.

Avery nickte. »Kein Problem. Ich trage ihn stets an meinem Gürtel.« Sie nahm ein klimperndes Schlüsselbund ab, das an einem einziehbaren Ring zu hängen schien.

»Gut, dann also abgemacht.« Ich schlug mit der flachen Hand auf den Tisch und stand auf. »Ich möchte nicht, dass ohne mein ausdrückliches Einverständnis von diesem Plan abgewichen wird.«

»Selbstverständlich. Und vielen Dank für Ihr Verständnis«, sagte Captain Moss, während er mir die Hand schüttelte.

Mir gefielen die Loyalität und das Vertrauen, das Moss Avery gegenüber an den Tag gelegt hatte, und mir gefiel auch der Respekt, den die beiden offensichtlich füreinander empfanden. Er wirkte aufrichtig, und ich wusste, dass so etwas nur schwer zu finden war. Das war der Grund, warum ich bei den beiden ein Risiko einging. Ich hoffte, dass es diesmal richtig war, meinem Instinkt zu vertrauen und auf Avery Walker zu setzen.

7. Kapitel

Avery

»Wartest du, dass er zu tanzen anfängt?«, fragte Schiffskoch Neill und deutete mit dem Kinn auf den Kessel, in dem das Wasser kochte.

Ich hatte ins Leere geblickt und darüber nachgedacht, wie ich möglichst oft an Land kommen konnte, um meinen Dad anzurufen. Nun holte mich die Realität abrupt wieder ein. Ich lächelte Neill an und goss heißes Wasser in die French Press. »Ich bin wohl noch nicht ganz wach heute Morgen«, antwortete ich.

»Schade, dass unser Gast nicht dasselbe Problem hat.«

»Ach wirklich? Wann ist er denn aufgetaucht?«, fragte ich und deutete mit einem Kopfnicken auf die Tür, die von der Bordküche zum Hauptdeck führte, wo Hayden saß.

»Keine Ahnung. Ich bin ungefähr zehn Minuten vor dir gekommen. Da saß er schon an seinem Laptop.«

Er hatte also keinen Witz gemacht, es handelte sich tatsächlich um einen Arbeitsurlaub. »Ich schätze, das ist es, was nüchterne Gäste tun.«

Neill stöhnte. Hayden hatte zum Dinner ein halbes Glas Wein getrunken, sich aber nicht zu mehr verführen lassen, und den Whiskey nach dem Dinner hatte er abgelehnt.

»Wenigstens gab es keine Klagen über das Essen«, sagte ich. Er hatte den Teller leergegessen, und irgendwie gefiel mir, dass er in dieser Hinsicht kein bisschen heikel war. Ich stellte mir ihn und seinen Bruder am Küchentisch in ihrem Elternhaus vor, wo sie dasselbe taten, wenn ihre Mutter ihnen Hackbraten oder so was vorgesetzt hatte. Vermutlich hatte seine Familie dafür gesorgt, dass er nicht abhob.

»Viele Komplimente gab es aber auch nicht.« Wie die meisten Köche war Neill empfindlich, wenn es um die Gerichte ging, die er zubereitete, und als seine Freundin bedauerte ich, dass es ihm an Selbstvertrauen fehlte, denn seine Kochkünste waren großartig.

»Also ehrlich, er ist Brite, und du weißt doch, wie reserviert die in solchen Dingen sein können. Ich könnte mir vorstellen, dass ihm Essen einfach nicht so viel bedeutet.« Da Hayden Wolf wiederholt beteuert hatte, er habe beim Essen und Trinken keine besonderen Vorlieben, war ich mir ziemlich sicher, dass Neill auch Käsemakkaroni hätte servieren können – Hayden Wolf wäre damit zufrieden gewesen. Er wirkte nicht wie der typische verwöhnte Millionär, der Hummer oder Kaviar einfach deshalb bestellte, weil er es konnte, ihn dann aber unvermeidlich stehen ließ, weil er zu betrunken war, was wiederum dazu führte, dass er mir an den Hintern griff, ebenfalls einfach nur, weil er es konnte.

Ich drückte den Stempel der Kaffeekanne hinunter. Mr Wolf war offenbar weniger anspruchsvoll als die meisten Gäste. Er war nicht daran interessiert, seine Macht auszuüben, indem er uns alle so hoch wie möglich springen ließ.

»Das erschwert mir die Arbeit nur noch mehr.«

Ich würde versuchen, unserem geheimnisvollen Passagier weitere Informationen zu entlocken, damit er und Neill gleichermaßen zufrieden waren.

»Soll ich das übernehmen?«, fragte August, als sie in die Küche kam und sich das Poloshirt in den Rock steckte.

»Nein, schon gut. Ich mache das«, antwortete ich. Ich freute mich darauf, Hayden den Kaffee zu bringen. Vielleicht hatte er beschlossen, sein Hemd auszuziehen. Nicht, dass ich ihn beobachten würde oder so.

»Der Typ ist echt ein Arschloch. Gott sei Dank haben wir nur einen von der Sorte, weil er keine Freunde mitgebracht hat«, sagte August.

Mir gefiel nicht, dass der Rest der Crew so hart über ihn urteilte. Ich wusste, dass wir das mit jedem Gast so machten, aber Hayden hatte nichts getan, womit er diese Behandlung verdient hätte. Im Gegensatz zu manch anderem Gast machte er uns das Leben nicht zur Hölle.

Ich zog die Augenbrauen hoch. »Warum hast du so schlechte Laune?«

»Habe ich gar nicht. Ich habe gestern nur gehört, wie er dich angeschrien hat«, sagte sie.

Ich blickte zu Neill auf. Hatten die beiden etwa getratscht? Die Küche war das Herz der Jacht, und der Schiffskoch wusste immer besser als alle anderen, was gerade vor sich ging.

»Es war ein Missverständnis«, sagte ich. Ich wusste, dass Haydens Frustration sich nicht auf mich persönlich richtete. Er war keiner von diesen verwöhnten Typen.

»Wenn er mich anschreit, schreie ich einfach zurück«, sagte August. »Mir ist egal, wie reich jemand ist. Er soll die Leute trotzdem respektvoll behandeln.«

Ich legte den Kopf schief. »Wenn du einen Gast anschreist, egal, aus welchem Grund, werfe ich dich raus.«

Hayden Wolf hatte nicht geschrien, und selbst wenn er es getan hätte – er hatte Grund, wütend zu sein.

Sie verdrehte die Augen. Es war Augusts zweite Saison, und ich war mir ehrlich gesagt nicht sicher, ob sie das ruhige Gemüt hatte, das man als Stewardess auf einer Superjacht brauchte. Hoffentlich konnte ich ihre Ecken und Kanten ein bisschen abschleifen, indem ich als gutes Beispiel voranging.

»Ich meine es ernst, August. Gäste, die sich eine solche Jacht leisten können, stehen normalerweise unter großem Druck. Wenn sie gelegentlich die Beherrschung verlieren, besteht unsere Aufgabe darin, nicht genauso zu reagieren.«

Sie zuckte mit den Schultern, widersprach mir aber nicht.

»Und jetzt fang bitte mit der Wäsche an«, ordnete ich an, nahm das Tablett mit dem Kaffee und stieg die Treppe hinauf zu Mr Wolf, der auf dem Hauptdeck saß.

»Guten Morgen, Sir. Kaffee, Saft, die *Financial Times* und das *Wall Street Journal*«, sagte ich, als die Schiebetür aufglitt. Ich bückte mich und stellte das Tablett auf den Tisch neben seinem Liegestuhl und musterte ihn kurz, um zu sehen, wie er reagierte. Mit den muskulösen, gebräunten Beinen und dem leicht gelockten Haar, das am Tag zuvor glatter gewirkt hatte, sah er aus wie jeder andere Gast auch. Ich konnte mir nicht vorstellen, dass er sich beim Einkauf seiner Kleidung viel Mühe gab, und angesichts seiner Reaktion auf mein Angebot, die Koffer für ihn auszupacken, erschien es mir unwahrscheinlich, dass er einen Stylisten oder so etwas hatte, der sie ihm besorgte. Das teuer wirkende zerknitterte Leinenhemd, das er leider nicht ausgezogen hatte, und die blauen French Shorts hatte ihm vielleicht seine Freundin gekauft.

»Weil ich Brite bin?«, fragte er und deutete auf die *Financial Times.*

Er war eindeutig ein Morgenmuffel. »Nein, Sir, die haben wir für jeden Gast an Bord.«

Er schob seinen Laptop zum Ende der Liege. »Sie müssen nicht Sir zu mir sagen. Hayden reicht.«

»Ich hätte noch eine Bitte«, sagte ich und klemmte mir das Tablett unter den Arm. »Schiffskoch Neill wäre Ihnen sehr dankbar für einen Hinweis zu Ihren Vorlieben, was das Essen angeht. Gibt es etwas Spezielles, das wir für Sie auf die Speisekarte setzen sollen?«

»Ich habe es ernst gemeint, als ich gestern sagte, dass es mir egal ist.«

Neill ging die Wände hoch, weil diesem Typen die Mahlzeiten einfach egal waren, und ich fand es schrecklich, dass er derart gestresst war. Ich blickte hinaus auf das Wasser. Das dunstige Licht der Sonne, die am Horizont hing, ließ die Küstenlinie verschwimmen, als gäbe es eine Art Kraftfeld zwischen Wasser und Land. »Es wird ein sehr heißer Tag. Wie wär's mit Obst, Joghurt und Toast zum Frühstück? Hühnchen, Ziegenkäse und Granatapfelsalat zum Mittagessen, und wie wäre es mit einem Filetsteak in Brunnenkresse-Sauce zum Dinner?« Tatsächlich empfahl ich ihm meine Lieblingsgerichte.

Ein Moment der Stille folgte, und ich wartete auf seine Antwort. Vielleicht fühlte er sich von mir bedrängt und ärgerte sich. Manche Männer – ich war der Meinung, dass es die weniger selbstbewussten waren – reagierten ungehalten auf eine Stewardess, die sie in eine bestimmte Richtung zu lenken versuchte.

»Ich finde, das klingt, als hätten Sie meine Gedanken gelesen und mein Lieblingsessen beschrieben.«

Ich wollte ihm sagen, dass es tatsächlich meine bevorzugten Gerichte waren, aber das wäre vermutlich zu vertraulich gewesen. »Gedankenlesen gehört zum Gesamtpaket«, antwortete ich und versuchte zu verbergen, wie sehr ich mich über seine Reaktion freute.

Seine Mundwinkel zuckten, und unwillkürlich fragte ich mich, ob er gut küssen konnte. »Gut zu wissen. Für diese Fähigkeit habe ich vielleicht Verwendung.« Er zögerte, fast als wollte er noch etwas sagen, aber dann legte er sich den Laptop wieder auf die Knie, während ich mich im Geist selbst beglückwünschte, weil ich diesen Typen dazu gebracht hatte, ein bisschen lockerer zu werden und sich auf ein Gespräch einzulassen. Er hörte auf zu tippen. »Ach übrigens, wenn Sie ein paar Kohlenhydrate reinschmuggeln könnten, wäre alles super.«

»Kein Problem.« Eigentlich wollte ich wieder gehen, aber ich wollte Neill gern mehr mitbringen als nur die Essenswünsche für diesen Tag. Und es war meine Aufgabe, dafür zu sorgen, dass Hayden Wolf bekam, was er wollte.

»Ich nehme an, in Ihrer Branche arbeiten Sie gern mit Leuten, die ihr Bestes geben wollen. Leute, die hundert Prozent geben und auf ihrem Gebiet hervorragend sind?«

Mit gerunzelter Stirn blickte Hayden von seinem Laptop auf.

»Wissen Sie, genau das würde unsere Crew gern für Sie tun, aber unsere Fähigkeiten im Gedankenlesen sind nun mal begrenzt. Wir wollen für Sie unser Bestes geben. Neill ist ein fantastischer Koch. Diese Jacht verfügt über wunderbare Möglichkeiten – Jetskis, einen Poolbereich, den wir ins Meer verlagern können und in dem Sie gegen Quallen geschützt sind. Wir haben sogar eine aufblasbare Banane.« Ich zögerte. »Aber das ist wahrscheinlich nicht so Ihr Ding.« Es war ohnehin kaum vorstellbar, dass Hayden Wolf irgendetwas nur zum Spaß tat, aber ich war mir absolut sicher, dass er eines Tages ins Grab steigen würde, ohne rittlings auf einer aufblasbaren Banane gesessen zu haben. »Wir sind hier, um Ihnen hundert Prozent zu geben. Und was wir tun, tun wir gern. Ich weiß, dass Sie furchtbar beschäftigt sind, aber wenn Sie dem Bogen mit Ihren Vorlieben Ihre Aufmerksamkeit widmen könnten, würde das vielleicht für etwas Ablenkung zwischen den Telefonaten sorgen.« Ich legte ein leeres Formular vor ihm ab, das ich zuvor im Ruderhaus ausgedruckt hatte. »Das hier ist eine ungewöhnliche Charterreise für uns – nur ein Gast, acht Wochen lang.« Ich zuckte mit den Schultern. »Wir wären Ihnen für ein paar Anweisungen wirklich dankbar.«

Er sagte nichts, blickte mich aber nach wie vor aus dunkelblauen Augen an, als ich meine kleine Ansprache beendet hatte. »Ich sehe es mir an«, sagte er schließlich.

»Entschuldigen Sie. Ich wollte nicht aufdringlich sein. Ich wollte nur …«

»Ich sehe es mir an.« Er hatte gesagt, was er sagen wollte.

»Danke.« Ich ging zurück zum Hauptsalon. Es war kein Versprechen, aber vielleicht würde er sich tatsächlich etwas einfallen lassen, und wenigstens konnte ich Neill den Speiseplan für diesen Tag vorlegen.

»Avery.«

Ich drehte mich zu ihm, um.

Den Blick weiterhin auf den Laptop gerichtet, sagte er: »Ich möchte gern so viel wie möglich mit Ihnen zu tun haben. Eigentlich sogar ausschließlich mit Ihnen.«

Ich lächelte weiter, während in meinem Unterleib Hitze aufstieg. Er wollte mehr Zeit mit mir verbringen? Oder mochte er Skylar und August einfach nicht?

»Es könnte die Dinge vereinfachen. Ich möchte den Small Talk der anderen Crewmitglieder nicht abwehren müssen.«

Ich nickte. Natürlich, darum ging es. Es war nichts Persönliches. Ich war einfach nur ranghöher und besser in der Lage, die tausend Fragen hinunterzuschlucken, die ich ihm gern gestellt hätte. Wie war er so jung an so viel Geld gekommen? Womit hatte er sich Feinde gemacht?

Wie war seine Familie? War er verheiratet? Ich konnte mich zurückhalten – würde mich dazu zwingen –, aber bei August war ich mir da nicht so sicher, deshalb ergab seine Bitte durchaus Sinn. Hoffentlich hatte das wenigstens zu bedeuten, dass ich meinen Job gut machte.

»Kein Problem«, antwortete ich. »Ich müsste Ihre Kabine reinigen, wenn das in Ordnung ist?«

Hayden atmete durch, dann schwang er die Beine über die Liege und stand auf. »Ich wäre gern dabei … Wenn das in Ordnung ist.«

Das Letzte, was ich wollte, war, unter Aufsicht zu stehen, während ich seine Kabine auf links drehte, aber natürlich schlug ich einem Gast niemals etwas ab. »Okay, aber es muss nicht sofort sein, wenn Sie erst Ihren Kaffee trinken möchten.«

»Ist schon okay. Ich passe mich Ihnen an.« Er fuhr sich mit beiden Händen durch das leicht gelockte Haar. »Ich kann da unten genauso gut arbeiten wie hier oben.«

Nichts an dieser Reise ergab einen Sinn – er musste doch wissen, dass ich mich ihm anpassen musste und nicht umgekehrt. Aber darüber konnte ich mich nicht ständig mit ihm streiten, darum beschloss ich, ihn beim Wort zu nehmen. »Vorsicht. Womöglich drücke ich Ihnen einen Scheuerlappen in die Hand«, neckte ich ihn und ging ihm voran ins Innere der Jacht.

Er lachte, sagte aber nichts.

Im Schlafzimmer angekommen, klappte er seinen Laptop auf und nahm an dem kleinen Tisch unter dem Fenster Platz. Ich machte mich an die Arbeit.

Nie hatte ich mich mehr wie eine Hilfskraft gefühlt als in dem Augenblick, in dem Hayden Wolf zu arbeiten begann, während ich putzte. Normalerweise machte es mir nichts aus, für Reiche und Berühmte das Dienstmädchen zu spielen. Alle Gäste schienen zu einem einzigen zu verschmelzen, und ich konnte gut zwischen mir selbst und meinem Job unterscheiden. Vielleicht lag es daran, dass Hayden allein hier war, oder daran, dass er nicht viel älter als ich war, aber die Distanz zwischen ihm und mir kam mir nicht so groß vor wie bei anderen Gästen. Und ich wollte nicht, dass er mich als Stewardess sah. Ich wollte, dass er die Frau hinter der Uniform sah, eine Frau, die das College hätte besuchen, die so viel mehr hätte tun können, als seine Kabine zu putzen und ihm das Bettzeug zu wechseln.

Ich blickte Hayden weiterhin an, während er seine Aufmerksamkeit wie einen Laserstrahl auf den Laptop richtete, gelegentlich die Stirn runzelte oder den Kopf schüttelte. Konnte ich ihm irgendwie behilflich sein? Schließlich hatte er keinen persönlichen Assistenten mit an Bord gebracht, was durchaus üblich war, obwohl die sich meistens lieber irgendwo an Land als auf der Jacht aufhielten.

»Was meinen Sie, wie lange werden Sie brauchen?«, fragte er, ohne aufzublicken.

Mist. Hatte er aus dem Augenwinkel gesehen, dass ich ihn anstarrte?

Ich setzte mich in Bewegung und zog die Laken vom Bett ab. »Ich beeile mich, aber Sie müssen mich gar nicht weiter beachten. Vertrauen Sie mir einfach.«

»Ach ja?«, fragte er, drehte sich zu mir und musterte mich aufmerksam. Sein Blick war so durchdringend, dass mir ein Schauer über den Rücken lief.

»Ja, ehrlich«, sagte ich.

Erneut musterte er mich, öffnete den Mund, als wollte er etwas sagen, schüttelte aber nur den Kopf und griff nach seinem Laptop. »Ich bin nebenan«, sagte er und schob sich rasch an mir vorbei. Sein erdiger, maskuliner Duft folgte ihm.

Wahrscheinlich war es besser so. Je weniger Zeit ich in unmittelbarer Nähe dieses Mannes verbrachte, desto besser. Normalerweise spielte ich mit, wenn Gäste mir mehr über ihre persönlichen Angelegenheiten erzählten, als ich wissen wollte – alles Mögliche von sexuellen Heldentaten bis zu Zukunftsträumen. Ich nickte, lächelte und heuchelte Interesse, aber nie war ich in Versuchung gewesen, nach Details zu fragen – es ging mich weder etwas an noch interessierte es mich. Ich hatte mich stets mehr auf den Job und den Service selbst konzentriert als auf die Leute, denen meine Arbeit zugutekam. Bei Hayden Wolf jedoch ertappte ich mich dabei, dass ich mich zurückhalten musste, um ihm nicht ins Büro zu folgen und ihn mit Fragen zu löchern. Dieses Verlangen konnte nicht nur auf seinen muskulösen Armen und dem forschenden Blick beruhen. Auf reine Äußerlichkeiten hatte ich noch nie viel gegeben, aber bei Hayden schien es um mehr zu gehen – um seine Familie, seinen Tatendrang. Die Art, wie er mich anblickte. Ja, es war gut, dass er mich allein gelassen hatte. So konnte ich mich auf das Zimmer konzentrieren, das ich in Ordnung bringen musste, anstatt auf den Mann, für den ich das tat.

8. Kapitel

Hayden

Trotz der Hitze und des Schaukelns der Jacht konnte ich nicht schlafen. Ich hatte mir vorgenommen, die Nacht im Büro zu verbringen und mit den in New York ansässigen Beratern zu sprechen, die ich ausgewählt hatte, weil sie offiziell nicht mit Cannon in Verbindung standen. Schlafen wollte ich tagsüber an Deck. Die Nacht durchzuarbeiten, war kein Problem für mich. Den ganzen Tag zu verschlafen aber sehr wohl. Vor allem *diesen* Tag. Die Anwälte würden sich bei mir melden, aber ich vertraute der WLAN-Verbindung nicht, darum würde ich mir alles ganz altmodisch in Form von Ausdrucken oder USB-Sticks auf das Schiff bringen lassen.

Ich blickte auf die Uhr und merkte, dass ich Avery Walker seit ungefähr einer halben Stunde nicht mehr gesehen hatte. Wie auf ein Stichwort hin öffneten sich zischend die Türen zum Hauptsalon. Als sie meine Kabine putzte, war ich so abgelenkt, dass ich den Raum verlassen musste. Wie hypnotisiert hatte ich beobachtet, wie sich ihre Hände um die Laken schlossen, und ich ertappte mich bei der Fantasie, sie auf das Bett zu stoßen und ihr den Rock bis zur Taille hochzuschieben.

»Darf ich Ihnen etwas bringen?«, fragte Avery, als sie das Hauptdeck betrat. Aus ihrem Mund klang die Frage, als wäre sie gerade zufällig vorbeigekommen, aber ich hatte sie aufmerksam beobachtet. Alle zwanzig oder dreißig Minuten tauchte sie auf, um mich mit allem zu versorgen, was ich brauchte. Ihr Pferdeschwanz wippte, als sie neben meiner Liege stehen blieb. Wie es sich wohl anfühlen würde, wenn ich mir diesen Pferdeschwanz um die Hand wickeln würde?

Ich räusperte mich und verscheuchte die Fantasie aus meinem Kopf. »Ja, bitte.« In neunzig Prozent aller Fälle konnte sie nichts für mich tun, aber nun war es fast Mittag, und ich brauchte ihre Hilfe.

Beinah ständig trug sie ein Lächeln im Gesicht, und jetzt wurde es noch ein bisschen strahlender, so als freute sie sich, dass ich sie endlich um etwas bat – und das war verdammt sexy.

»Was kann ich für Sie tun?«

»Also, erstens möchte ich Ihnen das hier geben«, sagte ich und zog den Bogen mit den Angaben zu meinen Vorlieben unter dem Laptop hervor.

Sie biss sich auf ihre volle Unterlippe, nahm mir das Blatt ab und fing an, den Bogen zu überfliegen, den ich vollgekritzelt hatte. »Das ist sehr nett von Ihnen.«

Am Tag zuvor hatte sie eine Menge Unsinn geredet, damit ich ihr endlich den Gefallen tat und diese Liste ausfüllte. Sie hatte versucht, der Besatzung das Leben ein bisschen leichter und mir den Aufenthalt an Bord ein wenig angenehmer zu machen, dabei wäre es viel leichter für sie gewesen, wenn sie einfach geschwiegen hätte. Nach dem Rundgang mit ihr war mir klar, dass sie gut in ihrem Job war, aber mir war nicht klar gewesen, wie ausgeprägt ihre Sorgfalt bei der Arbeit und ihr Engagement für ihre Kollegen tatsächlich waren. Und ich genoss es, dass sie mich zurechtgewiesen hatte – noch dazu auf äußerst charmante Art. Äußerlich war sie sehr höflich, ließ aber durchblicken, dass sie einen Kern aus Stahl hatte. Ich hatte ihr zu helfen geglaubt, indem ich der Abfrage meiner Vorlieben keinerlei Beachtung schenkte, aber sie hatte mir subtil zu verstehen gegeben, dass das alles andere als hilfreich war und sie und ihre Crew nur an der Arbeit hinderte. Sie hatte sich selbstbewusst und eindeutig geäußert, und schon meine Bewunderung für sie und die Art, wie sie mich behandelt hatte, war Grund genug, sie zu belohnen. Wenn ich sie nicht vögeln konnte, würde ich wenigstens tun, worum sie mich gebeten hatte, und den verdammten Bogen ausfüllen.

»Keine aufblasbare Banane«, sagte ich und konnte ein Lächeln nicht unterdrücken.

Sie kicherte, und in meinem Unterleib breitete sich Hitze aus. Sie hatte ein schönes Lachen. »Ich dachte mir schon, dass Sie so etwas lieber ausfallen lassen.«

»Ich habe nichts dagegen, mich zu amüsieren, falls es das ist, was Sie denken. Aber das wäre dann doch ein bisschen zu viel.« Warum machte ich mir Gedanken darüber, ob sie glaubte, dass ich mich nicht gern amüsierte? Ich war hier, um zu arbeiten.

Sie nickte und sagte lächelnd: »Wer weiß, wozu ich Sie bis zum Ende der Reise noch überreden kann.«

Ich zog die Augenbrauen hoch. Allmählich glaubte ich selbst, dass sie mich zu vielem überreden könnte, was ich eigentlich ablehnte. Ich räusperte mich und versuchte mich erneut zu konzentrieren. »Ich möchte, dass Sie an Land gehen und ein Paket für mich abholen.«

»Verzeihung, Sir?«

Mist. Warum erregte es mich dermaßen, dass sie *Sir* zu mir sagte? »Bitte, nennen Sie mich Hayden.« Ich setzte mich auf der Liege auf und hoffte, dass mein Schwanz sich wieder beruhigen würde. »Es gibt eine Patisserie in der Straße Lotissement Château Martin. Ich möchte, dass Sie dort einen Kuchen für mich abholen.«

Das Strahlen verschwand aus ihren Augen, aber ihre vollen Lippen lächelten weiter. »Kein Problem.«

Ich holte ein Stück Papier heraus, auf dem ich am Abend zuvor beim Telefonat mit den Anwälten den Namen und die Adresse der Konditorei notiert hatte.

»Es ist nicht weit vom Jachthafen entfernt.« Ich winkte Avery heran, und sie kam einen Schritt auf mich zu, sodass wir einander näher waren als je zuvor. Mein Gesicht befand sich auf Höhe ihres Schoßes, und ich ließ den Blick an ihrem Körper hinaufwandern, über die Brüste und bis zu ihrem Gesicht. Mist. *Mist, verdammter.*

Abrupt stand ich auf, und sie wich zurück. Ich musste mich zusammenreißen, um ihr nicht den Arm um die Taille zu legen und sie an mich zu ziehen. Ich kannte diese Frau doch gar nicht. Was war nur mit mir los? »Bitte seien Sie vor zwei Uhr dort. Jemand wird Sie erwarten und Ihnen einen Umschlag mit Unterlagen überreichen.«

»Ich glaube, ich sollte vorher mit Captain Moss sprechen. Ich meine …«

»Es sind nur legale Dokumente in dem Umschlag und ein USB-Stick. Ich möchte lediglich vermeiden, etwas auf elektronischem Weg zu versenden oder zu empfangen.«

Sie nickte. »Ich verstehe, aber ich sollte es Captain Moss gegenüber zumindest erwähnen. Das ist Vorschrift, wenn wir das Schiff verlassen, um etwas abzuholen.«

»Beunruhigt meine Bitte Sie?«

»Ich muss es nur kurz besprechen …«

»Sagen Sie mir einfach, was Sie und vielleicht auch der Captain befürchten, ich kann Sie mit Sicherheit beruhigen. Ich wäre sehr enttäuscht, wenn ich mir nicht einmal ein harmloses Paket auf das Schiff liefern lassen könnte. Ohne WLAN bin ich nun mal auf ausgedruckte Unterlagen angewiesen.«

»Das verstehe ich, und ich bin mir sicher, dass es keine Probleme geben wird. Überlassen Sie die Sache einfach mir.«

Avery verhielt sich durchaus angemessen. Ich war irritiert, weil die Dokumente, die sie für mich abholen sollte, wichtig waren, und sie sollte eigentlich wissen, dass ich sie niemals um etwas Unrechtmäßiges bitten würde. »Bitte denken Sie daran, den Umschlag in Ihre Handtasche zu stecken, damit Sie draußen niemand damit sieht, und verlassen Sie die Konditorei erst danach.«

Avery holte Luft, als wollte sie etwas sagen. Ich verstand ihr Bedürfnis, mich genauer zu befragen, aber ich hatte wirklich nichts zu verbergen. Sie versuchte, den Drahtseilakt zwischen ihren Pflichten sowohl dem Captain als auch mir gegenüber zu vollführen, und obwohl es völlig irrational war, wünschte ich, sie würde mir vertrauen. Ich wünschte, ihr wäre klar, dass ich nichts tun würde, was sie kompromittieren könnte. Ich wünschte mir, dass sie bereitwillig alles tun würde, worum ich sie bat.

Ich schob die Hände in die Hosentaschen, denn ich hätte Avery am liebsten mit einer Berührung beschwichtigt. »Ehrlich, es sind nur legale Unterlagen, die ich lesen muss. Sie können mir vertrauen.«

Und das stimmte. Es war klug von ihr, so vorsichtig zu sein, aber vor mir musste sie sich nicht in Acht nehmen.

»Okay.« Sie blickte auf ihre Uhr. »Ich muss bald los. Aber Eric muss mich hinbringen. Darf ich ihm davon erzählen, oder soll ich so tun, als kaufte ich nur Kuchen für Sie?«

Ich lächelte über ihren Wunsch, es mir recht zu machen. Lag das an mir persönlich oder daran, dass ich ihr Gast war? Offensichtlich verhielt sie sich so, weil ich ein Kunde war – einer von Hunderten, deren Wünsche sie im Lauf ihrer Karriere erfüllt hatte.

»Sie holen nur ein paar Unterlagen für mich ab – das hier ist nicht *Mission Impossible.*«

Sie blickte auf das Stück Papier, das ich ihr gegeben hatte. »Dann mache ich mich mal lieber auf den Weg.« Sie drehte sich um und wollte gehen, aber ich streckte die Hand aus und hielt sie am Arm fest. Sie schnappte nach Luft, und bei dem Geräusch begann mein Schwanz vor Begierde zu zucken. Ihr Blick wanderte von der Stelle, an der ich sie berührte, zu meinen Augen. Sie presste die Lippen zusammen, als schluckte sie etwas hinunter, das sie sagen wollte. Ich blinzelte und versuchte dem Reiz zu widerstehen, den sie auf mich ausübte.

»Danke«, sagte ich.

Sie nickte, dann ging sie durch die Schiebetüren davon. Viel zu schnell hatte ich mich an ihr unbefangenes Lächeln und ihre professionelle Haltung gewöhnt, hatte mich allzu selbstverständlich in ihrer Gegenwart wohlgefühlt. Ich konnte mir das nicht erklären. Ich befand mich in einem Zustand, in dem ich jedem misstraute, jeden infrage stellte, doch als Avery Walker verschwand, stellte ich mir vor, wie ich ihren nackten Rücken streichelte und ihr all meine Geheimnisse ins Ohr flüsterte.

9. Kapitel

Avery

Der Wind streifte kühl meine heißen Wangen, während das Beiboot auf die Küste zuhielt. Ich saß im Heck und versuchte meinen rasenden Puls zu beruhigen. Eric steuerte. Ich drehte mich um und sah Hayden Wolf an der Reling des Hauptdecks lehnen und in unsere Richtung blicken. Beobachtete er mich? Hatte er absichtlich nach meinem Arm gegriffen? War es Besorgnis, Dankbarkeit oder etwas anderes, das er mir mit der Berührung hatte zeigen wollen? Vielleicht ja, denn er war der einzige Gast an Bord, und ich war die einzige Person, mit der er sich unterhielt. Und inzwischen empfand ich ihm gegenüber so etwas wie Verbundenheit, mehr als nur körperliche Anziehungskraft oder die Sogwirkung, die von ihm ausging. Ich wollte ihm helfen.

Ich drehte mich wieder zur Küste.

Wie Mr Wolf vorhergesagt hatte, stellte Eric mir keine weiteren Fragen, als ich sagte, ich müsse Unterlagen von der Küste abholen. Dabei hatte ich mir im Kopf eine detaillierte Geschichte zurechtgelegt. Ich glaube, wir alle waren von unseren Gästen wesentlich schlimmere Forderungen gewöhnt.

»Soll ich dich begleiten?«, fragte Eric, als er das Boot in den Jachthafen steuerte.

Ich griff nach seiner ausgestreckten Hand und stieg aus. »Nein, bleib lieber hier. Es dauert nicht lange.«

»Du hast nicht mal ein Handy dabei. Kennst du den Weg?«

Mein Französisch war dürftig, aber es reichte, um nach dem Weg zu fragen, falls ich mich verlaufen sollte. »Ich komme schon zurecht. Wenn ich in einer Stunde nicht zurück bin, schickst du einen Suchtrupp los.«

Am Ende des Anlegers lehnte ein Paparazzo mit der Kamera um den Hals am Geländer. Eigentlich war es noch ein bisschen früh in der Saison, um Ausschau nach Promis zu halten, aber Ausnahmen bestätigen ja die Regel.

»Hey, schöne Frau!«, rief er mir mit britischem Akzent zu.

Ich lächelte und ging weiter. Ohne die Brise auf dem Wasser war die Temperatur um einige Grad gestiegen. Ich wünschte mir einen großen, kalten Drink. Und vielleicht einen Pool.

»Arbeiten Sie auf einer der Jachten?«, fragte der Mann, der mir bereits folgte.

Ich schenkte ihm keine Beachtung und lief die Straße hinauf, die Schiffe zu meiner Rechten, umgeben von Touristen, die einen Blick ins Innere zu erhaschen versuchten, auf eine Welt, die von Reichen und Berühmten bewohnt wurde. Ein Sammelsurium unterschiedlicher Gebäude in pastelligen Rosa- und Gelbtönen säumte die andere Seite der Straße und beherbergte Restaurants und Eisdielen, die mit Sonnensegeln gegen die Hitze geschützt waren.

Der Fotograf folgte mir. »Hey, sind Sie schüchtern? Sprechen Sie kein Englisch?«

In der Hochsaison war es durchaus üblich, dass Paparazzi auf uns zukamen und fragten, wer sich auf welcher Jacht aufhielt. Manchmal boten sie uns sogar etwas Geld im Tausch gegen Informationen an, aber es war leicht, sie abzuschütteln. »Ich versuche nur, ein paar freie Stunden zu genießen.«

»Sie gehören also zu einer Jachtcrew. Ich wusste es.« Er stieß die Faust in die Luft, als hätte er einen großen Sieg errungen. Vielleicht war der Typ ja neu im Geschäft. »Ist ein interessanter Gast bei Ihnen an Bord?«

»Nope«, antwortete ich. Ich war mir ziemlich sicher, dass der Kerl mit einem Bild von Hayden Wolf kein Geld verdienen konnte.

»Nicht Leonardo DiCaprio oder JLo?«

»Tut mir leid, dass ich Sie enttäuschen muss«, sagte ich. Vor mir teilte sich die Straße, und weiter hinten wartete ein schattiger Tisch in einem Restaurant auf mich.

»Ich gebe Ihnen hundert Dollar, wenn Sie mir sagen, wer auf Ihrem Schiff ist.«

Ich blieb stehen und drehte mich zu ihm um. Als wären hundert Dollar ein Anreiz, irgendetwas preiszugeben. Hundert Dollar reichten nicht mal für eine einzige Sitzung beim Physiotherapeuten. Diese Paparazzi begriffen einfach nicht, dass die Trinkgelder eine viel stärkere Motivation waren, Stillschweigen zu bewahren. »Niemand, der für Sie interessant wäre, aber ich habe gehört, dass der kleine Leonardo später in der Saison in Nizza aufkreuzen soll.« Was ich über Leonardo DiCaprio wusste, hatte ich in den Klatschspalten gelesen, aber vielleicht würde sich der Typ nach dieser Ansage endlich verdrücken.

»Und wenn ich Ihnen zweihundert gebe?«

Er kapierte es einfach nicht. Ich schüttelte nur den Kopf und ging weiter.

Diesmal folgte er mir nicht, und ich steuerte auf die Gassen abseits der Hauptstraße zu, weg von Geplapper, Gelächter und knallenden Champagnerkorken im betriebsamen

Hafenviertel. Hayden hatte gesagt, dass ich um zwei Uhr bei der Konditorei sein musste, also blieb mir noch etwas Zeit, um meinen Dad anzurufen.

Ich blickte mich um und entdeckte eine öffentliche Telefonzelle weiter oben an der Straße. Ich lächelte bei dem Gedanken, dass ich mich jetzt ein bisschen entspannen, das Mädchen aus Sacramento sein konnte, die ihr ganzes Leben noch vor sich hatte, und keine Frau, die sich um ihre Familie kümmerte, indem sie in Saint-Tropez auf einer Jacht arbeitete.

»Daddy, ich bin's«, begann ich, als mein Vater sich meldete. Ich war aufgeregt, weil ich mit ihm reden und für einen Augenblick alles andere vergessen konnte.

»Kindchen, gerade haben wir über dich gesprochen.«

»Ich wünschte, ich wäre bei euch«, sagte ich. »Ihr fehlt mir.«

»Na ja, wenn du nicht da bist, haben Michael und ich die Hoheit über den Fernseher. Wir können den ganzen Tag Sportsendungen anschauen und essen, wozu wir Lust haben. Stimmt's, Michael?«

Ich lächelte, als ich Michael im Hintergrund lauthals schimpfen hörte.

»Ihr vermisst mich, das weiß ich genau.«

»Natürlich vermissen wir dich. Was treibst du so? Weintrauben für die Gäste anrichten?«

»Nein, heute nicht«, sagte ich und lachte. Hayden war noch in seinem Büro gewesen, als meine Schicht um sieben Uhr an diesem Morgen begann, was bedeutete, dass er die ganze Nacht durchgearbeitet hatte. Weintrauben waren vermutlich das Letzte, woran er dachte.

»Ich hoffe, die Gäste können ihre Hände bei sich behalten.«

Am Beginn meiner Karriere hatte ich den Fehler begangen, meinem Dad im Detail zu erzählen, was die Passagiere so alles anstellten. Jetzt machte er sich Sorgen um mich.

»Ja, alles in Ordnung«, sagte ich und versuchte ihn zu beruhigen, musste aber gleichzeitig daran denken, wie Hayden mich am Arm berührt hatte. Die Geste war nicht respektlos gewesen. Nur vertraut. Die Tatsache, dass mir dabei heiß geworden und mir Schauer über den Körper gelaufen waren, war mein Problem – Hayden hatte sich völlig angemessen verhalten. »Ich mache ein paar Besorgungen für den Gast.«

»Immer bist du damit beschäftigt, dich um andere zu kümmern. Du bräuchtest jemanden, der sich eine Weile nur um dich kümmert. Tu dir mal was Gutes.«

»Du musst dir keine Sorgen um mich machen, Dad.« Es gefiel mir, beschäftigt zu sein.

»Ich weiß, du hast gesagt, dass es schwierig ist, auf einer Jacht ein Date zu haben, aber vielleicht findest du einen anderen Weg, an dich selbst zu denken und dir ein bisschen Privatleben zu gönnen. Du bist ein großzügiges Mädchen, und ich befürchte, dass du zu wenig an dich selbst denkst.«

Ich presste die Lippen zusammen und versuchte, die Worte meines Vaters nicht an mich heranzulassen. »Du weißt, dass ich mich gern um Michael kümmere.«

»Und das wissen wir beide zu schätzen. Aber du solltest auch noch etwas anderes machen und ein eigenes Leben führen.«

War ich dabei, ein Vehikel für die Wünsche und Bedürfnisse anderer Menschen zu werden? Gehörte ich mir nicht mehr selbst? Es stimmte, dass die Arbeit auf den Jachten an die Stelle der Ziele getreten war, die ich vor Michaels Unfall gehabt hatte. Aber das hieß nicht, dass ich mir keine Zeit für mich selbst nehmen wollte. Ich bekam nur selten Gelegenheit dazu. Vielleicht sollte ich zu stricken anfangen.

»Ich bin in Südfrankreich. Wie könnte das Leben hier *nicht* schön sein?«

»Also gut. Hauptsache, du nimmst dir Zeit, um zu tun, wozu du Lust hast. Es ist in Ordnung, hin und wieder ein bisschen egoistisch zu sein. Es ist okay, wenn du dich amüsierst.«

Seit ich als Stewardess tätig war, hatte ich nur selten Abenteuerlust empfunden. Die meisten Leute aus der jeweiligen Crew, mit der ich gearbeitet hatte, verbrachten am Ende der Saison einige Zeit damit, das Land zu erkunden, das sie umsegelt hatten. Ich hingegen hatte es stets eilig gehabt, wieder nach Hause zu kommen.

»Okay, Dad, weißt du, ich muss jetzt Schluss machen.« Meine Freiminuten waren fast aufgebraucht, und außerdem musste ich gleich in dieser Konditorei auftauchen. Aus den wenigen Stunden an Land würde ich das Beste machen. »Sag Michael, dass ich ihn liebe. Und schlingt die Pizza nicht so runter, hörst du.«

»Hab dich lieb, Süße.«

»Ich dich auch, Daddy.«

Ich legte auf, und als ich mich auf den Weg zu der Adresse machte, die Hayden mir gegeben hatte, versuchte ich mich zu erinnern, wann ich zuletzt etwas Egoistisches oder Leichtsinniges getan hatte. Beim Tequilatrinken war ich kaum zu schlagen. Ich traute mich also durchaus, mich zu amüsieren, tat es aber immer nur innerhalb eng gezogener Grenzen.

Ich wünschte mir schon seit geraumer Zeit, länger in Italien zu bleiben, also würde ich mir am Ende der Saison vielleicht ein paar Tage freinehmen und Touristin spielen, anstatt sofort nach Sacramento zurückzukehren. Ich würde zumindest darüber nachdenken, auch wenn es schließlich nur auf einen oder zwei Tage hinauslaufen würde.

Ich erreichte die Konditorei so schnell, dass ich fast enttäuscht war. Es war ein großer Laden mit einer umlaufenden Glastheke und einem Dutzend Tischen und Stühlen für Leute, die ihr Gebäck vor Ort genießen wollten. Ich ließ den Blick über die Kunden schweifen, sah jedoch niemanden, der wie ein Anwalt aussah oder einen braunen Briefumschlag in der Hand hielt.

Hayden hatte mir gesagt, dass seine Kontaktperson auf mich zukommen würde, darum konzentrierte ich mich auf die Reihe von Dessertschälchen. Es waren sehr viele, kaum vorstellbar, dass die Konditorei so viele Kunden pro Tag hatte. Es gab große Kuchen und Teilchen. Manche waren mit Obst, viele mit Sahne verziert, und die Vielfalt an Farben und Formen war enorm. Ich sollte mir das Geschäft für meine nächste Reise in diese Gegend merken – hierher konnte ich Gäste schicken, die nie zuvor in Frankreich gewesen waren. Verdammt, es wäre großartig, mit August und Skylar nach dem Ende der Charterreise hierherzukommen. Wir könnten Kuchen zum Frühstück essen und zum Lunch in die Bar weiterziehen.

»Bonjour Madame«, sagte eine der Servicekräfte hinter der Theke. »Was kann ich für Sie tun?«

Ich war immer leicht deprimiert, wenn ich mich in einem fremden Land aufhielt, und sie merkten, dass ich keine Einheimische war. Ich schätze, mein Poloshirt und der Kakirock zeigten deutlich, dass ich auf einer Jacht arbeitete. »Ich hätte gern einen Gâteau Saint-Honoré«, antwortete ich. Den hatte ich erst ein einziges Mal gegessen, aber er war bei Weitem das Köstlichste gewesen, das ich je gekostet hatte. »Haben Sie das?«

»*Bien sûr.* Groß oder klein?«

»Zwei große, bitte.«

Ich folgte der Verkäuferin, die hinter der Theke zur Abteilung mit den großen Kuchen ging.

Sie zog das Tablett zu sich und suchte zwei Türmchen aus Profiteroles, Karamellsoße und Sahne aus. Wahrscheinlich war dieser Kuchen der beste, den ich je im Leben gesehen hatte. Ich sollte gleich zehn davon bestellen.

»Ms Walker?«, fragte eine leise Stimme hinter mir. Ich drehte den Kopf und erblickte ein zierliches Mädchen mit mausbraunem Haar, das einen braunen Umschlag in der Hand hatte.

»Ja?«

»Das hier ist für Sie«, sagte sie und deutete mit dem Kinn auf den braunen Umschlag, den sie mit beiden Händen festhielt.

Ich warf der Verkäuferin einen Blick zu. Sie war damit beschäftigt, eine Schachtel für die sahnigen Wunderwerke aufzufalten, die ich gerade bestellt hatte. Ich löste einen Henkel der Stofftasche von meinem Arm und sagte: »Danke.«

Die junge Frau sah sich um, dann schob sie den dicken Umschlag in meine Tasche und huschte zur Tür hinaus. Himmel, sie wirkte furchtbar schuldbewusst.

Beladen mit Kuchen und noch mehr Fragen als zuvor ging ich zu dem Beiboot zurück.

»Hast du alles?«, fragte Eric, dem ich die beiden Schachteln reichte, ehe ich wieder an Bord kletterte.

»Klar. Und eine Leckerei für uns habe ich auch.«

Er lächelte. »Es ist seltsam, dass Unterlagen das Erste sind, was dieser Typ verlangt. Ich meine, normalerweise will diese Sorte Gast eher Wein.«

»Er ist ein Workaholic«, sagte ich schulterzuckend und nahm hinten im Boot Platz.

»Ich habe ihm ein paarmal angeboten, das Spielzeug rauszuholen, aber er hat immer abgelehnt. Wahrscheinlich kommt man sich seltsam vor, wenn man die Wasserrutsche allein benutzt.« Eric machte die Leine los und legte ab.

»Ich glaube, er will sich nur ausruhen, ein bisschen entspannen und arbeiten, ohne gestört zu werden. Du hattest garantiert schon schlimmere Gäste.« Diese Reise war ungewöhnlich, aber schwierig war sie nicht.

»Wahrscheinlich. Ich wünschte nur, er würde keine acht Wochen bleiben. Irgendwann wird mir langweilig, vor allem ohne meinen Computer.«

Das stimmte. Es gab sehr viel weniger für uns zu tun, wenn wir nur einen Passagier hatten, der nichts anderes zu tun schien, als nachts zu arbeiten und tagsüber zu schlafen. »Lass uns die Wochenpläne fertig machen. Auf die Art können wir den Rest der Besatzung bei Laune halten, weil sie auf Freizeit hinarbeiten.«

»Guter Plan.« Eric ließ den Motor an, und wir fuhren zur *Athena* zurück.

Wir waren fast anderthalb Stunden fort gewesen. Ob Hayden Skylar während meiner Abwesenheit um irgendetwas gebeten hatte? In gewisser Weise genoss ich es, dass er darauf bestand, nur mit mir zu tun zu haben, so als wäre ich etwas Besonderes. Die Art, wie er auf meine Bitte um die Liste mit den Vorlieben reagiert hatte … Ein anderer Gast hätte vielleicht die Beherrschung verloren, aber ich freute mich, weil ich ihn soweit durchschaut hatte, dass ich wusste, wann es in Ordnung war, das Thema zur Sprache zu bringen. Und dafür, dass er den Bogen ausgefüllt hatte, mochte ich ihn noch mehr. Er verstand und respektierte, dass wir unseren Job machen mussten, und er schien nicht auf mich herabzublicken – das war ungewöhnlich. Und ich fragte mich, ob wohl jemand bemerkt hatte, dass ich inzwischen nicht nur darauf achtete, ob mein Haar sauber und gepflegt aussah, sondern dass es außerdem noch glänzen sollte. In letzter Zeit trug ich ein bisschen mehr Make-up als üblich. Verdammt, mir ging allmählich der Selbstbräuner aus. Ach, es war einfach albern. So genau sah Hayden mich doch gar nicht an. Für ihn war ich schließlich nur Personal.

10. Kapitel

Hayden

Ich atmete durch und versuchte, die Panik zu unterdrücken, die mir durch die Adern raste. Ich strich die *Financial Times* glatt und las die Reportage ein zweites Mal, gründlicher jetzt. Es ging um die Leistungsfähigkeit von Privatunternehmen und darum, wie sehr der Erfolg vom Führungspersonal solcher Firmen abhing. Danach berichtete der Artikel ausführlich über Unternehmen, die Konkurs gemacht hatten, nachdem ihr Geschäftsführer gekündigt hatte oder in Rente gegangen war. Phoenix Holdings wurde als gefährdet hervorgehoben, weil der Inhaber und Geschäftsführer demnächst in den Ruhestand gehen würde.

Der Artikel kam zum denkbar ungünstigsten Zeitpunkt. Die Verhandlungsatmosphäre zwischen uns war angespannt. Wir befanden uns in dem Stadium, in dem ich viel bohrende Fragen stellte, und weil der Geschäftsführer gleichzeitig der Hauptanteilseigner war, war er an so etwas nicht gewöhnt.

Aber es handelte sich ausschließlich um Informationen, die ich brauchte, um die Übernahme abzuschließen. So gern ich Phoenix haben wollte – die Katze im Sack würde ich nicht kaufen.

Ein Teil von mir fragte sich, ob Phoenix hinter diesem Artikel steckte. Er würde ein paar Leute zum Herumschnüffeln bringen. Und der CEO wusste, dass auch ich den Artikel sehen würde. Ob geplant oder nicht, durch den Bericht erhöhte sich für mich der Druck, den Deal unter Dach und Fach zu bringen.

Ich lehnte mich im Sessel zurück und griff nach meinem Satellitenhandy.

»Du musst etwas für mich erledigen«, sagte ich, sobald Landon sich gemeldet hatte.

»Schön, von dir zu hören, Hayden. Wie es mir geht? Gut, vielen Dank. Bei der Arbeit läuft es prima.«

Sarkasmus gehörte zu den Kernkompetenzen meines Bruders.

»Du hast genauso wenig Zeit für höfliches Geplänkel wie ich.«

»Stimmt«, sagte er. »Was kann ich für dich tun?«

»Ich möchte wissen, ob zwischen Cannon und Phoenix eine Verbindung besteht«, sagte ich, und dann erzählte ich ihm von dem Artikel.

»Ich verstehe das nicht. Du glaubst, Phoenix hat etwas mit dieser Zeitungsreportage zu tun?«

»Zufällig weiß ich, dass Cannon gute Verbindungen zur *Financial Times* hat. Es wäre ein Leichtes für ihn gewesen, den Artikel dort unterzubringen.«

»Aber wenn Cannon wüsste, dass Phoenix zum Verkauf steht, hätte er dann nicht längst selbst zugegriffen?«

In meinem Kopf überschlugen sich die Gedanken. Aus welchem Grund könnte Cannon wollen, dass ich Phoenix übernahm? »Nicht, wenn sie mir eine Falle stellen wollen.«

Ich öffnete die Schreibtischschublade und ließ die rosafarbene Zeitung hineinfallen. »Vielleicht soll dieser Artikel andere Käufer anlocken und mich unter Druck setzen, damit ich unterschreibe, bevor ich den Unternehmenswert sorgfältig geprüft habe. Ich will, dass jeder Stein zweimal umgedreht wird, und ich will sehen, was sie für Leichen im Keller haben. Ich werde diesen Deal nicht überstürzt unterzeichnen.«

»Bist du da nicht ein bisschen paranoid?«, fragte mein Bruder. »Du solltest dich darauf konzentrieren, den Deal unter Dach und Fach zu bringen und das Leck in deinem Büro zu finden.«

»Ich will dieses Geschäft nicht abschließen, wenn es ein Fehler ist.«

»Dann konzentrier dich auf die Kaufprüfung, ehe die Sache aus dem Ruder läuft. Handel dir keinen Ärger ein.«

War es das, was ich tat? Verwirrte ich mich mit meinen eigenen Verschwörungstheorien? Schon möglich. Der Gedanke, dass jemand in dem von mir aufgebauten Unternehmen für James Cannon arbeitete, dass jemand mich von innen heraus zu zerstören versuchte, wurde durch die Tatsache, dass ich nicht in meinem Büro saß, auch nicht erträglicher.

»Okay, du hast ja recht. Ich will endlich wissen, wer der Maulwurf ist«, antwortete ich.

»Dem Team vor Ort zufolge ist dir niemand nach Saint-Tropez gefolgt. Und hier in London ist mir auch nichts Ungewöhnliches aufgefallen. Keine Anrufe von jemandem aus deinem Leitungsteam bei Cannon und auch keine Treffen mit seinen Leuten. Sie machen es uns nicht gerade leicht. Aber wir werden es herausfinden.«

Landon und ich hatten nicht über die persönliche Verbindung zwischen unserer Familie und Cannon gesprochen.

Aber wir wussten beide, was auf dem Spiel stand. Das Unternehmen unseres Vaters war zerstört worden, und wir hatten die Nachwirkungen gespürt, darum wussten wir, wozu diese Leute fähig waren.

»Wenn meine Nachforschungen nichts ergeben, müssen wir sie eben aus der Reserve locken. Wenn ich in ein paar Tagen noch nichts herausgefunden habe, machen wir ein kleines Brainstorming.«

»Bleib dran«, sagte ich, als jemand an die Tür zu meinem Büro klopfte. Wer zum Teufel störte mich? Außer Avery hatte hier unten niemand etwas zu suchen.

Ich ging um den Schreibtisch herum, stieß die Tür auf und sah direkt in Averys große braune Augen.

Sie warf einen flüchtigen Blick auf das Telefon in meiner Hand. »Verzeihung, ich bringe Ihnen nur frischen Kaffee, weil ich den Eindruck hatte, dass Sie möglichst rasch wieder an den Schreibtisch zurückwollten. Und ich weiß, dass Sie morgens gern viel Kaffee trinken.« Sie hob eine Tasse hoch. Angesichts der Tatsache, dass ich in diesem Moment keinen Whiskey trinken konnte, war Kaffee genau das, was ich brauchte.

Ich nahm ihr die Untertasse aus der Hand, und unsere Blicke trafen sich für eine Sekunde. Sie bemerkte wirklich alles. Ich bildete mir einiges auf meine Menschenkenntnis ein, auf meine Fähigkeit, Beziehungen zu knüpfen und mir die kleinen Vorlieben der Menschen zu merken, denen ich im Lauf meiner Karriere begegnet war, aber diese Frau stand mir diesbezüglich in nichts nach. »Danke, ich weiß das zu schätzen.« Ob sie es wusste oder nicht, die Gelegenheiten, bei denen ich sie sah, waren für mich rasch zum angenehmsten Teil des Tages geworden.

»Gern geschehen«, sagte Avery und schüttelte kaum merklich den Kopf.

Ich war mir ziemlich sicher, leichte Röte auf Miss Profis Wangen gesehen zu haben. Vielleicht war es nur Wunschdenken, aber es führte mich zu der Frage, was ihr echtes Vergnügen bereiten würde.

Mit hochgezogenen Brauen lächelte ich sie an, und sie schloss die Augen wie jemand, der um Fassung ringt. Ohne ein weiteres Wort machte sie kehrt, und als sie die Treppe hinaufstieg, sah ich ihr und ihrem fantastischen Arsch eine Weile nach.

Mein Bruder rief nach mir und riss mich aus meinen Träumereien, sodass ich mir erneut das Handy ans Ohr drückte. »Sorry, das war nur …«

»Jemand, der dir jeden Wunsch erfüllt? Das muss hart für dich sein.«

Ich schloss die Tür, stellte den Kaffee auf den Schreibtisch und ließ mich wieder in den Sessel sinken. »Ich wäre lieber im Büro und würde Geschäfte abschließen, aber du hast recht, wenn man verschwinden muss, gibt es schlechtere Orte als eine Jacht.« Averys bloße Anwesenheit wirkte auf mich, als atmete ich reinen Sauerstoff; sie verlieh meinen ansonsten ermüdend gleichförmigen Tagen Farbe. Wenn sie nicht so verdammt professionell wäre, hätte ich sie längst über den Schreibtisch gelegt und genommen, aber dafür war sie zu gut. Sie war mehr wert als einen schnellen Fick. Sie war die Sorte Frau, bei der ich mir Zeit lassen musste.

»Und du kümmerst dich um die Anwälte, okay?«, unterbrach Landon meinen Gedankengang. »Anita hat mir erzählt, dass die Übergabe gestern problemlos verlaufen ist.«

»Ja. Ich habe die ganze Nacht lang die Dokumente durchgesehen – danke, dass du das arrangiert hast.«

»Kein Problem. Schließlich bezahlst du mich dafür.«

»Tatsächlich?« Ich lachte in mich hinein.

Landon sprach selten über Geld, aber die Tatsache, dass er sein Penthouse in Kensington bar bezahlt hatte, sprach dafür, dass sein Geschäft brummte.

»Klar. Familie hin oder her, am Ende bekommst du für alles eine Rechnung.«

»Dann sorg dafür, dass du deinen Preis wert bist.«

»Ich werde dich an dieses Gespräch erinnern, wenn du den Phoenix-Deal unterschrieben hast.«

»Wenn du mir sowieso eine Rechnung schickst, könntest du dir eigentlich auch die Besatzung hier ein bisschen genauer ansehen. Ich will sicher sein, dass alles gründlich überprüft wird.« Was ich wollte, waren mehr Informationen über Avery. Was trieb sie an, warum war sie so gut in dem, was sie tat? Warum arbeitete sie auf einer Jacht, anstatt zur Uni zu gehen? Ich hatte flüchtige Blicke auf die Avery hinter der professionellen Fassade erhaschen können, und ich wollte mehr über sie erfahren.

»Ich habe alles gründlich gecheckt – es gibt keinen Grund zur Sorge.«

»Tu mir einen Gefallen: Wenn du das nächste Mal eine Übergabe arrangierst, dann bring mir alles, was du über Avery Walker finden kannst.«

»Die Chefstewardess?«

»Ja, genau die.«

»Hat etwas dein Misstrauen erregt?«

Nur die Tatsache, dass ich ihr vertraute, ohne zu wissen,

warum. Dass ich sie vögeln wollte, aber sie noch nicht mal angebaggert hatte. Das war seltsam. Und sah mir überhaupt nicht ähnlich. »Nichts, worüber ich reden möchte. Nur so ein Gefühl.«

»Okay, ich fasse bei ihr noch mal nach.«

»So, und jetzt ist Schluss – ich muss raus, ein bisschen Sonne tanken.« Ich legte auf und griff nach meinem Laptop. Ein Sonnenbad und Entspannung waren das Letzte, das ich brauchte, aber ich genoss die Begegnungen mit Avery. Also würde ich mir die Gelegenheit nicht entgehen lassen, auf dem Hauptdeck zu arbeiten, denn ich wusste, dass sie in gewissen Abständen auftauchen und sich um meine Bedürfnisse kümmern würde.

11. Kapitel

Hayden

Alles, was ich von meinen Anwälten bekam, waren Rechnungen und schlechte Nachrichten. »*Fuck!*«, knurrte ich, nachdem ich das Gespräch auf dem Satellitenhandy beendet hatte.

Dieser Deal war anfangs gelaufen wie ein Uhrwerk, aber dann blieben die Rädchen urplötzlich stehen, und ich trieb ohne meine Assistentin und ohne Zugriff auf meine E-Mails auf dem Mittelmeer. Ich betete zu Gott, dass Landon das Leck bald finden würde und ich nach London zurückkehren konnte.

Es klopfte an der Tür. »Herein«, sagte ich. Wenn es jemand anders als Avery gewesen wäre, hätte ich nicht reagiert, aber sie war so engagiert und wusste immer schon vor mir, was ich wollte, ganz zu schweigen davon, dass sie verdammt schön war. Sie war das reinste Kryptonit für mich.

»Hi, ich wollte Ihnen nur einen Kaffee bringen. Komme ich ungelegen?«

Seufzend lehnte ich mich auf dem Stuhl zurück. »Danke. Bei diesem Geschäft kommt alles ungelegen, und zwar immer.«

Sie zuckte zusammen, dann stellte sie die große Kaffeetasse vor mir ab. Ich atmete ihren Duft ein – nach Sonnenschein und Sommerblumen, als wäre sie gerade aus einem besseren Teil des Universums eingeschwebt. »Kann ich Ihnen irgendwie helfen?«

»Wenn Sie mir erklären können, warum die Leute beschlossen haben, kein Wort mehr mit mir zu reden oder wenn, dann nur unverschämte Forderungen zu stellen, dann können Sie mir vielleicht helfen, ja.«

Sie verlagerte das Gewicht auf ein Bein und streckte die Hüfte heraus, sodass sich eine appetitliche Kurve bildete, die ich gern mit den Fingerkuppen nachgezeichnet hätte. »Was ist passiert? Hat jemand aufgehört, mit Ihnen zu verhandeln, und tritt stattdessen fordernd auf? Ein Kunde?«

»Spielt keine Rolle.«

»Ich weiß, alles ist supergeheim, *topsecret* und so, und bitte, sagen Sie nichts, was Sie später bereuen könnten. Aber manchmal kann man sich besser sortieren, wenn man etwas laut ausspricht, und dann taucht auch schon die Lösung auf.«

Ich verzog den Mund zu einem Lächeln. Bei ihr klang es, als wäre alles ganz einfach, und hätte ich es nicht besser gewusst, hätte ich ihr geglaubt.

»Wie ich sehe, sind Sie skeptisch.« Sie zog die Augenbrauen hoch. »Versuchen Sie's doch einfach mal«, fügte sie schulterzuckend hinzu. »Wer weiß, vielleicht kann ich Ihnen tatsächlich helfen.«

Ich seufzte. Averys Anwesenheit beruhigte mich, und ich wollte nicht, dass sie fortging. »Ich versuche ein Unternehmen aufzukaufen. Alles lief nach Plan, aber dann fing der Verkäufer auf einmal an, in seinen Schriftsätzen verrückte Forderungen zu stellen und nicht mehr ans Telefon zu gehen. Und weil ich keinen Zugriff auf meine E-Mails habe, kann ich ihm auch nicht schreiben. Das ist wahnsinnig frustrierend.«

»Glauben Sie, er hat ein besseres Angebot bekommen und versucht Sie hinzuhalten?«

Avery war clever. Genau das war mein Verdacht, aber wenn es Phoenix darum gegangen wäre, den höchstmöglichen Preis zu erzielen, hätten sie das Unternehmen versteigert. »Vielleicht. Ich fühle mich hier draußen komplett von allen Vorgängen abgeschnitten. Wenn ich in London wäre, würde ich es herausfinden, glaube ich. Es ist, als hätte man mir eine Hand auf den Rücken gebunden.«

»Und nach London können Sie nicht zurück, weil niemand wissen soll, dass Sie dieses Unternehmen kaufen wollen.«

Ich leugnete es nicht – sie hatte keine Ahnung, um welche Firma es ging, und sie war überprüft worden. Ich musste aufhören, so *paranoid* zu sein, wie Landon es nannte. »Ja, ungefähr so.«

»Dann haben Sie also Ihre Komfortzone verlassen. Das heißt aber nicht, dass Sie in der schlechteren Position sind. Was würden Sie in einer solchen Lage tun, wenn Sie in London wären? Ich meine, wenn es so geheim ist, könnten Sie sich doch sowieso nicht mit diesem Typen treffen und ihn rundheraus fragen, was los ist, oder?«

Ich griff mir in den Nacken und massierte die verkrampften Muskeln. »Stimmt.« Was würde ich anders machen, wenn ich in London wäre? »Leuten persönlich zu begegnen, ist die einfachste Art, festzustellen, worauf sie Wert legen.«

»Das stimmt. Meistens. Aber nicht immer. Manche Leute sind schwer zu durchschauen. Vor allem die, denen es egal ist, ob sie Austern oder Fischstäbchen essen.«

Ich betrachtete sie aus schmalen Augen. »Wollen Sie mir damit etwas sagen, Ms Walker?«

Sie lachte auf so ungekünstelte, ehrliche Art, dass ich den Blick nicht abwenden konnte. Sie hatte sich an die Seite des Schreibtischs gelehnt, und ich drehte meinen Stuhl in ihre Richtung. »Jemanden persönlich vor sich zu sehen, erleichtert es einem definitiv, ihn zu durchschauen, aber was wissen Sie denn bereits über den Verkäufer? Ist es ein Konzern? Eine Familie? Oder was sonst?«

»Ein Typ Mitte sechzig. Er hat das Unternehmen vor beinahe fünfzig Jahren gegründet. Jetzt will er es zu Geld machen und in den Ruhestand gehen.« Wahrscheinlich erzählte ich ihr zu viel, aber ich vertraute ihr und auch darauf, dass Landon sie gründlich überprüft hatte.

»Oh wow. Fünfzig Jahre. Dann fällt es ihm bestimmt schwer, loszulassen.«

Ich lachte leise. »Ich bekomme die Firma ja nicht umsonst. Er wird als sehr reicher Mann in Rente gehen. Er könnte den Rest seines Lebens auf so einer Jacht verbringen, und trotzdem würden seine Kinder nie wieder arbeiten müssen.«

Sie fuhr mit dem Daumennagel über den Schreibtisch, teilte den Raum zwischen uns auf, und ich stellte mir vor, wie ich die Hände um ihre schmalen Handgelenke schloss und sie über ihrem Kopf festhielt, während ich sie küsste. »Aber darum geht es nicht. Wenn sein Unternehmen derart erfolgreich ist, hätte er wahrscheinlich schon vor langer Zeit verkaufen können, ohne je wieder arbeiten zu müssen, stimmt's?«

»Ja. Es ist verrückt, dass er so lange damit gewartet hat.«

Sie nickte, als klängen meine Worte in ihren Ohren absolut sinnvoll. »Also, das ist es. Er legt dem Verkauf absichtlich Steine in den Weg. Auf diese Art muss er nicht loslassen.«

Ich beugte mich vor, wobei ich fast die unsichtbare Linie überschritt, die sie gezogen hatte, und sie löste sich vom Schreibtisch und trat einen Schritt zurück. Befürchtete sie, dass ich sie berühren würde? Ich war ziemlich gut darin, Frauen zu durchschauen, und ich war mir sehr sicher, dass die Anziehung zwischen uns auf Gegenseitigkeit beruhte.

»Niemand wird so erfolgreich, wenn ihm nicht vor allem an der Leistungsfähigkeit des Unternehmens liegt. Natürlich geht es ihm vor allem um Geld.«

»Geht es *Ihnen* nur um Geld?«

Ich atmete durch. Ich würde Avery gegenüber nicht eingestehen, wie viel mir Erfolg bedeutete, und dass mich auch die Außenwelt als erfolgreichen Mann betrachten sollte. Ich würde ihr nicht verraten, wie sehr ich mir wünschte, mein Vater würde so etwas wie Befriedigung empfinden, weil ich ein Unternehmen aufgebaut hatte, das erfolgreicher war als Cannon. »Ich weiß nicht, ob man mich mit ihm vergleichen kann. In meiner Branche werden die meisten Leute von Pfund und Pence angetrieben.« Averys Theorie überzeugte mich nicht. In der City war Gier die Hauptantriebskraft.

»Ich will damit nicht sagen, dass er seine Firma verschenken würde. Sondern dass Geld für ihn etwas repräsentiert. Ich wette um hundert Dollar mit Ihnen, dass es letztlich etwas Persönliches ist.«

»Soso, hundert Dollar.« Ich lächelte sie an. Mir gefiel, wie sehr sie von dem, was sie sagte, überzeugt war, und dass sie keinen Rückzieher machte.

Ich lehnte mich auf dem Stuhl zurück. Ich hatte Gerüchte gehört, dass es im Lauf der Jahre mehrere Verkaufsversuche gegeben hatte, die alle gescheitert waren. Ging es also tatsächlich weniger um Geld als vielmehr darum, dass Harold sein Vermächtnis nicht in fremden Händen sehen wollte?

»Ja, hundert Dollar. Wie würden Sie sich fühlen, wenn Sie fünfzig Jahre lang etwas aufgebaut haben, und dann kommt ein vollkommen Fremder daher und übernimmt einfach alles? Seine Mitarbeiter gehören für ihn wahrscheinlich zur Familie, und außerdem muss er sich überlegen, was er mit der freien Zeit macht, die er früher in die Arbeit gesteckt hat.«

»Schon möglich. Aber hilft mir das weiter? Wenn er nicht loslassen will, dann will er eben nicht loslassen.«

»Tatsächlich? Sie geben also einfach auf? Ich kann mir nicht vorstellen, dass Sie das Geld, das man braucht, um eine Jacht wie diese für acht Wochen zu chartern, verdienen konnten, indem Sie vor jedem Problem einfach kapituliert haben.«

Ich lachte. »Sie tun so, als wären Sie immer nur lieb und hilfsbereit, aber tatsächlich sind Sie richtig draufgängerisch. Eine Kämpferin.«

Sie zuckte mit den Schultern und unterdrückte ein Lächeln. »Ich habe zwei Seiten. Aber die meisten Leute kommen über die süße Seite nicht hinaus.«

Einige Sekunden lang blickten wir uns in die Augen, während wir begriffen, was sie gerade zugegeben hatte: Ich kannte sie besser als die meisten anderen Menschen. Mir gefiel das. Ich mochte sie und ihre beiden Seiten.

Sie sah als Erste weg und wich in Richtung Tür zurück. Ich stand auf, schob die Hände in die Hosentaschen.

»Vielleicht haben Sie recht. Ich muss mir überlegen, wie ich dafür sorgen kann, dass sich der Typ bei dem Gedanken, an mich zu verkaufen, wohlfühlt. Und dabei geht es nicht um das, was in den Schriftsätzen steht.«

»Klingt, als könnten Sie wieder klarer denken. Ich sage es nur ungern, aber ich habe es doch gleich …« Ihre Stimme war nun höher als zuvor, hatte nicht mehr den ernsthaften Gesprächston. Die liebe Avery war wieder da. »Ich muss weitermachen. Kann ich Ihnen noch etwas bringen?«

Ich schüttelte den Kopf, lächelte und sah ihr nach, als sie zur Tür hinausschlüpfte. Ich wusste nicht, ob es daran lag, dass sie die einzige Frau war, der ich in den vergangenen Wochen körperlich nahegekommen war, aber mein Schwanz zuckte, und ich war kurz davor gewesen, nach ihr zu greifen. Lieb, lustig, sexy und clever – all das war Avery Walker. Und zwar so sehr, dass ich sie nicht einfach schnell und über meinen Schreibtisch gebeugt nehmen wollte. Ich wollte definitiv mehr von ihr.

12. Kapitel

Avery

»Ich bin Ihnen etwas schuldig, Avery Walker«, sagte Hayden. Er hatte an der Reling gelehnt, um das Meer zu betrachten, drehte sich nun aber zu mir um. Er lächelte mich an, während sich die Schiebetüren des Hauptsalons hinter mir schlossen.

»Tatsächlich?« Ich stellte seinen Kaffee auf den kleinen Tisch neben der üblichen Liege. Ich wusste nicht genau, was er meinte, aber sein britischer Akzent, leicht abgemildert durch die Sonne und sein breites Lächeln, kam mir äußerst vertraut vor.

»Ja. Sie hatten recht. Er ist nervös geworden, weil er loslassen muss«, sagte er und kam mit großen Schritten auf mich zu.

Als er sich vorbeugte und die Kaffeetasse vom Tisch nahm, stieg mir sein Duft in die Nase – eine Kombination aus Meeresbrise und Waldboden, sauber und maskulin.

»Das ist erstaunlich«, sagte ich und trat zurück, um den Abstand zu wahren. Ich versuchte, nicht wahrzunehmen, wie gebräunt sein Gesicht inzwischen war, und dass seine Haare an manchen Stellen goldene Glanzlichter aufwiesen. »Es war ja nur eine Idee.«

»Und zwar eine gute. Eine sehr gute sogar«, sagte er und sah mir unverwandt in die Augen. Mein Herz begann zu hämmern. Versuchte er mich anzubaggern? Nein, diesem

Mann ging es ausschließlich ums Geschäft. Er war eindeutig nur dankbar, dass ich mit ihm gesprochen hatte. Ja, das war es, definitiv.

»Was hat er gesagt?«, fragte ich.

Er blinzelte, seine langen Wimpern berührten seine Haut. »Ich habe ihm eine Nachricht auf der Mailbox hinterlassen. Ich habe über seine Angestellten geredet und ihm vorgeschlagen, weiterhin aktiv am Personalrat teilzunehmen. Er hat mich zurückgerufen. Er hatte wissen wollen, dass ich in seinem Unternehmen nicht nur eine Bilanz sehe.«

»Das freut mich. Menschen sind mein Beruf. Es ist mein Job, herauszufinden, was sie unglücklich machen würde, und das Ereignis möglichst abzuwenden«, antwortete ich so sachlich wie möglich.

»Verstehe. Aber ich kann mir nicht vorstellen, dass in Ihrer Gegenwart jemand unglücklich ist.« Seine Augen wurden schmal, und das Herz begann in meiner Brust zu flattern.

Ich wusste nicht, was ich sagen sollte. Noch auf keiner Jacht war ich einem Gast begegnet, der sich derart intensiv auf seine Arbeit konzentrierte. Aber diese leichtere, flirtende Seite von Hayden, die gelegentlich zum Vorschein kam, verdrehte mir den Kopf. Und obwohl ich wusste, dass ich ihn nicht dazu ermutigen durfte, genoss ich diese Seite von ihm und wollte sie öfter sehen.

Eine Sekunde lang herrschte Schweigen. Ich machte bereits Anstalten, fortzugehen, da sagte er: »Ich wette, Sie haben schon eine Menge gesehen. Leute mit Geld können … ziemlich schillernd sein.« Es war, als versuchte er unseren Wortwechsel zu verlängern, ohne über ein bestimmtes Thema zu reden.

»Es ist erstaunlich, was man mit Geld alles kaufen kann«, antwortete ich, denn auch ich wollte das Gespräch fortsetzen. Meistens betrachtete ich das Verhalten der Leute lediglich als zügellos, aber hin und wieder wurden mir die Exzesse an Bord wirklich zu bunt.

»Drogen?«, fragte er.

Ich klemmte mir das Tablett unter den Arm. »Auf keinen Fall. Da gibt es kein Pardon. Ich meine, auf Schiffen, die vom Eigentümer benutzt werden, passiert dergleichen natürlich, aber nicht auf Charterreisen. Ein Kapitän hat viel zu verlieren. Allerdings wiegt der Alkohol das meistens locker wieder auf.«

»Kann ich mir vorstellen. Ich habe eigentlich nie viel getrunken.«

Natürlich wusste ich das bereits. »Weil Sie ein Kontrollfreak sind?«, fragte ich und zuckte gleich darauf innerlich zusammen.

Er schmunzelte. »Das haben Sie bemerkt?« In kleinen Schlucken trank er seinen Kaffee, als wären wir Kollegen oder Freunde, die ein Pläuschchen miteinander hielten. »Ich glaube, ich war immer schon zu ehrgeizig, zu fokussiert. Sogar an der Uni habe ich um fünf Uhr morgens die Wirtschaftsseiten durchforstet, während alle anderen ihren Rausch ausschliefen.«

Das konnte ich verstehen. Weit weg von zu Hause hatte ich Überstunden gemacht, während meine Freunde von der Highschool sich mit Jelly Shots abfüllten. »Ja. Ich habe auch nie richtig am studentischen Leben teilgenommen.«

»Scheint, als hätten wir das gemeinsam – wir nehmen unsere Arbeit beide zu ernst«, sagte er.

Freude erfüllte meine Brust, weil er mein Engagement für meinen Job anerkannte. Ich arbeitete tatsächlich hart, und dass ich keine Millionen verdiente, hieß noch lange nicht, dass ich nicht engagiert und konzentriert bei der Sache war. »Ja. Die Dienste sind lang, und es geht den ganzen Tag nonstop durch.«

»Vermutlich sollten wir beide uns ein bisschen öfter amüsieren.« Er wackelte zweideutig mit den Brauen, ganz anders als der zielgerichtete, reservierte Mann, den ich meistens zu sehen bekam. Gab er mir damit zu verstehen, dass wir uns *miteinander* vergnügen sollten, oder meinte er es allgemeiner? Hätte ein anderer Kerl so etwas zu mir gesagt, wäre mir klar gewesen, dass er mich anzumachen versuchte, aber Hayden war … anders. Interessant. Verwirrend.

»Wir haben jede Menge Tequila an Bord«, sagte ich. »Und die aufblasbare Banane ist auch noch da.«

Hayden lachte schallend und lehnte sich rückwärts an die Reling. »Sie hatten recht mit Ihrer Bemerkung, dass ich nicht der Typ fürs Bananenboot bin. Wie Sie selbst gesagt haben: Sie durchschauen Menschen schnell.«

»Manchmal.« *Dich aber nicht,* dachte ich. Ich hätte mich einfach entschuldigen und verschwinden sollen. Ich hätte mich mit Handtüchern oder Ähnlichem herausreden können, aber ich wollte, dass er mir mehr erzählte, mir mehr von sich gab. »Ein paar Laster müssen Sie doch haben, auch wenn aufblasbare Bananen nicht dazugehören.«

»Haben wir nicht alle irgendwelche Laster?« Er zögerte, hielt meinem Blick stand, und seine Zunge blitzte hervor, als er sich über die Unterlippe leckte. »Frauen zum Beispiel.«

Ich nickte bedächtig. Natürlich war er ein Womanizer. Eigentlich war er gar nicht mein Typ, und trotzdem fühlte ich mich heftig zu ihm hingezogen. Ich hatte Schmetterlinge im Bauch, mein Atem schien über das Deck zu hallen und sich mit den harten Silben seiner Worte zu vermischen. Wollte er mich provozieren? Sein Blick hypnotisierte mich – ich konnte nicht wegsehen.

Schmunzelnd trank er noch einen Schluck Kaffee und fügte hinzu: »Aber die Droge meiner Wahl ist von jeher die Arbeit.«

Unwillkürlich fragte ich mich, was ihn dazu trieb, so zu schuften. Es konnte doch nicht nur um Geld gehen, obwohl er wahrscheinlich genau das behaupten würde. Es musste noch einen anderen Grund geben. »Dachte ich mir schon.«

»Was ist mit Ihnen? So perfekt, wie Sie wirken, kann man gar nicht sein.«

»Ich wirke perfekt?«, fragte ich und rümpfte die Nase. Sah er mich tatsächlich so? Fand er mich kalt und übereifrig? »Ich bin alles andere als das. Es ist mein Job, dafür zu sorgen, dass meine Gedanken nach außen hin nicht sichtbar werden.«

Er fuhr sich mit dem Daumen über den Dreitagebart. Dies war der erste Tag, an dem er nicht glattrasiert aufgetaucht war. Es stand ihm. »Ich dachte, ich hätte das beste Pokerface der Stadt, aber Sie stellen mich in den Schatten.«

»Ich bin sehr geübt darin. Manches von dem, worum man uns bittet …« Ich atmete durch und warf einen Blick durch die Schiebetür ins Innere des Schiffs. Ich hätte längst zurück in die Bordküche gehen sollen. »Das können Sie sich gar nicht vorstellen, glaube ich.«

Er zog die Augenbrauen hoch, wartete offensichtlich auf weitere Einzelheiten.

»Es gibt die üblichen Anfragen – Kaviar, der aus Russland eingeflogen wird, seltene Weine, solche Sachen. Und dann sind da die Leute, die eine bestimmte Bettwäsche oder spezielles Hundefutter wollten. Einmal hatte ich eine Anfrage wegen weißer Kätzchen für eine Sechsjährige. Wir mussten losgehen und Katzen für dieses Kind kaufen.« Bei der Erinnerung schüttelte ich den Kopf. »Zwanzig Minuten später waren die Tiere für die Kleine schon uninteressant, und wir mussten sehen, wo wir sie auf Dauer unterbringen konnten. In der letzten Saison musste die gesamte Besatzung einige Gäste mit ›Eure Majestät‹ ansprechen und vorher jedes Mal einen Hofknicks machen.«

»Wow.« Ein Lächeln umspielte seine Lippen, und es war, als schiene die Sonne für einige Sekunden ein bisschen heller.

»Und letztes Jahr hat ein Gast von mir verlangt, dass das Bedienpersonal zum Abschlussdinner in Stringtangas erscheint.«

Hayden runzelte die Stirn. »Oben ohne?«

Ich lachte. Diese Forderung war absolut lächerlich gewesen. »Ja. Ein String aus schwarzer Spitze und sonst nichts.«

»Wow. Ich wusste gar nicht, dass diese Möglichkeit besteht. Ich hätte mir dieses Formular genauer ansehen sollen, das ich da für Sie ausgefüllt habe.«

Ich starrte ihn an, doch schließlich lachte ich.

»Und, haben Sie es gemacht?«

Ich hielt seinem Blick stand, schüttelte aber den Kopf. »Nein, aber natürlich darf man niemals Nein sagen. Ich habe angeordnet, dass sich die Kerle der Besatzung an dem betreffenden Abend als Kellnerinnen verkleiden. Sie hatten ihre Hemden abgelegt und trugen Strings über ihren Boxershorts. Wenigstens hatten die Gäste Humor und fanden das lustig.«

»Sie dürfen nicht Nein sagen?«, fragte Hayden. »Weil der Kunde immer recht hat?«

»Genau.« Ich verzog den Mund zu meinem üblichen diensteifrigen Lächeln. Ich hatte das Gefühl, dass er etwas herauszufinden versuchte, ich wusste nur nicht, was. »Ich versuche einfach, mich auf die Arbeit zu konzentrieren. Das tun Sie doch auch, stimmt's?«

»Die Arbeit an die erste Stelle setzen? Absolut.« Er hielt meinem Blick stand. Die Sekunden vergingen, und ich fühlte mich, als zöge mich etwas zu ihm, als löste sich die Grenze zwischen Gast und Besatzung in der Hitze einfach auf.

»Ich muss jetzt los.« Sein durchdringender Blick verunsicherte mich. Es war, als wollte er meine tiefsten, dunkelsten Geheimnisse hervorlocken.

»Ich habe es genossen, mich mit Ihnen zu unterhalten, Avery.«

Die Art, wie er meinen Namen aussprach, war jetzt ganz anders. Es klang, als zöge er die Silben auseinander, damit sie länger zu hören sind. Es war so nervenaufreibend, dass ich eine Gänsehaut bekam. »Ich habe es auch genossen, mit Ihnen zu reden.«

»Ich meine es ernst«, sagte er und blickte mir forschend ins Gesicht. Dann hob er eine Hand und fuhr mir mit dem Daumen über mein Kinn, gleich unterhalb meines Munds.

Unter seiner Hitze wurden meine Knie weich, und ich blinzelte träge, sehnte mich verzweifelt danach, dass die Zeit langsamer verging, damit ich dieses Gefühl möglichst lange auskosten konnte. »Sie sind perfekt.« Er zog die Hand zurück und trank noch einen Schluck Kaffee, als wäre es keine große Sache, dass er mich berührt hatte. Vielleicht war es ja tatsächlich so. Jedenfalls für ihn. Das hier war kein freundschaftlicher Griff nach meiner Schulter oder eine Berührung am Arm, die ich damit abtun konnte, dass er eben ein taktiler Mensch war – das hier war intim und verführerisch, und ich musste gehen, ehe er deutlich sehen konnte, wie sehr ich mir eine Wiederholung wünschte.

13. Kapitel

Avery

Obwohl seit Haydens Berührung mehrere Tage vergangen waren, glaubte ich noch immer die Hitze seiner Fingerkuppen auf meiner Haut zu spüren. Vor allem, wenn ich allein war und jeden Gedanken an ihn vermeiden wollte. So früh am Morgen war es still auf dem Schiff, und ich versuchte, keinen Lärm zu machen, als ich die Wendeltreppe hochstieg und durch den Hauptsalon auf das Deck ging. Die Lichter draußen waren eingeschaltet, aber gedimmt, und das Meer wirkte an diesem Morgen vollkommen ruhig – wie ein schwarzes Seidentuch war es unter uns ausgebreitet. Ein feurig orangefarbener Streifen zog sich über den Horizont, während die Sonne am Himmel hervorzutreten begann. Es war schön. Ich lehnte mich an die Reling und atmete die frische Luft, die am Nachmittag nahezu erdrückend sein würde.

In Momenten wie diesem lohnte sich das Arbeiten auf einer Jacht. Aber sie gingen schnell vorüber.

Die Schiebetüren öffneten sich zischend, und ich löste mich rasch von der Reling und wirbelte herum, als wäre ich bei etwas Unerlaubtem erwischt worden.

»Guten Morgen«, sagte ich, als Hayden auftauchte., Sein Haar war zerzaust, und graue Halbmonde lagen unter seinen Augen. Ich freute mich mehr, ihn zu sehen, als gut für mich war. Mit ausgebreiteten Armen deutete ich auf den

Horizont, der aussah, als wollte er in Flammen aufgehen. »Der Sonnenaufgang zieht heute eine richtige Show ab.«

Hayden blickte vom Himmel zu mir. Wahrscheinlich grinste ich ein bisschen zu breit und sah aus wie eine Irre, aber ich konnte nichts dagegen tun. Es war einfach zu schön.

Um seine Mundwinkel zuckte es.

Lachte er mich aus? »Solche Momente muss man einfach genießen.«

Er kam auf mich zu und drückte meinen Oberarm. »Da haben Sie absolut recht.«

Seine Berührung lähmte mich augenblicklich derart, dass mir die Stimme versagte. Ich brauchte Raum für mich, ein bisschen Abstand. »Soll ich Ihnen ein Glas Saft holen, während Sie den Ausblick genießen?«, fragte ich und machte einen Schritt zur Seite in Richtung Tür.

Er löste den Blick vom Horizont und musterte mich mit gerunzelter Stirn. »Bleiben Sie. Diesen Moment möchte ich mit Ihnen gemeinsam genießen.«

Ich wusste, dass es falsch war, bei ihm zu bleiben. »Ich habe viel zu tun. Ich muss … ich sollte jetzt wirklich …«

»Hierbleiben.« Es klang so selbstverständlich, so endgültig, dass ich ihm nicht zu widersprechen wagte. Ich trat neben ihn an die Reling und sah zu, wie das Orange in Pink überging und sich mit dem Schwarz des Wassers vermischte.

»Sonnenaufgänge sind nichts, was man sich allein ansehen sollte«, sagte er nach einer Weile.

Wir standen da und sahen in die Ferne, dann drehte er den Kopf zu mir. Ich sah ihn an, nahm wahr, wie das Licht des beginnenden Tages seine markante Kinnlinie einfing.

Mein Körper entspannte sich, und ich beugte mich neben ihm vor, unsere Ellbogen waren nur wenige Zentimeter voneinander entfernt.

»Danke – das ist genau, was ich jetzt brauche.« Meinte er den Sonnenaufgang oder die Tatsache, dass ich geblieben war, um ihn gemeinsam mit ihm zu bewundern? Er löste die Hände von der Reling und kam näher, unsere Ellbogen berührten sich, als er mit den Fingerknöcheln über meine Hand fuhr, wie um seine Dankbarkeit zu bekräftigen. Ich blickte auf die Stelle, wo seine Haut die meine berührte, und hob den Kopf dann wieder, sodass wir uns in die Augen sahen.

Obwohl sich nur unsere Hände berührten, strafte die Geste die Art unserer Beziehung Lügen: Wir waren nicht nur Gast und Stewardess. Aber wir waren auch weder Liebende noch Freunde. Vielleicht lag es an der Meeresluft oder dem spektakulären Himmel, aber je mehr Zeit ich im Dunstkreis dieses Mannes verbrachte, desto öfter kam mir der Gedanke, dass ich vielleicht mit ihm befreundet sein, ihn ein bisschen besser kennenlernen, seine Stimmungsschwankungen und Launen verstehen und herausfinden wollte, was ihn antrieb.

»Das freut mich«, flüsterte ich. Unsere Arme waren noch so nah beieinander, dass ich seine Hitze spüren konnte. Wenn er glücklich war, hieß das, dass ich meinen Job gut machte. Obwohl es sich angesichts der Art, wie mir das Herz in der Brust hüpfte und die Wangen heiß wurden, weniger wie ein Job als vielmehr wie eine Berufung anfühlte. Oder wie Schicksal. Wie etwas, das größer war als alles, was ich in meinem Leben bisher kennengelernt hatte.

Jachten und Schiffe auf dem Wasser und die Umrisse der Gebäude und Bäume am Ufer kamen in Sicht, und alles nahm Farbe an, als die Sonne am Horizont aufstieg. Die ganze Küstenlinie schien zu gähnen und sich zu recken, während sie allmählich wieder zum Leben erwachte.

Eine Schar Gänse flog über unsere Köpfe hinweg und beendete das behagliche Schweigen. Wir legten den Kopf in den Nacken und ließen den Anblick und die Geräusche auf uns wirken.

»Normalerweise bin ich um diese Uhrzeit im Gym«, sagte er und richtete den Blick wieder auf den Horizont. »Ich weiß gar nicht, ob ich es in London überhaupt mitbekomme, wenn die Sonne aufgeht.«

»Ich weiß, was Sie meinen. Manchmal entgeht einem die Schönheit, die in alltäglichen Dingen liegt.«

Haydens Blick wanderte zu meinem Mund, dann wieder zurück zu meinen Augen. »Das ist ein großer Fehler. Ich sollte jeden einzelnen Moment mehr genießen.«

So ging es mir auch. Ich war derart auf die Arbeit konzentriert, auf das Trinkgeld, auf die Sorge um meine Familie, dass ich kaum wahrnahm, wie schön der Ort war, an dem ich mich befand. Es war fast, als erlaubte ich mir selbst nicht, es einfach zu genießen. Als bestrafte ich mich selbst. »Ich weiß nicht, wann ich mir zuletzt einen Sonnenaufgang angesehen habe.«

Hayden verlagerte das Gewicht und wandte sich zu mir, stützte sich jedoch weiterhin mit einem Ellbogen auf dem Aluminiumgeländer ab. »Aber deshalb sind Sie doch hier, oder? Um die Szenerie zu genießen?«

Ich zuckte mit den Schultern, verlegen, weil er seine volle

Aufmerksamkeit auf mich richtete. »Dieser Job kann vieles sein. Manchmal schlafe ich an freien Tagen einfach nur.«

»Ich dachte, wer auf so einer Jacht arbeitet, tut das, weil er gern reist.«

»Bei manchen ist das tatsächlich so.« Ich wusste, dass viele Leute mit diesem Job ihre Reiselust befriedigten, aber mir war es von Anfang an nur um das Geld gegangen.

»Aber Sie nicht. Bleibt Ihnen viel Zeit, um die Reiseziele zu erkunden?«, fragte er, als wollte er genauer wissen, was meine Gründe waren, als wollte er mich besser kennenlernen.

»Zwischen den Reisen haben wir meistens ein paar Tage frei.« Ich versuchte mich auf die Aussicht zu konzentrieren, konnte aber an nichts anderes denken als an Hayden Wolf und wie nah er mir war und dass meine Haut jedes Mal, wenn er mich berührte, zu brennen schien.

»Wie lang dauert so eine Reise im Allgemeinen?«, fragte er, während er mit dem Blick einer Haarsträhne folgte, die sich im Wind aus meiner Hochsteckfrisur gelöst hatte.

»Ein paar Tage bis zwei Wochen.«

»Acht Wochen sind also lang«, sagte er wie zu sich selbst.

»Normalerweise haben wir einen Monat Pause zwischen der Mittelmeersaison und der in der Karibik. In dieser Zeit gehen die meisten von uns auf Reisen.«

»Normalerweise?«

»Diese Charter begann ziemlich früh, darum bin ich direkt von Miami eingeflogen, aber ich hatte auch keine Reise geplant. Abgesehen vom Pavillons Shopping Center in Sacramento.«

Er lachte. »Dafür brauchen Sie wahrscheinlich keinen *Lonely Planet* Reiseführer. Also arbeiten Sie zwei Saisons durch. Man sieht es Ihnen nicht an.«

»Die Beleuchtung ist gerade sehr vorteilhaft«, scherzte ich und zeigte auf die Sonne. »Die Besatzung ist gut. Und der Gast unkompliziert.«

»Ich kann sehr fordernd sein«, sagte er und musterte mich durchdringend. »Sie kennen noch nicht all meine Seiten.«

Der Puls pochte mir in den Ohren, als seine raue Stimme in meinem Kopf widerhallte. Hitze stieg in mir auf, und ich wandte mich abrupt ab und starrte auf das Wasser.

Die Stille zwischen uns schien zu pulsieren, während ich versuchte, gleichmäßig weiterzuatmen. Ich sollte gehen, aber ich wollte wissen, was als Nächstes passieren würde.

»Wohin würden Sie fahren, wenn das hier Ihre Charterreise wäre?«, fragte er schließlich, als die Hitze zwischen uns ein wenig nachgelassen hatte.

Interessierte ihn das wirklich, oder wollte er nur höflich sein? Ich wollte ihm so gern alles erzählen.

Ich lächelte. »Italien ist schön. Taormina auf Sizilien ist einfach atemberaubend. Bisher habe ich nur gelegentlich ein Stündchen dort verbracht, aber nach allem, was ich gesehen habe, ist es sehr …« Ich hielt inne, wollte den Satz nicht beenden. Was ging es Hayden Wolf an, wie romantisch Taormina mir vorgekommen war bei den beiden Malen, die es mir gelungen war, das Festland zu betreten?

Er atmete durch und richtete sich auf, und ich konnte mich auf nichts anderes konzentrieren als auf seine sich weitende Brust. Sein Körper schien den gesamten Raum um mich herum einzunehmen.

»Machen Sie oft Urlaub?«, fragte ich, denn ich wollte, dass unser Gespräch weiterging. Außerdem fragte ich mich, warum wir die Stelle, an der wir zwei Wochen zuvor an Bord gegangen waren, noch immer nicht verlassen hatten.

Er lachte leise in sich hinein. »Nein, nur selten.« Dann stützte er sich wieder auf die Reling, mit dem Rücken zu der Aussicht, wegen der wir hergekommen waren.

Es war seltsam, dass er zwar mein Gast war, wir aber beide zum Arbeiten hier waren. Ich sollte versuchen, ihm einen Teil seiner Last abzunehmen. »Haben Sie schon mal daran gedacht, Ihre Umgebung zu ändern? Dann könnten Sie zumindest zusehen, wie der Sonnenaufgang eine andere Küstenlinie erhellt.« Er hatte das Schauspiel genossen, also würde ihm vielleicht auch eine andere Aussicht gefallen. Wenn ich etwas tun konnte, um ihm seine Reise auf der *Athena* angenehmer zu gestalten, würde ich es tun.

Er runzelte die Stirn, als hätte er darüber noch nicht nachgedacht, aber Captain Moss musste doch die Möglichkeiten mit ihm durchgesprochen haben.

»Ist nur eine Idee.« Ich biss mir auf die Unterlippe. »Ich weiß, Entspannung – das Essen, der Wein, die Umgebung – ist nicht Ihre höchste Priorität, aber in der kurzen Zeit, in der Sie sich Erholung gönnen, wäre es vielleicht schön, eine andere Aussicht zu genießen.«

Er nickte, und ich blickte auf das Wasser hinaus, während er sich auf etwas anderes als die Aussicht zu konzentrieren schien. Einen Moment lang fragte ich mich, ob nur ich die Verbindung zwischen uns spürte. Eine unsichtbare Strömung schien uns aufeinander zuschwimmen zu lassen – ich wollte aufhören, gegen den Strom zu schwimmen, wollte auf ihn zutreiben, aber ich wusste, dass das nicht infrage kam. Und außerdem würde er sowieso bald wieder verschwunden sein.

»Ich bräuchte jemanden, der diese Sonnenaufgänge mit mir teilt«, sagte er.

Ehe ich antworten oder seine Worte analysieren konnte, holte mich ein Poltern aus der Bordküche in die Gegenwart zurück. Ich straffte die Schultern und blickte auf die Uhr. Es war kurz nach sieben, und das hieß, dass Neill mit den Vorbereitungen für das Frühstück begonnen hatte. Es hieß außerdem, dass Hayden und ich das Mittelmeer fast eine Stunde lang bewundert hatten. »Ab jetzt bin ich offiziell im Dienst«, sagte ich und atmete tief durch, als würde mich das auf wundersame Weise von einer Touristin wieder in eine Stewardess zurückverwandeln. »Was möchten Sie zum Frühstück?«, fragte ich, obwohl ich wusste, dass die Antwort »Eier« lauten würde.

Hayden löste sich von der Reling und fuhr sich mit den Fingern durch das zerzauste Haar. Ich band mir die Haare zum Pferdeschwanz, wobei er mir zusah. Sein Blick flitzte von meinem Gesicht zu den Händen, an meinem Körper hinunter und wieder hinauf zum Gesicht.

»Sie waren die ganze Nacht wach«, sagte ich. »Vielleicht sollten Sie lieber schlafen als essen.«

»Wahrscheinlich haben Sie recht.« Er reckte sich, der Saum seines Hemds hob sich über den Bund der Hose und enthüllte einen Streifen gebräunter Haut – mein ganz persönlicher Sonnenaufgang, nur für mich.

Ich schloss die Augen und versuchte ihn auszublenden. »Ich bitte Neill um ein paar Eier«, sagte ich, drehte mich um und steuerte auf die Schiebetüren zu.

»Danke«, rief er mir hinterher.

Ich wandte den Kopf und lächelte ihn an. Er beobachtete mich, und die Wärme, die sich in meinem Unterleib ausbreitete, sollte es eigentlich gar nicht geben. Vielleicht hätte ich ihm nicht vorschlagen sollen, den Sonnenaufgang zu betrachten. Und ich hätte definitiv gehen sollen. Außerdem war dieses Gefühl einer Verbindung zwischen uns sicherlich nur einseitig.

Das musste aufhören. Und zwar schnell.

Hayden

Das Kreischen der Möwen riss mich aus meinem kurzen Schlaf, und als ich die Augen öffnete, musste ich sie gegen das grelle Licht abschirmen, obwohl ich meine Sonnenbrille trug. Ich blickte auf die Uhr. Ich hatte mehrere Stunden geschlafen, seitdem ich mich nach dem Frühstück auf die Liege hatte fallen lassen. Ich warf einen Blick auf meinen Laptop, der zugeklappt neben mir lag. Es war kurz vor ein Uhr Ortszeit, und das hieß, dass sie in den Staaten noch nicht mal an ihren Schreibtischen saßen. Ich hatte also nichts verpasst.

»Mr Wolf«, sagte der Captain, als er durch die Schiebetüren aus dem Wohnbereich an Deck kam.

Ich stand auf und schüttelte ihm die Hand. Er meldete sich täglich bei mir, um sich zu vergewissern, dass alles in Ordnung war, und um zu fragen, ob er den Anker lichten und woandershin fahren sollte. Stets hatte ich beteuert, dass es mir an Ort und Stelle gut gefiel, aber jetzt war ich in der

Stimmung für einen Tapetenwechsel. Avery hatte in so vielen Dingen recht gehabt. Sie hatte mir geholfen, die Übernahme von Phoenix wieder in die richtige Spur zu bringen, wie konnte sie da falschliegen, wenn sie mir einen Ortswechsel vorschlug? Und wenn sie Italien mochte, dann würden wir mit diesem Schiff nach Italien segeln.

»Ich dachte, wir könnten nächste Woche an der italienischen Küste entlangfahren.«

Captain Moss nickte, wahrscheinlich war er erleichtert, dass er endlich etwas zu tun bekam. »Gern. Wollen Sie heute noch losfahren?«

»Wie es Ihnen beliebt«, antwortete ich.

»Wir können heute Nachmittag starten. Das Wetter ist gut, und der Wind ist mäßig.«

»Ich dachte, wir könnten Taormina ansteuern.«

»Das ist ein wunderschöner Ort. Gar kein Problem.«

Er machte Anstalten, zu gehen, aber ich fügte noch hinzu: »Mir ist bewusst, dass diese Reise länger ist als die meisten anderen, Captain.«

»Ja, aber wir freuen uns, Sie an Bord zu haben.« Ich war es gewöhnt, Menschen wegen ihrer Fähigkeiten einzustellen und nicht wegen ihres Charmes. Ich war kein Mensch, der in Nettigkeiten und Small Talk schwelgte. Ich kam lieber sofort auf den Punkt. Captain Moss hatte ein ähnliches Naturell, aber ich wusste seine Bemühungen zu schätzen.

Ich nickte. »Aber ich bin allein hier und brauche kaum Betreuung. Ich verstehe, wenn die Crew ein bisschen Dampf ablassen will, schließlich bin ich schon seit zwei Wochen an Bord. Ich würde gern irgendwo vor Anker gehen und der Besatzung eine Nacht freigeben.« Allmählich hatte ich das

Gefühl, dass ich weniger fordernd als viele andere war, aber niemand konnte allen Ernstes von der Besatzung erwarten, acht Wochen lang durchzuarbeiten. Mich hatte zwar allem Anschein nach ein leitender Mitarbeiter betrogen, aber ich glaubte immer noch daran, dass die Leute ihre beste Leistung bringen, wenn man sie respektvoll behandelt. Und dass sie dann loyaler sind. Meistens. Ich galt als großzügiger Arbeitgeber, aber meine Motivation war egoistisch – meistens bekommt man eben, was man verdient.

»Das ist nicht nötig, Mr Wolf. Die Crew bekommt genug Freizeit.«

Natürlich lehnte er ab, aber meine Entscheidung war gefallen. »Ich weiß, dass ich nicht als Einziger an Bord bleiben kann, wenn wir nicht im Hafen liegen, aber ich bin sicher, dass der Großteil der Mitarbeiter einen freien Abend bekommen kann. Sagen wir morgen Abend ab sechs?«

Captain Moss zögerte. »Das ist überaus großzügig von Ihnen. Seien Sie versichert, dass ich die ganze Zeit mit einem der Maschinisten an Bord sein werde.«

»Wie Sie wünschen.« Ich schüttelte ihm die Hand.

»Wir werden so früh wie möglich aufbrechen.«

»Hervorragend. Vielen Dank.«

Ich war selbstsüchtig, indem ich darauf bestand, nur mit Avery in Kontakt zu kommen. Das war mir gar nicht klar gewesen, bis ich an diesem Morgen gesehen hatte, wie sie mit offenem Haar den Sonnenaufgang betrachtete, ein paar Momente für sich allein zu erhaschen versuchte. Ich wollte derjenige sein, der ihr diese Momente schenkte. Sie hatte es verdient – es war wirklich hilfreich gewesen, meine Probleme mit Phoenix mit ihr durchzusprechen. Ich war bei den Zahlen hängen geblieben, aber sie hatte recht – bei diesem Deal ging es vor allem um Menschen. Den Sonnenaufgang mit ihr zu betrachten, zu sehen, wie ihre professionelle Fassade sich in Freude verwandelte, war atemberaubend und ansteckend gewesen. Mit ihr zusammen würde ich es wahrscheinlich sogar genießen, einen Verkehrsstau zu beobachten.

Eine Zeit lang hatten wir zusammen dem neuen Tag entgegengesehen und waren wir einfach nur zwei Menschen gewesen, die die Morgendämmerung genießen. Auf einmal wusste ich wieder, wie sich das Leben ohne den Druck angefühlt hatte, den meine Welt, am Rand des Zusammenbruchs stehend, auf mich ausübte.

Viel zu schnell war es vorbeigegangen, und erneut standen wir beide unter Druck – obwohl sie viel zu professionell war, um zu zeigen, dass die langen Dienste ein Problem für sie waren. Dabei hatte sie die übliche Pause zwischen zwei Saisons nicht bekommen, und das lag nur an mir. Wenn ich schon meinen eigenen Druck nicht einfach abschütteln konnte, sollte ich zumindest Avery das Leben erleichtern. Indem ich ihr und der restlichen Crew einen Abend freigab, konnte ich sie und die lockere Art, die sie außer Dienst an den Tag legte, zumindest in meiner Vorstellung noch einmal erleben. Auch wenn ich nicht dabei sein würde, freute ich mich bei dem Gedanken, dass sie ihr Haar lösen und irgendwo an Land ihr warmes, großzügiges Lächeln zeigen würde.

Avery Walker hatte einen freien Abend verdient. Und es war ein gutes Gefühl, derjenige zu sein, der ihn ihr verschaffte.

14. Kapitel

Hayden

»Wie ist es im Paradies?«, fragte Landon, als er meinen Anruf annahm.

Ich rückte den Drehstuhl vom Schreibtisch ab und legte das rechte Bein auf das linke Knie.

»Alles bestens.« Warum musste sich Landon immer wieder darüber auslassen, dass ich ein faszinierendes Leben führte? Ich verdrehte die Augen, konnte es kaum abwarten, endlich zum geschäftlichen Teil zu kommen. »Ich habe den Captain gebeten, eine Woche lang mit uns an der italienischen Küste entlangzufahren.«

Landon räusperte sich, dann hörte er auf, mir auf die Nerven zu gehen, und verwandelte sich in den fokussierten Profi, den er anderen gegenüber stets herauskehrte. »Kein Problem. In der Gegend haben wir überall Kontakte, die dir bei Bedarf etwas liefern können, und ich habe ein mobiles Team, das dir folgt. Übrigens bin ich froh, dass du anrufst.«

»Warum? Du hast die Gespräche mit mir vermisst?«

Vor meinem inneren Auge sah ich, wie mein Bruder am anderen Ende der Leitung zu grinsen anfing. »Und wie! Außerdem wollte ich dir sagen, dass ich mit der Finanzprüfung deines Managementteams fertig bin.«

»Und?«, fragte ich, während ich den Griff um das Handy verstärkte.

»Es gibt ein paar Stellen, an denen wir nachhaken müssen. Und zwar bei Anita und beim Leiter der Finanzabteilung.«

»Anita? Die ist auf keinen Fall die undichte Stelle.«

»Wir müssen weitere Erkundigungen einziehen, aber sie hat vor ungefähr einem Jahr ein Bankkonto eröffnet, und darauf sind große Einzahlungen vorgenommen worden, die in Summe fast hunderttausend ergeben.«

Das Herz begann mir heftig gegen die Rippen zu schlagen. Anita genoss mein volles Vertrauen. Sie konnte es nicht sein. Sie arbeitete seit über zehn Jahren für mich und hatte schon zum Team gehört, ehe wir siebenstellige Zahlen in der Bilanz stehen hatten. Aber was Landon herausgefunden hatte, klang nicht gut. Anita und ich sprachen nicht über persönliche Dinge miteinander, aber ich nahm an, dass sie und ihr Mann nicht viel Geld hatten. Nach dem, was ich bei offen stehender Bürotür mitbekommen hatte, finanzierte sie zwei Kindern das Studium und fand das ziemlich schwierig. Nachdem ich das gehört hatte, hatte ich ihr Gehalt um zehn Prozent erhöht, obwohl sie mich in der langen Zeit, die sie bereits für mich arbeitete, nie um eine Erhöhung gebeten hatte. Vielleicht war die Ausbildung ihrer Kinder ihre Achillesferse. Hatte Cannon ihren wunden Punkt erkannt? »Sprichst du von Anita, meiner Assistentin? Anita Fenton?«, vergewisserte ich mich. Vielleicht hatte Landon die Namen verwechselt.

»Ja, Anita Fenton. Die Kontobewegungen sind ungewöhnlich. Aber ich muss noch herausbekommen, woher das Geld stammt. Wir sind dran.«

»Okay, dann gib mir bitte so bald wie möglich Bescheid. Ich kann mir nicht vorstellen, dass sie es ist, aber wenn doch …« Die Frau hatte Zugang zu allem, was ich je angefasst hatte. Ich verbarg nichts vor ihr; ich vertraute ihr vorbehaltlos. Wenn sie wollte, konnte sie Wolf Enterprises ins Chaos stürzen.

»Wir werden herausfinden, was da los ist.«

»Vielleicht rufe ich sie an. Melde mich einfach mal bei ihr.« Ich hatte seit einigen Tagen nicht mit Anita gesprochen, und ich spürte, dass sie sich unwohl fühlte, weil ich nicht im Büro war. Aus Diskretion hatte sie mir nur wenige Fragen gestellt, aber mir war klar, dass sie genauer wissen wollte, was ich tat.

»Beunruhige sie nicht. Versuch nicht, sie auszufragen.«

»Ich bin doch kein Idiot!« Daran zweifelte ich in diesem Augenblick, aber wenn Anita tatsächlich die undichte Stelle war, würde vermutlich ich zum Idioten des Jahres gewählt werden. »Und was ist mit dem Leiter der Finanzabteilung?«

»Eigentlich ist es nicht der Leiter. Es sind seine Mitarbeiter. Der Controller und der Treasurer.«

»Das kann doch nicht wahr sein!« Himmel, das klang ja, als überprüfte Landon die gesamte Firma. Vielleicht standen ja mehrere Leute bei Cannon auf der Gehaltsliste. Dass er es auf mich abgesehen hatte, genau wie vor vielen Jahren auf meinen Vater, stand außer Zweifel.

»Ich weiß nicht. Ein paar Anrufe auf nicht registrierten Handys. Ein Konto auf den Cayman Islands, das angeblich keinem von beiden gehört.«

»Ein Konto in einer Steueroase? Warum sollte jemand, der für mich arbeitet, ein Konto auf den Cayman Islands brauchen?«

»Unter Finanzprofis kommt das gar nicht so selten vor.

Das erlebe ich oft, vor allem, wenn sie einen Teil ihrer Karriere im Ausland gemacht haben. Aber es erschwert mir die Arbeit.«

Ich schluckte. Landon gab niemals zu, wenn etwas schwierig war. Das war nicht sein Stil.

»Also, auch wenn ich dich das schon mal gefragt habe: Wer ist das neueste Mitglied in deinem Team?«

Meine fünf Führungskräfte hatte ich allesamt von Positionen in anderen Firmen abgeworben – ich hatte sie mir selbst ausgesucht –, keiner von ihnen hatte sich um den Job beworben. »Die Leiterin für strategische Unternehmensentwicklung habe ich zuletzt eingestellt.« Sally hatte bei Verhandlungen die Gegenseite vertreten und ihr Bestes getan, um mir kräftig in den Hintern zu treten. Darum hatte ich beschlossen, sie in mein Team zu holen, damit sie nicht mich, sondern meine Konkurrenten hereinlegte. »Aber das ist schon mehr als zwei Jahre her.«

»Was ist mit anderen Frauen?«

»Da sind noch Jean und Helen.«

»Ich meine niemanden aus deinem Leitungsteam. Ich rede von *Frauen.*«

Meine Güte, wie alt war Landon? Fünf? »Du meinst Mädels, mit denen ich im Bett war? Hast du auch nur die geringste Vorstellung davon, wie viele das waren?«

»Ach, bist du in der Hinsicht immer noch so erfolgreich?«

Ich lachte leise, und Belustigung überlagerte meine Besorgnis. Ich fand es komisch, dass mein Bruder mir derart persönliche Fragen aus rein geschäftlichen Gründen stellte. Da war ich anderes von ihm gewöhnt. »Erfolgreich? Himmel, was habt ihr bei der SAS nur für langweilige Gespräche in der Umkleide geführt? Ich schlafe mit vielen Frauen, aber keine davon betritt meine Wohnung ein zweites Mal. Ich lade sie nicht zum Dinner ein und erzähle ihnen auch nicht, wie mein Tag war.«

»Es geht also nur um Sex. Kein Bettgeflüster?«

»Willst du Details hören? Okay, wenn du es unbedingt wissen willst: Normalerweise lasse ich mir anfangs gern den Schwanz lutschen. Ich mag es, wenn die Frau dazu ihren BH auszieht, aber das Höschen anbehält …«

»Halt die Klappe, verdammt noch mal. Ich will nicht wissen, wie schlecht du im Bett bist.«

Da unsere Leben so unterschiedlich verlaufen waren, überraschte es mich immer wieder, wie schnell wir uns im Umgang miteinander wieder in die Teenager verwandelten, die wir einmal gewesen waren. Erfolgreich zu sein, hatte viele Vorteile, es gab aber auch Schattenseiten. Ich kam nur selten dazu, mich mit meinen Kumpels zu entspannen. Ich hatte nur wenige Freunde. Auf dem Weg zum Erfolg hatten sie mich verlassen. Und bei der Arbeit war ich der Boss – eine Führungspersönlichkeit, todernst und extrem fokussiert. Tatsächlich war Landon der einzige Mensch, mit dem ich scherzen konnte.

»Denk nach. Bist du in den letzten Jahren bei irgendeiner von deinen Miezen von der üblichen Vorfahrensweise abgewichen? Vielleicht ist sie nackt vor deiner Wohnung aufgetaucht, nur im Pelz, oder vielleicht hast du eine junge Mitarbeiterin aus dem Büro gefickt …«

»Hey, das reicht. Ich nutze keine jungen Teammitglieder aus. Wie gesagt, da ist niemand. Ich sage nicht, dass es keine Frauen gibt, aber ich nehme sie *nie* mit nach Hause, und ich rede auch *nie* über die Arbeit mit ihnen.« Ich vögele, um die Arbeit zu vergessen. Es war meine Art der Entspannung, auf diese Weise ließ ich den Stress des Tages hinter mir.

»Jetzt komm mal wieder runter«, sagte Landon. Dann fuhr er zögerlich fort: »Wenn du willst, konzentrieren wir uns vollständig auf dein Büro. Ich wollte nur sichergehen, dass wir nichts übersehen haben. Ich dachte eigentlich, dass es leichter sein würde. Wer auch immer der Maulwurf ist, er hat seine Spuren gründlich verwischt.«

»Wenn ich Anita anrufe, könnte ich sie bitten, mir ein IM auf einem USB-Stick zu schicken.«

»IM?«, fragte Landon.

»Informationsmemorandum – praktisch der Verkaufsprospekt eines Unternehmens.«

»Klingt gut. Das hilft vielleicht dabei, das Leck zu finden. Wenn Cannon sich einklinkt und ein Unternehmen kauft, zu dem du Infos angefordert hast, wissen wir, dass Anita die Quelle ist.«

»So ist es, Einstein, ganz genau.« Die Vorstellung, dass Anita der Maulwurf war, fand ich schrecklich, aber wenn es stimmte, musste ich es so früh wie möglich erfahren. Sie hatte Zugriff auf sämtliche Daten. Mehr als jeder andere wäre sie in der Lage, mich zu zerstören, und so weit würde ich es nicht kommen lassen.

15. Kapitel

Avery

Auf einer Jacht gibt es reichlich Hummer, Steaks und Schokolade, und darum sehnte ich mich nach einfacheren Dingen. Wahrscheinlich stellten sich die meisten Leute eine perfekte Mahlzeit anders vor, aber soweit es mich betraf, waren Kohlenhydrate und Käse so ziemlich das Himmlischste, was es gab, solange man noch am Leben war. Und die *Kombination* aus beidem war neben Tampon, Internet und Lippenstift eine der besten Erfindungen überhaupt.

»Hey, was machst du da?« Eric betrat die Bordküche, als ich gerade den perfekt gereiften Cheddar hobelte, den Neill, wie ich wusste, nur für mich auf Lager hatte.

»Ich mache mir ein Käsesandwich oder wechsele einen Reifen – such dir was aus.«

Er blickte auf seine Uhr und sagte: »Hm. In ungefähr zwanzig Minuten gehen wir ins Restaurant, und du reibst Käse, um dir ein kaltes Käsebrot reinzuziehen?«

Ich schüttelte den Kopf. »Erstens ist August mit von der Partie, sodass ihr von Glück sagen könnt, wenn ihr es innerhalb der nächsten Stunde schafft. Zweitens glaube ich kaum, dass ich mitkommen kann.«

Er zuckte zurück, als hätte ich Anstalten gemacht, ihm mit der Bratpfanne vor die Stirn zu schlagen. »Wie meinst du das?«

Ich schüttelte die Käsereibe, kleine gelbe Späne fielen auf

das Brettchen. »Warum ich nicht mitkommen kann? Na ja, glaubst du, der Captain kocht Hayden einen Kaffee, wenn er einen will?«

»Captain Moss hat selbst gesagt, dass Hayden uns allen einen freien Abend gewährt. Neill hat etwas zu essen vorbereitet und in den Kühlschrank gestellt. Wolf weiß, dass keiner von uns an Bord sein wird.«

»Ich weiß, aber es kommt mir nicht richtig vor.« Instinktiv widerstrebte es mir, einen Gast an Bord zu lassen, wenn außer dem Captain niemand dort war. Aber der Grund, warum ich noch immer in meiner Uniform steckte, war komplizierter. Ich hatte es genossen, an jenem Morgen mit Hayden den Sonnenaufgang zu betrachten. Außer uns war niemand wach gewesen, und wir hatten das Schiff ganz für uns allein. Für eine Weile hatte ich so tun können, als wäre er kein Gast und ich keine Stewardess. Und obwohl ich wusste, dass es dumm, ja, geradezu unverantwortlich war, so etwas auch nur zu denken, wollte ich dieses Gefühl unbedingt noch einmal erleben. Alles in allem vermutlich ein guter Grund, doch mit an Land zu gehen.

»Wir sind in Italien, Mensch. Du musst unbedingt mitkommen.«

Ich lächelte. Nicht über Erics Worte, sondern weil Hayden nach unserem Gespräch und meinem Vorschlag, weiterzufahren, genau dasselbe gesagt hatte.

»Spiel hier nicht die Märtyrerin. Du musst mitkommen. Neill hat mir erzählt, wie viel Tequila du verträgst. Ich will es mit eigenen Augen sehen«, fuhr Eric fort.

Neill und ich hatten im Jahr zuvor in Griechenland einen Heidenspaß gehabt. Und auch zwischen den Reisen hatte ich viel zu viel Tequila getrunken. Mit Neill auszugehen, würde garantiert lustig sein, und ich hatte noch die Worte meines Vaters im Ohr, der gesagt hatte, ich sollte auch mal an mich selbst denken. Vielleicht sollte ich tatsächlich mitgehen, das Problem war nur, dass ich keine Lust dazu hatte. Ich strich mir die Uniform glatt. »Ich bin sowieso nicht passend angezogen. Ich sollte lieber hierbleiben, falls Hayden etwas braucht.«

»Hat Moss dich dazu verdonnert?«, fragte Eric genau in dem Moment, in dem Skylar die Küche betrat.

»Ziehst du dich nicht um?«, fragte sie und ließ den Blick an mir hinabwandern.

»Moss hat ihr befohlen, hierzubleiben«, sagte Eric.

Ich schnitt mein Sandwich in zwei Hälften und legte es auf einen Teller, dann machte ich mich daran, das Chaos zu beseitigen, das ich angerichtet hatte. »Captain Moss hat nichts dergleichen getan. Ich bin Chefstewardess. Es ist mein Job, die Gäste an die erste Stelle zu setzen.« Es wäre schön gewesen, an diesem Abend auszugehen, mich zu amüsieren, ein bisschen zu tanzen und viel zu trinken. Vielleicht ein heißes Besatzungsmitglied von einer anderen Jacht zu finden und ihn zu küssen. Aber ich wollte nicht von einem Besatzungsmitglied geküsst werden. Nur bei Haydens Berührungen wurde mir heiß, und ich bekam am ganzen Körper Gänsehaut. Was er mit seinen Lippen anrichten konnte, wagte ich mir nicht einmal vorzustellen.

Wenn ich nur wegen der Vorstellung von Haydens Mund auf meinem an Bord blieb, war es vielleicht sicherer, doch an Land zu gehen.

Skylar schob sich auf die Sitzbank. »Du musst mitkommen.

Ohne dich ist es nicht dasselbe. Bitte. Wer soll mir sonst helfen, einen reichen Junggesellen zu finden, der das Potenzial für einen Ehemann hat?«

»Die Jungs hier werden schon auf dich aufpassen«, sagte ich und reckte das Kinn, als Neill in die Bordküche kam.

»Käsesandwich?«, fragte er, und ich nickte. Obwohl sich niemand etwas Warmes in der Küche zubereiten durfte – Köche wachen eifersüchtig über ihr Revier –, war es uns gestattet, uns etwas Kaltes zu essen zu machen.

»Sie sagt, sie kommt heute Abend nicht mit«, meinte Skylar.

»*Sie* ist die hier«, sagte ich und zeigte auf mich selbst.

»Warum begleitest du uns nicht wenigstens für eine Stunde? Ich bringe dich zurück«, sagte Eric mit flehender Stimme. »Oder ich bleibe auch hier, und wenn er sich in sein Büro einschließt, brechen wir auf. Du weißt doch, sobald er da reingegangen ist, kommt er den ganzen Abend nicht wieder heraus. Vor morgen früh siehst du ihn nicht wieder.«

Ich konnte durchaus mitgehen. Eric hatte recht. Hayden war derjenige, der uns an diesem Abend freigegeben hatte. Er brauchte niemanden, der sich um ihn kümmerte. Aber ich wollte auf dem Schiff bleiben. »Nein, ich komme nicht mit.«

Neill atmete durch. »Spar dir den Atem, Eric. Ich habe versucht, es ihr auszureden, aber du weißt ja, wie eifrig sie ist.«

»Ich engagiere mich eben für mein Trinkgeld.« Lachend ging ich mit meinem Teller zum Esstisch, schob mich neben Eric und Skylar auf die Sitzbank.

»Du engagierst dich für deinen Job«, sagte Skylar. »Wenn es das ist, was man dafür tun muss, werde ich niemals Chefstewardess. Wenn ich die Wahl hätte, würde ich immer der Suche nach einem Ehemann, Wodka und Tanzen den Vorrang vor einem Gast geben.«

»Leute, das ist doch keine große Sache. Es geht nur um einen einzigen Abend. Wir werden in dieser Saison noch jede Menge Zeit für Spaß haben, wenn diese Reise erst zu Ende ist.« Das Problem war, dass ich genau wusste: Wäre nicht Hayden Wolf der Gast gewesen, hätte ich mich überreden lassen, ebenfalls an Land zu gehen.

»Okay. Ich trinke deinen Anteil, falls dich das ein bisschen tröstet«, sagte Eric.

»Trink einen auf das Team.« Ich blinzelte ihm zu, und leichte Röte überzog sein Kindergesicht.

»Aber immer doch. Ich bin zu jedem Opfer bereit«, murmelte er.

»Du verpasst das Feuerwerk«, sagte Skylar.

»Ein Feuerwerk?«, fragte ich, ehe ich in mein Sandwich biss.

»Irgendein Festival. Vielleicht kannst du es vom Schiff aus betrachten«, fügte Neill hinzu.

Es war vielleicht albern, aber ich sah mir gern Feuerwerke an. Vor allem vom Wasser aus. »Hoffentlich. Das wäre cool.«

»Das funktioniert aber nur, wenn du nicht die ganze Zeit hinter diesem Wolfsmann herrennst«, sagte Eric.

»Welchem Wolfsmann?« Wir gaben unseren Gästen keine Spitznamen, denn die Gefahr, dass sie es hörten, war zu groß. Jedenfalls solange sie noch an Bord waren. Und soweit ich wusste, hatte sich Hayden der gesamten Besatzung gegenüber immer höflich verhalten.

Eric zuckte nur mit den Schultern.

»Wie du schon gesagt hast, er wird in seinem Büro verschwinden und sich den ganzen Abend nicht mehr blicken lassen. Ich bezweifele, dass ich irgendwohin *rennen* werde.«

»Und warum gehst du dann nicht mit uns an Land?«

Ich legte den Kopf schief, um Eric zu signalisieren, dass er das Thema wechseln sollte. Meine Entscheidung war gefallen, und jede weitere Diskussion war sinnlos.

»Ich glaube, sie zünden das Feuerwerk über dem Wasser, also wirst du es wohl sehen«, sagte Skylar.

Eine Sekunde lang zog ich in Erwägung, Fotos zu machen und sie meinem Dad und Michael zu schicken, aber dann fiel mir wieder ein, dass wir unsere Handys abgegeben hatten. Mein Vater liebte es, schöne Bilder aus allen möglichen Gegenden der Welt zu betrachten. Ich vermute, es beruhigte ihn, wenn ich mich amüsierte. »Das glaube ich auch. Also, ihr seht, ich verpasse nicht das Geringste. Aber es ist lieb von euch, dass ihr so besorgt seid.«

»Warum sind wir denn besorgt?«, fragte August, die gerade im Türrahmen auftauchte.

Oh nein, dachte ich und stöhnte. Ich hatte nicht vor, alles zum hundertsten Mal zu erklären. »Du siehst hübsch aus«, sagte ich, um August abzulenken. »Also los«, fuhr ich fort. »Ich begleite euch vom Schiff.«

»Du kommst nicht mit?«, fragte sie, woraufhin sich unwilliges Gemurmel erhob. Ich führte alle aus der Küche und hinunter zum Beiboot.

»Hört mal, morgen ist ein voller Arbeitstag, also trinkt nicht zu viel. Ich werde nicht für euch mitarbeiten.« Dabei blickte ich vor allem August an.

Wir stiegen die Stufen hinunter, und alle setzten sich in das Boot. Ich löste den Palstek, warf Eric die Leine zu und winkte zum Abschied. Es war schön zu sehen, wie gut gelaunt sie alle waren.

Dass Hayden ihnen einen Abend freigegeben hatte, war eine nette Geste. Ich spähte zum Hauptdeck hinauf, lächelte noch immer über die Begeisterung meiner Kollegen, und plötzlich traf mein Blick auf Haydens. Er sah alles andere als glücklich aus, seine Miene wirkte finster, sein Blick loderte vor Zorn. War seine Arbeit der Grund, oder war er sauer, weil ich nicht mitgegangen war? Mein Magen rebellierte, und meine Haut kribbelte vor Hitze. Die Vorstellung, dass er mir böse sein könnte, fand ich schrecklich.

16. Kapitel

Hayden

Ich war es nicht gewöhnt, dass meine Anweisungen missachtet wurden. Geld und Macht besaß ich schon so lange, dass mir kaum jemand etwas abzuschlagen wagte. Ich hatte mich Moss gegenüber klar und deutlich geäußert: Die Crew sollte einen freien Abend bekommen. Ich akzeptierte, dass er an Bord bleiben musste, aber ich hatte ihm gesagt, dass sich niemand um mich zu kümmern brauchte. Ich warf den Füller auf den Schreibtisch. Meine Konzentration war dahin. Ich wusste nicht, ob es am Schlafmangel oder daran lag, dass ich nachts durcharbeitete, oder ob es der Ärger darüber war, dass Avery mich ignorierte, jedenfalls konnte ich mich an diesem Abend nicht konzentrieren. Es war Samstagabend, und ich hatte die Anwälte gerade nach Hause geschickt. Wenigstens konnten sie auf diese Art noch den Nachmittag und den Abend mit ihren Familien verbringen.

Ich wusste, dass ich zu viel arbeitete. Und ich wusste, dass ich mein Team zu viel arbeiten ließ. Aber ich wollte diesen Deal so schnell wie möglich unter Dach und Fach bringen.

Ich lehnte mich im Schreibtischsessel zurück und sah aus dem Fenster – nur Schwärze, durchzogen von Silberstreifen, wo das Wasser die Lichter des Schiffs reflektierte. Es war fast neun, und ich hatte Hunger. Einen Whiskey könnte ich auch gut gebrauchen. Wenn ich schon nicht arbeiten konnte, würde ich nach einem Drink wenigstens gut schlafen.

Als ich das offizielle Speisezimmer betrat, tauchte Avery aus der Bordküche auf, das übliche geschäftsmäßige Lächeln im Gesicht. »Kann ich etwas für Sie tun?«

Ich musterte sie aus schmalen Augen. »Warum sind Sie nicht mitgegangen?«

Sie blinzelte mehrmals, so als ginge sie im Geiste mehrere Antworten durch. »Ich wollte nur …«

»Hat der Captain Ihnen Anweisung gegeben, auf dem Schiff zu bleiben?«

Mit einer Hand berührte sie ihren Hals. »Nein, überhaupt nicht. Ich fühle mich nur nicht besonders gut …«

Ich ging einen Schritt auf sie zu. »Dann sollten Sie sich ausruhen.«

Sie atmete durch und ließ die Schultern sinken. »Das ist nicht wahr.«

Ich legte den Kopf schief. Hatte sie gelogen? Und wenn ja, warum gab sie es dann gleich darauf zu? »Was meinen Sie? Dass der Captain Ihnen den Landgang nicht verboten hat oder dass Sie sich nicht wohlfühlen?«

»Mir geht es ausgezeichnet.«

»Ich höre gern die Wahrheit, Avery.«

»Tut mir leid.« Ihre Schultern fielen leicht nach vorn, die professionelle Fassade schien zu bröckeln. »Die anderen sind mir vorhin ziemlich auf die Nerven gegangen, weil sie unbedingt wollten, dass ich mitgehe. Ich würde das ungern ein zweites Mal durchmachen. Können wir bitte das Thema wechseln? Und soll ich Ihnen etwas holen?«

»Ich habe der Crew nur deshalb einen freien Abend spendiert, damit Sie nicht den Handlanger für mich spielen müssen.« Ich machte einen Schritt auf sie zu, und sie musste den Kopf in den Nacken legen, um mir weiterhin ins Gesicht zu sehen. Ihr hübscher Hals, verführerisch entblößt, ging sanft in ihre üppigen Brüste über. »Und ich werde das Thema *nicht* wechseln. Sagen Sie mir, warum Sie an Bord geblieben sind.«

»Ich … ich … Ich weiß es nicht. Ich wollte nur …« Ihre Wangen leuchteten rosig, und endlich begriff ich. Sie war verlegen, weil sie hier sein *wollte.*

Ich wusste nur nicht, ob es meine Anziehungskraft oder die ihres Jobs war, die sie an diesem Abend auf dem Schiff bleiben ließ.

»Ich habe Hunger«, sagte ich, halb flüsternd, halb knurrend. Hunger auf *sie.*

Verwirrt riss sie die Augen auf, ihre Lider flatterten, dann rang sie nach Luft. »Ich hole Ihnen etwas.« Sie wirbelte herum und hastete zurück ins Innere der Jacht.

Noch eine Zehntelsekunde, und ich hätte sie an mich gezogen und ihren ach so höflichen Mund erkundet. Wäre sie nicht weggelaufen, hätte ich mich nicht mehr zurückhalten können. Vielleicht war sie deshalb verschwunden. Es gab da etwas, das *sie* zurückhielt.

Ich folgte ihr in die Bordküche. An den Türrahmen gelehnt stand ich da und sah zu, wie sie hin und her flitzte. Sie arbeitete schnell, nahm den Deckel von verschiedenen Tellern, auf denen Fleisch, Käse, Gewürzgurken, Brot und Obst lagen, und arrangierte alles, was nicht ganz perfekt aussah, sorgfältig neu. Sie nahm zwei Teller, lächelte und deutete mit einem Kopfnicken zur Tür.

»Soll ich die nehmen?« Ich griff nach den Tellern, aber sie trat einen Schritt zurück.

»Bitte, lassen Sie mich das machen. Das ist meine Aufgabe. Ich bin gut darin. Möchten Sie gern draußen essen?«

Ich nickte und wartete, dass sie die Küche verließ. Sie zögerte, rechnete vermutlich damit, dass ich sie begleiten würde, aber das tat ich nicht. Sobald sie außer Sichtweite war, nahm ich ebenfalls zwei Servierteller und stieg die Treppe hinauf.

Als sie mich erblickte, war ihre Miene offen und ungeschützt. Ich fragte mich, ob ihre Augen Ärger oder Verletztheit verrieten.

»Ich versuche nur zu helfen. Es ist sinnlos, dass Sie noch einmal hinuntergehen, während ich Ihnen mit leeren Händen hinterherlaufe.« Ich wollte ihr sagen, dass sie in viel mehr Dingen gut war als nur im Tellertragen, dass sie wahrscheinlich in allem gut sein konnte, wenn sie es wollte.

Avery presste die Lippen aufeinander, nahm mir die Teller ab und stellte sie auf den Tisch. »Darf ich Sie bitten, Platz zu nehmen?«

Ich unterdrückte ein Lächeln. Es war äußerst befriedigend, zu sehen, wie sehr mein Verhalten sie frustrierte, und wie sie sich bemühte, sich ihren Ärger nicht anmerken zu lassen. »Ich nehme Platz, wenn … *falls* Sie mir Gesellschaft leisten, sobald Sie alles zusammenhaben, was Sie noch für diese Mahlzeit brauchen.«

Sie zögerte, dann rückte sie die Teller zurecht. »Ich möchte, dass Sie Ihre Mahlzeit in Ruhe genießen.«

»Und ich habe Sie gebeten, mir Gesellschaft zu leisten. Also tun Sie bitte, was ich Ihnen sage, und holen Sie sich selbst auch einen Teller.« Ich zog den Stuhl an der Seite des Tisches heraus, die zum Wasser zeigte, und machte es mir bequem.

Avery öffnete den Mund, um zu widersprechen, aber ich zog nur die Augenbrauen hoch, und schon eilte sie ohne ein weiteres Wort zurück in die Küche. Aus irgendeinem Grund bereitete es ihr Unbehagen, mir Gesellschaft zu leisten, aber die Vorstellung, sie in meiner Nähe zu haben, schaltete mein Bedürfnis nach Fairness aus.

Sie kehrte mit meinem Gedeck zurück. Ich genoss es, dass sie mir so nahekommen musste – wir waren nur Zentimeter voneinander entfernt, sodass sie das Platzset vor mir ablegen und das Besteck darauf anordnen konnte. Ohne ein Wort faltete sie die weiße Leinenserviette zu einem Dreieck und legte sie mir auf den Schoß.

»Darf ich Ihnen einen Teller zusammenstellen?«, fragte sie und trat einen kleinen Schritt zurück.

Meine Hand war nur Zentimeter von der Rückseite ihres Oberschenkels entfernt, verlockend nah. Ich nickte, und sie begann, eine Auswahl an Leckerbissen auf meinen Teller zu legen. Dann schenkte sie mir ein Glas Wein ein.

Nachdem sie die Flasche wieder in den Eiskübel gestellt hatte, faltete sie vor ihrem Schoß die Hände. »Kann ich noch etwas für Sie tun?«

»Setzen Sie sich«, sagte ich, spießte ein Stück Schinken auf meine Gabel und schob es mir in den Mund. Mit einem Kopfnicken deutete ich auf den leeren Stuhl am Ende des Tisches, gleich neben mir. Ich setzte mich nie an das Kopfende – nicht in Konferenzräumen und auch nicht in Speisezimmern. Von jeher war ich der Ansicht, dass jeder, der sich selbst zum Anführer, zur wichtigsten und beherrschenden Person erklärt, indem er sich ans Ende des Tisches setzt, einen Mangel an Selbstvertrauen verrät. Ich zog es vor, diese

Tatsache durch meine Worte, meine Handlungen und meine Präsenz zu beweisen.

Sie verlagerte ihr Gewicht von einem Fuß auf den anderen und überlegte, ob sie tun sollte, was ich ihr gesagt hatte, und ich bedrängte sie nicht. Zögerlich zog sie den Stuhl, auf den ich gedeutet hatte, unter dem Tisch hervor und nahm Platz, blieb unbequem auf dem Rand sitzen.

»Haben Sie schon gegessen?«, fragte ich.

»Ja, eigentlich schon.«

Natürlich hatte sie das.

»Und was haben Sie gegessen?«

Ihre Augen wurden schmal, und ich konnte nicht erkennen, ob sie es mir nicht sagen wollte, weil es mir nicht zustand, ihr eine solche Frage zu stellen, oder ob sie schlicht vermied, mir irgendetwas zu erzählen, weil sie den nächsten Schritt nicht tun wollte. Denn dass der nächste Schritt bevorstand, wussten wir beide.

»Ein Käsesandwich.«

Ich hob mein Brötchen hoch. »So eins?« Im Grunde aß auch ich nur ein Schinken-Käse-Sandwich, was mir völlig ausreichte.

»Mit gehobeltem Cheddar.«

Ich nickte und biss noch einmal in das Brötchen, denn ich wollte, dass sie weiterredete.

»Brot und Käse sind … ähm …« Mit verträumter Miene blickte sie auf das Meer hinaus und seufzte.

Ich lachte leise. »Nun, davon haben wir hier reichlich. Und Sie haben einen Teller.« Ich deutete mit dem Kinn auf das zusätzliche Gedeck, das sie auf meine Bitte auf ihren Platz gestellt hatte. »Bleiben Sie bei mir.«

Ihre Mundwinkel zuckten, während ihr Bedürfnis, geschäftsmäßig zu bleiben, mit ihrem Wunsch rang, das zu tun, was ich als Gast von ihr verlangte. Sie nahm sich nichts zu essen – vorläufig –, und ich bedrängte sie auch jetzt nicht. Unser Wortwechsel auf dem unteren Deck hatte sie in die Flucht geschlagen, und ich wollte, dass sie bei mir blieb. Ich wollte sie nicht abschrecken.

»Was noch?«

»Was noch?«, fragte sie zurück. Sie wusste, dass ich mehr von ihr haben wollte als nur einen Überblick über ihre Ernährungsgewohnheiten. Ich wollte mehr von *ihr*.

»Was machen Sie sonst noch in Ihrer Freizeit, außer Brot und Käse zu essen?«

Sie zuckte mit den Schultern. »Während der Saison gibt es nicht viel Freizeit. Dinner und Tanzen mit der Besatzung ist so ziemlich das Einzige, was wir schaffen.« Sie lehnte sich auf dem Stuhl zurück.

»Und zwischen zwei Saisons, wenn alle anderen auf Erkundungsreise gehen, was machen *Sie* in dieser Zeit?« Hatte sie einen Freund? Vielleicht sogar einen Ehemann, der auf sie wartete?

Sie verzog den Mund zu einem Lächeln. »Für die erste Nacht checke ich manchmal gern in einem richtig schönen Hotel ein. Ich weiß, das ist extravagant, aber auf diese Art tue ich mir selbst etwas Gutes, und jemand anders macht mir meinen Drink.« Sie fuhr mit den Fingern über das gemaserte Holz neben ihrer Gabel.

»Das ist sicher sehr angenehm, nachdem Sie die ganze Saison über für die Gäste auf den Beinen waren.«

»Das ist es, aber es geht mir noch um etwas anderes. Ich bin dann wieder ich selbst – Avery Walker.«

»Und auf dem Schiff sind Sie nicht Avery?«

Sie biss sich auf die Lippe, als dächte sie über ihre Antwort nach. Ich genoss ihr Zögern, die Gedanken, die sie sich um ihre Worte machte. Ich schätzte es, dass sie sich die Mühe machte, über meine Frage nachzudenken.

Sie blickte mich an und lehnte sich erneut zurück, gewöhnte sich offenbar an die neue Rollenverteilung zwischen uns. »Jachtcrews müssen unsichtbar, aber während einer Charterreise stets verfügbar sein. Wir verschmelzen mit dem Hintergrund. Normalerweise sind die Gäste einigermaßen höflich, aber sie sind eben Gäste, wissen Sie? Ich meine, das hier ist mein Job. Ich bin nicht hier, um mich zu amüsieren. Als Crewmitglieder müssen wir dafür sorgen, dass die Gäste ihren Urlaub genießen. Wir sind ein Teil des Pakets, genau wie die frische Bettwäsche, das gute Essen und die hochprozentigen Cocktails.«

»Aber Sie sind doch kein Gegenstand«, wandte ich ein. Mir war unbehaglich bei der Vorstellung, dass sie sich für ein Objekt hielt und vielleicht glaubte, ich teilte diese Sichtweise.

Sie blinzelte. »Das nicht, nein, aber wenn wir unsere Arbeit gut machen, sind wir bei Bedarf unsichtbar und hilfreich, wenn es nötig ist.«

Während ich weiterkaute, musterte ich sie forschend. Ich wollte, dass sie weiterredete, wollte mehr über die Avery unter der professionellen Lackschicht erfahren.

»Und so ein Abend im Hotel … das ist, als rückte ich mich selbst in den Mittelpunkt. Ich bin dann wieder Avery Walker.«

»Und danach?«

»Danach fahre ich zurück nach Sacramento.«

»In Kalifornien.« Aus irgendeinem Grund fiel es mir schwer, sie mir woanders als auf dieser Jacht vorzustellen. »Und zu Hause sind Sie dann wieder unsichtbar?« Warum brauchte sie diese Nacht für sich allein? Zu wem gehörte sie, dass sie nicht lebendig und sie selbst war, wenn sie in ihrem eigenen Bett schlief?

»Nein«, antwortete sie ein kleines bisschen zu schnell. »So habe ich das nicht gemeint.« Sie streckte die Hand aus und nahm sich eine Gewürzgurke von einer Servierplatte. Ich lächelte – sie fing an, sich zu entspannen.

»Ich bin gern zu Hause. Es ist nicht so, dass …« Sie verstummte und starrte auf ihren Schoß, dann zuckte sie mit den Schultern.

»Leben Sie allein?«

Sie schüttelte den Kopf, und ich spürte meinen Pulsschlag im Nacken.

»Nein, mit meinem Dad. Und meinem Bruder. Ich bin nur ein paar Monate im Jahr dort, darum hat es keinen Sinn, eine eigene Wohnung zu nehmen.« Sie sprach so schnell, dass es klang, als hätte sie die Worte eingeübt. Ich fragte mich, ob sie sie laut oder nur im Geist aufgesagt hatte. »Wenn ich dort bin, verbringe ich so viel Zeit wie möglich mit ihnen. Auf diese Art funktioniert es.«

Als Reaktion auf ihre Antwort ließ das Pochen in meinem Nacken wieder nach. Kein Ehemann und kein Wort über einen festen Freund.

Wer uns von der Küste aus beobachtete, würde nicht erkennen, wie viel Avery und ich in beruflicher Hinsicht gemeinsam hatten. Sie arbeitete hart, war stolz auf das, was sie tat, und leistete mehr, als irgendjemand vernünftigerweise von ihr erwarten konnte. Sie hatte es nicht verdient, unsichtbar zu sein. Ich konnte mir jedenfalls nicht vorstellen, sie jemals zu übersehen.

Ich wollte mehr von der Frau, mit der ich den Sonnenaufgang bewundert hatte – ich wollte ihr offenes Haar sehen, ihr ehrliches Erstaunen. Sie zog mich an, obwohl sie alles tat, um auch für mich verfügbar, aber unsichtbar zu sein. Ich wollte die Lücken füllen, die echte Frau kennenlernen, nicht den Schatten, der immer in der Nähe war für den Fall, dass ich etwas brauchte. »Wie alt ist Ihr Bruder?«

»Ein Jahr jünger als ich.«

Ich hatte sie auf fünfundzwanzig geschätzt, hätte aber hohe Beträge gewettet, dass sie auch in zehn Jahren noch so aussehen würde wie jetzt. Sie besaß eine Art zeitloser Schönheit – schmale Taille, hohe Wangenknochen und einen perfekten Hintern.

»Er ist fünfundzwanzig.«

»So alt hätte ich Sie geschätzt.«

Sie lächelte. »Gut geraten.«

»Ich bin zweiunddreißig«, sagte ich. Ich wollte, dass es ein richtiges Gespräch wurde, vermutete aber, dass sie mir nur ungern Fragen stellen würde.

»Ich weiß«, sagte sie und schob sich eine weitere Gewürzgurke in den Mund. »Ich habe Sie gegoogelt, als ich das erste Mal an Land war.«

»Ach wirklich? Und was hat Google Ihnen noch erzählt?«

Sie goss sich ein Glas Wasser aus der San-Pellegrino-Flasche auf dem Tisch ein, die ich nicht angerührt hatte. »Leider nicht sehr viel.« Sie lehnte sich auf dem Stuhl zurück, verhielt sich zum ersten Mal, als würde sie vielleicht länger als ein paar Sekunden bleiben, und lächelte. Es war Avery Walkers Lächeln, nicht das der Stewardess auf der *Athena.*

»Ich achte sehr genau darauf, was da draußen über mich im Umlauf ist«, sagte ich.

»Ach nein, tatsächlich?«, fragte sie und riss in gespieltem Erstaunen die Augen auf. »Wissen Sie, ich stimme mich nur gern auf die Bedürfnisse des Gastes ab. Ich dachte, ich finde vielleicht etwas Nützliches.«

»Meine Vorlieben habe ich Ihnen aufgeschrieben. Weil Sie mich darum gebeten haben.« Was ich vermutlich für niemand sonst getan hätte. Aber sie hatte meine Aufmerksamkeit erregt – und mir gezeigt, dass ich mich wie eine Nervensäge aufführte, wenn ich sie nicht beachtete. Und das respektierte ich. Ich erwartete keine Unterwürfigkeit von den Menschen in meiner Umgebung, aber je erfolgreicher ich wurde, desto größer wurde auch die Kluft zwischen mir und den Leuten in meinem Dunstkreis.

»Das hätte ich nicht tun sollen. Keine Ahnung, was in mich gefahren ist. Ich hätte einfach akzeptieren sollen, dass es keinen Info-Bogen gab.«

»Mir hat es gefallen, dass Sie mich darum gebeten haben.«

Unsere Blicke trafen sich, und sie schwieg.

Schließlich sah sie weg und auf die dunklen Wellen hinaus, die an den Schiffsrumpf schlugen. »Die Crew war dankbar dafür. Oder wie Sie in England vielleicht sagen würden: Wir waren bestürzt, dass wir keine Kenntnis von Ihren Vorlieben hatten.«

»Ich weiß nicht, ob irgendein Engländer sich so ausdrücken würde, abgesehen von Jane Austen in ihren Romanen.«

Sie lachte. »Wahrscheinlich nicht.«

»Ich bin in solchen Dingen einfach nicht wählerisch.«

Sie zog auf hinreißende Art ihre Nase kraus, und ich lächelte unwillkürlich über ihre Miene. »Ich glaube, wenn ich reich wäre, hätte ich gern alles, was mir gefällt. Was soll der Reichtum sonst für einen Sinn haben?«

»Sie haben recht, aber mir ist es nun mal egal, welches Wasser ich trinke und in welcher Bettwäsche ich schlafe.«

»Warum?« Sie beugte sich vor, stützte das Kinn in beide Hände, und ohne es zu wollen, registrierte ich, wie bei dieser Geste ihre üppigen Brüste unter dem Top zusammengedrückt wurden.

Mein Schwanz zuckte, und ich schloss kurz die Augen, um mich wieder auf unser Gespräch zu konzentrieren. »Weil das keine Rolle spielt. Wir müssen uns auf die wichtigen Dinge konzentrieren, zum Beispiel auf Menschen. *Sie* haben mir das ins Gedächtnis gerufen.«

Ihre Wimpern flatterten, als sie blinzelte wie in Zeitlupe, so als hätte ich etwas Tiefgründiges gesagt, dem sie besondere Bedeutung beimaß und das sie erst verarbeiten musste. Himmel, mein Schwanz sollte sich endlich wieder benehmen! Aber ihre rosigen Wangen, die Haarsträhnen, die sich aus ihrem Zopf gelöst hatten – ich wollte mehr von *dieser* Avery.

Ich legte Messer und Gabel auf den Teller und lehnte mich zurück. Das Gespräch mit ihr sättigte mich besser als das Essen. »Nun, ich lebe nicht gerade in primitiven Verhältnissen«, sagte ich und deutete auf das Deck.

Sie lachte. »Nein, das habe ich auch nicht angenommen.« Mit Blick auf die Uhr fuhr sie fort: »Es ist fast neun. Gleich gibt es am Ufer ein Feuerwerk. Wir können es von hier aus zwar sehen, aber auf dem Oberdeck ist die Aussicht am besten.« Ihre leuchtenden Augen verrieten mir, dass sie mir das Feuerwerk nicht nur vorschlug, weil ich ihr Gast war, sondern dass sie sich tatsächlich darauf freute. »Sind Sie fertig?« Sie schob ihren Stuhl zurück und griff nach meinem Teller, als ich nickte.

Ich wollte nicht, dass Avery mich bediente. Nicht an diesem Abend. Ich wollte sie ermutigen, mich als Mann zu sehen und nicht als Gast. »Lassen Sie mich das machen. Sie haben heute Abend frei.«

Sie schloss die Augen und schüttelte den Kopf. »Bitte nicht. Das wäre mir wirklich unangenehm.«

Das war das Letzte, was ich mir wünschte, aber genauso wenig wollte ich, dass die echte Avery wieder unsichtbar war.

»Ich schlage Ihnen einen Deal vor.«

»Bei Ihnen geht es immer um Deals«, antwortete sie und rollte mit den Augen.

»So bin ich nun mal. Ich gehe jetzt zum Oberdeck und überlasse Ihnen die Aufgabe, aber nur, wenn Sie danach mit einer Flasche Champagner und zwei Gläsern zu mir kommen.«

»Wir trinken nicht während einer Charterreise«, sprudelte es aus ihr heraus, sobald ich den Satz beendet hatte.

»Dann sind Sie jetzt eine Stunde lang außer Dienst. Sie sollten heute Abend sowieso nicht arbeiten.«

Avery verlagerte das Gewicht auf den anderen Fuß. »Ich weiß nicht …«

Sie suchte den Horizont ab, als könnte etwas von außen Kommendes ihren inneren Konflikt lösen.

Ich wusste, dass auch sie die Anziehung zwischen uns spürte. Ich erkannte jetzt, wann sie nur höflich und wann sie echt war, und ich wusste, dass sie Ja sagen wollte, Pflichtbewusstsein und Engagement sie aber zögern ließen. »Ist es nicht Ihr Job, die Wünsche der Gäste zu erfüllen?« Ich sollte meine Macht nicht missbrauchen, und wenn Averys große braune Augen mir nicht verraten hätten, dass sie das Gespräch bei einem Glas Champagner fortsetzen wollte, hätte ich sie nicht dazu gedrängt. Aber sie wollte es, das zeigte mir ihr Erschauern, wenn ich sie berührte, ihr Erröten, wenn ich sie anlächelte – ich spürte die Anziehung zwischen uns, so sehr sie sich auch bemühte, sie zu überspielen.

»Nicht jeden Wunsch«, antwortete sie.

»Da haben Sie recht.« Erneut hatte sie mich zurechtgewiesen, und ich begehrte sie deswegen nur noch mehr. »Ich will nicht, dass Sie mir Gesellschaft leisten, weil ich Ihr Gast bin. Ich möchte, dass Sie sich das Feuerwerk mit mir ansehen, weil die Avery Walker, die außerhalb dieses Schiffes existiert, es gern möchte.«

Avery

Es wäre leichter, wenn ich mir nicht *wünschen* würde, Hayden Gesellschaft zu leisten. Wenn mich ein anderer Gast gebeten hätte, mir das Feuerwerk mit ihm anzusehen, wäre es mir vermutlich leichtgefallen, dem Angebot zu widerstehen. Beschwipste Passagiere forderten uns häufig auf, an ihren Gelagen teilzunehmen, und dann schlossen wir uns lächelnd der Polonaise an, sangen Karaoke oder stellten ihnen Shots in einer Reihe auf. Aber gegen Haydens Einladung wehrte ich mich, wenn auch halbherzig, denn ich wusste, dass ich mir mehr von unserer Begegnung erhoffte, als gut für mich war. Hayden Wolf war zweifellos körperlich attraktiv, und je besser ich ihn kennenlernte, desto mehr mochte und bewunderte ich ihn. Weil er nicht zu stolz war, um einen Rat hinsichtlich eines Deals anzunehmen, weil er zugeben konnte, wenn jemand recht hatte, und weil er ein Familienfoto als Lesezeichen nutzte. Dass er mich so anzog, war … ungewöhnlich, gefährlich, beängstigend.

Ich legte das Tuch auf das Eis, hob den Eiskübel hoch und stützte ihn auf meine Hüfte. Dann nahm ich die beiden Champagnergläser, die ich auf die Theke gestellt hatte, und machte mich auf den Weg zum Oberdeck.

Wegen der durchsichtigen, aber sehr klaren Grenze zwischen Crew und Gästen, die immer gezogen war, sogar wenn wir mit ihnen tanzten und sangen, hatte ich mich bislang zurückgehalten. Aber wenn ich mit Hayden zusammen war, begann sich diese Grenze spürbar aufzulösen. Ich wollte Dinge von ihm wissen, die ein Passagier der Crew nicht erzählen sollte – persönliche Dinge über seine Familie und sein Leben. Ich wollte, dass er mich ansah und mich schön fand. Ich wollte vergessen, dass ich zur Besatzung gehörte und dafür bezahlt wurde, ihn zu bedienen.

Und mehr als alles andere wollte ich vermeiden, mich zu ihm zu gesellen und enttäuscht festzustellen, dass die Grenze für ihn intakt blieb.

Aber ich hatte den Kampf verloren. Ich wollte ihm gefallen, war wie berauscht von der Aufmerksamkeit dieses reichen, charmanten Mannes, der so anders zu sein schien als all die anderen Männer in vergleichbarer Position, denen ich bisher begegnet war. Aber mehr noch wollte ich es meinetwegen. Nie zuvor hatte ich mich so sehr zu jemandem hingezogen gefühlt, und ich war nicht bereit, einfach loszulassen. Ich tat nie etwas Unrechtes. Ich kümmerte mich stets um meine Familie und meinen Job, aber jetzt wollte ich mich nur noch ein paar Minuten lang so besonders fühlen, wie ich es immer tat, wenn Hayden mich ansah, fasziniert und forschend.

Auf dem Oberdeck angekommen, sah ich ihn auf das Meer hinausblicken. Sein weißes Leinenhemd flatterte in der Brise und schien seinen muskulösen, gebräunten Oberkörper entblößen zu wollen. Als er mich den Eiskübel abstellen hörte, drehte er sich um und kam mit großen Schritten auf mich zu.

»Es ist gleich neun«, sagte er, nahm die Flasche aus dem Eis und entfernte Folie und Korken. Es war sinnlos, ihm zu sagen, dass ich das erledigen wollte. Etwas hatte sich verändert. Er hatte mich gebeten, ihm nicht als Stewardess, sondern als Avery Walker Gesellschaft zu leisten, und genau die war ich in diesem Moment.

Schweigend standen wir in der Dunkelheit; das gedämpfte, orangefarbene Licht der Außenlampen und die restliche Hitze des Tages sorgten dafür, dass es außen so warm wie im Innenraum des Schiffs war und auch genauso aussah. Routiniert wie ein Profi löste Hayden den Korken und goss Champagner in zwei Gläser.

Er reichte mir ein Glas und hob sein eigenes. »Auf Sie, Avery Walker.«

Er durfte keinen Toast auf mich ausbringen – das war einfach nicht richtig. Ich war nicht die Frau, die jemals der Grund für einen Trinkspruch von ihm sein würde. »Hoffen wir, dass das Feuerwerk gut wird«, sagte ich und hob ebenfalls mein Glas.

Hayden schüttelte den Kopf, vielleicht, weil ich seinen Toast überhört hatte, vielleicht aber auch über meine Erwartungen an das Entertainment vom Ufer. Er nahm mich bei der Hand und führte mich nach Backbord, näher an die Küste heran.

»Es ist auch ohne Feuerwerk schön«, sagte er, und als ich aufblickte, sah er mir unverwandt in die Augen.

Mein Herz begann zu rasen, weil er mir so viel Aufmerksamkeit schenkte, und wegen der Absichten, die er vielleicht verfolgte. »Es ist anders als in Südfrankreich, stimmt's? Obwohl es nicht weit weg ist, merkt man, dass es ein anderes Land ist.«

Er nickte. »Gehen Sie häufig an Land?«

»In Italien? Nein. Im Grunde haben wir nur frei, wenn wir die nächste Fahrt ergattern müssen – die meistens nach Saint-Tropez oder Monaco geht. Hauptsächlich französische Riviera. Aber bei Reisen an der italienischen Küste entlang melde ich mich gern freiwillig für Ausflüge an Land. Sie wissen schon, wenn ein Gast irgendetwas braucht. Mögen Sie Italien?« Ich plapperte, versuchte mein Verlangen vor ihm zu verbergen. Mein Blick huschte zu seinem Gesicht. Ich wollte seine Reaktion sehen, herausfinden, was er dachte.

»Ja. Geschäftlich war ich unzählige Male in Mailand. Und ich habe schon Urlaub in toskanischen Villen gemacht.«

Bumm.

Die ersten Feuerwerkskörper explodierten am Himmel – ein leuchtend pinkfarbener Schirm, gefolgt von weißen Regentropfen – und hoben sich krass vor dem dunklen Hintergrund ab. Ich liebte es. Ich drehte mich zu Hayden um, und er erwiderte mein Lächeln, aber ich musste wegsehen, weil sein Blick so durchdringend war.

Bumm. Bumm. Bumm.

Am Himmel explodierte ein Schauer orangefarbener und blauer Sterne, als befänden wir uns in unserer eigenen alternativen Schneekugel.

»Ich mag dieses Lächeln.«

Erneut drehte ich mich zu ihm und stellte fest, dass sein Blick die ganze Zeit auf mir geruht hatte.

»*Dieses* Lächeln?«

»Das Avery-Walker-Lächeln. Es ist anders als das Stewardessen-Lächeln, das ich sonst zu sehen bekomme. Beide sind schön, aber dieses ist mir noch lieber.«

Bummbumm. Bummbumm.

Ich wusste nicht, ob das Feuerwerk über uns für den Lärm in meinen Ohren verantwortlich war, oder ob es die Atome meines Körpers waren, die im Gleichtakt feuerten.

Um mein Erröten zu verbergen, senkte ich den Blick auf mein Glas.

Eine weitere Lichtexplosion lenkte unsere Aufmerksamkeit wieder auf den Himmel, und wir sahen eine Weile schweigend zu.

»Das würde Michael sehr gefallen«, sagte ich zu mir selbst, während ich zusah, wie die Farben auftauchten und wieder verglühten. Ein Feuerwerk zum 4. Juli zusammen mit Mom, Dad und Michael war eine meiner ersten Erinnerungen.

Seit ich auf Jachten arbeitete, fehlte mir dieser alljährliche Familienausflug. Seit Mom uns verlassen hatte.

»Michael?«

»Mein jüngerer Bruder.«

»Stehen Sie einander sehr nah?«, fragte er.

Obwohl ich es nicht sollte, trank ich den ersten Schluck Champagner. Ich musste am nächsten Tag früh aufstehen und vermutlich für August und Skylar einspringen, die verkatert sein würden. »Ja. Irgendwie schon.« Ich sah Michael nicht sehr oft, und obwohl ich täglich mit meinem Dad sprach, unterhielt ich mich mit meinem Bruder nur selten, denn wenn ich nicht zu Hause war, hatten wir uns nur wenig zu sagen.

»Aber Sie möchten, dass er das Feuerwerk sieht?«

Ich atmete durch und ließ die Schultern sinken. »Er hatte einen Unfall. Seine Wirbelsäule wurde verletzt. Sein Kopf. Er kann nicht mehr laufen. Aber er liebt Sportsendungen im Fernsehen, und das hier würde er auch lieben.« Ich wünschte, ich könnte ihn holen, ihm zeigen, wie schön es hier war. Aber wahrscheinlich würde er Sacramento nie verlassen, ganz zu schweigen von den Vereinigten Staaten.

»Das tut mir leid«, sagte Hayden und strich mir sanft mit den Fingerknöcheln über die Wange, als wäre es das Natürlichste von der Welt.

Ich schüttelte den Kopf und straffte die Schultern. »Das ist schon sieben Jahre her. Und er wird hervorragend betreut und behandelt. Außerdem essen er und mein Dad zu viel Pizza und sehen viel zu viel fern.« Ich lächelte bei dem Gedanken, dass die beiden immer so taten, als schmeckten ihnen die Chinapfannen und Gemüseaufläufe, die ich zu Hause gern zubereitete.

»Ist das der Grund, warum Sie im Ausland arbeiten wollten – um dem zu entkommen, was zu Hause vor sich geht?«

Die Frage war sehr persönlich – neugierig und aufdringlich –, aber ich wollte sie beantworten.

Ich lehnte mich an die Reling und hielt den Stiel meines Glases mit beiden Händen fest. »Nein. Ich wäre lieber bei meiner Familie. Aber die Arztrechnungen summieren sich, wissen Sie.«

Hayden schloss die Augen, als schmerzten ihn meine Worte. »Verstehe«, sagte er und stellte sich neben mich, so wie an dem Morgen, als wir den Sonnenaufgang betrachtet hatten. »Ich habe einen Bruder. Jünger als ich. Ich würde Berge für ihn versetzen, wenn er nicht sehr gut selbst dazu in der Lage wäre.«

Tränen verschleierten meinen Blick. »Dafür ist Familie schließlich da, oder?« Meine Mutter hatte das allerdings anders gesehen.

»Nicht immer«, sagte er, als hätte er meine Gedanken gelesen. Er trank einen Schluck Champagner und drehte sich so, dass ich ihn im Profil sah. »Was würden Sie tun, wenn es die Arztrechnungen nicht gäbe?«

Ich zögerte, sah zu, wie Grün- und Purpurtöne am Himmel explodierten. »Darüber denke ich nicht nach. Es ist sinnlos.« Jedenfalls versuchte ich, nicht darüber nachzudenken. Ich hatte ohnehin keine Wahl. »Michael möchte schrecklich gern wieder laufen können. Darauf konzentrieren wir uns.«

Erneut ertönte ein lauter Knall am Himmel, gefolgt von funkelnden, glitzernden Farben.

»Träume und Hoffnungen sind immer sinnvoll … Und Ziele auch … Haben Sie keine?«

Ich konzentrierte mich weiterhin auf den Himmel. »Ich wünsche mir sehr, dass Michael wieder gehen kann.« Wenn ich das erreichen konnte, wenn meine Karriere als Stewardess das und nur das ermöglichte, wären all meine Träume in Erfüllung gegangen.

»Mein Bruder war bei einer Spezialeinheit des Militärs«, erzählte Hayden einen Moment später. Ich blickte ihn an, gespannt auf alles, was er sagte. Ich hatte angenommen, sein Bruder sei Anwalt oder Arzt. Das Militär passte nicht zu Hayden und dem, was er tat, aber es erklärte den Bürstenschnitt auf dem Foto, das ich gesehen hatte. »Beim SAS. Ich fand es schrecklich, als er ins Militär eingetreten ist. Zum Teil, weil ich wusste, dass er mir fehlen würde, und zum Teil, weil ich nicht auf ihn aufpassen konnte, da, wo er hingehen würde.«

Ich wehrte mich heftig gegen den Impuls, aber schließlich berührte ich sein Handgelenk in dem Versuch, ihn zu trösten. Hayden Wolf war ein Mann, von dem niemand annehmen würde, dass er sich Sorgen um seinen jüngeren Bruder machte. Aber möglicherweise waren wir gar nicht so verschieden. »Vielleicht ist das einer der Gründe, warum er eingerückt ist. Damit Sie nicht auf ihn aufpassen müssen«, sagte ich.

Er atmete tief durch, und ich ließ seine Hand wieder los. »So habe ich das noch nie gesehen, aber vielleicht haben Sie recht. Als er wiederkam, hatte er sich verändert. Was natürlich vorprogrammiert war, denn der Krieg verändert jeden, aber er schien mich auch weniger zu brauchen als vorher. Vielleicht hatte er genau das gewollt.«

Hayden klang, als wünschte er sich, dass sein Bruder ihn

brauchte. Würde mir etwas fehlen, wenn Michael sich nicht mehr auf mich verließ?

Das Feuerwerk war noch nicht zu Ende. Wir sahen zu und gaben hin und wieder einen Kommentar dazu ab, wie schön es war, während unsere wechselseitigen Geständnisse sich zu setzen begannen wie das Fundament eines Gebäudes.

»Ich war sauer, weil Sie das Schiff heute Abend nicht verlassen haben«, sagte Hayden wie aus heiterem Himmel. »Sie haben eine Pause verdient. Als ich der Crew freigegeben habe, wollte ich, dass Sie mitgehen.«

»Es ist mein Job, hier zu sein. Sie sind derjenige, der Urlaub machen soll. Wenn jemand eine Pause verdient hat, dann Sie. Seit Sie an Bord gegangen sind, arbeiten Sie ununterbrochen.« Ich fragte mich, ob er das acht Wochen lang durchhalten würde. Er schlief kaum und arbeitete jede Nacht durch.

»Aber das habe ich mir so ausgesucht. Ich versuche mein Geschäft zu retten.«

»Und die Arbeit hier ist *mein* Geschäft. Sie nehmen Ihre Karriere ernst und ich meine. Ich lasse nicht zu, dass sich ein Gast ohne Stewardess an Bord aufhält. Was ist, wenn Sie etwas brauchen?«

»Sind Sie nur aus diesem Grund hiergeblieben?«, fragte er.

Ich war noch nie eine gute Lügnerin, aber in Haydens Gegenwart ertappte ich mich dabei, dass ich Teile meines Selbst enthüllte, die ich bislang absolut geheim gehalten hatte. »Ich weiß es nicht«, antwortete ich ausweichend. Natürlich gab es noch einen anderen Grund, aber den konnte ich ihm schlecht verraten.

Er zögerte. »Sie sind schön«, sagte er schließlich, und das Herz hämmerte mir in der Brust.

»Weil mir etwas an meiner Arbeit liegt?«, neckte ich ihn, um die Stimmung aufzulockern.

»Genau.« Seine Augen wurden schmal, und die Luft um mich herum schien auf meine Haut zu drücken, sodass ich jeden Körperteil, der dem warmen Wind ausgesetzt war, deutlich spürte.

Nun drehte er sich ganz zu mir um. »Ich möchte Sie küssen.« Mein Herzschlag wurde noch schneller, vermischte sich mit dem Knallen des Feuerwerks. Ich könnte einen Witz machen und ihm ausweichen; das hätte ich getan, wenn ein anderer Gast einen Annäherungsversuch gestartet hätte. Ich konnte mir eine Ausrede überlegen. Ich konnte einfach weglaufen.

Aber ich tat es nicht. Ich unternahm keinen Versuch, ihn daran zu hindern. Stattdessen blieb ich stehen, sah erst ihn und dann den vor Rauchschwaden blassen Himmel an. »Ich kann keinen Gast küssen«, flüsterte ich. Noch nie hatte ich mir so etwas gewünscht. War nicht mal in Versuchung geraten. Ich hatte angenommen, dass es immer so sein würde, dass mir mein Job immer wichtiger sein würde als ein flüchtiger Moment des … was auch immer das hier war. Aber in diesem Augenblick fühlte es sich an, als müsste ich zwischen meinem Job und meiner *Seele* wählen. Als *bräuchte* ich das hier, tief in meinem Inneren. Als bräuchte ich *ihn*. Vielleicht hatte mein Dad genau das gemeint, als er sagte, ich sollte etwas für mich selbst haben. Vielleicht lag es daran, dass mich so lange kein Mann mehr berührt hatte, aber das glaubte ich nicht. Es lag an Hayden Wolf und der Art, wie er ständig meine Erwartungen zunichtemachte, an seinen nicht vorhandenen Gefolgsleuten, seinem hin und wieder aufblitzenden Humor und der Hingabe an sein Unternehmen, obwohl er angesichts seines offenkundigen Reichtums wahrscheinlich überhaupt nicht mehr arbeiten musste. Es lag an der Art, wie er der Crew einen freien Abend geschenkt hatte, obwohl es keinen Grund dafür gab. Er war ein guter Mensch. Ein dermaßen schöner Mann, dass es mir jedes Mal den Atem verschlug, wenn ich ihn sah. Und ein Mann, den ich küssen wollte.

»Aber Sie wollen trotzdem, dass ich Sie küsse«, sagte er, nahm mir das Glas aus der Hand und stellte es zu seinem Glas auf dem Tisch hinter sich.

Ich konnte ihm nicht widersprechen – eine Lügnerin war ich nicht.

»Die Röte auf deinen Wangen …«

Er stand direkt vor mir, so nah, dass ich die Hitze seines Körpers spürte. Er griff hinter mich und löste mein Haarband, langsam und bedächtig, als sähe er genüsslich zu, wie ich mich verwandelte. »Die Art, wie deine Nippel hart werden, wenn ich in deiner Nähe bin. Die Art, wie sich dein Körper genau jetzt nach mir sehnt … All das verrät mir, wie sehr du dir wünschst, von mir geküsst zu werden.«

Ich sog die Unterlippe ein und starrte auf meine Füße. Ich konnte mich nicht bewegen, konnte den anrüchigen Sachen, die er sagte, nicht widersprechen. Ob es daran lag, dass er recht hatte, oder daran, dass seine Worte so verdammt aufregend waren, wusste ich nicht, aber ich wusste, dass mich nie zuvor ein Mann so sehr erregt hatte, ohne mich auch nur zu berühren.

Sein Daumen strich über meine Unterlippe, zog sie sanft nach unten, dann hob er mein Gesicht, sodass ich ihn ansehen musste. Er blickte mir forschend in die Augen, als wollte er mir signalisieren, dass er sofort aufhören würde, wenn es das war, was ich wollte.

Aber ich wollte nicht.

Ich wollte vergessen, dass er ein Gast und ich die Stewardess war.

Ich wollte vergessen, dass ich genau in diesem Moment meinen Job riskierte.

Ich wollte, dass er mich küsst.

Er machte einen Schritt nach vorn, seine Oberschenkel streiften meine Hüfte, als er mein Gesicht in beide Hände nahm und mir mit den Daumen über die Wangenknochen strich.

Ich lehnte mich an ihn, brauchte mehr von ihm, sehnte mich verzweifelt danach, seine Lippen auf meinen zu spüren. Er stöhnte und schloss langsam die Augen, ehe er seine Lippen auf meinen Mund drückte. Meine Haut begann zu prickeln. Ich wusste nicht, ob als Warnung oder vor Lust, aber es war mir sowieso egal. Ich war genau, wo ich sein wollte, und genoss selbstsüchtig den Mann vor mir. Er schlang einen Arm um mich, drückte seine große Hand auf meinen unteren Rücken und zog mich an sich.

Stöhnend öffnete ich den Mund, und seine Zunge drang in mich ein. Er schmeckte männlich, nach Hitze und Erde, als wäre er der Mittelpunkt von allem, und in diesem Augenblick war er das auch. Er war stark. Ich konnte ihm vertrauen. Er würde auf mich aufpassen, mich beschützen, und ein längst begrabener Teil von mir kam erleichtert wieder zum Vorschein. Meine Knie gaben nach, aber er hielt mich aufrecht. Es fühlte sich an, als wären seine Arme genau da, wo sie sein sollten – um mich herum.

Ich hatte bereits andere Männer geküsst – natürlich hatte ich das –, aber ich konnte mich nicht erinnern, dass ich schon einmal *geküsst worden* war, jedenfalls nicht auf Haydens besitzergreifende, vollkommene Art.

Ich legte ihm die Hände auf die Brust, spürte sein Herz unter meiner Handfläche schlagen. Eine Sekunde lang zog er sich zurück und musterte mich aus schmalen Augen, dann senkte er die Lippen auf meinen Hals, drückte Küsse in die kleine Vertiefung über dem Schlüsselbein, wanderte weiter hinauf, knabberte und sog an meinem Hals, ehe er sich wieder löste und mich betrachtete wie einen Preis, den er unerwartet gewonnen hatte und nicht zu verdienen glaubte. Schließlich wandte er sich erneut hungrig meinen Lippen zu.

Hayden hatte recht, mein Innerstes zog sich vor Verlangen zusammen. Ich drängte mich ihm entgegen, versuchte, irgendwie Erlösung zu finden. Er stöhnte in meinen Mund, umfasste meinen Hintern, ließ die Hand an der Hinterseite meines Schenkels hinabgleiten und hob mein Bein an, während er seine Erektion an meinen Unterleib presste.

Die Hitze zwischen uns schraubte sich hoch und immer höher, es war nicht abzusehen, ob sie irgendwann anhalten oder sich zu einer Explosion steigern würde.

Mein Stöhnen wurde lauter, und ich wusste, das hier musste aufhören, ehe … ehe ich unfähig war, die Sache zu stoppen. Ich musste mich beherrschen. Bald würde mir außer Hayden und mir alles andere, jeder andere egal sein.

Der Wind trug Gelächter von einer Jacht in der Nähe zu uns herüber. Es hallte durch die stille Nacht, jetzt, nachdem das Feuerwerk beendet war. Wenn wir diese Leute hören konnten, hörten oder sahen sie uns auch?

Ich legte eine Hand auf seine Brust, und er zog sich zurück, sah mir unverwandt in die Augen. Ich schüttelte den Kopf. »Wir müssen aufhören.« Ich wollte, dass er mich weiterküsste. Nur noch ein paar Minuten lang wollte ich spüren, wie mir die Hitze durch den Körper raste, aber ich musste das hier jetzt beenden.

»Du willst doch gar nicht, dass ich aufhöre«, murmelte er und rieb seine stoppelige Wange an meiner.

»Du hast recht. Ich will es nicht«, flüsterte ich, während sich das Verlangen auf meiner Haut ausbreitete. Ich schaffte es, ihm zu widerstehen und trat einen Schritt zurück, womit ich mich aus seinen Armen löste. »Trotzdem muss ich jetzt gehen.« Ich hätte überhaupt nicht herkommen sollen. Ich hatte gewusst, dass es mich in Schwierigkeiten bringen würde, so köstlich sich seine Berührungen auch anfühlen mochten. Es war zu riskant. Zu viel stand auf dem Spiel. Die Pflege meines Bruders und meine Karriere würde ich niemals einem Mann unterordnen. Aber nie zuvor war mir die Entscheidung so schwergefallen, nie zuvor hatte es so quälend wehgetan wie in dem Moment, in dem ich mich von Hayden Wolf abwandte.

17. Kapitel

Avery

Ich war geliefert. In der Nacht zuvor hatte ich Hayden Wolf geküsst und damit einen großen Fehler begangen. Als ich am Morgen nach dem Frühstück an Land gegangen war, konnte ich meinen Vater nicht erreichen, und jetzt war ich kurz vorm Durchdrehen.

Bislang hatte ich es auf dieser Reise mindestens jeden zweiten Tag an Land geschafft, um meinen Dad anzurufen. Und an diesem Tag war es wichtig. Michael erhielt jeden Monat einen Therapiebericht von seiner Physiotherapeutin, und der war am Tag zuvor fällig gewesen. Der Bericht beschrieb Michaels Fortschritte, weil die Versicherungsgesellschaft es verlangte, aber davon abgesehen hob er auch unsere Stimmung. Obwohl Michaels Unfall schon so lange zurücklag, machte mein Bruder immer noch Fortschritte, und diese Tatsache verlieh uns und vor allem Michael selbst den nötigen Elan, um weiterzumachen. Der Bericht sorgte dafür, dass sein Ziel, wieder laufen zu können, gedanklich in den Vordergrund rückte. Michael hatte gerade mit den zusätzlichen Sitzungen begonnen, die ich mit meiner vierzigprozentigen Lohnerhöhung bezahlen würde, und obwohl es unrealistisch war, hoffte ich, dass sie bereits etwas bewirkt hatten, das sich in dem Bericht widerspiegeln würde.

»Avery, Avery, hier ist Neill. Mr Wolf sucht nach dir.« Die Stimme aus dem Funkgerät an meiner Taille war nicht zu überhören, und ich seufzte. Hayden bestand nach wie vor darauf, ausschließlich mit mir zu tun zu haben. August und Skylar beklagten sich nicht und ich normalerweise auch nicht, aber in diesem Augenblick dachte ich angestrengt über einen Vorwand nach, um das Schiff verlassen und noch einmal zu Hause anrufen zu können.

Ich band mein Haar zu einem Pferdeschwanz und strich mir den Rock glatt, wobei ich mein Bild in dem Ganzkörperspiegel an der Tür überprüfte. »Hier Avery. Komme sofort«, sagte ich in das Funkgerät und machte mich auf den Weg in die Küche. Am Abend zuvor war ich widerwillig in meine Kabine zurückgegangen. Noch jetzt, am Morgen danach, spürte ich den Druck von Haydens Daumen auf meinen Hüften, ich spürte seine Zähne an meinem Hals, und ich fragte mich, wie lange dieses Gefühl anhalten würde, wie lange ich mich an diesen Kuss erinnern würde. Ich wollte, dass er sich in mein Gedächtnis einbrannte, dieser vollkommenste Kuss, den ich je bekommen hatte.

Als ich ihm an diesem Morgen das Frühstück serviert hatte, war ich seinem Blick ausgewichen, und meine Verlegenheit schien ihn zu amüsieren. Aber er war nicht derjenige, der für einen Kuss alles aufs Spiel gesetzt hatte. Und obwohl ich überzeugt war, dass mir das schlechte Gewissen ins Gesicht geschrieben stand, hatte niemand etwas gesagt. Und warum auch? Nur Captain Moss war am Abend an Bord gewesen, und wenn er etwas gesehen hätte, hielte ich bereits ein Flugticket und meinen gepackten Koffer in der Hand. Niemand hatte etwas mitbekommen.

»Wo ist er?«, fragte ich Neill, sobald ich die Küche betreten hatte.

»Tigert im Speisezimmer auf und ab.« Er deutete mit dem Kinn auf die Küchentür. »Das ist dir gegenüber nicht fair. August und Skylar könnten ebenso gut nach seiner Pfeife tanzen. Es ist zu viel Druck für dich allein.«

Warum tat Neill, als verhielte Hayden sich unangemessen? Wir hatten schon wesentlich anspruchsvollere Gäste gehabt. »Das macht mir nichts aus«, entgegnete ich und ging zur Tür.

»Pass gut auf dich auf. Ich habe gesehen, wie er dich anblickt.«

Wie angewurzelt blieb ich in der Tür stehen. Mein Puls beschleunigte sich, und ich drehte mich um. »Was?«

Neill zuckte mit den Schultern. »Er steht auf dich, eindeutig.«

Ich runzelte die Stirn in der Hoffnung, damit von der Röte in meinem Gesicht abzulenken. »Tut er nicht. Es geht ihm nur um seine Privatsphäre.«

Neill hörte auf, das, was auf seinem Küchenbrett lag, in Scheiben zu schneiden, und musterte mich durchdringend. »Sieh dich doch mal an«, sagte er und betrachtete mich von Kopf bis Fuß auf diese Art, wie es nur schwule Männer können, ohne wie schmierige Typen zu wirken. »Natürlich steht er auf dich.«

Ich öffnete den Mund, um etwas zu sagen, aber ehe ich antworten konnte, fuhr er fort: »Hör mal, du weißt, dass ich dich für eine großartige Stewardess und eine irre gute Tequila-Trinkerin halte. Und du weißt auch, dass ich die Chemie zwischen zwei Menschen auf tausend Meilen riechen kann. Das ist meine geheime Superkraft.«

Hatte ich geflirtet, ohne es zu merken? Hatte Neill bemerkt, dass ich am Abend zuvor auch wegen Hayden an

Bord geblieben war? »Ich weiß nicht, was du meinst. Es war von Anfang an so, dass nur ich mich um ihn kümmern soll …«

»Und außerdem weiß ich, dass du eine schrecklich schlechte Lügnerin bist, und es wäre mir lieber, du würdest jetzt nichts mehr sagen.« Mir rutschte der Magen in die Kniekehle. Wenn Neill mitbekommen hatte, dass zwischen uns etwas lief, wer hatte es dann noch bemerkt? »Lass dich nicht von ihm ausnutzen.«

»Unsinn«, antwortete ich und versuchte, seine Kommentare achselzuckend abzutun, obwohl in meinen Ohren bereits die Alarmglocken läuteten.

»Hayden sieht gut aus und ist charmant. Das verstehe ich ja«, fuhr er fort. »Aber frag dich mal, ob er es wert ist, dass du deine Karriere für ihn riskierst. Dass du deiner Familie nicht mehr helfen kannst. Für dich steht eine Menge auf dem Spiel, Avery, und ich möchte, dass du glücklich bist. Also pass gut auf!«

»Ich muss jetzt los«, stieß ich hervor, winkte, wirbelte herum und verließ die Küche, ehe das Gewicht auf meiner Brust mir den Atem rauben konnte. Ich wollte solche Gespräche nicht führen. Hayden war zwar ein zahlender Gast, aber er hatte mich zu nichts überredet, wozu ich nicht bereit war. Er durchschaute mich – er hatte gewusst, dass ich ihn begehrte.

Mist. Als hätte ich nicht genug Sorgen, weil ich meinen Vater nicht erreichen konnte, musste Neill jetzt auch noch über die Chemie zwischen Hayden und mir reden. Wenn er etwas witterte, dann musste ich im Umgang mit Hayden vorsichtiger sein, ehe noch jemand zu derselben Schlussfolgerung kam. Und ich sollte ihn in Zukunft definitiv weder küssen noch Sonnenuntergänge mit ihm betrachten.

»Hayden«, sagte ich, als ich das Speisezimmer erreicht hatte und beinahe mit ihm zusammengestoßen wäre.

»Du musst etwas für mich abholen«, sagte er kurz angebunden. Sein Kiefer zuckte. Was war seit dem Frühstück geschehen?

Ich atmete durch und nickte. »Okay, kein Problem.« Ich konnte es am Ufer noch einmal bei meinem Dad versuchen. Wir hatten vor Marina di Andora festgemacht, einem kleinen Hafen in Norditalien. Nach allem, was die anderen erzählt hatten, war an Land nicht viel los, aber wenigstens gab es dort ein Münztelefon.

»Wo soll ich hingehen?«

Er machte Anstalten, etwas zu sagen, zögerte aber und blickte mir forschend ins Gesicht. Ich wandte den Blick ab, entnervt wegen seiner Fähigkeit, mich zu durchschauen. Er sollte nicht sehen, wie sehr mich der Abend zuvor beeindruckt hatte. Wie sehr ich mir wünschte, er würde mich in die Arme schließen und an sich ziehen. Er blinzelte, dann räusperte er sich.

»In der Via San Michele gibt es einen Laden, in dem sich die Jachten bevorraten. Wenn du dort etwas abholen könntest … Meine Kontaktperson wird dich finden.«

Ich war es gewöhnt, alles Mögliche für die Kunden zu erledigen, und Botengänge waren nichts Ungewöhnliches, abgesehen davon, dass ich sonst eher den nächsten Gucci-Händler ausfindig machen und ein halbes Dutzend Badeanzüge für eine Kundin abholen sollte oder zu einem besonderen Spirituosenladen geschickt wurde, um exklusive alkoholische Getränke zu besorgen. Braune Umschläge oder Kartons voller Dokumente waren eher unüblich. »Okay.«

»Es sind nur die neuesten Versionen der Schriftsätze. Diese Entwürfe sind entscheidend. Danach kann ich sagen, wie einfach es sein wird, dieses Geschäft abzuschließen.«

Ich trat einen Schritt zurück. »Kein Problem.«

Er drückte meinen Unterarm. »Danke.«

Ich erstarrte, versuchte nicht auf seine Berührung zu reagieren, nicht zu spüren, wie sich seine Finger auf meiner Haut anfühlten.

Er ließ mich los. »Kannst du sofort aufbrechen?«

»Natürlich.«

Neill hatte gesagt, er wolle mich glücklich sehen, aber wirklich glücklich, mit Schmetterlingen im Bauch und einem Grinsen, das ich nicht unterdrücken konnte, war ich auf dieser Reise nur in Anwesenheit von Hayden gewesen. Ich brauchte Abstand, und wenn es nur für kurze Zeit war. Abstand von den unguten Entscheidungen, die ich am Abend zuvor getroffen hatte. Abstand von diesen verdammten Schmetterlingen im Bauch und dem Ziehen in der Brust, das jedes Mal einsetzte, wenn ich Hayden Wolf zu Gesicht bekam.

Ich wählte erneut, dann blickte ich auf die Uhr. Wo waren die beiden nur? Trotz der zusätzlichen Kosten hatte ich es auf Dads und Michaels Handy versucht, aber ohne Erfolg. Ich blickte zum Beiboot, denn ich wusste, dass ich bald zurückfahren musste.

Hayden wartete ungeduldig auf den Inhalt des Umschlags, den mir die Frau in dem Laden gegeben hatte. Es war dieselbe, die mir in Saint-Tropez den Umschlag überreicht hatte. Offenbar folgte sie ihm an der Küste entlang. Verdammt, ich würde nicht auf die Jacht zurückkehren, ohne mit meinem Dad gesprochen zu haben. Sonst musste ich vielleicht zwei weitere Tage warten, ehe ich es endlich erneut bei ihm versuchen konnte.

Die Mailbox unseres Festnetztelefons sprang an, und ich legte auf. Ich hatte bereits drei Nachrichten hinterlassen. Ich griff in meine Umhängetasche und holte mein Adressbuch heraus. Zum Glück benutzte ich für alle wichtigen Telefonnummern immer noch das kleine pinkfarbene Adressbuch, das ich zum achten Geburtstag bekommen hatte, und musste mich nicht auf die Nummern in meinem Handy verlassen, das Hayden mir abgenommen hatte. Ich würde meine Tante anrufen. Sie wohnte drei Blocks weiter, und ich würde sie bitten, bei uns vorbeizugehen und nach Dad und Michael zu schauen.

Den Hörer unter das Kinn geklemmt, hielt ich mein Adressbuch mit einer Hand auf, während ich die Ziffern eintippte.

Gefühlt vergingen Stunden, bis der Anruf endlich durchging. Es klingelte immer wieder. Nichts. Es war Sonntag. Dad las vermutlich die Zeitung, und Michael müsste eigentlich mit seiner Xbox spielen. Es gab keinen Grund, nicht ans Telefon zu gehen.

Meine Besorgnis verwandelte sich in Panik. Und wenn nun etwas passiert war? Wenn Michael einen Zusammenbruch erlitten oder man ihm gesagt hatte, dass er nie wieder würde laufen können, sodass alle viel zu aufgeregt waren, um ans Telefon zu gehen?

Noch immer klingelte es.

Ich blätterte um und fand die Handynummer meiner Tante.

Ich legte auf und wählte erneut. Sie hatte ihr Handy immer dabei.

Das Herz hämmerte mir in der Brust. Du machst dir völlig grundlos solchen Stress, sagte ich mir, während ich wartete, dass sie sich meldete. Vielleicht waren sie losgegangen, um Lebensmittel einzukaufen oder zu tanken.

Als meine Tante abhob, wurden mir beinahe die Knie weich.

»Hallo?«, sagte ich.

»Avery?«, kam es zurück.

»Kannst du mich hören?«, brüllte ich in mein Handy. *Bitte, mach, dass die Leitung nicht zusammenbricht.*

»Ja, Avery, keine Panik. Alles okay mit dir?« Meine Tante ähnelte meinem Vater sehr – selbst in stürmischer See blieb sie ruhig –, aber ich kannte sie gut genug, um zu wissen, dass ich allen Grund zur Panik hatte, wenn sie mich ermahnte, *nicht* panisch zu werden.

»Mir geht's gut. *Warum* soll ich keine Panik haben?« Ich hielt die Luft an, um keine Geräusche zu machen, denn ich wollte nicht, dass sie sich wiederholen musste.

»Wir sind im Krankenhaus. Wegen deinem Dad.«

Ich taumelte rückwärts und hätte beinahe den Hörer fallen lassen. »Was ist passiert?«

Hayden

Warum brauchte Avery so lange? Ich schob die Hände in die Taschen und lief auf dem Hauptdeck auf und ab.

»Skylar!«, rief ich, als sie gerade wieder durch die Schiebetür verschwand, nachdem sie schweigend das leere Glas neben meinem Liegestuhl abgeräumt hatte.

Sie drehte sich um, ein breites Lächeln im Gesicht. »Soll ich Ihnen noch einen Drink holen? Oder vielleicht einen kleinen Imbiss?«

Wahrscheinlich war sie schockiert, dass ich überhaupt mit ihr gesprochen hatte. Avery hatte ihr Bestes getan, um das einzige Besatzungsmitglied zu sein, mit dem ich in Kontakt kam, und genauso hatte ich es mir gewünscht. Aber vielleicht hatte ich auch zu viel von ihr verlangt.

»Haben Sie einen Feldstecher?« Ich wollte sehen, ob sie bereits auf dem Rückweg waren. Vielleicht gab es Probleme mit dem Motor des Beiboots, und Eric versuchte sie zu beheben.

»Selbstverständlich. Ich hole ihn.«

Ich suchte die Küstenlinie ab, versuchte zu erkennen, wo das Beiboot angelegt hatte, aber es war einfach zu weit entfernt. Ich wollte meine Dokumente haben, und die Tatsache, dass ich nicht einfach mein E-Mail-Programm öffnen und sie lesen konnte, machte mich vollkommen verrückt. Es war meine Zukunft, die hier so lange auf sich warten ließ.

»Bitte sehr«, sagte Skylar, die inzwischen zurückgekommen war und nun zwei Feldstecher unterschiedlicher Größe auf den Beistelltisch legte. »Sie stellen sich automatisch scharf, aber sagen Sie Bescheid, wenn Sie Hilfe brauchen.«

»Danke. Ach übrigens, bitte bringen Sie mir ein Glas Wasser, ja?«

Ihr Lächeln wurde breiter, so als hätte ich sie soeben befördert. Vielleicht hatte ich das tatsächlich. Avery arbeitete rund um die Uhr. Vielleicht war es an der Zeit, dass Skylar ihr einen Teil der Last abnahm. Nach dem Abend zuvor kam es mir falsch vor, mich von Avery bedienen zu lassen.

Ich nahm einen Feldstecher aus dem Etui, richtete ihn auf den Jachthafen und entdeckte das Beiboot mit Eric am Steuer. Ich riss das Fernglas hoch, und daraufhin füllte Avery Walker die Linse aus. Sie trug ihre Jachtuniform, ihr kakifarbener Minirock brachte ihre gebräunten Beine zur Geltung, ihr Pferdeschwanz und die große Sonnenbrille ließen sie wie einen Filmstar aussehen. Eric reichte ihr die Hand, um ihr beim Einsteigen zu helfen. Als sie sich berührten, durchfuhr mich heiß die Eifersucht. War er in sie verliebt? Natürlich war er das. Die Frau war eine Göttin – elegant, selbstsicher, souverän und freundlich – und außerdem die schönste Frau, die ich je gesehen hatte. Ob sie sich geküsst hatten? Hatte er sie im Arm gehalten, so wie ich am Abend zuvor?

Nach dem Kuss war sie verschwunden wie Cinderella, die flieht, ehe die Uhr Mitternacht schlägt. Bei den Frauen, mit denen ich zusammen gewesen war, hatte ich immer die Kontrolle gehabt, daran war ich gewöhnt, ich konnte mich nicht erinnern, dass ich mich je verlassen gefühlt hätte. Vielleicht lag es daran, dass Avery und ich nicht gevögelt hatten – keiner von uns hatte Erleichterung gefunden, aber ich wusste, dass es nicht nur das war. Ich hatte den Eindruck, dass ich niemals genug von Avery Walker bekommen würde. Sie war ebenso tough wie verletzlich. Loyal und vertrauensvoll, fleißig und getrieben. Ich konnte mich nicht erinnern, je zuvor jemanden so sehr bewundert zu haben.

Avery saß im Bug des Beiboots, mit dem Gesicht zu mir, weg von Eric. Lächerlicherweise empfand ich so etwas wie Genugtuung. Suchte sie mich, so, wie ich sie suchte?

Sie schob sich die Sonnenbrille auf den Kopf und bedeckte ihr Gesicht mit beiden Händen. Schützte sie sich vor dem Wind? Nein, es sah aus, als weinte sie. Quatsch, das tat sie bestimmt nicht. Ich senkte den Feldstecher, überlegte, warum sie aufgebracht sein könnte. Hatte uns jemand auf der Jacht gesehen und sie zurechtgewiesen? Sie hatte gesagt, dass Gäste für die Crew ein absolutes No-go waren. War etwas passiert, während sie sich an Land aufgehalten hatte? War sie überfallen worden? Nein, ich hatte gesehen, dass sie mit ihrer Umhängetasche an Bord des Boots gegangen war.

Erneut hob ich den Feldstecher an. Sie wischte sich mit dem Handrücken über die Augen, dann setzte sie sich die Brille auf. Sie atmete durch, lächelte, dann drehte sie sich wieder zu Eric. Sie hatte geglaubt, einen Moment für sich allein zu haben. Und ich war ohne jede Berechtigung in ihre Privatsphäre eingedrungen. Ich hatte ihr nachspioniert, mich in ihre intimen Belange eingemischt, aber ich musste einfach wissen, was passiert war. Ich verlangte ständig zu viel von Avery. Hatte sie sich am Abend zuvor bedrängt gefühlt und mich nur deshalb geküsst? War sie aufgebracht wegen dem, was sie getan hatte, oder ging es um etwas ganz anderes? Ich senkte das Fernglas.

»Soll ich Ihnen das Wasser auf den Tisch stellen?«, fragte Skylar, die mit einem Glas Leitungswasser auf einem Tablett aufgetaucht war.

»Nein, ich nehme es«, sagte ich und griff nach dem Glas. »Ich gehe runter in mein Büro. Können Sie Avery bitten, zu mir zu kommen, sobald sie wieder da ist? Es ist dringend.«

Sie lächelte und deutete einen Knicks an. Wäre ich nicht wegen Averys Aufregung so besorgt gewesen, hätte ich gelacht. »Selbstverständlich. Kein Problem«, sagte sie.

Ich ging wieder hinunter in mein Büro, um dort auf Avery zu warten. In weniger als fünf Minuten würde sie zurückkommen, aber selbst das dauerte mir zu lange. Ich hörte, wie die Deckcrew das Beiboot festmachte, und ich musste mich beherrschen, um nicht nach ihr zu rufen und sie zur Eile anzutreiben. Himmel, ich war wirklich ein ungeduldiger, unverschämter Mistkerl!

Kaum hörte ich ihre Schritte auf der Treppe, setzte ich mich und starrte auf die Tür, als könnte ich sie zwingen, sich endlich zu öffnen.

Avery klopfte, und als ich »Herein!« rief, öffnete sie die Tür. Ich räusperte mich. Was ich vor mir sah, hatte ich nicht erwartet. Ihre Augen waren rot und geschwollen. Sie hatte eindeutig geweint. Ich sprang auf. »Avery.« Ich wusste nicht, was ich sagen, wie ich mit dieser Situation umgehen sollte. Dies war eine Frau, die sich für mich ausziehen sollte, damit ich sie von Kopf bis Fuß abküssen und bis zum Ende der nächsten Woche in meinem Bett behalten konnte, aber sie war auch eine Frau, die ich nicht weinen sehen wollte. Ich wollte, dass es ihr besser ging, egal, was passiert war. Ehe ich meinen Instinkt hinterfragen konnte, war ich bereits hinter dem Schreibtisch hervorgekommen und drückte mit einer Hand die Tür zu, während ich mit der anderen abschloss.

»Setz dich.«

»Bitte, ich muss wieder gehen.« Ihre Stimme zitterte, als sie den dicken Umschlag voller Unterlagen auf meinen Schreibtisch legte. »Ich habe viel zu tun.«

»Setz dich«, wiederholte ich, und sie gab nach und ließ sich auf den Stuhl sinken, mit schweren Gliedern und traurigen Augen. Ich lehnte mich an den Schreibtisch, unsere Beine berührten sich fast. »Was ist los?«

»Ich muss mich ums Mittagessen kümmern«, sagte sie. »Dann …«

»Bitte, ich möchte mich nicht wiederholen. Warum bist du so aufgebracht?«

Zitternd atmete sie tief ein und schüttelte den Kopf. »Es ist nichts.«

Ich schwieg, aber ich würde mich nicht abwimmeln lassen. Sie würde mir erzählen, was los war, und dann würde ich alles in Ordnung bringen.

Sie rang die Hände und wich meinem Blick aus, aber ich wartete schweigend ab, obwohl meine Muskeln zuckten und sich verzweifelt nach Aktivität sehnten. Sie sollte endlich mit mir reden.

Schließlich machte sie den Mund auf. »Mein Vater ist gestern Abend in die Notaufnahme gebracht worden.«

Mist. Ich ballte die Fäuste, wollte die Hände ausstrecken und sie berühren, aber nach dem Abend zuvor wusste ich nicht, wo wir standen und was ich tun sollte. Ich wusste nur, dass ich etwas – irgendetwas – tun wollte, um ihren Schmerz zu lindern.

»Es geht ihm gut. Sie dachten, es könnte ein Herzinfarkt sein, aber das war es offensichtlich doch nicht. Jetzt checken sie ihn durch.« Sie blickte zu mir auf, ihre Miene verriet Traurigkeit, und ich hasste mich selbst, weil ich nicht in der Lage war, alles sofort in Ordnung zu bringen. Ich wollte sie in die Arme nehmen und ihr sagen, dass alles wieder gut werden würde, aber ich konnte nichts tun, um die Situation für sie zu erleichtern. Reichtum und Macht waren in einer solchen Situation bedeutungslos. »Meine Güte, das tut mir leid. Musst du jetzt sofort nach Hause fahren?«

Sie atmete durch. »Oh nein, das würde mir mein Vater nicht verzeihen. Er ist ein … stolzer Mann. Er fände es furchtbar, wenn ich solchen Wirbel um ihn machen würde.« Sie schüttelte den Kopf. »Das Geld, das ich nach Hause schicke, nimmt er nur um Michaels willen an. Ich bin mir sicher, dass er den Krankenschwestern genau in diesem Moment das Leben zur Hölle macht.«

Das war zu wenig Information. Wie schlimm waren die Unfallfolgen ihres Bruders? Hatte ihr Dad bereits zuvor eine Herzkrankheit gehabt?

»Meine Tante kümmert sich um meinen Bruder.«

Wo war ihre Mum? Ich fragte nicht, sie war auch so schon aufgeregt genug. Bei genauerem Nachdenken fiel mir auf, dass Avery sie nie erwähnt hatte.

Sie legte sich eine Hand auf die Stirn, als wollte sie sich Kühlung verschaffen, und ich ertappte mich dabei, dass ich mir wünschte, diese momentane Erleichterung für sie zu sein. »Ich hätte es kommen sehen müssen. Er wird allmählich älter, und es ist zu viel für ihn, wenn er arbeiten und sich gleichzeitig um meinen Bruder kümmern muss. Aber ich kann die beiden nicht davon überzeugen, einen Pfleger einzustellen, weil mein Vater ja zu Hause ist. Er sagt, er hat nicht gern Fremde im Haus, wenn er selbst dort ist.«

Überwältigt von dem Bedürfnis, sie zu trösten, streckte ich die Hand aus, aber sie wich zurück, stand auf und schüttelte den Kopf. »Nicht«, sagte sie schroff und wandte den Blick ab, als wäre sie selbst schockiert über ihren Ton.

»Das geht nicht. Wir hätten gar nicht erst damit anfangen

sollen.« Erneut geriet sie ins Stocken. »Ich werde darauf bestehen müssen, dass Dad mehr Hilfe annimmt.« Ihr Blick schweifte durch den Raum, als ginge sie im Geist ihre Möglichkeiten durch und plante ihr weiteres Vorgehen. »Wir werden mehr Geld brauchen. Vielleicht sogar eine Krankenschwester in Vollzeit.«

Sie blickte mir unverwandt in die Augen und fuhr fort: »Mein Job ist jetzt wichtiger denn je. Ich hätte nie … gestern Abend … ich kann einfach nicht.«

Ein dumpfer Schmerz drückte mir den Magen zusammen. Das war neu für mich. Ich konnte mich nicht erinnern, dass je zuvor eine Frau das Gefühl in mir geweckt hätte, etwas zu verpassen, wenn sie nicht in meiner Nähe war, wenn ich sie nicht besser kennenlernen würde.

»Es tut mir leid.«

»Das muss es nicht«, sagte ich. »Aber ich würde niemals zulassen, dass du meinetwegen deinen Job verlierst, weißt du?« Ich vermied es sorgfältig, sie zu berühren, obwohl ich mich so sehr danach sehnte. Ich wollte nicht, dass ihr unbehaglich zumute war, aber noch weniger wollte ich erneut von ihr zurückgewiesen werden.

»Das ist nicht deine Entscheidung.« Sie senkte den Blick auf ihre Füße. »Sondern die von Captain Moss. Und in dieser Branche verbreiten sich Gerüchte so schnell wie ein Lauffeuer. Eine Affäre mit einem Gast würde sich herumsprechen, und dann finde ich nie wieder eine Stelle.« Sie zögerte. »Nicht, dass ich es nicht wollte … Es steht nur zu viel auf dem Spiel.« Ihre Augen füllten sich mit Tränen. »Ich fühle mich, als würde ich bestraft. Gestern Abend … das hätte ich niemals zulassen dürfen. Und nun sind mein Dad und ich Tausende Kilometer voneinander getrennt, ohne eine Möglichkeit, Kontakt mit ihm aufzunehmen. Gott allein weiß, wann ich die Untersuchungsergebnisse erfahren werde. Ich wünschte, ich könnte bei ihm sein.«

»Aber du kannst ihn anrufen, natürlich, wenn es sein muss, auch stündlich. Der Captain beschränkt den Zugang zum Telefon doch nicht, oder?«

»Wir dürfen das Satellitenhandy nicht benutzen. Die Anrufe sind zu teuer.«

Ich stand auf und umrundete den Schreibtisch. »Dann nimm meins. Ja, bleib heute einfach hier bei mir. Und wenn es sein muss, kannst du die ganze Zeit telefonieren.« Der Gedanke an die Schriftsätze, die sie mitgebracht hatte, war angesichts ihrer Verzweiflung völlig in den Hintergrund getreten. Sie brachte all meine Prioritäten durcheinander.

Avery blickte zu mir auf. »Tatsächlich?«

»Natürlich.« Es war schrecklich, sie derart aufgewühlt zu sehen, und ich konnte problemlos in einer anderen Kabine arbeiten.

Sie schüttelte den Kopf. »Ich sollte dein Handy nicht benutzen. Ich glaube, die anderen würden es missbilligen. Im Grunde hätte ich dir all das gar nicht erzählen sollen. Es ist ausgesprochen unprofessionell.« Sie straffte die Schultern, aber in ihren Augen glänzten noch immer Tränen.

»Avery Walker, wenn du dieses Handy nicht benutzt, bin ich beleidigt.« Ich blickte auf die Uhr. »Um Viertel nach drei New Yorker Zeit, sobald ich diese Dokumente gelesen habe, muss ich telefonieren. Also mach das Beste draus.«

Sie schüttelte den Kopf.

»Avery, ich bin ein zahlender Gast. Ich dachte, als Gast bekomme ich stets, was ich will.«

Sie zögerte, atmete tief durch. »Danke«, sagte sie schließlich mit zitternder Stimme. »Du bist ein sehr freundlicher Mensch.« Ich zuckte zusammen, weil ihre Worte so förmlich und verlegen klangen, und als sähe sie das genauso, fügte sie stirnrunzelnd hinzu: »Und du küsst wirklich sehr gut. Ich kann nur nicht …«

Ich schüttelte den Kopf und unterdrückte ein Grinsen. »Psst. Du musst dich nicht schlecht fühlen. *Meinem* Herzen geht es gut.« Ich legte den Kopf schief, versuchte ihr in die Augen zu blicken, und sie nickte und legte mir eine Hand auf die Schulter.

Ich strich ihr sanft über den Rücken. »Setz dich. Ruf deine Tante an.« Ich führte sie um den Schreibtisch herum, damit sie sich in meinen Sessel setzen konnte.

»Ich muss mich beschäftigen«, sagte sie. »Aber ich will nicht, dass jemand mich fragt, warum ich so aufgeregt bin.«

»Dann bleib hier. Sag deinen Kollegen, dass du mir bei der Ablage hilfst, wenn sie nachfragen.«

»Ich kann nicht glauben, dass ich vor einem Gast die Fassung verliere.«

Mein Magen verkrampfte sich, als sie mich als Gast bezeichnete. »Es ist hart, von seiner Familie getrennt zu sein, wenn sie in Gefahr ist«, sagte ich. »Das verstehe ich sehr gut.«

Ich sprach nur selten über persönliche Angelegenheiten. Tatsächlich konnte ich mich nicht erinnern, wann ich das letzte Mal mit jemandem über etwas anderes als Geschäfte gesprochen hatte. Ich redete ein bisschen mit den Frauen, mit denen ich schlief, gerade genug, um sie ins Bett zu bekommen, aber nie über etwas Persönliches. Ich hatte herausgefunden, dass Zuhören die ultimative Verführungstechnik war. Oder zumindest so zu tun, als hörte ich zu.

Ich lehnte mich neben ihr an den Schreibtisch. »Ich habe dir erzählt, dass mein Bruder bei einer Spezialeinheit war. Während seiner Einsätze …« Ich schluckte, als ich daran dachte, wie er in Afghanistan drei Tage lang vermisst worden war. »Es war schwierig. Nicht zu wissen, was vor sich ging, war das Schlimmste daran. Aber die Ärzte deines Vaters konnten einen Herzinfarkt ausschließen – das ist gut. Ich bin mir sicher, dass es dir besser gehen wird, wenn die Untersuchungsergebnisse vorliegen und ihr wisst, woran ihr seid.« Ich strich ihr mit dem Daumen über die Haut unter dem einen, dann unter dem anderen Auge entlang. »Spar dir deine Tränen auf, bis du Näheres weißt.« Dasselbe hatte ich zu meiner Mutter gesagt, als wir hörten, dass Landon vermisst wurde.

In den Tagen, in denen Landon verschwunden war, hatte ich hauptsächlich Wut empfunden, nicht Angst. Wut auf die Streitkräfte. Wut über seine Entscheidung, in die Armee einzutreten. Wut über meine Unfähigkeit, irgendetwas zu tun. Die Tränen meiner Mutter verkörperten ihren Mangel an Hoffnung, sodass ich meine Angst in Zorn kanalisieren musste.

»Soll ich im Krankenhaus anrufen und versuchen, die Sache ein bisschen zu beschleunigen?«, fragte ich.

»Nein, aber vielen Dank für das Angebot. Ich weiß das sehr zu schätzen. Aber meine Tante ist eine Löwin. Sie wird sich auf die Ärzte stürzen und ihnen die Hölle heiß machen.«

Ich stand auf und ging zur Tür, denn ich wollte sie in

Ruhe lassen. »Wenn ich etwas für dich tun kann, lass es mich wissen.«

Sie schluckte. »Nein, ich sollte etwas für *dich* tun. Ich wollte nur …«

»Avery«, ermahnte ich sie, weil sie die Hände auf die Stuhllehnen stützte, als wollte sie sich erheben. »Bleib sitzen. Ich habe Skylar gebeten, mir Wasser zu bringen.«

»Wirklich?«

»Ja, ich habe dich zu sehr beansprucht …«

»Das stört mich nicht.« Ihr Augen weiteten sich, ihr Blick war offen und aufrichtig – die professionelle Fassade war längst in sich zusammengefallen. »Ich mag es, wenn ich beschäftigt bin.«

»Bleib da. Ich bin ein erwachsener Mann, und ich werde schon klarkommen mit dem Rest der Crew, die hier an Bord um mich herumscharwenzelt.«

Sie gab sich geschlagen und ließ sich wieder in den Sessel sinken. Auch wenn ich nicht alles reparieren konnte, was kaputtgegangen war, konnte ich ihr zumindest den Kontakt mit Zuhause ermöglichen.

So war Avery Walker – gefühlvoll und freundlich. Sie war eine seltene, besonders ehrliche Version einer Jachtstewardess. Beide waren schön, aber diese Frau zog ich bei Weitem vor. Dies war die Frau, die ich im Arm gehalten und geküsst hatte, und nach der ich mich noch immer verzweifelt sehnte. Aber jetzt war sie außerdem die Frau, die ich vor Traurigkeit und Schmerz schützen wollte.

18. Kapitel

Hayden

Ich wählte Landons Nummer, und auf einmal stieg mir ein Hauch von Averys Parfüm in die Nase. Es war erotischer und komplexer, als ich angesichts ihrer glatten professionellen Fassade erwartet hätte – es spielte auf die Frau hinter der Maske an. Ich schüttelte den Kopf, frustriert, weil meine Gedanken immer wieder zu ihr wanderten. Ich hatte genug mit Phoenix und dem Leck bei Wolf Enterprises zu tun, aber irgendwie hatte sich Avery in meinem Verstand eingenistet, Tag und Nacht. In den Tagen seit dem Feuerwerk und dem Kuss waren wir zu dem zurückgekehrt, was wir bei meiner Ankunft auf der Jacht gewesen waren: Gast und Personal. Vielleicht waren wir auch nie mehr füreinander gewesen. Nach den Tränen in meinem Büro hatte sie mir lediglich anvertraut, dass ihr Vater entlassen worden war und alles in Ordnung kommen würde. Ich war erleichtert, aber auch enttäuscht, weil sie sich vor mir verschloss. Ich mochte sie. Ich schätzte ihren klugen Verstand und ihr großes Herz, aber inzwischen bekam ich nur noch die Stewardess zu sehen.

»Gibt's was Neues?«, fragte ich meinen Bruder, als er sich meldete. Die Kaufprüfung von Phoenix deutete eher auf ein Schnäppchen hin als auf Probleme, die Risiken waren nicht höher als erwartet und die Vertragsverhandlungen zielführend. Seit beinahe vier Wochen war ich nun auf dieser Jacht, und wenn es so weiterging, würde ich sie vielleicht früher als vorgesehen wieder verlassen. Aber ehe ich ins Büro zurückkehrte – oder Phoenix kaufte –, wollte ich in Erfahrung bringen, wer mich so viele Monate lang an Cannon verraten hatte.

»Ja, mir geht es gut, vielen Dank der Nachfrage. Ich hatte ein fantastisches Wochenende, ein zweites Date mit einer Frau, das gut gelaufen ist, obwohl ich leider keinen Sex mit ihr hatte, und am Sonntag habe ich Lacrosse gespielt.«

»Lacrosse? Seit wann das denn?«

»Oh, dann interessierst du dich also doch für mein Leben und nicht nur dafür, ob ich deinen Maulwurf gefunden habe oder nicht.«

»Eigentlich nicht, aber wenn du wie ein Fünfjähriger um Aufmerksamkeit bettelst, verwöhne ich dich halt ein bisschen. Immerhin bist du mein kleiner Bruder.«

»Himmel, was für ein Klugscheißer du bist.«

Landon hatte ebenso wenig Lust, mir Einzelheiten über sein Wochenende zu erzählen, wie ich Lust hatte, sie mir anzuhören, aber er erweckte gern den Eindruck, dass ich der Gefühllosere und Verklemmtere von uns war. Natürlich wussten wir beide, dass er seinen Job niemals ausüben könnte, wäre er nicht in der Lage, alles andere beiseitezulegen und sich nur auf den gegenwärtigen Augenblick zu konzentrieren. Das hatten wir gemeinsam. Meistens jedenfalls. »Gibt es neue Erkenntnisse zum Maulwurf?«

Landon seufzte. »Nichts. Dass Anita die Unternehmensinfo angefordert hat, scheint Cannon nicht weiter beunruhigt zu haben. Meinen Informanten zufolge haben sie bislang weder ein Gebot abgegeben noch auch nur angerufen.

Aber es gibt immer noch keinen Hinweis auf die Herkunft des zusätzlichen Geldes auf ihrem neuen Bankkonto.«

Ich war weniger erleichtert, als ich hätte sein sollen. Anita war clever. Und wenn sie tatsächlich das Leck war, was mir trotz ihres neuen finanziellen Polsters immer noch unmöglich erschien, dann wusste sie, dass sie – als Einzige, die über das Unternehmen, das ich kaufen wollte, Bescheid wusste – diese Information nicht an Cannon weitergeben konnte.

»Okay, und was ist mit der Finanzabteilung?«

»Der Treasurer ist sauber. Den Controller überprüfen wir noch.«

»Kein echter Fortschritt also?« Der Gedanke, in mein Büro zurückkehren zu müssen, obwohl ich wusste, dass mich jemand betrog, gefiel mir überhaupt nicht. Ich wollte dieses Schiff als Sieger verlassen, nicht als jemand, der immer in Gefahr schwebte.

»Wir schließen Leute aus, das bringt uns immerhin weiter, und dann ist da noch was: Offenbar hat jemand versucht, in dein Gebäude einzubrechen.«

»In meine Wohnung oder das Firmengebäude?«

»Letzteres.«

»Okay, sowas kommt hin und wieder vor. Aber sie hatten es nicht auf mich persönlich abgesehen, oder?«

»Schwer zu sagen. Aus den Fenstern im Erdgeschoss ist eine Glasscheibe entfernt worden, aber ansonsten hat niemand von irgendwelchen Schäden oder Übergriffen berichtet. Die Überwachungskamera von der Straße zeigt, wie zwei maskierte Männer in das Haus einsteigen und es wieder verlassen, aber auf den Sicherheitskameras im Gebäude ist nichts Nennenswertes zu sehen. Ich bleibe dran.«

Der Einbruch hatte bestimmt nichts mit Cannon zu tun. Jemanden zu bestechen, um an Informationen zu kommen, war die eine Sache, aber ein Einbruch? Das roch nach einer Bande aus dem kriminellen Untergrund. James Cannon war ein Schwein, aber er hatte eine weiße Weste. Vielleicht wurde sie auf seine alten Tage allmählich grau.

»Wahrscheinlich ist nichts passiert. Aber ich werde mir deine Wohnung ansehen und sie auf Überwachungsgeräte checken.«

»Himmel, Landon. Das klingt, als geriete die Sache allmählich außer Kontrolle. Sollten wir nicht lieber die Polizei einschalten?«

»Ich bin schon dran. Vermutlich bin ich paranoid wegen dem, was dieser Typ unserem Dad angetan hat, aber ich werde kein Risiko eingehen.« Wir hatten nur selten über James Cannon gesprochen, der bei Cannon das Steuer in der Hand hielt. Der Mann, der meinen Vater zu zerstören versucht hatte, was ihm in vieler Hinsicht auch gelungen war. Es war unnötig, immer wieder dieselben alten Geschichten aufzuwärmen. Landon wusste, wie ernst die Lage war. Die Nachwirkungen von James Cannons Taten hatten wir unser Leben lang gespürt.

»Danke, Landon. Ich weiß das zu schätzen.«

»Okay. Pass auf, Bruderherz, ich bin gerade zu beschäftigt für solche Nettigkeiten, also lass es lieber sein«, sagte Landon.

»Eigentlich wollte ich noch über etwas anderes mit dir reden. Ich will von diesem Schiff runter.« Allein die Worte auszusprechen, hob schon meine Stimmung. Avery benutzte immer noch hin und wieder mein Satellitenhandy. Sie betrat mein Büro und mein Schlafzimmer, um Bettwäsche und Handtücher zu wechseln und Toilettenpapier zu kleinen Kunstwerken zu falten und ähnliche Dinge zu tun. Ihr Parfüm umgab mich auf Schritt und Tritt. Wohin ich auf diesem Schiff auch sah, immer erblickte ich ihren Schatten oder etwas, das mich an sie erinnerte – ein Zeichen, dass sie dagewesen war und bald wiederkommen würde. Wenn ich sie nicht haben konnte, brauchte ich dringend eine Pause.

»Wie meinst du das – ›runter vom Schiff‹?«, fragte Landon.

»Na ja, mal einen Tag festen Boden unter den Füßen haben, so was in der Art.«

Ich war es gewöhnt, zu bekommen, was ich wollte, und ich wollte Avery Walker. Ich respektierte ihre Entscheidung, aber das machte mir das Leben nicht leichter.

Am nächsten Tag würden wir Taormina erreichen, und Avery hatte noch immer keinen arbeitsfreien Tag gehabt. Wenn ich der Besatzung einen weiteren freien Abend spendierte, würde sie nicht mitgehen. Vielleicht würde sie mir sogar unterstellen, dass ich auf diese Weise ein bisschen Zeit mit ihr allein arrangieren wollte. Im Geschäftsleben war ich vielleicht ein manipulativer Scheißkerl, aber ich würde niemals eine Frau durch einen Trick dazu bringen, sich noch einmal von mir küssen zu lassen. Avery würde sich vermutlich nur dann eine Pause gönnen, wenn ich nicht an Bord war. Wenn ich eine Nacht an Land verbrachte, hatte sie keinen Grund zu arbeiten. Wenn ich ihr schon sonst nichts geben konnte, dann wenigstens das.

Und mir selbst konnte ich eine Pause von meinem Verlangen nach ihr gönnen. Vielleicht sogar eine Italienerin verführen und mich in ihr verlieren. Möglicherweise ließ sich Avery auf diese Weise aus meinen Gedanken vertreiben.

»Bist du verrückt geworden? Alles läuft super. Du machst große Fortschritte bei deinem Deal, Cannon hat keine Ahnung, was du machst, und wir schließen potenzielle Maulwürfe aus. Warum willst du das aufs Spiel setzen?«

Ja, warum?

»Ich will ja nicht nach London zurück«, entgegnete ich. »Mir fällt hier nur allmählich die Decke auf den Kopf. Ich will an Land. Über Nacht.« Ja, aber das war nur ein Teil der Geschichte.

»Warum? Willst du in einem Hotel schlafen oder so?«

»Ja. Mal wieder festen Boden unter den Füßen haben. Ich bin jetzt seit einem Monat auf diesem Kahn, und ich möchte einfach mal ein paar Stunden auf dem Festland verbringen.«

Landon hatte recht – ich befand mich an einem der schönsten Orte der Welt. Eine Nacht an Land würde mir nicht nur das Leben leichter machen, sondern ich konnte möglicherweise auch ein bisschen Abstand von der Jacht und von allem bekommen, was mit dem Phoenix-Deal in Verbindung stand. Ich hatte ein oder zwei Tage Zeit, bis die Anwälte alles durchgesehen haben würden. Ich konnte es mir leisten, eine Weile zu verschnaufen. Ich wollte den Ort sehen, den Avery so gern besuchen wollte.

»Du meinst, du willst Sex haben«, sagte Landon.

Ich schwieg. Ich hatte keine Lust, mit meinem Bruder über mein Bedürfnis zu sprechen, mir Avery Walker aus dem System zu vögeln. »Okay, mal sehen. Wir brauchen ein bisschen Zeit, um das zu arrangieren. Ich würde gern das Hotel überprüfen, ehe du dort ankommst, und bevor du auscheckst, musst du noch einmal alles gründlich nach Wanzen durchsuchen.«

»Das mache ich auf der Jacht sowieso zweimal am Tag, ist also kein Problem. Und ich werde an Land nichts Geschäftliches erledigen und auch keine Anrufe tätigen. Also bereite bitte alles für mich vor.«

Landon seufzte, und ich glaubte zu hören, wie die Zahnräder in seinem Kopf meine Worte verarbeiteten. Er suchte bereits nach einer Lösung. »Ich könnte jemanden zur Überwachung einschleusen, solange du dort bist. Man kann nie wissen, wenn wir Glück haben, folgt dir jemand.«

»Glück?« Mein Bruder war ein perverses Arschloch.

»Und wann, dachtest du?«

»Übermorgen.«

Vor meinem geistigen Auge sah ich, wie er die Augen verdrehte.

»Okay, überlass mir das. Ich suche ein Hotel aus. Ich sorge auch für Sicherheitskräfte auf dem Schiff, solange du an Land bist. Gut, dass du Geld hast. Diese Aktion wird dich einiges kosten.«

Ich lachte leise in mich hinein. »Hör auf zu jammern, und leite alles in die Wege.«

Hoffentlich würde mein Aufenthalt an Land Avery die Last ein wenig erleichtern. Sie hatte mir erzählt, dass sie sich schon immer gewünscht hatte, Taormina zu besichtigen – nun würde sie Gelegenheit dazu bekommen. Vielleicht konnte sie das von den Geschehnissen zu Hause ablenken. Und ich würde möglicherweise aufhören, ständig an sie zu denken.

Landon konnte das sicher ohne Konsequenzen für den Phoenix-Deal organisieren, oder? Wenn ich an Land nicht geschäftlich tätig wurde, bestand das einzige Risiko darin, dass jemand mir auf der Insel ein Abhörgerät unterjubelte und ich es mit an Bord nahm. Aber ich konnte alles prüfen, was ich auf das Schiff mitnahm. Sicherheit war also kein Problem, und mein kleiner Bruder hätte garantiert den Mund aufgemacht, wäre er der Meinung gewesen, dass ich mich idiotisch verhielt. Ein nächtlicher Ausflug war sinnvoll. Er würde mich ablenken und Avery glücklich machen. Auch wenn das Glück der Chefstewardess der *Athena* momentan nicht auf meiner Agenda stand.

Definitiv nicht.

Mir fiel einfach die Decke auf den Kopf. Ich musste an etwas anderes denken.

19. Kapitel

Avery

Nichts machte mich glücklicher, als meinen Vater über die miese Abwehr der Sacramento Kings witzeln zu hören. Das bedeutete, dass es ihm besser ging. Und ich konnte es hören, weil Hayden so großzügig war und mich sein Satellitenhandy benutzen ließ. Er hätte nicht rücksichtsvoller und besorgter sein können. Ich hatte auch meine Tante angerufen, und wir hatten vereinbart, eine Pflegekraft für meinen Bruder zu organisieren und meinem Dad auf diese Art einen Teil der Last abzunehmen. Die Ärzte hatten Vorhofflimmern diagnostiziert, und obwohl sich das offenbar einigermaßen unkompliziert mit Medikamenten in Schach halten ließ, wollte ich, dass er ein wenig zur Ruhe kam.

»Komplette Crew in die Messe – in fünf Minuten«, drang die Stimme des Captains aus dem Funkgerät auf meinem Nachttisch.

Stöhnend schälte ich mich aus dem Bett. Ein Treffen der kompletten Besatzung während einer Charterreise hatte selten etwas Gutes zu bedeuten. Normalerweise gab es dann eine ernsthafte Beschwerde oder eine unerwartete Planänderung. Hayden hätte mir doch sicherlich gesagt, wenn etwas nicht in Ordnung gewesen wäre, oder? Er hatte angefangen, hin und wieder Skylar um etwas zu bitten, aber ich hatte ihn mit niemandem Small Talk halten sehen, und irgendwie gefiel mir das. Es war zwar lächerlich, aber ich forderte ihn nicht ausdrücklich auf, Skylar um etwas zu bitten. Ich wollte die Einzige sein, die ihm gab, was er brauchte. Meine Aufgabe war es, dafür zu sorgen, dass die Gäste alles bekamen, was sie wollten, und auf dieser Reise war er der einzige Gast, darum war es sinnvoll, dass ich seine Hautbezugsperson war. Ich war die Chefstewardess und er mein Gast.

Und genau das war der Grund, warum ich nicht auf dem Hauptdeck stehen und ihn küssen sollte, während wir ein Feuerwerk betrachteten und Champagner tranken.

Genau darum sollte ich nicht immer wieder im Geist diesen Kuss nacherleben.

Und aus demselben Grund sollte ich mich nicht fragen, ob er mich jemals wieder küssen würde.

Ich atmete durch, nahm mein Haar zu einem Pferdeschwanz zusammen und steuerte auf die Messe zu.

»Wie geht es deinem Dad?«, fragte August, als ich in der Tür auftauchte.

Ich schob mich auf die Sitzbank. »Beschäftigt sich offenbar mit den Sacramento Kings und ihrer miesen Abwehr.«

Sie lachte. »Dann ist ja alles wieder beim Alten.«

Neill gab einem der Maschinisten High Five, während Eric zu erklären versuchte, was an dem Witz, den er gerade erzählt hatte, so witzig war. Weil wir uns zu zwölft in dem winzigen Raum aufhielten, war es laut, aber gemütlich.

»Setzen Sie sich«, sagte Captain Moss, als er erschien. Er betrat die Messe nur zu den Mahlzeiten und zu Meetings, darum hing die Crew oft hier ab, wenn wir Pause oder dienstfrei hatten.

Die Gespräche verstummten, und fünf weitere Personen nahmen auf der Sitzbank Platz, während sich die restlichen

Besatzungsmitglieder an die Theke und den Türrahmen lehnten.

»Die Situation hat sich ein wenig verändert«, sagte Captain Moss.

Wir tauschten Blicke und begannen zu murmeln. Bislang hatte es auf dieser Reise kaum Veränderungen gegeben.

»Mr Wolf geht morgen Abend an Land und bleibt über Nacht in einem Hotel«, fuhr er fort.

Es war nicht ungewöhnlich, dass ein Gast auf einer längeren Charterreise das Schiff für eine Nacht verließ, um in einem besonders hübschen Hotel oder der Villa eines Freundes zu übernachten. Das war nicht der Grund, warum mir das Herz in der Brust hämmerte. Ich verstand nicht, warum Hayden mir nichts gesagt hatte. Ich sah ihn regelmäßig mehrmals am Tag. Er hatte über geschäftliche Dinge mit mir gesprochen und mich geküsst, erzählte mir aber nicht, dass er die Nacht an Land verbringen würde? Das ergab keinen Sinn.

Im Raum wurde es leiser, während alle darauf warteten, dass Captain Moss fortfuhr. Wenn ein Gast das Schiff verließ, gab es zwei mögliche Szenarien: Entweder brachten wir die Jacht vom Anker bis zum Antennenmast auf Vordermann, oder wir bekamen Freizeit. Alles hing davon ab, wie anständig der Captain war.

»Und darum nehmen wir uns alle einen Tag frei«, sagte Captain Moss.

Alle jubelten und jauchzten, und trotz des Unbehagens, das sich in meiner Magengegend ausbreitete, brachte mich die Freude meiner Kollegen zum Lächeln. Sogar Captain Moss' Mundwinkel zuckten.

»Setzen Sie sich, sonst überlege ich es mir noch anders«, sagte der Captain.

Der Jubel ebbte ab, aber die Aufregung war nach wie vor deutlich zu spüren.

»Das Beiboot wird morgen früh um zehn zu Wasser gelassen und holt Mr Wolf übermorgen um einundzwanzig Uhr am Ufer wieder ab. Das heißt, dass Sie um zwanzig Uhr auf dem Schiff sein müssen, nüchtern und einsatzbereit. Habe ich mich klar ausgedrückt?«

Alle grinsten von einem Ohr zum anderen, nickten zustimmend, und als Zugabe bellten einige ein »Ja, Sir!« in die aufgeheizte Atmosphäre.

Vierundzwanzig Stunden in Taormina? Das waren dreiundzwanzig mehr, als ich je dort verbracht hatte, und wenn ich mir für meinen freien Tag einen Ort im Mittelmeer hätte aussuchen dürfen, hätte ich mich immer für Sizilien entschieden.

»Ich will, dass dieses Schiff in perfektem Zustand ist, ehe Sie gehen, also holen Sie die Q-Tips raus«, ermahnte uns Captain Moss.

Ich stieß August den Ellbogen in die Rippen, als sie stöhnte. Ganz am Anfang hatte ich ihr erzählt, dass die Badezimmer gründlich geputzt werden mussten, und dass ich nicht scherzte, wenn ich sagte, dass jeder Quadratzentimeter mit Q-Tips gereinigt werden musste. Fast wäre sie in Ohnmacht gefallen, hatte dann aber gute Arbeit geleistet. Sie war vielleicht ein bisschen flatterhaft und etwas zu laut, aber sie arbeitete hart, und nur darauf kam es an.

»Captain«, rief ich, als er bereits auf dem Weg zum Ausgang war. »Ich bleibe hier, wenn Sie …«

»Nein. Ich bleibe an Bord. Sie sollen einen freien Tag haben wie der Rest der Meute auch.«

Ich blickte hinter mich. Die Crew hatte bereits angefangen, Pläne für den nächsten Tag zu schmieden, die Männer redeten über Bars, Mädchen, Strände und Cocktails.

»Aber ich hätte nichts dagegen …«

»Verflixt noch mal, Avery, nehmen Sie sich einen Tag frei und entspannen Sie sich. Es ist ein Geschenk. Also nehmen Sie es an.« Damit war das Gespräch beendet, und er ging mit großen Schritten zur Tür hinaus.

»Avery!«, rief Skylar. »War Taormina nicht dein Traumziel? Das ist Schicksal. Bestimmt warten Unmengen reicher, gut aussehender Männer am Ufer auf mich.« Aufgeregt drehte sie sich wieder zum Tisch.

Taormina war der Ort, von dem ich jedem erzählte. Bisher hatte ich nie länger als eine Stunde dort verbringen können, und jedes Mal hatte ich mir gewünscht, länger bleiben zu können. Die Vorstellung, einen ganzen Tag in dem Städtchen zu verbringen, war fast zu schön, um wahr zu sein.

Für den Bruchteil einer Sekunde dachte ich an mein Gespräch mit Hayden, bei dem ich ihm erzählt hatte, dass ich schon immer nach Taormina reisen wollte. Er hatte sich das doch nicht gemerkt, oder? Es ging hier doch sicher nicht um mich? In einem anderen Leben würden wir gemeinsam dort hinfahren, die schmalen Straßen und das griechische Theater erkunden und bei den schönen Menschen auf der Piazza sitzen, während der Ätna auf uns herabblickte. Aber in diesem Leben würde es dazu nicht kommen.

»Die Jungs werden sich den ganzen Tag lang betrinken, stimmt's?« Skylar tauchte neben mir auf, und wir hörten zu, wie sie darüber nachdachten, welche italienischen Biersorten sie sich bestellen würden.

Wochenlang hatten sie keinen Alkohol getrunken. Natürlich würden sie das an diesem Tag wettmachen. »Vermutlich hast du recht.«

»Ich möchte am Strand liegen. Dinner und Drinks am Abend. An einem glamourösen Ort, an dem sich die Reichen und Schönen aufhalten«, sagte Skylar.

»Sollen wir uns ein Hotelzimmer nehmen?«, rief Eric uns zu. »Dann müsst ihr keine Angst haben, dass wir das Schiff schrotten, wenn wir blau zurückkommen.«

Auf keinen Fall würde ich mir ein Zimmer nehmen. Ich musste jeden Cent sparen.

Ich setzte mein professionelles Lächeln auf. »Davor habe ich keine Angst, denn ihr wisst genau, was passiert, wenn ihr das Schiff demoliert: Ich trete euch dermaßen in den Hintern, dass ihr für den Rest der Reise nicht mehr sitzen könnt.«

Erics Lächeln verblasste, aber er nickte und drehte sich wieder zum Tisch um. »Ich denke, wir sollten uns *definitiv* ein Hotelzimmer nehmen.«

»Klingt gut. Dann können wir uns Drinks zum Strand bestellen. Und abends ziehen wir uns im Hotel um«, sagte August. »Ich will unbedingt Pasta essen in Italien. Die schmeckt hier bestimmt anders, nicht wahr?«, fragte sie, an mich gewandt.

Ich lächelte. Auf Sizilien Nudeln zu essen klang nach einer perfekten Idee, selbst wenn ich allein am Tisch sitzen würde. Vielleicht mit etwas Chianti, während ich die Leute auf der Piazza beobachte, wenn auch ohne Hayden. Ich verkniff mir ein Lächeln, denn ich wollte mich nicht zu früh freuen, falls Captain Moss doch noch zurückkommen und uns eröffnen sollte, dass er sich geirrt hatte.

»Bereit, eure Bräune zu intensivieren?«, fragte August, als sie auf Skylar und mich zukam und dabei lächelte wie eine Grinsekatze.

Ich hatte volles Verständnis dafür, dass die Mädels an diesem Tag am Strand faulenzen wollten, aber ich würde die Gelegenheit nutzen, mich in der Stadt umzusehen, selbst wenn ich meine Eindrücke mit niemandem teilen konnte. Ich würde den Rat meines Dads befolgen und mir Zeit für mich selbst nehmen, die Touristin spielen und mich in einem Restaurant bedienen lassen. Ich würde nur an die Sonne und die Häuser und daran denken, wie schön hier alles war. Und dann würde die Tatsache, dass Hayden mich während des Feuerwerks geküsst hatte, nicht mehr das Beste sein, das mir in den vergangenen sieben Jahren passiert war.

20. Kapitel

Hayden

Ich konnte mich nicht erinnern, wann ich zuletzt gefaulenzt hatte. Kurz vor zehn hatte ich das Beiboot verlassen, mit einer kleinen Reisetasche, in der sich mein Satellitenhandy und mein Signaldetektor befanden. Nachdem ich in dem Hotel eingecheckt, im Gym trainiert und geduscht hatte, begann meine Haut vor Langeweile zu jucken, und diese Langeweile zog erneut Gedanken an Avery nach sich. Vielleicht war das hier doch keine so gute Idee gewesen. Ich war an Land gegangen, um Avery Walker zu entkommen, aber hier blieb mir nicht einmal meine Arbeit, um mich abzulenken.

Ich schlenderte in die Lobby und fuhr mir mit einer Hand durch die noch feuchten Haare. Gleich würde ich losziehen und Taormina erkunden, mir eine Zeitung kaufen, Kaffee trinken und mir alle Möglichkeiten offenhalten – schließlich hatte ich keine Pläne.

»*Signor* Wolf«, sprach mich der Portier an, als ich mit großen Schritten die Eingangshalle durchquerte. »Haben Sie an diesem schönen Tag schon etwas vor?«

»Nur einen Spaziergang«, antwortete ich. Es wäre nett, ein bisschen die Beine auszuschütteln und festen Boden unter den Füßen zu spüren. Vielleicht würde mir eine schöne Italienerin in die Arme laufen und Avery aus meinen Gedanken verbannen.

»Sie sollten sich unbedingt unser antikes griechisches Theater ansehen«, fuhr er fort und blickte mich lächelnd an.

Nichts interessierte mich weniger als Sophokles. Ich war hergekommen, um mich zu entspannen, und obwohl ich mich langweilte und Ablenkung brauchte, war ich nicht in der Stimmung für eine griechische Tragödie. Ich lächelte und ging weiter. Der Portier folgte mir.

»Gehen Sie nach rechts, nur ein paar Schritte den Hügel hinauf, und schon sind Sie da. Die Aussicht ist sehr schön«, sagte er.

Ich runzelte die Stirn. Normalerweise waren Theater nicht für ihre gute Aussicht bekannt, aber da ich nichts Besseres zu tun hatte, bedankte ich mich und beschloss trotz allem, vom Hotel aus nach rechts zu gehen. Den ersten Kaffee hatte ich an diesem Morgen bereits getrunken, und der zweite konnte warten, bis ich mich ein wenig umgesehen hatte. Vielleicht würde mich das vom Grübeln abhalten.

Ich setzte meine Sonnenbrille auf und ging den Hügel hinauf. Die Hitze kroch mir über die Haut, als wollte sie mir den Atem rauben, und ich verlangsamte den Schritt. Ich hatte mich an die Brise auf der Jacht gewöhnt, die die schwüle Luft mit sich nahm. Hier auf dem Festland gönnte sie mir keine Atempause – es war, als befände ich mich auf einem anderen Planeten.

Während ich langsam und mit großen Schritten die Straße hinaufging, stellte ich mir vor, wie Avery durch die Gassen der Stadt schlenderte, und Freude stieg in mir auf. Sie hatte sich immer schon gewünscht, hierherzukommen, und ich hatte ihr das ermöglicht. Es war schrecklich, zu sehen, wie aufgewühlt sie wegen ihres Vaters war. Ich wollte, dass sie wieder lächelte, und hatte gehofft, dass ein Tag in Taormina sie dazu bringen würde.

Seit jenem Tag fast zwei Wochen zuvor hatte Avery sich stets professionell verhalten, und sie achtete sorgfältig darauf, die Distanz zu wahren. Ich verstand, dass es Regeln für den Umgang mit Gästen gab, aber ich war es gewöhnt, dass für mich eine Ausnahme gemacht wurde.

Ich war es gewöhnt, zu bekommen, was ich wollte.

Ich war *nicht* daran gewöhnt, eine bestimmte Frau zu begehren. So weit hatte ich es nie kommen lassen.

Aber ich begehrte Avery.

Ich wollte ihr das Band aus dem Haar ziehen, ihren Rock hochschieben, ihr die Bluse aus dem Bund ziehen und die Hände über ihre Haut gleiten lassen. Mehrmals hatte ich einen Blick auf die echte Avery hinter der professionellen Fassade erhascht, und ich wollte diese Mauer endgültig niederreißen. Ich wollte sie aus der Reserve locken, ihr zeigen, wie gut sie sich mit mir fühlen würde, ich wollte hören, wie sie meinen Namen schrie.

Mist.

Soviel zum Thema Ablenkung.

Glücklicherweise ragten vor mir plötzlich die Ruinen eines antiken Theaters auf. Ich musste keine Aufführung über mich ergehen lassen, sondern konnte einfach die uralten Steine betrachten.

Jemand zupfte an meinem Hemd, und als ich mich umdrehte, winkte mir eine kleine ältere Dame mit einem Buch zu. Ich bückte mich leicht und versuchte zu erkennen, was sie mir anbot. Es war ein Reiseführer. Auf dem Titelbild prangte ein Bild des Bauwerks aus orange-rosafarbenen Ziegelsteinen, das sich direkt vor mir erhob.

Ich holte meine Brieftasche heraus und gab ihr Bargeld im Tausch gegen das Buch, und sie huschte davon, auf der Suche nach dem nächsten Kunden.

Nachdem ich den Eintrittspreis gezahlt hatte, trat ich durch einen höhlenartigen Gang wieder ins helle Sonnenlicht und auf den Holzboden, der links von mir die ursprünglichen Steinstufen des Amphitheaters fortsetzte. Auf den schmalen Rängen waren moderne Sitze angebracht. Das Theater wurde noch genutzt. Zur Rückseite hin waren die ursprünglichen Steine zu sehen, und die brüchigen, schmutzig orangefarbenen Mauern hoben sich vor dem strahlend blauen Himmel ab. Ich drehte mich um die eigene Achse, um die gesamte Fläche in mich aufzunehmen. Rechts von mir befand sich eine hölzerne Bühne vor zur Hälfte erhaltenen griechischen Säulen und stärker verfallenem Mauerwerk; das Meer und der Himmel füllten die Lücken, die das Alter hinterlassen hatte. Alles war auf so vollkommene Weise verfallen, dass es aussah, als wäre ein Bühnenbildner am Werk gewesen, um die Kulisse für eine Aufführung zusammenzubauen, aber tatsächlich hatten die Elemente im Laufe der Jahrhunderte den Hintergrund dieses Ortes erschaffen.

Ich stieg die Stufen neben den modernen Sitzen hinauf. Oben angekommen drehte ich mich um und trat instinktiv einen Schritt zurück, denn die Aussicht war überwältigend – das Blau des Himmels ging in das warme Meer über, das sich an die Kurven des Festlands schmiegte, die hinauf zum alles überragenden Ätna führten.

Es war atemberaubend. Gewaltig.

Etwas hatte mich an diesen Ort geführt, es war, als *sollte* ich ihn sehen. Die Welt aus dieser Perspektive wahrnehmen.

Die Menschen, die diese schöne Ruine erbaut hatten, waren diese Stufen bereits Jahrtausende zuvor hinaufgestiegen. Der Ätna hatte auf sie hinabgeblickt, während sie gearbeitet hatten, so wie ich jetzt auf der Jacht arbeitete, die auf dem Wasser unten trieb. Die Sonne würde weiterhin über diesem Land auf- und wieder untergehen, ob ich Phoenix nun kaufte oder nicht. Die Schönheit würde weiterexistieren, aber hätte Avery Walker mir nicht erzählt, dass dies ihr Lieblingsort war, hätte ich ihn vielleicht nie gesehen. Was entging mir noch alles, weil ich darum kämpfte, ein Unternehmen zu erhalten, das es in hundert Jahren nicht mehr geben würde?

Gott sei Dank war ich hergekommen, anstatt auf dem Schiff eingesperrt zu bleiben und über Geschäftsunterlagen zu brüten. Meine Muskeln begannen sich zu lockern, und ich lächelte. Ich atmete tief durch und versuchte dieses Bild meinem Gedächtnis einzuprägen, Geschichte und Schönheit dieses Ortes irgendwie in meine Seele zu meißeln.

»Schöne Aussicht, nicht wahr?«, sagte eine vertraute Stimme neben mir.

Ich drehte mich um und erblickte Avery Walker, die in die Ferne blickte und dasselbe Bild sah, das auch ich in mich aufnahm. Und nun war sie die einzige Aussicht, die mich noch interessierte.

21. Kapitel

Avery

Als ich der dramatischen Aussicht vom höchsten Punkt Taorminas gegenüberstand, wünschte ich mir nichts anderes, als sie mit jemandem zu teilen. Dass Hayden dort war, schockierte mich nicht. Es war, als müsste es so sein, denn der Augenblick war großartig, und mit Hayden war er perfekt.

»Hey«, sagte er.

Ich sah weiterhin geradeaus, wollte den Blick nicht von dem schönsten Panorama lösen, das ich je gesehen hatte … obwohl der Anblick von Hayden Wolfs goldbrauner Haut dem Ätna, der sich majestätisch aus der Landschaft erhob, ernsthaft Konkurrenz machte.

»Ist es so, wie du es dir vorgestellt hast?«, fragte er.

Er hatte also nicht vergessen, dass ich hierherkommen wollte.

»Besser«, antwortete ich leise.

Schweigend blickten wir eine Weile in die Ferne.

»Wo ist der Rest der Crew?«, fragte er.

»Die Jungs sind in einem irischen Pub in der Nähe der Piazza, und die Mädels sind am Strand.«

Er schwieg.

»Ich habe hier einen Führer«, sagte er und hielt eine Broschüre im Taschenformat mit einem Bild des Amphitheaters hoch.

Ich lachte. Hayden sah nicht aus wie jemand, der sich gern in Reiseführer vertiefte. »Hast du ihn gelesen?«

Er schüttelte den Kopf und schob die Hände in die Hosentaschen. »Ich habe auf dich gewartet, damit du mir alles erklärst.«

Meine Augen wurden schmal. »Du hast auf mich gewartet?«

Er zuckte mit den Schultern. »Vielleicht.«

Es war, als benutzten wir einen Code, den ich nicht dechiffrieren konnte.

»Nun, dieses Theater wurde im dritten Jahrhundert vor Christus erbaut. Man weiß nicht ganz genau, ob es griechisch oder römisch ist. Die Ziegelsteine lassen vermuten, dass die Römer es gebaut haben, aber ihre Anordnung …«

Hayden drehte sich zu mir und legte mir eine Hand auf den Arm. »Stopp. Ich erwarte nicht von dir, dass du für mich die Reiseführerin spielst. Du hast frei.«

Ich versuchte, den Druck seiner Finger zu ignorieren. »Ich möchte nur, dass du es genießt.«

Er sah mir in die Augen und ließ die Hand von meinem Arm und über meinen Rücken hinuntergleiten. Es war die Geste eines Liebhabers, eines Freundes oder Ehemanns. »Seitdem du hier bist, genieße ich es unendlich«, sagte er, wandte sich um und blickte erneut in die Ferne.

Trotz der Hitze musste ich einen Schauer unterdrücken.

Einige Minuten später verdunkelte eine Wolke die Sonne und brach den Bann, unter dem wir gestanden hatten. »Was kommt als Nächstes?«, fragte er und drehte sich zu mir.

»Als Nächstes?«

»Wo gehen wir hin?«

Meine Mundwinkel zuckten. »Wir? Ich dachte, ich wäre nicht im Dienst.«

Er nahm mein Gesicht in die Hand und strich mir mit dem Daumen über die Lippen. »Bist du auch nicht. Wo gehen *wir zwei* jetzt hin?« Sein Ton war sachlich; er berührte mich, als gehörte ich ihm, als wäre es selbstverständlich, dass seine Hand auf meinem unteren Rücken lag, während er mich die Stufen hinunterführte.

Ich hätte mich entschuldigen und einfach verschwinden sollen. Ich hätte vieles tun sollen. Aber als ich endlich an diesem schönen Ort war, nach dem ich mich so lange gesehnt hatte, wollte ich ihn einfach nur genießen. Und ich wusste, dass ich ihn mit Hayden noch ein kleines bisschen mehr genießen würde als allein. Schließlich waren wir einander rein zufällig über den Weg gelaufen. Wenn uns jemand von der Crew entdeckte, konnte ich legitimerweise behaupten, dass ich ihm begegnet war und nur darum mit ihm auf der Insel herumlief. Ich musste ihnen ja nicht sagen, dass ich es genoss.

Ich atmete tief durch. »Wir könnten einfach herumschlendern, uns treiben lassen.«

»Tatsächlich?«, fragte er und lächelte mich an. »Das sieht dir gar nicht ähnlich.«

»Vielleicht gibt es ja eine Avery, die du gar nicht kennst.« Es war mein freier Tag. Im Augenblick war ich keine Stewardess auf einer Jacht, und Hayden Wolf war kein Kunde.

»Dann klingt das nach einem Angebot, das ich nicht ablehnen kann«, sagte er und nickte.

Als wir das Theater verlassen hatten, bogen wir rechts ab und gingen den Hügel hinunter. Die Straßen waren sehr uneben, zum Teil aus schiefergrauem Kopfsteinpflaster, zum Teil asphaltiert, und wurden von den Häusern zu beiden

Seiten beschattet. Wir mussten den Motorrollern ausweichen, die den Hügel in entgegengesetzter Richtung hinaufrasten, und den Kindern, die an uns vorbeirannten. Es fiel mir schwer, mich nicht von den Topfblumen auf den Balkons über unseren Köpfen und vom Lärm der ausgelassenen Italiener, die ihren Alltagsgeschäften nachgingen, ablenken zu lassen.

Vor einem mit bunten Gefäßen und Tellern vollgestopften Schaufenster blieb ich stehen. Die Farben waren so strahlend, als stammten sämtliche Schattierungen des Mittelmeers aus diesem Geschäft.

»Möchtest du hineingehen?«, fragte er. Wollte Hayden Wolf mit mir shoppen gehen? Dieser Industriebaron, der immer so fokussiert und ernst war, war drauf und dran, Haushaltswaren zu durchstöbern? Vielleicht wusste ich auch noch nicht alles über ihn, obwohl ich mir das wider besseres Wissen wünschte.

Wir betraten den Laden, und plötzlich befanden wir uns inmitten einer Ansammlung rustikalen Geschirrs in den drei Grundfarben. »Ich weiß nicht, ob das wirklich zur *Athena* passt.« Lachend nahm ich einen blauen Teller, bemalt mit sonnengelben Zitronen, in die Hand.

»Mit Sicherheit ein anderer Stil«, sagte er und betrachtete eine Schale Orangen aus Keramik.

»Wie sieht eigentlich dein Haus in London aus?« Ich hatte die Frage bereits gestellt, als mir auffiel, wie persönlich sie war. Die Grenze zwischen Gast und Stewardess wurde mit jeder Sekunde durchlässiger. Ich war schon einmal an diesem Punkt gewesen, hatte die Trennlinie zwischen uns so weit überschritten, dass ich mich selbst vergessen und zu viel riskiert hatte. Verzweifelt hatte ich versucht, auf Abstand von allem zu bleiben, was mich meinen Job kosten konnte, hatte viel Zeit und Mühe darauf verwendet, die Barriere zwischen uns erneut zu errichten. Aber hier, mit Hayden, hatte ich nicht das Gefühl, etwas Falsches zu tun. Im Gegenteil, es kam mir absolut richtig vor.

Er runzelte die Stirn, schien sich sein eigenes Zuhause ins Gedächtnis zu rufen. »Ich glaube, es ähnelt ein bisschen der Jacht«, sagte er, als hätte er nie zuvor darüber nachgedacht.

»Gefällt es dir?«

»Darüber mache ich mir keine Gedanken.«

»Versuchst du mal wieder, so zu tun, als wärst du überhaupt nicht anspruchsvoll?« Ich stieß ihn sanft mit dem Ellbogen an, aber er hielt meinen Arm fest und legte ihn sich um die Taille, während er mir eine Hand auf die Hüfte legte. Die Vertraulichkeit dieser Geste erwischte mich unvorbereitet. Es war, als wäre ihm mein Körper bereits vertraut, als wüsste er, wie gut wir zusammenpassten.

»Ich bin nicht in jeder Hinsicht anspruchsvoll. Mein Schreibtischstuhl zu Hause war sehr teuer und ist wahnsinnig bequem, und mein Bett ist riesengroß und handgefertigt.« Er zog mich an sich. »Von manchen Dingen bin ich besessen – und andere fallen mir nicht mal auf. Aber wenn ich beschließe, dass ich etwas haben will, gebe ich mich erst zufrieden, wenn ich *genau* das bekomme, worauf ich es abgesehen habe. Ich gebe erst Ruhe, wenn ich es besitze.«

Eigentlich sollte es eine unverfängliche Plauderei sein, aber was er sagte, hatte Gewicht. Es verriet mir viel über ihn, und obwohl ich nicht nachgehakt hatte, erfuhr ich beinahe mehr, als ich wissen wollte. Ich drehte mich weg, löste mich aus seinem Arm und steuerte auf den Ausgang zu.

»Aber das große Bett ist wichtig, weil darin so viel los ist«, zog ich ihn auf, um dem Gespräch die Schwere zu nehmen. Ich wackelte mit den Augenbrauen und duckte mich unter seinem Arm hinweg, als er mir die Tür aufhielt. Ich wollte einen lustigen Tag verbringen.

»Grazie«, rief Hayden dem Ladenbesitzer, der hinter der Theke Zeitung las, über die Schulter zu. »Du scheinst eine schlechte Meinung von mir zu haben«, sagte er, wobei er sich zu mir herabbeugte und mir direkt ins Ohr flüsterte. »Ich glaube, gerade du weißt ganz genau, dass in meinem Bett in letzter Zeit kaum etwas los war, aber wenn ich dich beeindrucken will, muss ich mir offensichtlich mehr Mühe geben.«

Ich lächelte, antwortete aber nicht. Alles an ihm war beeindruckend.

»Erzähl mir von deiner Arbeit. Warum bist du auf der Jacht?«, fragte ich, während wir uns durch eine Gruppe von Kindern in Schuluniform schoben, die uns entgegenkam. Hayden schien so engagiert, so besessen von dem, was er tat, dass ich verstehen wollte, was ihn antrieb.

»Wenn ich dir das sage, hältst du mich für paranoid«, antwortete er und grinste mich an.

»Versuch's doch. Vielleicht mag ich paranoide Männer ja.«

»Es ist eine lange Geschichte«, warnte er mich.

»Stups mich an, falls ich einnicke«, sagte ich und stieß ihn erneut mit dem Ellbogen an.

Er zögerte, dann sagte er: »Meine Eltern haben sich ineinander verliebt, als meine Mutter mit einem anderen Mann verlobt war.«

Wechselte er das Thema? Ich hatte gedacht, ich würde etwas über seine Geschäfte zu hören bekommen.

»Sie sind sich auf einer Wohltätigkeitsgala begegnet. Offenbar war es Liebe auf den ersten Blick. Wie im Märchen.«

»Das ist romantisch«, sagte ich und fragte mich, ob die unmittelbare Anziehungskraft, die Hayden auf mich ausgeübt hatte, dem ähnelte, was seine Mutter für seinen Vater empfunden hatte.

»Ja, ich glaube, so hat sie es auch empfunden. Aber sie war bereits mit einem geschäftlichen Konkurrenten meines Vaters verlobt, darum war die Sache ziemlich kompliziert. Ich kenne keine Einzelheiten, nur dass meine Mutter und mein Vater schließlich zusammenkamen, was ihren Exverlobten sehr wütend machte.«

»Kann ich mir vorstellen. Der war bestimmt sauer.«

Hayden blinzelte und setzte sich die Sonnenbrille auf. »Er war nicht nur sauer. Er wollte Rache. Und er hörte erst auf, als er das Unternehmen zerstört hatte, das mein Vater mit so viel Mühe aufgebaut hatte. Es dauerte zehn Jahre, aber als ich ungefähr sieben war, meldete mein Vater Konkurs an.«

»Und daran war der Exverlobte deiner Mutter schuld?« Ich schob meine Hand in Haydens.

»Die vollständige Geschichte habe ich erst Jahre später gehört. Ich konnte nie verstehen, warum wir aus einem komfortablen Haus in einer hübschen Straße in eine beengte Wohnung über einer Pommesbude gezogen waren. Uns wurde nur gesagt, dass Dad sich einen neuen Job suchen musste, der weniger gut bezahlt war. Unsere Eltern schirmten uns vor allem Bösen auf der Welt ab. Aber offensichtlich reicht es dem Mann nicht, dass er meinen Vater ruiniert hat. Mich will er auch fertigmachen.«

»Meine Güte, Hayden. Dann bist du also auf der Jacht, weil er dich dort nicht ausspionieren kann?«

Er drückte meine Hand, bestätigte die Verbindung zwischen uns. »Ja. Um diese Firma zu kaufen, die er mir vor der Nase wegschnappen würde, sobald er Gelegenheit dazu bekäme.«

»Es muss schrecklich sein, wenn man nach so langer Zeit noch immer dermaßen verbittert ist. Hat er je geheiratet?«

Hayden zuckte mit den Schultern. »Ja. Hat er, aber ich schätze, dabei ging es weniger um Liebe als um Macht.«

Mich beschlich das Gefühl, dass es noch mehr gab, was er mir nicht erzählte, aber er hatte mir bereits so viel anvertraut, dass ich ihn nicht weiter bedrängen wollte. Mir gefiel die Vorstellung, dass er mit wenig Geld aufgewachsen war – dadurch wurde verständlich, warum er auf manche Dinge so wenig Wert legte, und es erklärte auch, warum er mein Angebot, seine Koffer für ihn auszupacken, so seltsam gefunden hatte. Ich hätte gern noch mehr erfahren, aber er sollte die wenigen freien Stunden genießen, anstatt darüber nachzudenken, warum er so hart arbeitete, also schluckte ich meine Fragen hinunter.

Wir gingen hügelan und dann wieder hinunter, Hand in Hand, stundenlang, wie zwei Touristen, die alles genossen, was Taormina zu bieten hatte – wir schauten in Geschäfte hinein, bewunderten die Aussicht von verschiedenen Punkten aus. Es war so, wie ich es mir vorgestellt hatte, und noch ein bisschen mehr, weil ich die Erfahrung mit Hayden teilte.

Er war erstaunlich interessiert an den Details um uns herum – an den Menschen, die alle gut gelaunt wirkten, an der Art, wie manche Häuser sich neigten, so stark, als könnten sie jederzeit einstürzen.

Die Straße mündete in einen kleinen Platz mit Bäumen in der Mitte, dazwischen standen die Tische der Cafés rundherum.

»Kaffee?«, schlug er vor.

Ich nickte, und wir fanden einen Platz im Schatten.

»Due caffè americano, per favore«, rief er der Bedienung zu, während er mir einen Stuhl unter dem Tisch hervorzog.

»Versuchst du mich mit deinem Italienisch zu beeindrucken?«

»Funktioniert es denn?«, fragte er und lehnte sich auf dem Stuhl zurück. Er musterte mich durchdringend, als wäre er ein Maler und ich eine Obstschale.

Während die Kellnerin uns die Getränke brachte, sah ich ihn aus schmalen Augen an. »Betreibst du *fishing for compliments?*«

Er legte den Kopf in den Nacken und lachte tief aus dem Bauch heraus. »Nein, aber es klang offenbar ein bisschen danach. Ich kann einen Kaffee und ein Glas Wein bestellen, aber das ist auch schon alles, was ich auf Italienisch sagen kann. Die UN wird mir in nächster Zeit also bestimmt keinen Job als Dolmetscher anbieten.« Er fuhr sich mit den Fingerknöcheln über das Kinn. »Mit festem Boden unter den Füßen bist du mutiger.«

»So bin ich eben. Meine Uniform habe ich auf dem Schiff gelassen.« Ich atmete tief durch, dann streckte ich die Hand aus. »Avery Walker, freut mich, dich kennenzulernen.«

Zu meiner Überraschung schüttelte er mir nicht die Hand, sondern nahm sie und ließ sie nicht wieder los. »Hayden Wolf. Gekauft wie gesehen.« Machte er sich über mich lustig und unterstellte mir, dass ich nicht authentisch war?

»Mein Job verlangt von mir, professionell zu sein, nicht immer zu sagen, was ich denke. Ich muss es schlucken, wenn Gäste mich wahnsinnig ärgern. So ist das nun mal.«

Er schwieg eine Weile, blickte mich nur an, als ließe er meine Worte auf sich wirken. Dann sagte er: »Ich weiß. Aber Avery Walker gefällt mir besser.«

Ich lächelte. »Mir auch. Ich tue nur, was ich tun muss, um in meinem Beruf erfolgreich zu sein. Das müsstest du eigentlich verstehen, schließlich treibst du zwei Monate lang mitten auf dem Meer, um gut in deinem zu sein.«

Er legte einen Arm auf die Lehne des freien Stuhls neben seinem und strich mit dem Daumen über den Holzrahmen. »So habe ich das noch nie gesehen. Ich glaube, es ist einfach eine andere Art von Opfer.«

Gegen meinen Willen fing ich an zu lachen. »Oh ja, auf einer Luxus-Superjacht an der italienischen Riviera entlangzureisen, ist wirklich ein *großes* Opfer.«

Er lächelte, und die Art, wie er mir forschend ins Gesicht sah, zeigte mir, dass er lächelte, weil ich lachte und glücklich war, und nicht, weil ich ihn geneckt hatte. Mir ging das Herz auf.

»Du klingst wie mein Bruder«, sagte er. »Und es ist definitiv sehr schön hier, aber wenn man lieber woanders wäre und etwas anderes tun möchte, bringt man immer ein Opfer.«

Ich blinzelte und wandte den Blick ab. Ich wollte nicht

über Opfer reden oder darüber, was ich lieber tun würde – über das Leben, das ich mir vor dem Unfall meines Bruders ausgemalt hatte. »Ist er wie du, dein Bruder?«

»Nein, überhaupt nicht. Er hat Muskeln, ich habe Grips.«

Mein Blick schweifte über seine muskulösen Arme, die kräftigen Oberschenkel und die definierten Bauchmuskeln unter dem weißen Leinenhemd. »Wenn du der mit dem Grips bist, würde ich gern mal seine Muskeln sehen.«

»Hast du mir gerade etwa ein Kompliment gemacht?« Er rutschte auf dem Stuhl nach vorn und musterte mich aus schmalen Augen.

Ich zuckte eine Schulter. »Na und? Du hast selbst gesagt, dass es mein freier Tag ist. Heute bist du kein Gast für mich.«

Er lachte leise und lehnte sich wieder zurück.

»Dein Bruder ist also im Gegensatz zu dir nicht in einem großen Unternehmen gelandet?«

Hayden schüttelte den Kopf. »Ich glaube, er wollte ein aufregenderes Leben führen.« Er zögerte, blinzelte ein paarmal, und ein Ausdruck von Verletzlichkeit huschte über sein Gesicht, obwohl ich den Grund dafür nicht verstand.

»Das ist ein sehr großes Opfer«, sagte ich.

»Ja, absolut.« Er nickte. »Ich könnte so etwas nicht. Landon ist etwas ganz Besonderes, er ist für Ehre und Pflichterfüllung geschaffen.«

In seiner Stimme lag aufrichtige Bewunderung. Meiner Erfahrung nach wussten reiche Menschen für gewöhnlich außer ihrem Reichtum nichts zu schätzen, aber Hayden wusste, dass es wichtigere Dinge gab.

»Ich tue nichts anderes, als Geld zu verdienen, aber ich versuche …« Er zuckte zusammen, und ich beugte mich vor, stützte das Kinn auf die Hand und wartete gespannt, was er als Nächstes sagen würde. »Es klingt vielleicht albern, aber ich versuche, mich ehrenhaft zu verhalten. Wie ein Gentleman. Das Geschäftsleben in der City ist voller Nattern. Leute, die zu Geld kommen wollen, indem sie andere berauben oder ihnen eins auswischen.« Er streckte die langen Beine aus. »Ich glaube, so muss es nicht sein. Ich glaube, wenn man gut mit seinen Leuten umgeht, erzielt man bessere Ergebnisse, als wenn man sie wie Dreck behandelt. Wenn du die Leute respektierst, behandeln sie dich normalerweise genauso.«

Ich lächelte ihn an. Was war er? Eine Art ethisch denkender Unternehmenstycoon? Gab es solche Menschen überhaupt?

»Versteh mich nicht falsch. Ich bin kein Engel. Ich bin raffiniert, ich bin anspruchsvoll und wenn es sein muss auch skrupellos. Aber ich halte meine Versprechen. Ich belohne Loyalität, und ich bin ehrlich. Mit Leuten, die unaufrichtig sind, arbeite ich nicht zusammen.«

Sein Kiefer zuckte, und ich erkannte, dass er gedanklich mit etwas anderem beschäftigt war. Ich konnte nicht anders, als mich auf den Mann vor mir zu konzentrieren. Auf den Mann, den ich als einen weiteren verwöhnten Milliardär betrachtet hatte und der doch alles andere als das war. Er respektierte, ja vergötterte geradezu seinen Bruder, der seinem Land gedient hatte. Hayden war ein Mensch, der das Richtige tun *und* Geld verdienen wollte.

Ich hatte nur den heißen Typen in ihm gesehen, aber tatsächlich war er sehr viel mehr.

Er strich mir mit dem Daumen über den Wangenknochen.

»Nur fürs Protokoll: *Du* darfst mich wie ein Sexobjekt behandeln, wann immer du willst.«

Ich fühlte den Puls in meinem Handgelenk pochen. Er verhielt sich, als hätten wir ein Date, als wären wir ein Liebespaar. Waren wir das? Würden wir ein Paar werden? Dies war mein freier Tag, Captain Moss würde keinen so deutlichen Unterschied zwischen dienstlichem und außerdienstlichem Verhalten machen, aber je mehr Zeit ich mit Hayden verbrachte, desto mehr verwischte und verblasste die rote Linie zwischen uns.

»Aber was ist mit deinem Bruder?« Ich lächelte. »Kann ich den auch zum Sexobjekt machen?«

Er zog die Hand zurück und lachte in sich hinein. »Da lege ich allerdings mein Veto ein. Ich bin niemand, der gern teilt.«

Ich musste ein Lächeln unterdrücken, so sehr freute ich mich, dass er die Verbindung bestätigt hatte, die zwischen uns bestand. »Das habe ich schon gemerkt. Hast du gar nicht vor, Gäste auf der *Athena* zu empfangen?«

Er nahm seine Kaffeetasse, in seiner großen Hand wirkte die zarte weiße Tasse winzig. Er trank einen Schluck, dann schüttelte er den Kopf. »Ich bin hier, um zu arbeiten. Das weißt du doch.«

Ich biss mir auf die Unterlippe und riss mich zusammen, um mich nicht vorzubeugen und den Kaffee auf seinem Mund zu kosten. »Ich weiß. Aber ich dachte, du hättest vielleicht einen Gang runtergeschaltet oder beschlossen, dir das Mittelmeer genauer anzusehen.«

Er holte seine Brieftasche heraus und schob einige Scheine unter die Untertasse. Dann stand er auf und reichte mir die

Hand. »Du hast gesagt, dass du dir Taormina schon immer mal ansehen wolltest, und jetzt sind wir hier.«

Ich erhob mich ebenfalls, er nahm mich bei der Hand, und wir gingen ein weiteres Mal den Hügel hinauf.

»Wir haben doch sicher nicht meinetwegen hier angelegt?« Es war zwar seltsam, dass sein einziger Landgang ausgerechnet an dem Ort stattfand, den ich unbedingt sehen wollte, aber ich hatte nicht geglaubt, dass er aus diesem Grund hier haltgemacht hatte.

»Zum Teil. Ich wollte, dass du Gelegenheit bekommst, dir die Stadt anzusehen.«

Das Herz hämmerte mir gegen die Rippen. Er war *tatsächlich* meinetwegen hier an Land gegangen. Das war der echte Hayden Wolf, der Mann, der daran glaubte, dass es richtig war, seine Angestellten gut zu behandeln und all seine Versprechen zu halten.

»Und da du niemand bist, der sich einen Tag freinimmt, dachte ich mir, wenn ich an Land gehe, bist du dazu gezwungen …«

Es war sinnlos, so zu tun, als könnte ich ihm auch nur einen Augenblick länger widerstehen.

Ich zog ihn an der Hand unter einem Steinbogen hindurch und in einen winzigen Fußgängerweg zwischen den Häusern. »Küss mich«, sagte ich und lehnte mich an die Hausmauer. Nie zuvor hatte jemand etwas so Rücksichtsvolles, Selbstloses für mich getan, schon gar nicht ein Mann, der überhaupt keinen Grund hatte, sich Gedanken über mich zu machen – schließlich war ich nur eine angeheuerte Hilfskraft.

Ich musste kein zweites Mal bitten. Er nahm mein Gesicht in beide Hände, senkte den Blick auf meine Lippen und sah mir erneut in die Augen, ehe er endlich seine Lippen auf meine drückte.

Es reichte nicht. Ich brauchte mehr. Ich ließ die Hände über seinen Po gleiten, hoch und unter sein Hemd auf den heißen, muskulösen Rücken, und drückte ihn an mich. Er stöhnte, schob mir die Zunge zwischen die Lippen, während er sich an mir rieb. Eine Hand wanderte an meinem Hals hinab, schob mir das den Träger des Tops hinunter und entblößte in der Hitze meine Schulter. Er beugte sich leicht zurück und musterte mich.

»Du bist so schön«, sagte er, beugte sich über meinen Hals, saugte und knabberte, ließ mich erschauern und meine Haut prickeln.

Er fuhr mir mit den Fingern durchs Haar, drückte sich fester an mich, und ich wölbte mich ihm entgegen, wollte mehr, immer mehr.

In diesem Augenblick war es mir egal, ob der Rest der Besatzung an uns vorbeidefilierte oder ob Captain Moss uns zu unterbrechen versuchte. Alles, was ich wollte, war Hayden Wolfs Mund auf meinem, seine Hände, die über meinen Körper wanderten, seine Erektion, die sich an meinen Bauch presste.

Plötzlich wich er ruckartig zurück und trat einen Schritt zurück. »Wenn ich dich noch länger berühre, kann ich nicht mehr aufhören«, sagte er und atmete durch.

Ich zog die Unterlippe ein und kam mir ein bisschen verrucht vor, weil ich in der Lage war, einen so beherrschten Mann beinahe um seine Selbstbeherrschung zu bringen.

Seine Atmung beruhigte sich ein wenig. Er schüttelte den

Kopf, nahm mich bei der Hand und zog mich wieder durch den Torbogen. Wir setzten unseren Weg den Hügel hinauf fort.

Hayden ging jetzt schneller als zuvor, so als schlenderten wir nicht mehr ziellos umher, als hätten wir nun einen Bestimmungsort.

»Wo gehen wir hin?«, fragte ich.

»In mein Hotel. Wir werden zu Abend essen. Du wirst all deine Kraft brauchen.«

»Ach ja?«, fragte ich und verfiel kurz in Trab, um mit ihm Schritt zu halten.

»Oh ja, Avery Walker, denn ich werde dich die ganze Nacht lang wach halten.«

Ein warmer Schauer lief mir über den Rücken. Er begehrte mich genauso sehr, wie ich ihn begehrte. Es war sinnlos, das zu leugnen. Diesem Mann gegenüber konnte ich mich auf keinen Fall noch länger zurückhalten.

Ich war nicht im Dienst, die Besatzung war weit weg, und ich wollte einfach ein bisschen Zeit verbringen, ohne mir über die Folgen meiner Handlungen Gedanken zu machen. Ein paar Stunden mit Hayden, ehe er wieder zu einer verbotenen Frucht für mich wurde. Ein paar Augenblicke, in denen es nur um mich und meine Wünsche, Bedürfnisse und Begierden ging.

22. Kapitel

Hayden

Normalerweise tat ich so etwas nicht – eine Frau zum Dinner ausführen, flirten, mir vorstellen, wie sie nackt aussah und wie es sein würde, wenn ich in ihr wäre. Aber ich genoss die wachsende Spannung zwischen uns, das Gespräch, die Art, wie sie mich ansah, als wäre ich faszinierender als der schöne Ort, an dem wir uns befanden. Wie attraktiv Avery war, hatte ich natürlich schon gesehen, als ich ihr einen Monat zuvor zum ersten Mal auf dem Hauptdeck begegnet war, aber der Sog, den sie auf mich ausübte, war größer geworden, ohne dass ich es recht bemerkt hatte. Sie war clever, gut in ihrem Job und einfühlsam. Sie war lustig, mutig und verletzlich und ihrer Familie eindeutig treu ergeben. Außerdem hatte sie einen unglaublichen Arsch, eine sehr schmale Taille und ein Wahnsinnslächeln.

Ich mochte ihr Inneres und ihr Äußeres. Ich wusste nicht, ob ich das je zuvor über eine Frau gedacht hatte.

Meine privaten Beziehungen zu Frauen waren normalerweise viel simpler gestrickt. Ich begegnete ihnen in einer Bar oder in der U-Bahn oder wenn sie aus einem Gebäude herauskamen – egal wo –, und dann begann die Uhr zu ticken. Wie lange würde es dauern, bis wir miteinander schliefen? Meistens war es nach weniger als einer Stunde so weit, nur selten gab es vorher ein Dinner, und mit keiner hielt ich Händchen. Dann waren da die zwei oder drei Frauen, mit denen ich so etwas wie eine Beziehung eingegangen war – sie hatten mich angerufen oder ich sie, wenn ich einfach das Bedürfnis nach Sex hatte. In jedem Fall war es mir dabei nur um das Körperliche gegangen.

Ohne Zweifel begehrte ich Avery mit jeder Faser meines Körpers, aber ich genoss auch ihren Geist. Ihr Lachen, die Geschichten über die Reichen und Berühmten auf den Jachten, auf denen sie gearbeitet hatte, ihr hoffnungsvoller Blick, als sie mir erzählte, dass es ihrem Vater wieder besser ging.

»Wie geht es deinem Bruder damit, dass dein Vater krank ist?«, fragte ich, als wir einander beim Dinner auf der Terrasse des Hotels gegenübersaßen.

Sie löste den Blick von mir und richtete ihn auf den allmählich dunkler werdenden Himmel. »Gut, glaube ich. Er hat eine neue Physiotherapeutin, bei der er große Fortschritte macht.«

»Du hast gesagt, er hatte einen Unfall. Ist das beim Sport passiert?«

Sie blinzelte mehrmals. »Nein, eigentlich nicht. Wir waren einfach dumm.« Sie zögerte, und ich füllte das Schweigen nicht mit Worten. »Wir sind im Fluss geschwommen. Im Sommer waren immer sämtliche Kinder der Nachbarschaft dort. Alle Altersgruppen waren vertreten, unterschiedliche Cliquen, coole Kids und Streber, alle zusammen, weißt du?« Für eine Sekunde huschte ihr Blick zu mir, ehe sie ihn erneut auf den Himmel richtete.

»Wir haben das jedes Jahr gemacht. Manchmal hat uns der Eigentümer vom Grundstück gejagt, aber wir sind immer wieder zurückgekommen – es war einfach zu lustig«, sagte sie schulterzuckend. »Jedenfalls sind wir eines Nachmittags wieder runter zum Fluss gegangen. Wir schwangen an diesem Seil, das an einen Baum gebunden war, und sprangen dann ins Wasser. Ich rannte mit Michael um die Wette, um vor ihm dort zu sein. Ich habe die Große-Schwester-Karte gespielt«, sagte sie und schüttelte den Kopf. »Ich hätte auf ihn aufpassen sollen, anstatt mit ihm zu wetteifern.«

Ihr Blick verweilte auf dem Horizont, nicht, weil die Aussicht auf den dunkler werdenden Himmel sie so sehr in den Bann schlug, sondern weil sie sich erinnerte oder vielmehr eine Erinnerung zu unterdrücken versuchte.

»Dann war Michael an der Reihe und … er ließ an der richtigen Stelle los, genau wie sonst auch immer. Keiner von uns achtete auf die Schwimmen-verboten-Schilder. Aber ich war älter. Ich hätte die Regeln einhalten … und für seine Sicherheit sorgen müssen.« Die Worte kamen schnell und verzweifelt und versiegten dann abrupt.

Ich griff über den Tisch und nahm ihre Hand in beide Hände. »Es war nicht deine Schuld. Ihr wart nur Kinder.«

Aber sie schüttelte den Kopf und fuhr fort: »Er ist auf einen Felsen geprallt. Sein Rückgrat war gebrochen. Anfangs war er vom Hals abwärts gelähmt.«

»Es war nicht deine Schuld«, wiederholte ich.

Sie atmete durch und blickte auf ihren Schoß, als hätte sie sich selbst ins Hier und Jetzt zurückgeholt, weg von den Erinnerungen.

»An manchen Tagen kann ich besser damit leben und an manchen schlechter. Dad hat mich nie dafür verantwortlich gemacht. Er wirkte nie wütend, wurde irgendwie mit allem fertig. Wir hatten einfach Pech gehabt. Sogar als meine

Mutter uns verließ, habe ich ihn nie zusammenbrechen sehen. Sein Herz war gebrochen, aber er ließ es sich nicht anmerken. Er verhielt sich, als wäre alles ganz normal.«

Ich hätte sie gern nach den Verletzungen ihres Bruders gefragt und warum ihre Mutter die Familie verlassen hatte. Aber ich hatte ihr an diesem Abend bereits mehr als genug Schmerzliches ins Gedächtnis gerufen, und ich wollte sie heilen, nicht verletzen. »Das klingt nach einem unglaublich starken Mann.«

Ihre Augen wirkten verhangen, aber sie lächelte. »Das ist er tatsächlich.« Sie legte den Kopf schief. »Und Michael ist es auch.«

»Aber du bezahlst die Rechnungen, befolgst die Regeln, passt auf, dass alle zufrieden sind, als wärst du allein dafür verantwortlich. Tust du Buße für deine Sünden, oder bist du einfach unglaublich stark? Von beidem ein bisschen, glaube ich.« Sie war auf Ehre und Pflichterfüllung bedacht – zwei Charakterzüge, die ich an den Menschen bewunderte, die mir nahestanden.

»Darf ich Ihnen noch etwas bringen?«, unterbrach der Kellner unser Gespräch.

Avery versuchte mir ihre Hand zu entziehen, aber ich verstärkte meinen Griff.

»Möchtest du einen Kaffee?«, fragte ich.

Sie schüttelte den Kopf, und die Lichterketten, die über der Terrasse hingen, ließen goldene Punkte in ihren kastanienbraunen Haaren aufleuchten.

»Nur die Rechnung, bitte«, sagte ich zu dem Kellner.

»Man kann den Ätna nicht mehr sehen«, sagte sie und spähte in den inzwischen dunklen Himmel, der den Vulkan verschluckt hatte.

»Aber wir können sicher sein, dass er noch da ist.«

»Das ist tröstlich, nicht wahr?«, fragte sie. »Wahrscheinlich werde ich nie wieder hier sitzen, ich werde kein zweites Mal hierherkommen, aber ich werde mich immer an den Ausblick erinnern. Daran wird sich nie etwas ändern.«

Ich runzelte die Stirn. »Du wirst nie mehr hierher zurückkommen? Ist es nicht so, wie du es dir vorgestellt hast?«

Sie griff über den Tisch und strich mit der flachen Hand über unsere vereinten Hände. »Es ist sehr schön, aber ich arbeite seit sieben Jahren in der Mittelmeersaison, und heute bin ich zum ersten Mal hier.« Schulterzuckend fuhr sie fort: »Vermutlich schaffe ich es kein weiteres Mal.«

Mein Magen rebellierte, weil sie so resigniert klang. Es war, als wüsste sie, dass es in ihrem Leben nicht um Lust oder Genuss ging – sondern um Dienst und Pflichterfüllung. Sie hatte ihr Schicksal ohne jede Bitterkeit angenommen. Es fiel mir schwer, eine solche Zukunft für sie zu akzeptieren. Was war nur los mit dieser Frau? Ich wollte alles für sie in Ordnung bringen, die Welt neu ordnen, um das echte Lächeln in ihrem Gesicht zu sehen. »Sag niemals nie«, entgegnete ich. »Wenn am Morgen die Sonne aufgeht, ist der Ätna wieder da.«

Ich ließ sie los, schob meinen Stuhl zurück und stand auf. Es war an der Zeit, dass wir uns zurückzogen. Ich wollte diese selbstlose Frau für mich allein.

Ich reichte ihr die Hand, und sie zögerte, ehe sie sie ergriff. Ich führte sie zwischen den Tischen hindurch. Wir hatten nicht darüber gesprochen, aber an diesem Tag war ein Paar aus uns geworden, das sich eine romantische Atempause gönnte. Der Gang in mein Zimmer war der natürliche nächste Schritt. Oder etwa nicht?

»Hayden.« Sie verlangsamte den Schritt, als ich sie in die Hotellobby führte.

Ich musterte sie von der Seite.

»Wenn das jemand mitbekommt.«

Ich drehte mich zu ihr und sagte: »Ich verspreche dir, dass niemand etwas merken wird. Aber wenn du nicht willst, bringe ich dich zurück zum …«

»Das ist das Problem, Hayden.« Sie legte mir eine Hand um den Nacken. »Ich begehre dich zu sehr. Ich setze alles für dich aufs Spiel.«

Sanft umfasste ich ihr Handgelenk. Ich hatte kein Recht, von ihr zu verlangen, dass sie mir zuliebe ein Risiko einging, aber der selbstsüchtige Scheißkerl in mir konnte einfach nicht aufgeben. »Ich verspreche dir, dass alles gut geht. Niemand wird etwas erfahren.«

Für den Bruchteil einer Sekunde fragte ich mich, was am nächsten Tag passieren würde. Wenn sie ihren Job verlor, konnte ich ihr einen anderen, besseren besorgen, nicht wahr? Aber was, wenn ich sie noch immer begehrte? Wie sollte mir eine einzige Nacht mit ihr genügen? Aber obwohl ich mehr von ihr wollte, konnte ich ihr nicht mehr geben als eine flüchtige Affäre. Mehr passte einfach nicht zu der Art, wie ich lebte.

Sie legte mir eine Hand auf die Brust. »Gehen wir.«

Schweigend machten wir uns auf den Weg zu meinem Zimmer. Bei jedem Schritt spannte sich mein Körper ein bisschen mehr an, und als ich die Tür öffnete, hämmerte mir das Herz in der Brust, und meine Muskeln drohten die Kleidung zu sprengen.

Ich ließ eine Hand über ihre Taille gleiten und umfasste

ihren Po, zog sie mit mir, als ich rückwärts in die Suite ging und die Tür schloss. Beim Klicken des Schlosses atmete ich auf. Endlich, zum ersten Mal überhaupt, waren wir wirklich allein.

Unter vier Augen.

Wir hatten in meinem Büro Zeit miteinander verbracht, aber ihre Kollegen waren immer nur wenige Meter entfernt gewesen. Selbst beim Betrachten des Feuerwerks war uns bewusst gewesen, dass Captain Moss sich in unmittelbarer Nähe aufhielt. Aber hier gab es nur uns – Hayden und Avery. Nicht Gast und Stewardess. Hier, in diesem Augenblick, blieb die Zeit stehen, und die Welt außerhalb dieses Raumes hörte auf zu existieren.

Ich drückte sie an die Wand, legte meine Stirn an ihre. Ich durfte nichts überstürzen. Ich musste verhindern, dass die Lust mich überwältigte.

»Hey«, sagte ich leise.

»Hey«, antwortete sie und legte mir die Hände auf die Brust, schob die Finger zwischen die Knöpfe meines Hemds.

Ich drängte die Hüften an sie. »Ich will dich so sehr. Ich habe so lange gewartet.«

»Und jetzt sind wir hier, in diesem Zimmer, die Tür ist abgeschlossen, und es ist, als wären wir aus der Wirklichkeit herausgetreten.«

Ihre Stimme war belegt, die Augen geweitet, als wünschte sie sich verzweifelt, dass ich ihr zustimme. Sie wollte die Situation auf keinen Fall falsch interpretieren. Sie brauchte meine Bestätigung, und die Tatsache, dass ich sie beruhigen konnte, dass ausnahmsweise ich etwas für sie tun konnte, anstatt umgekehrt, sorgte dafür, dass Testosteron durch meinen Körper und Blut in meinen Schwanz strömte. Genau, wie es sein sollte.

»Ja. Es gibt nichts anderes mehr. Nur dich und mich. Hier und jetzt.«

Ihre Antwort bestand in einem Seufzen.

Ich schob ihre Hand weg, als sie einen Hemdknopf aufspringen ließ. »Du zuerst«, sagte ich und führte sie rückwärts zum Bett. »Das hier muss weg.« Ich zog ihr das Shirt aus, konzentrierte mich auf meine Finger, die ihren Brustkorb streiften, und warf es hinter mich auf den Boden. Sanft knabberte ich an der Haut an ihrem Brustansatz. Ich stöhnte leise. Wie oft hatte ich mir das hier vorgestellt, und nun war es so weit. Sie fühlte sich noch besser an, als ich es mir ausgemalt hatte. Mit der Zunge erforschte ich ihr Dekolleté, wollte tiefer wandern, mehr von ihr haben. Ich bahnte mir den Weg in die Vertiefung über ihrem Schlüsselbein. Sie keuchte, drängte sich an mich, als begehrte sie mich ebenso sehr wie ich sie, falls das überhaupt möglich war.

Ich zupfte an ihrem Rock. »Und das hier. Das muss auch weg.« Ich schob ihr den Stoff über die Hüften hinunter und küsste sie gierig auf den Mund, denn ich fürchtete, dass ich ihr vielleicht nie wieder so nahekommen würde, wenn ich meine Lippen jetzt von ihrem Körper löste.

Schließlich trat ich einen Schritt zurück und musterte sie. In ihrem hellblauen Slip sah sie wie eine verdammte Göttin aus.

Ich nickte, bedächtig und anerkennend. »Ich werde dich jetzt kosten«, flüsterte ich ihr ins Ohr, ließ die Finger über die zarte Spitze gleiten, während die andere Hand auf ihrem Po lag und sie festhielt. Ich küsste sie auf den Mund und ging auf die Knie.

Ihre Nässe hatte den Stoff des Höschens bereits durchdrungen. Ich biss die Zähne zusammen und fragte mich, ob ich mich lange genug zurückhalten konnte, um erst in sie einzudringen, nachdem sie gekommen war.

Mit dem Daumen fuhr ich über den Rand der Spitze, schob die Finger darunter, während sie mir ins Haar griff. Ihr Saft benetzte meine Finger, und ich fragte mich, wie lange sie schon dermaßen erregt war. Seit ich die Tür abgeschlossen hatte? Seit sie beim Dinner meine Hand gehalten hatte? Seit ich sie in dem Theater berührt hatte?

Ich knurrte bei dem Gedanken, dass sie den ganzen Tag lang heiß auf mich gewesen war, schob die Spitze zur Seite und vergrub das Gesicht zwischen ihren Schenkeln, als könnte ich dort die Antwort finden. Sie war süß und nass, und ihr leises Keuchen fuhr mir direkt in den Schwanz. Ich versuchte, alles auszublenden außer ihrem Duft. Ich zog ihr den Slip hinunter, um mehr von ihr zu bekommen. Ich umkreiste ihre empfindlichste Stelle, ließ die Zunge hinunter- und wieder hinaufwandern. Das rechte Knie gab unter ihr nach, und ich lächelte an ihrer nassen Haut.

»Bringe ich dich aus dem Gleichgewicht?« Ich legte den Kopf in den Nacken, und sie lächelte mich schläfrig von oben herab an, wie berauscht von meiner Berührung.

Mit den Fingern fuhr ich über die Rückseite ihrer Schenkel, hinauf zu der Stelle, an der sich ihre vollkommenen Pobacken trafen, dann weiter bis zu den Hüften. »Leg dich auf das Bett.«

Sie runzelte die Stirn. »Ich will deinen Mund auf mir spüren.«

Ich lachte leise und antwortete: »Den bekommst du, aber ich will nicht, dass du hinfällst.«

Sie trat einen Schritt zurück, stieß an das Bett und ließ sich darauf sinken. Sie spreizte die Beine, sodass ich im warmen Lichtschein der Nachttischlampe alles von ihr sehen konnte. Verdammt, sie war einfach vollkommen.

Ich hakte die Unterarme unter ihre Schenkel. Gierig nach mehr, wollte ich sichergehen, dass sie sich nicht von mir entfernen konnte, wenn sie kam. Ich wollte jedes Zucken, jede Kontraktion fühlen, die ich in ihr hervorrief.

Ich ließ die Zunge über ihre Hitze gleiten. Unablässig bewegten sich ihre Hüften unter mir, während sie sich abwechselnd wand und an mich drängte. Dass ich ihr so viel Lust schenken konnte, ließ mir vor Stolz die Brust schwellen, und ich spürte, wie meine Hoden sich zusammenzogen.

Sie wölbte den Rücken, griff mir in die Haare, und ich erschauerte, als sie mit einem lauten Schrei kam.

»Oh … Gott. Ja! Jaa!!«

Die lang gezogenen Laute ließen meine Haut prickeln, und ich war überzeugt, dass ich noch nie im Leben so hart gewesen war.

Ohne sie aus den Augen zu lassen, stand ich auf. Sie warf die Arme über den Kopf und stieß einen tiefen Seufzer aus. »Mann, bist du gut«, sagte sie. Sie zog ein Knie an und ließ es zur Seite fallen, dabei lächelte sie, als schwebte sie in einer Blase aus Freude.

Ich wollte mit ihr dort sein. Ich wollte genau da sein, wo sie schon die ganze Zeit gewesen war.

Ich zog mich aus und griff nach den Kondomen, die ich in der Brieftasche aufbewahrte. Es waren noch vier, und im Geist machte ich mir eine Notiz, dass ich eine Kondomfabrik kaufen musste, um dafür zu sorgen, dass ich immer eine

Kiste dabeihatte, wohin ich auch ging. Vier waren nicht mal annähernd genug. Ich würde diese Frau immer wieder ficken müssen. Würde sie die nächsten vier Wochen in meinem Bett behalten. Scheiß auf Phoenix. Scheiß auf den Maulwurf bei Wolf Enterprises, wer auch immer er war – alles, was ich brauchte, war, in dieser Frau zu sein.

Ich rollte den Latex ab und legte mich auf sie, nahm sie unter meinem Körper gefangen. Mit den Händen umklammerte sie meine Schultern, ihr Zeigefinger berührte meinen Nacken. Ich schloss die Augen, versuchte das Gefühl auszublenden, das ihre Finger auf meiner Haut hinterließen, denn schon diese Berührung brachte mich an den Rand meiner Selbstbeherrschung. Ich drückte ihr die Knie auseinander und ließ mich dazwischen nieder, brachte mich langsam in Position.

Ich hielt inne, und als ich die Augen öffnete, begegneten sich unsere Blicke.

Sanft und ermunternd sah sie mich an, als wären wir ein Leben lang ein Paar gewesen, als könnte sie mühelos all meine Signale verstehen und wüsste, wie sehr ich mich nach ihr sehnte.

»Ich will es. So sehr«, flüsterte sie mit belegter, sexy Stimme.

»Wie?«, fragte ich. Ich musste sie haben, wollte aber wissen, auf welche Art sie es mochte. »Willst du es hart? Als wärst du nur hier, um gefickt zu werden? Oder langsam und tief, wie eine lang gezogene Folter?«

»Ich will alles«, sagte sie. »Ich will, dass du mich auf jede erdenkliche Weise nimmst.«

Ich stöhnte, denn genau das hatte ich hören wollen. Sie

ließ mir freie Hand, und ein schöneres Geschenk hätte sie mir nicht machen können. So tief wie möglich drang ich in sie ein, drückte ihr die Fingerkuppen in die Haut, denn es war bereits beinahe zu viel. Ihre Vollkommenheit raubte mir den Verstand. Sie war schön, sie war eng, und sie gehörte mir.

Ich keuchte, als ich sie endlich vollständig ausfüllte. Verdammt, sie fühlte sie so gut an … eng und voller Verlangen.

Noch immer trug sie ihren BH, die Nippel drückten sich durch die dünne Spitze. Gierig nach mehr von ihr zog ich die Cups hinunter und entblößte die rosigen, geröteten Knospen. Ich schloss die Lippen um eine davon, langsam, sorgfältig. Dann ließ ich sie meine Zähne spüren. Sie zog sich auf angenehme Art um meinen Schwanz zusammen, und ihre Augen weiteten sich, als fragte sie mich ängstlich, ob ich gleich wieder aufhören würde, weil ich ihr wehzutun fürchtete. Ich würde nicht aufhören, und ich würde ihr wehtun. Jedenfalls ein bisschen.

Sie schrie auf, und der Schrei verwandelte sich in ein Stöhnen, als inmitten des Schmerzes ihre Lust explodierte. *Fucking* perfekt.

Ich ließ sie los und zupfte an der Spitze. »Zieh das aus«, knurrte ich.

Sie griff hinter sich, ließ den Verschluss aufschnappen und wand sich aus dem BH. Ihre Brust war von meinem Biss noch gerötet, die weißen Abdrücke meiner Zähne waren auf ihrer Haut zu sehen. Der Gedanke ließ mich noch tiefer in sie hineinstoßen. Ich belohnte ihre Ausdauer, indem ich mich zurückzog und erneut in sie eindrang, während sie meinen Nacken umklammert hielt und den Daumen auf meinen pochenden Puls drückte. Wenn sie mich damit beruhigen wollte, so gelang ihr das nicht – die kleine, intime Geste verstärkte mein Verlangen noch.

Ich konnte mich nicht mehr zurückhalten. Ich musste sie haben.

Wo sollte ich hinsehen? In ihre Augen, die vor Lust ganz verhangen wirkten, auf ihre Brüste, die bei jedem Stoß bebten, auf die Neigung ihrer Hüften? Alles an ihr war perfekt.

Sie stöhnte, und die Vibration ihrer Stimme setzte sich in ihrem Körper fort, bis in ihre Mitte und in meinen Schwanz hinein. Ich bewegte mich rhythmisch weiter. Ich wollte, dass es lange dauerte, sehnte mich jedoch gleichzeitig danach, zum Ende zu kommen. Es war einfach zu gut. Es war zu viel. Ich beschleunigte den Rhythmus, meine Stöße wurden härter, mein Blick huschte von ihrem Gesicht zu ihren Brüsten und weiter zu der Stelle, an der wir miteinander verbunden waren. Ihre Fingernägel, die sie mir in die Haut grub, brachten mich fast um den Verstand.

Ich schob ihr eine Hand unter den Po, drückte ihre Hüften an mich, und sie wimmerte, als ich den Winkel veränderte, wenige Sekunden vor ihrem Höhepunkt. Das Herz hämmerte mir in der Brust, und ich wollte kommen, ehe es daraus hervorspringen würde. Ihr leises Stöhnen lenkte meine Aufmerksamkeit auf ihr Gesicht; ich sah, wie ein Ausdruck von Unglauben darüberhuschte, und dann begann sie, lautlos ihren Orgasmus herauszuschreien.

Ihr Anblick und das Gefühl ihres Höhepunkts sorgten dafür, dass ich erneut heftig in sie eindrang, dann noch einmal und ein letztes Mal, bis all meine Energie in sie hineingeströmt war, ich mich vollkommen verausgabt hatte. Knurrend ließ ich mich auf sie sinken und zog sie an mich, denn sie sollte sehen, was sie mit mir gemacht hatte.

Mist.

Fuck.

Was war das?

Mein Atem beruhigte sich, während ich auf ihr lag, aber plötzlich wurde mir klar, dass ich doppelt so groß war wie sie. Ich musste mich bewegen. Ich rollte mich auf den Rücken, aber sie verstärkte den Griff, und ich zog sie mit herum, sodass sie jetzt auf mir lag. Mit beiden Händen strich ich ihr über den Rücken und massierte ihren perfekten Hintern.

»Was hast du nur mit mir gemacht?«, flüsterte sie an meiner Brust. Etwas war anders als sonst. Was wir gerade getan hatten … die Gefühle, die sie in mir geweckt hatte … Vielleicht lag es daran, dass sie nach über einem Monat die erste Frau für mich war. Oder daran, dass ich sie länger begehrt hatte als jede Frau zuvor, ehe ich mein Verlangen stillen konnte. Aber im Grunde glaubte ich das nicht. Es war vielmehr, als wären unsere Körper füreinander geschaffen. Ich erkannte intuitiv, was sie brauchte, und das war es, was ich ihr zu geben hatte.

Ehe ich begriff, was das bedeutete, und ehe ich mir einreden konnte, dasselbe bereits zuvor empfunden und nur wieder vergessen zu haben, verlagerte sie das Gewicht, drückte mir die Hände auf die Brust und setzte sich rittlings auf mich.

»Ich glaube, ich habe für eine Sekunde das Bewusstsein verloren«, sagte sie lächelnd. Es war nicht ihr Stewardesslächeln. Es war sexy und warmherzig, und sie neckte mich.

Ich umfasste ihre Hüften, wollte, dass unsere Haut sich an so vielen Stellen wie möglich berührte. Sie schob sich nach vorn, und ich glitt aus ihr heraus. Ich richtete mich auf, nahm das Kondom ab und entsorgte es rasch. Dann drehte ich mich wieder zu Avery, die sich auf meinen Schoß setzte und sich auf die Unterlippe biss.

Sie wollte mehr.

Und ich würde ihr alles geben, was sie begehrte.

Ihre Brüste berührten sich, als sie die Hüften vorschnellen ließ und meinen Schaft reizte, der sich sofort wieder vollständig aufrichtete. Sie war weich und feucht, ihr Verlangen verhärtete meine Erektion. Ich glaube, sie war so ziemlich die erotischste Frau, die ich je gesehen hatte.

Avery warf den Kopf zurück, ihre Haarspitzen berührten ihre Taille.

Ehe es dafür zu spät war, nahm ich ein weiteres Kondom vom Nachttisch. Sie wollte auf jede erdenkliche Art genommen werden, hatte sie gesagt, und die Versuchung, sie von hinten zu nehmen, stieg in mir auf, aber das würde ich auf keinen Fall tun. Sie zog sich zurück, sodass ich genug Platz hatte, um das Kondom überzustreifen; ihre Zunge blitzte zwischen ihren feuchten Lippen hervor, während sie mich beobachtete. Mein Schwanz reckte sich, versuchte, ihren Mund zu erreichen. Ehe ich den Gummi vollständig abrollen konnte, ging sie auf die Knie und stupste meine Hände an, als könnte sie es kaum erwarten, dass ich fertig wurde und endlich in sie eindrang.

Ihre Ungeduld erfüllte mich mit Selbstzufriedenheit – die gierige Avery gefiel mir. Mir gefiel die nackte Avery. Mir gefiel einfach *alles* an dieser verdammten Frau.

Sie verschränkte ihre Finger mit meinen und hielt sich fest, ragte über mir auf.

Sie presste die Lippen zusammen und blinzelte, machte sich bereit.

Langsam ließ sie sich auf meinen Schwanz nieder, dehnte sich langsam, um mich in sich aufzunehmen. Außer dem Druck, mit dem sie mich umfing, nahm ich nichts mehr wahr, so als hätte ich mein Sehvermögen verloren und könnte nur fühlen. Als ich wieder etwas sah, kamen ihre schwingenden Brüste – straff, üppig und perfekt gerundet – in mein Blickfeld, während sie sich auf mir bewegte. Ich war hin- und hergerissen. Ich brauchte das Gefühl, in ihr zu sein, sehnte mich aber gleichzeitig nach ihrem Mund. Ich wollte, dass sie auf mir saß, wollte mich in ihr vergraben. Sie sollte auf mir und unter mir sein, stöhnend und mit diesem sexy Lächeln im Gesicht. Ich bekam einfach nicht genug von ihr.

Mit beiden Händen fuhr ich an ihren Schenkeln hinauf und drückte ihr die Daumen auf die Stelle gleich unterhalb der Hüftknochen. Sie schien wie für mich gemacht. Ich lenkte ihre Bewegungen, langsam, zog mich leicht aus ihr zurück, gerade so weit, dass ich es fühlte, aber nicht so weit, dass ich sie vermisste, dann drückte ich sie wieder auf mich herab. Ich schloss die Augen. Nach der ersten, fieberhaften Begierde war das hier genau, was wir beide brauchten – eine langsame, genussvolle Runde. Etwas zum Auskosten. Und obwohl ich wusste, dass wir die ganze Nacht wach bleiben und einander erforschen würden, wusste ich auch, dass mir das nicht reichen würde. Ich würde sie erneut begehren. Und dann wieder. Als ich den Mund aufmachte, um ihr das zu sagen, glitt sie nach vorn, sodass ich kaum noch in ihr war, und legte mir einen Finger auf die Lippen.

Wusste sie, was ich dachte? Hatte sie begriffen, dass ich sie wiedersehen wollte? Dass ich nicht wusste, wie das zwischen uns funktionieren sollte, aber einen Weg finden würde? Meine Aufmerksamkeit richtete sich auf die Bewegung ihrer Brüste. Ich streckte die Hände aus, wollte sie zusammendrücken, als sie sich erneut auf meinen Schwanz setzte, aber sie lehnte sich zurück und entzog sich meinem Griff.

Ich hielt es nicht mehr aus. *Ich* bestimmte, wo es langging.

Ich richtete mich auf und drehte uns beide um. »Auf den Bauch«, knurrte ich. Der gemütliche Teil war vorbei. Ich hatte hier das Sagen, und ich wollte, dass sie vor Verlangen nach mir wimmerte.

Sie lächelte, als wäre das ohnehin ihr Plan gewesen, dann drehte sie sich auf den Bauch und stützte sich auf den Ellbogen ab. Die Haare fielen ihr über die gebräunte Haut, und ich schob es ihr über eine Schulter nach vorn, sodass ich ihren perfekten, glatten Rücken sehen konnte. Ich beugte mich vor, küsste sie zwischen die Schulterblätter und zeichnete mit dem Daumen den Verlauf ihres Rückgrats nach.

Sie blickte mich über die Schulter an und hob provokativ den Po.

Knurrend stieß ich in sie hinein, rau und grob, und sie stöhnte, als hätte ich gerade all ihre Träume erfüllt. Sie legte sich auf den Bauch, streckte die Arme nach oben aus und hielt sich mit beiden Händen am Kopfende fest. Gut. Sie wusste, dass es hart und grob werden würde – sie wusste es, aber sie wollte es trotzdem.

Ich zog mich zurück und drang erneut in sie ein. Lust und Anstrengung entlockten mir ein kehliges Knurren, tief aus meiner Brust.

Ich beugte mich über sie, stützte mich auf beiden Seiten von ihr ab und küsste sie in den Nacken.

»Ja«, flüsterte sie. »Bitte.« Als ich mich erneut zurückzog, schnaubte sie vor Ungeduld. »Mehr.«

Mit gebeugten Armen drang ich in sie ein, mein Körper wurde heiß, meine Haare waren nassgeschwitzt. Es war so gut, aber ich wollte, dass es *mehr* für sie war. Es sollte das Beste sein, das sie je erlebt hatte. *Ich* wollte der Beste für sie sein.

»Oh Gott, oh Gott, oh Gott«, murmelte sie. Die Worte flossen ineinander, und sie rang nach Atem, krümmte die Finger, spannte ihren ganzen Körper an.

»Siehst du, wie gut das ist?«, knurrte ich ihr ins Ohr. »Siehst du, wie gern ich dich ficke?«

Sie wimmerte leise, und bei der Erkenntnis, dass es für sie genauso gut war wie für mich, durchströmte mich Erleichterung. »Siehst du jetzt, was ich mit dir machen kann?«

Sie schrie auf. Ihr Körper verkrampfte sich, während sie sich um mich herum zusammenzog und kam, aber ich konnte nicht aufhören, konnte nicht einmal langsamer werden.

Ich war auf der Jagd nach etwas – nach meinem Höhepunkt, nach ihr, nach dem Leben. Ich wusste nicht mehr, wonach ich suchte, aber ich stieß weiter in sie hinein, wieder und immer wieder. Und dann war ich endlich am Ziel, und in diesem Augenblick hatte ich alles, was ich mir je gewünscht hatte.

23. Kapitel

Avery

Ich fühlte mich, als liefe ich über ein sonnenbeschienenes Wattefeld, glaubte, auf der Straße förmlich dahinzuschweben. Mein Körper hätte sich durch den Schlafmangel eigentlich schwer anfühlen müssen, aber er war entspannt und leicht. Auf dem Rückweg zum Beiboot schien die Schwerkraft ihre Wirkung auf mich verloren zu haben. So wollte ich mich immer fühlen. Nur mühsam widerstand ich dem Drang, mich mitten auf der Straße um die eigene Achse zu drehen wie in einem von diesen altmodischen Tanzfilmen.

Die Sonne war bereits aufgegangen, aber das Licht war noch dämmerig, so als hätte der Tag die Augen erst halb geöffnet. Auf der Straße war es still, die Fensterläden waren noch geschlossen. Ich wusste nicht, wie lange ich schon so lief, darum warf ich einen Blick auf die Uhr. Alles okay. Ich war erst wenige Minuten unterwegs.

Ich ging an einem Mann vorbei, der Gemüsekästen vom Rücksitz seiner Vespa lud und mir zuwinkte. *»Buongiorno!«*, rief er.

»Was für ein schöner Morgen!«, antwortete ich, obwohl mir klar war, dass er mich vermutlich nicht verstand. Aber der Tag war tatsächlich schön, und das wollte ich lauthals verkünden. Ein freudiger Morgen nach einer unglaublichen Nacht.

Die Begegnung mit Hayden in dem Theater war mir wie ein Zufall vorgekommen, aber jetzt hatte ich das Gefühl, dass etwas Größeres geschehen war. Als wäre dieses Treffen *unvermeidlich* gewesen. Ich senkte den Blick, verlegen wegen der Bilder, die vor meinem geistigen Auge aufblitzten. Was er mit meinem Körper angestellt hatte … kein anderer Mann hatte mir je zuvor solche Gefühle verschafft wie Hayden. In der Nacht zuvor hatte er einen ganz neuen Teil von mir herausgelockt und eine Frau entdeckt, von deren Existenz ich nichts gewusst hatte. Hayden sah mich an, als wüsste er genau, was ich in jedem Augenblick empfand – Verlangen, Begierde, oder Verletzlichkeit –, sodass wir körperlich und seelisch eng verbunden schienen.

Ich bog links ab. Die Straße fiel vor mir steil ab und führte zum Hafen hinunter. Ich war nicht müde. Irgendwann mussten wir eingeschlafen sein, denn als ich aufgewacht war, hatte ich mit dem Rücken an Haydens Vorderseite geschmiegt dagelegen und musste seinen schweren Arm von meiner Taille heben, um mich aus seiner Umarmung zu lösen. Ich lächelte. Ich konnte es kaum erwarten, ihn wiederzusehen.

Das Ufer kam in Sicht, und ich entdeckte das Boot sofort. Eric hatte sich darübergebeugt und betrachtete etwas, aber außer ihm war niemand da. Er hatte bestimmt nicht damit gerechnet, dass ich die Nacht auf dem Festland verbringen würde. Ich war dafür bekannt, die Regeln durchzusetzen, nicht dafür, sie zu brechen. Natürlich konnte niemand mitbekommen haben, was zwischen Hayden und mir passiert war. Wir hatten nicht darüber gesprochen, aber alles musste so aussehen wie immer. Nichts hatte sich geändert. Gestern war gestern. Heute war heute. Und heute würde sich Hayden wieder in meinen Kunden verwandeln.

Besorgnis breitete sich in meiner Magengrube aus. Das war nicht, was ich wollte. Der Gedanke, mich in meinem ganzen Leben nie wieder so zu fühlen wie in der Nacht zuvor, nie wieder so viel Zeit mit dem Mann zu verbringen, der solche Geräusche, Empfindungen und Erinnerungen in mir auslösen konnte, hinterließ einen faden Geschmack auf meiner Zunge.

Gedankenverloren und leicht verstimmt erreichte ich das Meeresufer und wandte mich nach rechts. Es war verlassen, nur ein Mann saß auf einer Bank mit Blick auf das Wasser und las eine Zeitung. Er klappte sie zu, als ich näher kam, und lächelte mich an. Während ich auf ihn zuging, ließ er mich nicht aus den Augen, was mich nicht weiter beunruhigt hätte, denn Italiener tendieren dazu, sich … eindeutig zu verhalten, wenn sie sich für etwas oder jemanden interessieren. Aber dieser Mann war kein Italiener. Sein Haar war rötlich braun, und seine Zeitung war britisch.

»Avery?«, fragte er.

Ich blieb stehen und verzog den Mund zu einem geschäftsmäßigen Lächeln. »Kennen wir uns?«

»Nein«, sagte er, legte die Zeitung neben sich auf die Bank und erhob sich. »Mein Name ist Phil, und ich weiß, dass Sie auf der *Athena* arbeiten. Eigentlich hatte ich gehofft, ich könnte Ihnen ein paar Fragen stellen.«

Normalerweise traten eher Paparazzi als Journalisten an die Besatzung heran, aber dieser Typ kannte meinen Namen. Außerdem sah er nicht aus wie ein Journalist. Ich trat einen Schritt zurück und steuerte weiter auf das Beiboot zu, in dem Bewusstsein, dass er mir folgte. Das Herz begann mir in der Brust zu flattern. Ohne die Neigung des Hügels befand ich mich nicht mehr in erhöhter Position und hatte Eric bereits aus den Augen verloren, aber vermutlich war er weniger als zwei Gehminuten von mir entfernt. Woher wusste dieser Mann meinen Namen, und was wollte er von mir?

»Wenn ich richtig informiert bin, sind Sie Stewardess auf der *Athena.*«

Ich reagierte nicht, konzentrierte mich nur darauf, rasch und stetig weiterzugehen, aber der Fremde hatte bereits zu mir aufgeschlossen. Selbst wenn ich zu sprinten anfinge, würde er mich zweifellos einholen. Er war nicht groß, aber stämmig, und er wirkte ziemlich fit. Die Reichen brachten gern den Spruch, dass Reichtum weiteren Reichtum anzieht, aber ich hatte allzu oft feststellen müssen, dass Reichtum lediglich Probleme anzog.

»Das ist eine schöne Jacht«, sagte er.

Da hatte er recht, aber ich würde mich trotzdem nicht in ein Gespräch verwickeln lassen.

»Was wissen Sie über Hayden Wolf?«, fragte er so beiläufig, als redeten wir über das Wetter.

Kannte er Hayden? Wer war dieser Typ?

»Ich recherchiere. Ich brauche nur ein paar Informationen.«

Wenn dieser Kerl ein Freund von Hayden wäre, hätte er nicht mich ansprechen müssen. Und wenn er kein Freund war, was machte ihn dann zu einem Feind?

»Ich möchte gern wissen, woran er arbeitet und mit wem er telefoniert. Solche Dinge.«

Ich schwieg hartnäckig und ging einfach weiter, obwohl ich ihn gern gefragt hätte, wer er war und wofür er Informationen über Hayden brauchte.

»Ich kann Ihnen Geld dafür geben«, sagte er. »Fünftausend US-Dollar.«

Fünftausend Dollar? Das war *viel* Geld. Noch nie hatte mir jemand mehr als ein paar Hundert angeboten, nicht einmal, wenn berühmte Hollywoodstars an Bord waren. Und woher wusste dieser Phil überhaupt, dass Hayden sich auf dem Schiff befand? Woher wusste er, wer ich war? Ich zuckte mit den Schultern. »Ich habe Ihnen nichts zu sagen.«

»Denken Sie noch einmal darüber nach«, beharrte er. »Sie haben nichts zu verlieren. Ich möchte nur ein paar harmlose Details wissen, und dafür bekommen Sie eine Menge Geld.«

Es war in der Tat sehr viel Geld.

»Sie könnten shoppen gehen. Oder verreisen. Wofür würden Sie es ausgeben?«

Fünftausend Dollar mehr entsprachen über dreißig zusätzlichen Physiotherapie-Sitzungen. Es waren fast sieben Wochen Pflege für meinen Bruder. Aber ich konnte Hayden nicht auf diese Art hintergehen. Ich wusste, wie zurückhaltend er war. »Ich kenne keine Details. Ich serviere nur das Dinner und wechsele das Bettzeug.«

»Ich bin mir sicher, dass eine clevere junge Frau wie Sie mehr weiß, als Sie zugibt. Sie haben mir bereits bestätigt, dass er auf dem Schiff ist, vielen Dank dafür.«

Ich fuhr herum. »Ich habe nichts dergleichen getan.«

»Aber Sie haben es auch nicht abgestritten, und in meinen Augen ist das eine Bestätigung.«

Mist, hatte ich Haydens Aufenthaltsort verraten? Er war

so vorsichtig, so reserviert in allem. Es wäre schrecklich, diejenige zu sein, die ihm alles vermasselte. »Ich habe weder etwas abgestritten noch etwas bestätigt. Wer sich auf meiner Jacht aufhält, geht Sie nichts an.«

»Wenn die Infos gut sind, fällt der Lohn möglicherweise noch höher aus«, sagte er und ignorierte meine Weigerung. Die Freude über den schönen Tag war mir vergangen. Am liebsten hätte ich ihn am Kragen gepackt und ihn gezwungen, zuzugeben, dass ich die Identität unseres Gastes nicht bestätigt hatte, aber damit hätte ich natürlich nur alles noch schlimmer gemacht. Es hätte nur bekräftigt, was er ohnehin bereits wusste.

»Fünftausend Dollar. Kommen Sie, das ist leicht verdientes Geld. Sagen Sie mir einfach, woran er arbeitet und mit wem er redet. Sehen Sie es als Trinkgeld. An Trinkgeld sind Sie doch gewöhnt, nicht wahr?«

Leicht verdientes Geld? Gab es so etwas überhaupt? Fünftausend Dollar wären für meine Familie ein verdammt hoher Betrag. Und war ich meiner Familie nicht mehr Loyalität schuldig als einem nahezu perfekten Fremden? Ich wusste, was mein Dad sagen würde, wenn ich ihn nach seiner Meinung fragte. Er würde sagen, dass mein guter Charakter unbezahlbar war. Ich konnte das Geld nicht für meine Familie nehmen, denn ich wusste, wie enttäuscht sie sein würden, wenn sie jemals erfuhren, wie ich dazu gekommen war.

Als wir um die Ecke bogen, kam das Beiboot in Sicht.

»Eric!«, rief ich und winkte ihm zu, als er aufblickte. Ich drehte mich zu dem Mann und wiederholte: »Ich habe Ihnen nichts zu sagen, tut mir leid.« Dann verfiel ich in einen

Laufschritt. Die Sache war es nicht wert. Ich würde lieber härter arbeiten, um mehr Trinkgeld zu bekommen, anstatt Geld dafür zu nehmen, dass ich Geheimnisse stahl und weiterverkaufte. So war ich nicht erzogen worden, und mehr als das zusätzliche Geld wünschte ich mir, die Tochter meines Vaters zu sein.

Ich sah mich nicht um, überprüfte nicht, ob er mir folgte. Ich konzentrierte mich auf Eric, das Boot und darauf, zurück zur Jacht zu gelangen.

»Hey, ich dachte, du wolltest gestern Abend schon zurück aufs Schiff«, sagte Eric und half mir, ins Boot zu steigen. »Du warst nicht beim Dinner.«

Stirnrunzelnd drehte ich mich um und sah, dass Phil verschwunden war. Ich hatte nichts preisgegeben, aber der Typ hatte mir die Worte im Mund umgedreht und mir ein schlechtes Gefühl gegeben.

»Avery?«

Ich wandte mich zu Eric um. »Sorry, ja, das stimmt.« Sollte ich Eric von Phils Vorstoß erzählen? Vielleicht war er auch an andere Crewmitglieder herangetreten, während sie an Land waren. Was hatten sie ihm erzählt? Wurde Hayden observiert oder so was in der Art?

»Hat der Typ Glück gehabt, mit dem ich dich gesehen habe?«

Ich brauchte ein paar Sekunden, bis ich begriff, welche Schlüsse Eric gezogen hatte. Er hielt den Typen, der mich angesprochen hatte, für meinen Liebhaber. Ich hatte noch nicht darüber nachgedacht, wie ich meine nächtliche Abwesenheit begründen würde. Ich war noch zu sehr mit den Nachwirkungen beschäftigt, war zu berauscht von Haydens

Berührungen, um mir Ausreden auszudenken und mir eine Story zurechtzulegen. Ich zuckte mit den Schultern. »Sei nicht so neugierig«, sagte ich und zwinkerte ihm zu.

Eric hatte Phil eindeutig nicht erkannt, vielleicht hatte der Typ also nur zu mir Kontakt aufgenommen. Ich würde dem Captain davon berichten, damit er alle an ihre Verpflichtung zur Verschwiegenheit erinnern konnte. Ich wusste nicht, ob ich Hayden davon erzählen würde. Ich hatte Phil nichts verraten, aber wer auch immer er war, er hatte mir einzureden versucht, ich hätte es doch getan. Die Vorstellung, dass Hayden dasselbe denken und vielleicht glauben würde, ich stünde nicht auf seiner Seite oder mir läge sein Wohlergehen nicht am Herzen, war schrecklich für mich.

Ich kannte die Wahrheit. Aber würde er mir auch glauben? Oder war es besser, einfach zu schweigen?

24. Kapitel

Hayden

»Kann hier jemand Schach spielen?«, fragte ich beim Betreten der Bordküche. Ich wartete auf einen Anruf aus den Staaten und musste irgendwie vierzig Minuten totschlagen. Je weiter der Deal voranschritt, desto weniger Arbeit hatte ich zu erledigen und musste mich zunehmend darauf verlassen, dass die Anwälte die Sache vorantrieben.

Drei Köpfe drehten sich zu mir um, und Avery blickte zwar zu Boden, aber die Röte ihrer Wangen war mir Aufmerksamkeit genug.

»Ich nicht. Ich bin Kartenspieler«, sagte Neill.

»Ich kann den Jetski für Sie klarmachen, wenn Sie wollen«, schlug Eric vor.

Ich schob die Hände in die Hosentaschen. »Danke, aber ich habe nur vierzig Minuten.«

»Avery, du spielst doch immer dieses Brettspiel. Ist das nicht Schach?«, fragte August.

Avery blickte auf. »Backgammon«, gab sie knapp zurück.

»Das geht auch«, antwortete ich. Ich genoss den Gedanken, ein wenig Zeit mit ihr allein zu verbringen, selbst wenn der Rest der Crew sich in unserer Nähe herumtrieb. »Komm schon, Walker«, neckte ich sie. Ich machte kehrt und steuerte auf den kleineren Salon zu, der auch als Speisezimmer diente und in dem die Spiele aufbewahrt wurden.

»Was machst du denn?«, zischte Avery und bückte sich,

um das Backgammonspiel im roten Lederetui aus dem Sideboard zu holen.

Ich runzelte die Stirn. »Ein bisschen Zeit totschlagen, bis der nächste Entwurf der Verträge in Umlauf gebracht wird. Wo ist das Problem?«

»Auf dem Hauptdeck?«

»Klar. Willst du einen Drink? Skylar!«, rief ich, und sie streckte sofort den Kopf zur Küchentür heraus. »Können Sie mir bitte ein Glas Wasser bringen? Avery, was möchtest du?«

Avery starrte mich nur wütend an, also sagte ich schulterzuckend: »Okay, nur das Wasser.«

Mit dem Backgammonspiel in der Hand machte sich Avery auf den Weg hinaus auf das Hauptdeck.

»Du kannst mir nicht einfach einen Drink anbieten, als wäre ich bei dir zu Gast, Hayden. Das ist bizarr.«

»Nicht bizarrer, als wenn du nach wie vor auf Abruf für mich stündest, nachdem wir …«

An diesem Morgen war ich allein aufgewacht, konnte mich aber nicht erinnern, dass ich eingeschlafen war. Wir hatten gevögelt, bis wir beide wund und erschöpft waren, aber keiner von uns hatte ein Wort darüber verloren, was als Nächstes passieren würde. Ich hatte ihr verschwiegen, dass sich das hier für mich nicht nach einer einmaligen Sache anfühlte.

Ich konnte mich nicht erinnern, je zuvor noch vor dem ersten Mal *gewusst* zu haben, dass ich ein weiteres Mal mit einer Frau schlafen wollte. Diese Gefühle und Erfahrungen waren neu für mich. Anders. *Avery* war anders.

»Es ist, was es ist«, sagte sie, ließ das Schloss des Kastens aufschnappen und legte das Brett geöffnet auf den Tisch.

»Da ist etwas, das ich dir noch sagen muss, später«, sagte sie, während sie die roten und cremefarbenen Spielsteine herausnahm und sie auf dem Brett anzuordnen begann.

Ich schob ihre Hand weg. »Halt. Rot bin ich.«

Schulterzuckend sagte sie: »Ist schon okay.« Dann stupste sie meine Hand weg und versuchte, die roten Steine auf die roten und cremefarbenen Dreiecke vor mir zu legen. »Hast du gehört, was ich gesagt habe?«, fragte sie.

Ich nahm ihre Hand in beide Hände. »Avery, ich kann meine Steine selbst aufstellen.«

»Magst du es nicht, wenn ich etwas für dich tue?«, fragte sie.

»Ich mag es, wenn du etwas *mit* mir tust«, antwortete ich und dachte daran, wie ihre Augen feucht geworden waren, als sie meinen Schwanz tief in ihrem Mund hatte.

Sie biss sich auf die Unterlippe, und ihre geröteten Wangen verrieten, dass auch sie daran dachte.

»Hayden«, flüsterte sie.

Himmel, sie war so verdammt sexy, wenn sie rot wurde. So unschuldig. So perfekt. Ich nahm ihr die roten Spielsteine aus der Hand und verflocht meine Finger mit ihren. Unsere Blicke begegneten sich, und für einige Sekunden schmolz der Rest der Welt dahin. Das Signalhorn eines anderen Schiffs erklang, und sie zog sich zurück, strich mit den Fingern über meine Hand, als verzichtete sie nur widerstrebend darauf, mich zu berühren.

»Wenn wir allein sind, bin ich nicht dein Gast. Ich bin Hayden. Verstanden?«

Ihr Blick huschte zu einer Stelle hinter mir. »Aber wir sind nicht allein. Das ist das Problem. Die Deckmannschaft ist nur fünf Meter von uns entfernt, das weißt du. Skylar kann jeden Moment mit dem Wasser hier auftauchen.« Sie legte die cremefarbenen Steine auf die Spitzen. »Du *bist* mein Gast, solange wir auf dieser Jacht sind.« Lächelnd sah sie mir ins Gesicht, dann fuhr sie fort: »Bitte verschone mich und benimm dich wie ein Gast, sonst werde ich nämlich gefeuert, und du weißt am besten, dass ich mir das absolut nicht leisten kann.« Sie redete ebenso mit sich selbst wie mit mir. Die Anziehungskraft zwischen uns ließ sich nicht leugnen.

Ich war stolz, weil ich verstand, warum ihr dieser Job so viel bedeutete. Sie hatte mir erzählt, dass sie hier war, um für die Behandlungskosten ihres Bruders aufzukommen, und dieses Wissen gab mir das Gefühl, wichtig zu sein. Himmel, ich führte ein viele Milliarden schweres Unternehmen, fühlte mich aber wichtig, weil ich etwas Privates über Avery Walker wusste. Warum hatte sie solche Macht über mich? Vielleicht, weil sie ein besserer Mensch war, als ich je sein könnte.

»Ich habe dich heute Morgen gar nicht mehr gesehen«, flüsterte ich.

Sie zog eine Braue hoch und musterte mich, während sie ihre letzten Spielsteine auslegte. »Ich glaube, du hast gestern Abend *und* heute Morgen ziemlich viel von mir gesehen«, flüsterte sie.

Ich konnte diesem kleinen Schmollmund und dem spöttischen Augenrollen nicht widerstehen und strich ihr mit dem Daumen über die Unterlippe.

Für eine Sekunde waren wir wieder in dem Hotel – in einem privaten Bereich, zu dem allein wir beide Zugang hatten.

Das Zischen der elektrischen Türen unterbrach uns. Ich zog die Hand zurück, aber es war zu spät. Wir waren aufgeflogen.

Ihr sanfter Blick wirkte traurig, als sie nachsah, wer hereingekommen war. Erst als Skylar das Wasser vor Avery abstellte, bemerkte ich, dass sie meinem Blick auswich – und auch Avery nicht ansah. Skylars Wangen röteten sich, und ich wusste ohne jeden Zweifel, dass sie alles gesehen hatte.

»Danke, Skylar«, sagte ich.

»Darf ich Ihnen noch etwas bringen?« Sie starrte auf die sich schließenden Türen, als müsste sie dringend etwas erledigen und würde in dieser peinlichen Situation gefangen bleiben, wenn sie nicht rechtzeitig wieder verschwand.

»Nein, danke«, antwortete ich und versuchte, ihr in die Augen zu sehen, um zu erraten, was sie dachte.

Ich hatte es vermasselt. Ich hatte keine Ahnung, wie die Beziehung zwischen Avery und Skylar war. Würde Skylar sie melden? Wollte sie Averys Job?

Skylar hastete davon.

»Es tut mir leid …«

Das Kratzen von Averys Stuhl auf dem Boden, Teak auf Teak, schnitt mir das Wort ab. »Bitte, mir zuliebe … geh hinunter in dein Büro, solange ich …« Sie verstummte und schüttelte den Kopf. »Ich komme später nach. Ich muss dir sowieso noch etwas sagen.«

»Natürlich«, sagte ich. Nie zuvor hatte ich bei einer Frau die Kontrolle über mich selbst verloren. Was passierte hier mit mir? Hatte ich gerade durch einen für mich völlig untypischen Mangel an Selbstdisziplin alles verdorben?

Ich war ein Idiot.

Ich stand auf, als sie das Backgammonspiel wegzuräumen begann. Ich wollte ihr helfen. »Lass mich das …«

»Himmel, verstehst du denn nicht?« Ihr Kiefer war angespannt, ihre Worte scharf. »Das ist mein Job. Meine Lebensgrundlage, meine Art, mich um meinen Bruder zu kümmern. Es ist nicht deine Schuld – ich war schwach, es war meine Entscheidung, derart … mir derart den Boden unter den Füßen wegziehen zu lassen. Bitte, mach es nicht noch schlimmer. Tu so, als hättest du einen Anruf bekommen, und *geh.*«

»Na schön.« Ich machte kehrt, um ins Innere des Schiffs zurückzugehen. Es juckte mich am ganzen Körper, als legten sich ihre Worte auf meine Haut und wollten mich verbrennen. Schwach? Boden unter den Füßen weggezogen? Was in der Nacht zuvor zwischen uns passiert war, war viel mehr als nur Sex und mit Sicherheit auch mehr als nur überwältigende Lust, die ihr den Boden unter den Füßen weggezogen hatte. Sie hatte es auch gespürt, oder?

Aber ich sagte kein Wort. Dass Skylar uns in einem intimen Moment erwischt hatte, war meine Schuld. Ich wusste, dass ich Avery in der Öffentlichkeit nicht berühren durfte. Ich wusste, was ihr dieser Job bedeutete und dass es eine Katastrophe für ihre Familie war, wenn sie ihn verlor. Ich hatte ihren Zorn verdient, und ich konnte nichts tun, um ihn zu mildern oder auszulöschen.

Noch nicht.

Es war meine Aufgabe, Dinge für andere Menschen in Ordnung zu bringen, von verwöhnten Milliardären bis zu meinem Bruder. Und für alle anderen dazwischen auch. Ich war es gewöhnt, die Probleme der Gäste zu lösen und dafür zu sorgen, dass meine Stewardess, der Koch, der Captain, mein Dad und alle anderen in meiner Umgebung glücklich waren. Aber diesmal musste ich das für mich selbst tun.

Ich schob den Backgammonkasten wieder in das Sideboard, strich mir den Rock glatt und ging zur Bordküche. Ehe ich eintrat, atmete ich tief durch. Ich hoffte inständig, dass Skylar niemandem von ihrer Beobachtung erzählt hatte. Wenn sie sie für sich behalten hatte, ließ sich die Situation vielleicht noch retten.

Skylar saß auf der Bank und blätterte eine Illustrierte durch, während Neill Gemüse schnitt. Wenn sie ihm etwas erzählt hatte, redeten sie sicherlich noch immer darüber.

»Kommst du kurz mit in den Wäscheraum? Ich muss etwas mit dir besprechen«, sagte ich und versuchte, locker und fröhlich zu klingen, so als wollte ich sie in Sachen Handtücher und Scheuerlappen auf den neuesten Stand bringen, anstatt über die real bestehende Gefahr mit ihr zu sprechen, dass ich meinen Job verlieren könnte.

Ohne mich anzusehen, klappte Skylar die Illustrierte zu und schob sich aus der Bank.

»Wo ist August?«, fragte ich.

»Macht ein Nickerchen. Sie hat grad Pause.«

Ich nickte. Zum Glück hatte uns Skylar erwischt und nicht August, die ich am Beginn der Reise mehrmals zurechtgewiesen hatte, weil sie in Erwägung gezogen hatte, sich an einen heißen Gast heranzumachen – oder weil sie erwähnt hatte, wie attraktiv Hayden war.

Ich war so eine Heuchlerin.

Skylar schloss die Tür des Wäscheraums hinter uns. Obwohl nur ein Gast auf der Jacht war, liefen die Waschmaschinen und Trockner fast ununterbrochen und sorgten für den Schallschutz, den wir bei diesem Gespräch brauchen würden.

»Was machst du?«, fragte Skylar mit geweiteten Augen und kam einen Schritt auf mich zu.

Ich drückte mir die Finger an die Schläfen, als würde mir sonst der Kopf explodieren. »Hast du jemandem erzählt, was du gesehen hast?«

Sie machte einen kleinen Satz und landete mit dem Po auf einer der Waschmaschinen. »Natürlich nicht, Avery, aber … verdammt!«

Meine Muskeln erschlafften, und ich lehnte mich an den Trockner. Vielleicht ließ sich die Sache noch eindämmen. »Es tut mir leid, ich habe nur …«

»Es muss dir nicht leidtun. Sag mir, was los ist. Setzt er dich unter Druck?«

Ich hob den Kopf und sah ihr in die Augen. »Nein, gar nicht. Das würde er niemals tun …«

»Wann hat das angefangen?«, fragte sie.

Würde es albern klingen, wenn ich sagte: als ich ihn das erste Mal gesehen habe? Zumindest war der Keim des Verlangens bei der ersten Begegnung gelegt worden – in mir. »Gestern Abend war das erste Mal …« Das erste Mal, dass ich mir eingestanden hatte, was ich empfand, dass erste Mal, dass ich vergessen hatte, mich gegen den Sog zu wehren, den er auf mich ausübte.

»Dass ihr euch körperlich nahegekommen seid? Es läuft also nicht schon seit Beginn der Reise?«

Ich griff nach hinten, stützte mich ab und setzte mich auf den Trockner ihr gegenüber. »Wir haben nie … nicht auf dem Schiff.«

Sie wich zurück. »Aber du *hast* mit ihm geschlafen?«

Leugnen war sinnlos. »Ja. Gestern Nacht.«

Skylar atmete durch. »Da warst du also gestern Abend! Eric hat gesagt, er hätte dich mit einem rothaarigen Typen gesehen.«

»Es war nicht geplant. Wir sind uns zufällig über den Weg gelaufen …«

Sie verdrehte die Augen.

»Ehrlich. Ich bin zu dem antiken griechischen Theater gegangen wie jeder Tourist. Ich hatte keine Ahnung, dass er dort sein würde. Aber ich muss zugeben, dass ich ihn schon vorher attraktiv fand.«

Schweigen senkte sich über den Raum. Sie hatte keinen Grund, mir zu glauben. Ich hatte die goldene Regel gebrochen und die Grenze mit einem Gast überschritten, hatte meinen Job und das Trinkgeld für *alle* aufs Spiel gesetzt. »Du hast es niemandem erzählt?«

»Nein, ich wollte erst mit dir reden. Aber wenn er dich noch mal in der Öffentlichkeit auf diese Art berührt, kommt es auch raus, ohne dass ich es jemandem erzähle …«

»Ich weiß. Ich glaube, er wollte nur nett sein oder so.« Zumindest hoffte ich das, denn andernfalls war es gedankenlos oder selbstsüchtig gewesen, mich zu berühren, obwohl ich ihn gerade gebeten hatte, es nicht zu tun. Vielleicht auch beides. Er mochte zwar ein Milliardär mit Moralvorstellungen sein, dennoch war er es gewöhnt, immer zu bekommen, was er wollte. Er schnippte mit den Fingern und erwartete, dass die Leute für ihn sprangen.

»Lohnt es sich, für einen One-Night-Stand deine Karriere aufs Spiel zu setzen?«

Das war die Frage. In der Nacht zuvor hatte es sich angefühlt, als lohnte es sich, für das, was zwischen uns war, alles zu riskieren, aber an diesem Tag? Obwohl wir nicht darüber gesprochen hatten, bestand die Verbindung zwischen uns noch immer. »Es fühlte sich nicht an, als wäre es nur für eine Nacht.« Aber was sollte es sonst sein? Wir lebten in verschiedenen Ländern und hatten unterschiedliche Prioritäten. Ich konnte nicht mal eine Beziehung zu einem Kollegen aufrechterhalten, der denselben Lebensstil wie ich hatte. Wie konnte ich da hoffen, dass es zwischen Hayden Wolf und mir funktionieren würde? »Ich mag ihn einfach sehr.«

»Klar. Er sieht super aus und ist reich …«

Ich rümpfte die Nase. »Darum geht es nicht.«

Skylar seufzte und legte skeptisch den Kopf schief. »Jetzt mal im Ernst. Diese Sache kann dich deinen Job kosten. Du bist leichtsinnig. Das passt überhaupt nicht zu dir.«

»Ja, ich weiß.« Mein Verhalten war absolut untypisch für mich. Die Sicherheit meiner Familie bedeutete mir alles. »Aber er ist einfach ein supernetter Typ, und irgendwie haben wir Zeit miteinander verbracht und …« Körperlichem Verlangen hätte ich leichter widerstehen können als Haydens Freundlichkeit, seiner Leidenschaft für seinen Beruf und der Art, wie er über seinen Bruder redete. Meine Zuneigung zu ihm wuchs.

»Na und? Willst du dich etwa auf eine Affäre mit dem Typen einlassen?«

Ich wendete den Blick ab, um die Angst zu verbergen, die meinen Magen rebellieren ließ. Eine Affäre erschien mir so banal. Was zwischen uns passiert war, sollte kein Etikett bekommen, das auch zu allen anderen passte. Es war eine höhere Liga, hatte eine eigene Atmosphäre, es war völlig anders und sehr besonders.

»Ich weiß es nicht«, sagte ich achselzuckend. »Es ist erst ein paar Stunden her, dass … Ich hatte noch keine Zeit, darüber nachzudenken.«

Skylar rutschte von der Waschmaschine. »Ich möchte nicht erleben, dass du deine Karriere in den Sand setzt, nur damit irgendein reicher, gelangweilter Kerl seinen Spaß hat, egal, wie heiß er ist.«

Wie sollte ich ihr erklären, dass diese Beschreibung auf Hayden nicht zutraf? Wir hatten einander an unserem Leben teilhaben lassen. Eine Verbindung aufgebaut. Oder nicht?

»Hör zu, ich werde niemandem davon erzählen«, sagte sie.

Ich hatte sie zwar nicht gebeten, mein Geheimnis zu wahren, dennoch empfand ich bei ihren Worten gleichzeitig Erleichterung und Schuldgefühle.

»Ich will dich nicht in Schwierigkeiten bringen. Ich mag dich, und Moss würde toben. Er würde dich in null Komma nichts rauswerfen. Aber wenn August oder Eric oder sonst jemand dich sieht …« Leute, die auf einer Jacht arbeiteten, konnten gemein sein, und es gab jede Menge zweite Stewardessen, die die Gelegenheit, mich abzuservieren, sofort am Schopf ergriffen hätten. Ich konnte von Glück sagen, dass Skylar vor mir stand und keines der vielen anderen, ehrgeizigen Mädels, mit denen ich bereits zusammengearbeitet hatte.

»Ich weiß. Es tut mir leid«, sagte ich. »Ich habe es nicht darauf angelegt.« Ich hasste es, die Regeln zu brechen, aber besonders hasste ich, dass ich Skylar mit ins Chaos zog.

»Das kann ich mir auch nicht vorstellen. Du bist immer so gewissenhaft. Darum …«

Mein Magen rebellierte. Skylar hatte recht. Hayden hatte mich zu Entscheidungen getrieben, die gegen meine Natur waren, gegen mein besseres Wissen. Was hatte ich mir nur dabei gedacht? Diesmal war ich noch davongekommen. Hoffentlich. Aber wenn ich verhindern wollte, dass mir noch jemand auf die Schliche kam, musste ich jetzt einen Punkt machen. »Ich sollte Hayden sagen, dass zwischen uns nichts mehr laufen wird.« Schon als ich sie aussprach, klangen die Worte schrecklich.

»Vielleicht. Ich weiß nur, dass der Weg, den du eingeschlagen hast, mit Problemen geradezu gepflastert ist«, meinte sie.

Ich war so sehr daran gewöhnt, alles in meinem Leben zu regeln und festzulegen, fokussiert zu bleiben und die Regeln einzuhalten, dass es mir unrealistisch vorkam, sie weiterhin zu brechen. Aber die Alternative, nie wieder mit Hayden zusammen zu sein, schien unerträglich. Es war, als hätte jemand in einem dunklen Raum die Vorhänge zurückgezogen und mir gezeigt, dass ich bislang auf das Tageslicht verzichtet hatte. Es brach mir das Herz, diese Vorhänge gleich wieder schließen zu müssen. Aber Skylar hatte recht. Dieses Sonnenlicht – Hayden und alles, was mit ihm zusammenhing – konnte mich verbrennen, zerfressen und letztlich meine ganze Welt zerstören. Und in vier Wochen würde er sowieso wieder verschwinden. Was tat ich hier?

Skylar breitete die Arme aus, und ich ließ mich von dem Trockner gleiten und umarmen. »Was auch immer du beschließt, sei vorsichtig. Wir hocken hier eng aufeinander, und die meisten Leute merken ziemlich schnell, wenn es irgendwo knistert. Sobald jemand Verdacht schöpft, wird es schwierig für dich.«

Das zwischen Hayden und mir zu beenden, war eine Sache der Vernunft. Wir waren bereits zu weit gegangen, und es war nicht so, dass wir demnächst in den Sonnenuntergang reiten würden. Es war lächerlich, zu glauben, dass es der Anfang von etwas sein könnte. In vier Wochen würde die Reise zu Ende gehen, Hayden würde nach London zurückkehren, und ich würde für den Rest der Saison hierbleiben. Was blieb uns dann noch? Und wenn nach diesen vier Wochen nichts mehr kam, lohnte es sich definitiv nicht, diesen Job und damit die Möglichkeit zu verlieren, meine Familie zu unterstützen. So schmerzhaft es auch sein mochte, ich musste die Barriere zwischen uns wieder errichten, ehe ich alles verlor. Was auch immer das mit uns war – ich musste es beenden.

25. Kapitel

Hayden

Ich sollte begeistert sein, verdammt! Mein Telefonat mit den Anwälten war zu Ende. Die Verhandlungen waren erfolgreich verlaufen, und wir waren dem Zeitplan voraus, aber ich konnte nur daran denken, wie Avery mich angesehen hatte, als sie das Spiel wieder einpackte – am Boden zerstört und zugleich kompetent und entschlossen. Von der Sanftheit und Verletzlichkeit, die ich entdeckt hatte, als wir allein gewesen waren, war nichts mehr zu spüren, und als ich sie allein zurückließ, wirkte ihre Miene so hart und streng, dass es mir einen Stich in die Herzgegend versetzte.

Ich musste mich ablenken. Ich nahm das Satellitenhandy vom Schreibtisch und tippte Landons Nummer ein.

»Alles okay?«, meldete er sich.

»Ich werde allmählich ungeduldig wegen diesem Leck. Du suchst schon seit Wochen danach.«

»Feuer doch jemand anders, Blödmann. Wenn die Arbeit ordentlich gemacht werden soll, wirst du dich gedulden müssen.«

Ich wusste, dass mein Bruder der Beste war, aber das würde ich ihm nicht sagen. »Ich verstehe einfach nicht, warum es so lange dauert. Hast du auch bei Cannon nachgeforscht?«

»Nein. Wir haben nur rumgehangen, Bier getrunken und gequatscht.«

Ich wusste, dass ich mich unangemessen verhielt, aber ich war wütend, weil ich Avery gegenüber so leichtsinnig gewesen war. Auf meine Selbstbeherrschung bildete ich mir etwas ein. Warum zum Teufel hatte ich der Versuchung, sie zu berühren, nicht widerstehen können?

»Klingt, als bräuchtest du dringend 'ne Nummer«, sagte Landon.

Fast hätte ich geantwortet, dass ich in der Nacht zuvor jede Menge Sex gehabt hatte, aber ich hielt mich zurück. Normalerweise liefen unsere Wortwechsel genau auf diese Weise ab, aber aus irgendeinem Grund wollte ich das, was in der Nacht passiert war, nicht als *Nummer* bezeichnen. Klar, ich war jede Menge aufgestauten Frust losgeworden, und es war eine phänomenale Nacht – aber es war mehr als eine *Nummer*.

»Wenn du meinst. Ich dachte, du bist hier der Weiberheld.«

Landon lachte. »Ja nee, is' klar. Und du bist 'ne wiedergeborene Jungfrau.«

Obwohl ich gern regelmäßig Sex hatte, war ich etwas vorsichtiger als Landon. Außerdem machte ich meine – nicht vorhandenen – Absichten sehr deutlich, ehe die Kleider fielen.

Aber wenn ich mich recht erinnerte, hatte ich das in der Nacht mit Avery nicht getan. Wahrscheinlich, weil ich mir zum ersten Mal, seit ich denken konnte, nicht sicher war, ob es eine klare Grenze oder ein festgelegtes Ende geben sollte.

»Egal. Hör auf, dich an meinem Sexleben hochzuziehen, und sag mir, wie weit wir in Sachen Leck sind.«

»Wir konzentrieren uns auf Gerald, deinen Controller, und auf Anita.« Ein Kumpel von den Caymans war mir noch einen Gefallen schuldig, in ein paar Tagen müsste ich Rückmeldung von ihm bekommen. Hoffentlich können wir einen Blick auf sein Konto werfen. Und wir haben seine Telefone angezapft – zu Hause, im Büro und alle Handys. Aber außer mit seiner Frau und seinen Kindern hat er mit niemandem gesprochen.

»Und ist Anita entlastet?«

»Nicht, ehe ich weiß, warum sie einen sechsstelligen Betrag auf einem neu eröffneten Bankkonto hat. Ich warne dich schon mal vor, weil es kein gutes Zeichen ist, dass wir nicht sofort eine vernünftige Erklärung dafür gefunden haben. Aber wir arbeiten noch dran.«

Sobald meine Assistentin entlastet war, würde es mir besser gehen. Anita konnte einfach nicht der Maulwurf sein. Sie war loyal und hatte Zugang zu allem, was ich tat. Wenn Cannon *sie* hatte, hatten sie *alles.*

»Du musst begreifen, dass es auch deine Assistentin sein kann. Ich weiß nicht, warum du so fest vom Gegenteil überzeugt bist. Schließlich ist sie offensichtlich die Person, die Cannon ins Visier nehmen muss, wenn er an Insiderwissen über deine Firma kommen will.«

Landon erzählte mir Dinge, die ich nicht wissen wollte. Wenn Anita tatsächlich der Maulwurf war, wäre das nicht nur verhängnisvoll, weil sie in meinem Büro zu allem Zugang hatte. Sondern auch, weil ich nie im Geringsten an ihr gezweifelt hatte. Nie hatte ich irgendwelche Maßnahmen ergriffen, um sensible Informationen vor ihr zu verbergen. Für Anita war ich in beruflicher Hinsicht ein offenes Buch. Vielleicht war ich zu selbstgefällig gewesen und darum mitschuldig an der Entwicklung. Und ich fragte mich, was schlimmer war – kein Vertrauen in meine eigene Urteilsfähigkeit zu haben oder in die Menschen, die möglicherweise zu meinem eigenen Untergang beitragen würden.

»Hör mal, noch hast du nichts gefunden. Man kann nie wissen. Vielleicht gibt es ja gar kein Leck.« Ich hatte mir den Kopf darüber zerbrochen, auf welche Art Cannon sonst noch von meinen Deals erfahren haben könnte. »Vielleicht gibt es eine andere Erklärung, warum er mir die Geschäfte in Serie vor der Nase weggeschnappt hat.«

»Na klar«, antwortete Landon, und es klang ziemlich sarkastisch.

»Ich meine es ernst. Sieh mal, seitdem ich Handy und Laptop in London zurückgelassen habe, haben sie nichts mehr bekommen. Vielleicht haben sie mit bösartiger Software gearbeitet oder so.«

»Ich habe deine Geräte grundlich checken lassen. Sie sind alle in Ordnung, sogar dein Computer im Homeoffice.«

»Wie zum Teufel bist du in meine … ach, egal. Kann es nicht die Art von Schadprogramm sein, das sich nach einer bestimmten Zeit selbst löscht?«

»Du meinst, wie die Nachricht in *Mission Impossible?*«

Hätte ich meinen Bruder nicht besser gekannt, als mir lieb war, hätte ich in diesem Augenblick geglaubt, dass er etwas ausheckt. *»Fuck you.«*

Er lachte in sich hinein. »Im Ernst. Wir müssen sie auf eine falsche Fährte locken. Irgendeinen saftigen Köder auslegen, der sie aus der Deckung holt.«

»Und was soll das sein? Ich habe meine Leute angewiesen, Informationsmemoranden zu beschaffen. Das hätte jemanden aus der Reserve locken müssen.«

»Vielleicht musst du den Einsatz erhöhen. Ein Gebot abgeben.«

»Ein Gebot? Worauf denn?«

»Keine Ahnung. Eine Firma. Du musst eine Schippe drauflegen. Wer auch immer der Verräter ist, er beißt nicht an bei den Krümeln, die wir ihm hinhalten. Wir müssen ihnen wohl schon ein schönes, fettes saftiges Steak unter die Nase halten.«

»Ich kann nicht einfach ein beliebiges Gebot abgeben. Es muss schon sinnvoll sein. Die Zahlen müssten plausibel wirken, sonst ist es unglaubwürdig. Und ohne offensichtlichen Grund will ich auch kein Gebot zurückziehen. Mein Wort ist verdammt wichtig in dem Geschäft.«

»Himmel. Das ist alles nicht mein Problem.«

»Und außerdem: Wen soll ich einweihen? Um Gerald mit ins Boot zu holen, müsste der Kreis schon ziemlich groß sein.«

»So wie die Dinge stehen, wäre das die schnellste Lösung.«

Ich ballte die Faust, dann dehnte ich die Finger und atmete durch. Ich hatte das Gefühl, allmählich in den Endkampf einzusteigen, allerdings in der Hoffnung, dass es keine Verlierer geben würde. Ich wollte das Leck nicht in meinem Managementteam finden. Ich hoffte, dass es eine andere Erklärung gab. Ich hoffte, dass ich mich in keinem meiner Mitarbeiter getäuscht hatte, denn das hätte bedeutet, dass mein Urteilsvermögen schwach war – dass ich jede Entscheidung, die ich je getroffen hatte, infrage stellen musste.

»Okay. Ich werde ungefähr eine Woche brauchen.« Ich

musste eine laufende Übernahme beschleunigen. Vielleicht bei dem Versicherer in Mexiko, dessen Zahlen Gerald bereits durchgerechnet hatte. Ich wollte nicht nach Mexiko, aber zumindest war das eine Transaktion, die nicht von der City aus getätigt wurde, sodass mein Ruf nicht leiden würde, wenn ich ohne jede Erklärung von dem Geschäft zurücktrat. Ich würde eine Lösung finden. »Ich halte dich auf dem Laufenden.«

»Und sorg dafür, dass du eine Nummer gehabt hast, ehe du mich das nächste Mal anrufst.«

»Arrangierst du was für mich? Vielleicht eine Escortlady mit sicherem Hintergrund?«

»Ich habe immer schon vermutet, dass du dafür bezahlst«, sagte Landon und lachte.

»*Fuck you.* Ich sitze auf einer Jacht mitten auf dem verdammten Meer. Allein«, sagte ich.

»Du hast immer eine Entschuldigung dafür, dass du keine Beute machst.«

»Sieh zu, dass du dieses verdammte Leck findest. Und pass auf, dass du dabei nicht selbst in Schwierigkeiten gerätst.« Ich legte auf und warf das Handy auf den Schreibtisch. Es war nett, öfter als üblich mit Landon zu sprechen. Im Geist machte ich mir eine Notiz: Ich würde ihm vorschlagen, wieder regelmäßig Squash zu spielen, sobald ich wieder in London war. Das ging nahtlos in die Vorstellung über, wie ich verschwitzt und erschöpft nach Hause kam, Avery mit mir unter die Dusche zog und sie fickte, bis wir nicht mehr stehen konnten.

Nur, dass Avery nicht mit mir nach London kommen würde. Sie würde eine weitere Charterreise antreten, mit anderen Gästen, die lächerliche Dinge von ihr verlangen und sie wie ein Dienstmädchen behandeln würden. Ich biss die Zähne zusammen. Ob sie mich in London besuchen würde? Ich könnte sie einfliegen lassen, aber sie bekam nur selten frei. So gern ich auch nach London zurückkehren wollte – ich wusste, dass es mir schwerfallen würde, Avery Walker zurückzulassen. Sie zu vergessen. Frauen wie Avery begegnete man nur einmal im Leben, und ich musste mir etwas überlegen, bevor meine Kreuzfahrt rund um das Mittelmeer zu Ende war.

Ich blickte auf die Uhr. Mitternacht war vorbei, und es war Stunden her, dass Avery zu Skylar gegangen war, um mit ihr zu reden. Allmählich wurde ich ungeduldig. Ich wollte sie sehen.

Wenn ich mich nicht irrte, waren die meisten Crewmitglieder gegen elf mit der Arbeit fertig, und ich hatte erwartet, dass Avery herunterkommen und mir erzählen würde, wie das Gespräch mit Skylar gelaufen war. Ich wollte gerade hinauf zum Hauptdeck gehen, da schreckte ich hoch, weil jemand an die Tür zu meinem Büro klopfte. Mit großen Schritten durchquerte ich den Raum und riss die Tür auf. Avery schlüpfte herein, und ich schloss die Tür und verriegelte sie.

Meine Fähigkeit, die Körpersprache von Menschen zu verstehen, hatte mir im Lauf meiner Karriere unschätzbare Dienste geleistet. Ich erkannte, wenn mein Gegenüber bluffte oder unter Druck stand oder wenn jemand überrascht war. Diese Fähigkeit war einer der Gründe, warum ich kaum glauben konnte, dass ich einen Maulwurf in meinem Führungsteam hatte. Ich kannte diese Leute gut und hatte immer geglaubt, ich könnte sie durchschauen.

Aber so, wie Avery an die Tür gelehnt dastand, die Arme verschränkt und den Blick gesenkt, hätte sogar ein Blinder gesehen, dass sie unglücklich war.

Mist.

»Es tut mir leid«, sagte ich und schob die Hände in die Taschen. »Was hat Skylar gesagt?«

Sie schüttelte den Kopf. »Nein. Ich muss dir etwas erzählen, das heute passiert ist. Am Morgen, nachdem ich das Hotel verlassen hatte. Ich bin noch nicht dazu gekommen, es dir …«

»Ist alles in Ordnung? Hat es etwas mit Skylar zu tun?«

»Bitte hör mir einfach zu. Dieser komische Typ hat mich angesprochen. Er hat nach dir gefragt.«

Ich verstand nicht, was das damit zu tun hatte, dass Skylar und ich Avery in Schwierigkeiten gebracht hatten. »Was für ein Typ?«

»Ich weiß es nicht. Irgendein Brite. Er hat mir viele Fragen über das Schiff und über dich gestellt. Und er hat mir Geld angeboten, wenn ich ihm etwas erzähle.«

»Wenn du ihm *was* erzählst?«, fragte ich.

»Keine Ahnung. Ich meine, hin und wieder bieten uns Paparazzi Geld, damit wir bestätigen, welcher Promi bei uns an Bord ist, aber dieser Typ interessierte sich für deine Arbeit. Und er sagte, ich hätte ihm bestätigt, dass du auf der Jacht bist, und wenn das stimmt, Hayden, dann tut es mir leid. Ich bin fast ausgeflippt, und er meinte, ich wüsste mehr, als ich sage, und ich war verwirrt und wollte ihn nur noch loswerden.«

Die Worte sprudelten aus ihr heraus, ihre Stimme wurde immer höher.

»Sch«, sagte ich und ging auf sie zu, aber sie streckte die Hand aus und hielt mich auf Distanz. *Fuck,* wie ich das hasste. Ich wollte sie trösten, ihr das Leben leichter machen. »Im Ernst, mach dir keine Sorgen. Dieses Schiff wurde auf meinen Namen gebucht. Es ist nicht schwer herauszufinden, wo ich bin. Ich mache Urlaub. So soll es aussehen, falls mich jemand sieht oder herausbekommt, wo ich mich aufhalte.«

»Ich habe es also nicht vermasselt? Ich glaube, ich habe ihm nichts verraten, aber vielleicht ist mir ja doch etwas rausgerutscht.«

Sie war so verdammt besorgt um mich, dabei war sie diejenige, die möglicherweise ihren Job verlieren würde. »Du hast nichts vermasselt.« Ich würde meinem Bruder von dieser Begegnung erzählen. Vielleicht schnüffelte Cannon ja herum. Aber der war in diesem Augenblick meine geringste Sorge. »Erzähl mir von Skylar, Avery. Was ist passiert? Muss ich mit Captain Moss sprechen?«

»Sie sagt, sie hat es niemandem erzählt. Und sie wird es auch nicht tun.«

Zögerlich machte ich einen Schritt auf sie zu, aber sie schob sich an der Wand entlang, bis sie außerhalb meiner Reichweite war. »Skylar springt für mich ein. Und ich finde es schrecklich, dass sie das tun muss«, sagte sie kopfschüttelnd. »Es ist nicht richtig. Gestern Abend, das war …« Ihre Worte verklangen, als wäre sie in Erinnerungen an den Abend zuvor versunken. Dann atmete sie tief durch und fuhr fort: »Aber es reicht jetzt. Für mich steht zu viel auf dem Spiel. Die Sache zwischen uns endet hier.«

Mist. Ich hätte mich besser auf dieses Gespräch vorbereiten, mir Argumente zurechtlegen sollen. Ich musste sie davon überzeugen, dass … Dass was? Dass wir Dates miteinander haben sollten? Dass wir miteinander schliefen? Was konnte ich ihr bieten?

»Wir haben miteinander geschlafen. Das ist alles«, sagte sie. »Ich werde nicht versuchen, mehr daraus zu machen …«

Jetzt hatte ich die Nase voll von der Distanz zwischen uns. Ich stützte eine Hand links und die andere rechts von ihrem Kopf an die Wand, dass sie zwischen meinen Armen gefangen war.

Avery hob den Kopf, sodass sich unsere Blicke trafen, dann sah sie wieder auf den Boden.

»Sieh mich an«, knurrte ich.

Sie starrte auf mein Kinn.

»Ja, wir haben miteinander geschlafen, aber du kannst nicht einfach so tun, als würde dir so etwas wie letzte Nacht ständig passieren. Du weißt, dass es …« Ich biss die Zähne zusammen, denn ich erinnerte mich daran, wie sie meinen Schwanz in sich aufgenommen hatte, wie ihr Haar wie ein Wasserfall über ihren Körper geflossen war – wie wir miteinander verbunden gewesen waren, mit Körper, Seele und Geist. »Das war kein One-Night-Stand.«

Avery war nicht nur die einzige Frau, von der ich schon vor der ersten Berührung gewusst hatte, dass ich sie mehr als einmal haben wollte, sondern sie war auch die einzige Frau, an die ich noch einmal gedacht hatte, nachdem ich gekommen war. Sie war die einzige, die ich dazu hatte *überreden* müssen, mit mir ins Bett zu gehen, und zugleich die einzige, die ich ein weiteres Mal dort haben wollte.

Ihr Blick huschte zu meinem Mund, dann aufwärts zu meinen Augen und gleich wieder hinunter. »Etwas anderes kann es nicht sein. Ich brauche diesen Job. Das weißt du.«

»Du wirst deinen Job nicht verlieren.« Verdammt, ich hatte kein Recht, ihr etwas zu versprechen, das ich nicht halten konnte. »Nicht, wenn Skylar schweigt. Wir werden vorsichtiger sein. *Ich* werde vorsichtiger sein.« In der Nacht zuvor hatten für uns weder Raum noch Zeit existiert, und faul und selbstsüchtig war ich davon ausgegangen, dass es auf der Jacht genauso weitergehen würde.

»Ich kann die Arztrechnungen meines Bruders nicht für einen romantischen Urlaubsflirt mit dir aufs Spiel setzen, nur weil du dich langweilst.«

Ich drückte meine Hüften gegen ihre, presste sie an die Wand und nahm ihr Gesicht in beide Hände. »Ich habe nicht mit dir geschlafen, weil ich mich langweile. Ich habe es getan, weil ich nicht anders konnte. Das hier ist kein romantischer Urlaubsflirt.« Ich war weder romantisch noch befand ich mich im Urlaub. Aber vor allem war das zwischen uns nichts Vorübergehendes.

»Aber natürlich ist es das.« Frustriert stampfte sie mit dem Fuß gegen die Wand.

Ich musste all meine Selbstbeherrschung aufbringen, um die Lücke zwischen uns nicht zu schließen und sie zu küssen, aber ich hielt mich zurück, entschlossen, ihr zu beweisen, dass es nicht allein um Lust ging. »Für mich ist es mehr als nur ein Flirt.« Ich wusste nicht, was zwischen uns passierte. Sie sollte verstehen, dass meine Gefühle für sie nichts Oberflächliches, Vorübergehendes waren.

»Gestern Nacht waren wir nicht auf dem Schiff, darum

fiel es mir leichter, so zu tun, als gälten die Regeln nicht. Heute ist das anders. Du bist mein Gast. Ich bin Stewardess. Und so sollte es auch bleiben.«

»Du lügst, wenn du behauptest, dass du diese Anziehung zwischen uns nicht spürst«, flüsterte ich.

»Natürlich spüre ich das auch, aber das heißt noch lange nicht, dass es auch richtig ist. Es heißt nicht, dass ich dem Verlangen noch einmal nachgeben kann.«

Ich trat zurück und musterte sie, denn ich wollte wissen, ob sie es ernst meinte. Sie sollte nichts tun, was schmerzlich für sie war, aber sie sollte wissen, dass sie nicht nur ein netter Fick für mich gewesen war. Ich lehnte mich an den Schreibtisch. »Ich weiß, dass ich wie ein selbstsüchtiger Mistkerl wirke. Ich weiß, dass ich nichts zu verlieren habe, während für dich deine Karriere auf dem Spiel steht. Aber ich kann dich nicht einfach gehen lassen, ohne dir zu sagen, was ich fühle.« Sie verdiente meine Ehrlichkeit. »Du sollst wissen, dass ich so eine Nacht wie die mit dir noch nie erlebt habe. Noch nie habe ich mit Anwälten über einen Deal telefoniert, ganz zu schweigen von *dem* Deal meiner Karriere, und mich dabei ertappt, dass neben den Gedanken an eine Frau für nichts anderes in meinem Geist mehr Platz ist.« Normalerweise war ich fokussiert wie ein Laserstrahl, vor allem, wenn ich unter Druck stand, aber Avery hatte alles auf den Kopf gestellt. »Wenn du da bist, würde ich am liebsten die Arbeit wegschieben und die ganze Nacht lang über alles mit dir reden, was du in deinem Leben getan hast. Ich möchte verstehen, was dich glücklich macht, was dich traurig oder wütend macht.« Mein Ego war so groß wie das jedes beliebigen anderen Mannes auch, aber nie zuvor hatte ich geglaubt, dass eine Frau nur für mich geschaffen sein könnte. Und dieses Gefühl hatte ich bei Avery Walker – sie war für mich da, für mich gemacht, erschaffen worden nur *für mich.* »Ich war noch nie so stolz darauf, jemanden zu kennen. Und ich habe verdammtes Glück, dass du mich wolltest. Ich möchte dich packen, von dieser Jacht verschwinden und irgendwo untertauchen, wo es nur dich und mich gibt, bis ans Ende der Zeit.« Mein Herz schien explodieren zu wollen, und endlich fand ich die passenden Worte für das, was ich empfand. »Der Gedanke, dass es zwischen uns vorbei sein soll, ergibt für mich einfach keinen Sinn. Das mit dir fühlt sich an, als wäre es für immer und für alle Zeit.«

Avery biss sich auf die Lippe, schwieg aber.

»Ich habe nicht darüber nachgedacht, was passiert, wenn ich dieses Schiff verlasse«, sagte ich. »Aber ich weiß, dass ich dich in meinem Leben haben will. Ich bin ein einfallsreicher Typ, und du bist die geborene Problemlöserin. Wir kriegen das hin.«

Sie senkte den Kopf. Hatte ich sie verloren?

Ich trat vor, sodass ich nur wenige Zentimeter von ihr entfernt war. »Willst du das hier einfach aufgeben?«, fragte ich. »Die Vorstellung ist schrecklich, aber wenn du es von mir verlangst, werde ich dich nie wieder berühren.«

Ich blickte auf und sah Tränen in ihren Augen glitzern. »Das will ich nicht, aber ich habe Angst. Wenn ich dir zuhöre … fühle ich all das auch selbst. Und noch mehr. Aber du darfst mich nicht daran hindern, Wiedergutmachung zu leisten.«

Ihre Worte versetzten mir einen schmerzhaften Stich, und mir wurde heiß. Stewardess zu sein war mehr als ein Beruf für sie. Dieser Job war mehr als nur eine Art, die Arztrechnungen ihres Bruders zu bezahlen. Es ging um Opfer und Sühne – um ihre angebliche Schuld an Michaels Unfall. Ich sollte gehen, sie wegstoßen. Aber ich stand da wie angewurzelt, als hätte die Schwerkraft ausgesetzt und zöge mich immer an den Punkt, an dem sie sich gerade befand. »Das werde ich nicht«, flüsterte ich und drückte ihr einen Kuss auf das Schlüsselbein. Sie musste sich von keiner Schuld freikaufen. Sie war die einzige, die so etwas glaubte. »Glaub an mich. Glaub an uns.«

Kaum merklich gaben ihre Knie nach, und sie ließ die Hände über meine Schultern gleiten. Himmel, schon die Hände dieser Frau auf meinem Hemd reichten aus, um mich an den Rand der Selbstbeherrschung zu bringen.

»Dieser Raum ist Taormina, okay?«, flüsterte ich. »Hier drin sind wir Hayden und Avery. Genau wie gestern. Hinter dieser Tür …« Ich deutete mit dem Kopf in Richtung Ausgang. »Da draußen bin ich dein Gast, und du bist die Stewardess. Ich verspreche dir, dass ich dich nie wieder in Gefahr bringen werde.«

Sie biss sich auf die Unterlippe. Gleich würde sie Ja sagen, ich musste ihr nur mit der Hand über die Rückseite ihres Schenkels streichen oder meinen hart werdenden Schwanz an ihre Hüfte drücken, und sie würde nachgeben. Aber das reichte mir nicht. Sie musste es *wollen.*

»Ich fühle es auch«, flüsterte sie. »Und ich weiß nicht, ob ich mich mehr vor dem Weggehen oder vor den Konsequenzen fürchte, die es hätte, wenn ich bliebe. Ich glaube, mir wird beides wehtun.«

Ich blinzelte. Ich wollte mir jeden Schmerz einverleiben,

den sie je empfunden hatte. Jeden Schmerz, den sie je empfinden würde.

»Mein Dad wollte, dass ich etwas nur für mich tue. Mich mehr auf mich selbst konzentriere. Das Problem ist: Alles, was ich für mich haben will, bist du. Ich will das hier für mich.« Sie blickte mir ins Gesicht und strich mir mit den Fingern über die Wange. »Taormina«, flüsterte sie.

»Taormina«, antwortete ich leise, und dann küsste ich sie, drang langsam in sie ein, bis unsere Zungen sich berührten, und war zu Hause, da, wo ich hingehörte. Sie schloss die Hände um meinen Nacken und seufzte vor Erleichterung.

Ich griff nach unten, raffte ihren Rock, bis meine Fingerkuppen ihre Haut berührten. Rasch schob ich ihn bis zur Taille hoch, lehnte mich zurück und betrachtete die schwarze Spitze, die ihren Schoß bedeckte. Dann schob ich den Stoff zur Seite. Avery sollte unbedingt aufhören, zu grübeln und zu viel nachzudenken. Zu analysieren und zu interpretieren. Ich musste sie daran erinnern, wie ihr Körper auf mich reagierte, wie gut wir zusammenpassten. Ich schob zwei Finger in sie hinein, ertastete die Nässe, und es erfüllte mich mit selbstgefälliger Genugtuung, dass sie trotz ihres offensichtlichen inneren Konflikts noch immer nass für mich war. So sehr ihr Verstand auch zu widerstehen versuchte, ihr Körper sagte mir, was ich wissen musste. Ich spreizte die Finger, wollte so viel wie möglich von ihr fühlen und schob ihr erneut die Zunge in den Mund, um ihr leises Stöhnen zu ersticken.

Ich schob die Finger in sie hinein und ließ den Daumen über ihre empfindsamste Stelle kreisen. Sie keuchte, zog sich zurück, ihre Hand umklammerte meinen Hals, ihr Daumen fuhr über die pulsierende Ader unter meiner Haut. Ihre Nässe reizte meinen Schwanz, bis er um mehr bettelte.

Ich legte ihr eine Hand auf den Brustansatz und drückte sie an die Wand, während ich sie weiterhin kreisend liebkoste. Ich zog die Finger zurück, ließ sie kreisen, dann drang ich erneut in sie ein. Ich wollte sehen, wie sie kam, wollte in ihrem Gesicht sehen, was ich mit ihr machen konnte – dass kein Mann sie je zuvor so schnell und heftig hatte kommen lassen. Sie wand sich unter meiner Berührung, umklammerte mein Handgelenk, versuchte aber nicht, mich wegzuschieben. Stattdessen spreizte sie die Finger, als versuchte sie sich mit mir zu verständigen.

»Hayden«, flüsterte sie. »Bitte, fick mich.«

Ich nickte, ohne die Finger stillzuhalten. Noch immer zog ich mich zurück, und drang wieder in sie ein, kreiste und drückte. »Ich weiß. Und das werde ich. Aber du musst kommen. Um das Verlangen zu lindern. Nur zum Aufwärmen. Du musst entspannt sein, wenn ich meinen Schwanz in dich hineinschiebe.«

Sie rutschte ein Stückchen an der Wand hinunter, weil ihre Beine zu zittern begannen. Es würde nicht mehr lange dauern. Seit zwei Minuten waren meine Finger in ihr, und sie war kurz davor, auf meiner Hand zu kommen. Ihre Hüften zuckten, und ich drang tiefer in ihre Nässe ein, während unsere Münder reglos aufeinanderlagen, miteinander verbunden, aber schweigend, und unser Atem vermischte sich, während ich mich auf den Druck und das Beben ihres Innersten konzentrierte, während sie meine Hand und meine Hand sie fickte. Sie erstarrte, löste die Hand von meinem

Handgelenk. Während der Orgasmus ihren Körper erschauern ließ, blickte sie mir ins Gesicht.

Sie sank gegen die Wand, und ich ließ sie vorsichtig los.

»Siehst du? Das hast du gebraucht. Du musstest dich gehen lassen.« Dann zog ich sie hoch, drehte sie herum und setzte sie auf meinen Schreibtisch.

»Und was brauchst du?« Mit dem Zeigefinger zeichnete sie meine Braue nach. Ihre Miene wirkte wieder sanft. Entschlossenheit und Sachlichkeit waren von ihr abgefallen, und ich war stolz, weil ich wusste, dass ich der Grund dafür war. Ich hatte ihr geholfen zu vergessen, nur für ein paar Minuten.

»Ich brauche dich«, antwortete ich.

Avery

Mit gespreizten Beinen saß ich auf dem Schreibtisch, noch kraftlos von meinem Orgasmus, aber bereit, weiterzumachen. Bereit für alles, was er mir zu geben hatte – und für die Konsequenzen, die es nach sich ziehen würde.

Ich öffnete seine Shorts; sein Schwanz drückte so hart gegen die Knöpfe, dass mir vor Ungeduld die Finger zitterten.

Er keuchte, als der Verschluss nachgab und sein Schwanz zum Vorschein kam, hart und heiß und bereit, mich zu ficken. Mein Innerstes zuckte, und ich leckte mir die Lippen.

Er stöhnte. Warnend blickte ich ihm ins Gesicht.

»Wir müssen leise sein«, flüsterte ich.

Die Warnung galt ebenso für mich selbst wie für ihn. In der Nacht zuvor hatte das Hotel in mehrfacher Hinsicht dafür gesorgt, dass wir frei waren. Aber jetzt mussten wir vorsichtiger sein.

Er lächelte, als er nach dem Saum meines Poloshirts griff und es hochschob. Ich hob die Arme, und er warf es über seine Schulter auf den Boden. Er griff in die Hosentasche und holte ein Kondom heraus, ehe er die Shorts fallen ließ.

Ich schluckte und griff nach dem Gummi, aber er wich mir aus.

»Geduld. Du wirst mich früh genug fühlen«, sagte er, riss bereits die Verpackung auf und begann, das Kondom über seine Schwanzspitze zu rollen.

Früh war nicht früh genug. Beim Gedanken an seinen Schwanz und an das Gefühl, wenn er in mich eindrang – hart und weich, sanft und brutal –, zog ich mich zusammen.

Bei der Erinnerung stöhnte ich und wölbte den Rücken. Hayden lachte leise. »Wenn schon der Anblick meines Schwanzes das in dir auslöst, wie ist es dann hiermit?«, fragte er und drang mit einer einzigen tiefen, unerwarteten Bewegung in mich ein.

Er blickte auf mich herab, seine Augen wirkten sanft. »Atme.«

Ich atmete aus, meine Brust senkte sich, als ich mich zu entspannen versuchte, damit es sich nicht anfühlte, als würde er mich in zwei Teile spalten. Ich blickte zu der Stelle hinunter, an der wir miteinander verbunden waren; er war tief in mir. Nur ein Fingerbreit war von seinem Schaft noch zu sehen. Ich griff hinab und strich mit einem Finger über die harte, seidige Haut. Keuchend legte er den Kopf zurück. Ich wusste nicht, was mir besser gefiel – ihn so tief in mir zu spüren oder die Geräusche zu hören, die ich ihm entlocken konnte.

Ich ließ die Hände über seinen muskulösen Bauch gleiten, hinauf zu seiner Brust, und er sah mir dabei zu. Er musste nichts sagen. Wir waren einfach nur da, ganz im Augenblick, miteinander vereint.

Endlich begann er sich zu bewegen, langsam und bedächtig. »Fühlt sich gut an«, sagte er, halb als Frage, halb als Feststellung. Die Vibration seiner Stimme setzte sich auf meiner Haut fort, und ich fragte mich, ob sich je wieder etwas auch nur annähernd so gut anfühlen würde.

Ich nickte, atmete tief ein, als er erneut so heftig in mich eindrang, dass es beinahe wehtat.

Seine Hände krallten sich in meinen Po, hielten mich fest und drückten mich auf den Schreibtisch. Er beugte den Kopf, sein Bartschatten kratzte an meiner Wange und entzündete Funken der Lust, die sich verzweifelt danach sehnten, zu Flammen aufzulodern.

Ich wollte mehr, ich wollte es härter, schneller, länger. Ich griff nach ihm – sein Gesicht, seine Brust, die Arme, den Bauch –, jeder Teil von mir versuchte sich zu holen, was ich brauchte. »Bitte«, flüsterte ich mit zusammengebissenen Zähnen.

»Avery«, flüsterte er zurück und drang erneut in mich ein. »Avery. Avery. Avery.« Er verfiel in einen Rhythmus aus Lust und Haut und Schweiß, während er in mich eindrang und sich zurückzog, immer wieder. Mein Körper schien dafür gemacht zu sein. Für ihn. Für das, was wir taten.

Ich umfasste seinen Nacken und stützte mich mit der anderen Hand auf dem Schreibtisch ab, verschaffte mir Halt, sodass er tief, sehr tief in mich eindringen konnte. Ich hielt den Atem an, als er kaum merklich die Knie beugte und den Winkel veränderte, sodass sein Schwanz noch größer zu sein schien als zuvor.

Etwas landete auf dem Boden, und obwohl es zwei Zimmer weiter zu passieren schien, wusste ich, dass einer von uns etwas vom Schreibtisch gestoßen hatte. Wir machten zu viel Lärm – der Schreibtisch knarrte, Haut klatschte auf Haut, dazu die erstickten Geräusche der Ekstase. Wir waren viel zu laut, aber ich konnte nicht aufhören, ich wollte nicht. Was auch die Konsequenzen sein mochten, die Art, wie er mich anblickte und berührte, was er mit meinem Körper anstellte – all das war es wert.

Ich krümmte die Finger, vergrub meine Nägel in seiner Haut, als der Orgasmus sich tief in meinem Unterleib ankündigte und mir die Wirbelsäule hinaufzurasen begann. Als wüsste er, dass ich kurz davor war, sah er mir in die Augen, und ich bekam Panik, weil ich nicht wollte, dass es so schnell vorüberging … aber ich wusste, ich konnte es nicht mehr aufhalten.

Als hätte er meine Gedanken gelesen, nickte er. Ich runzelte die Stirn, aber er hauchte nur einen Kuss auf die Oberlippe meines geöffneten Mundes und sagte: »Komm.«

Mir blieb nichts anderes übrig, als zu tun, was er sagte. Mein Körper verkrampfte sich, als der Höhepunkt durch mich hindurchraste wie ein Blitz durch Wasser – heiß und hell und allumfassend.

Mein Griff wurde schwächer, und Hayden löste die Hände von meinen Hüften, hielt mich, bis ich auf dem Schreibtisch lag. Meine Angst, es könnte schon vorbei sein, war unbegründet. Ich lächelte, denn Hayden vögelte mich auf dem Schreibtisch weiter, seine Hände wanderten über meinen Körper. Geistesabwesend liebkoste er meine Nippel, und als gäbe es eine direkte Verbindung zu meinem Schoß, begann ich zu stöhnen. Er beugte sich über mich, legte mir eine Hand auf den Mund und beschleunigte den Rhythmus. Er wusste, dass ich jede Kontrolle verloren hatte. In diesem Augenblick hätte ich alles getan, was er von mir verlangte – ich hätte mich auf dem Hauptdeck oder in der Bordküche von ihm nehmen lassen. Was immer er wollte, wo immer es ihm gefiel.

Seine Stöße wurden schneller, härter, mit der freien Hand griff er zwischen uns und legte den Daumen auf meine empfindsamste Stelle. Ich wölbte den Rücken, murmelte etwas in seine Hand, zog mich um ihn zusammen.

Er blickte mir unverwandt ins Gesicht, und weil ich sehen wollte, wie er kam, versuchte ich die Augen aufzuhalten, überwältigt von der reinen Vollkommenheit dessen, was geschah. Diesmal kam mein Orgasmus schnell und unerwartet heftig, sodass mir die Beine zitterten und mein Körper erschauerte. Mein Höhepunkt brachte Hayden um den Rest seiner Selbstbeherrschung. Er biss die Zähne zusammen, seine liebkosende Hand löste sich und umklammerte meinen Oberarm, hielt mich fest, während er in mich hineinstieß, einmal, zweimal.

»Avery«, presste er hervor, als er kam, seine Stimme nur noch ein ersticktes Flüstern, unsere Blicke vereint, die Körper aneinandergepresst und miteinander verbunden. Zur Antwort schob ich ihm eine Hand ins Haar und lächelte ihn an. Wie hatte ich glauben können, ich könnte ihn einfach gehen lassen? Selbst wenn uns nur noch wenige Wochen blieben – ich würde nehmen, was ich bekommen konnte.

Er klammerte sich an mich, Haut an Haut, unsere Herzen schlugen aneinander, und wir lagen regungslos da, während wir langsam wieder zur Ruhe kamen. Ich hätte alles dafür gegeben, einfach auf Pause zu drücken, nur noch in diesem Raum zu existieren und den Rest der Welt einfach dahinschmelzen zu lassen.

26. Kapitel

Avery

Am nächsten Morgen wachte ich lächelnd auf. Wer machte denn so was? Ich nicht, jedenfalls nicht mitten in der Saison. Wie die meisten Jachtangestellten erwischte auch mich in der Mitte der Saison normalerweise ein Tief. Um diese Zeit hatte man sich an Trinkgelder gewöhnt, sie stellten kein besonderes Vergnügen mehr dar. Der Schlafmangel forderte seinen Tribut, und man hatte bereits so viele schwierige Reisen und verwöhnte Gäste hinter sich, dass die Zeit sich dehnte und eine gewisse Gereiztheit sich breitmachte. Es war der Zeitpunkt, an dem wir schluchzend aufwachten, nicht lächelnd. Aber in dieser Saison war nichts wie immer. Nicht die Länge der Reise, nicht der Mangel an Gästen und ganz sicher nicht der Sex. Wenn Hayden in seinem Job nur ein Zehntel so gut war wie darin, mich zu ficken, dann wunderte mich überhaupt nicht mehr, dass er Geld wie Heu hatte. Ich erschauerte beim Gedanken an seinen Mund, an seinen Schwanz, den *dirty talk.* Ich zog die Bettdecke zurück und ging ins Bad. Eine kalte Dusche war der erste Punkt auf meiner Tagesordnung.

Nachdem er mich überirdisch gut gefickt hatte, hatte Hayden mir versprochen, diskret zu sein. Ich hätte auf ihn verzichten, die Barrikade wiedererrichten sollen, aber in meinem Leben hatte ich so wenig nur für mich allein, dass ich an Hayden und meinen Gefühlen für ihn so lange wie möglich festhalten wollte.

Mein Dienst begann an diesem Morgen erst um zehn, aber ich neigte dazu, meine Zeiteinteilung nach Hayden zu richten. Ich duschte und zog mich an. Legte etwas getönte Feuchtigkeitscreme und eine Schicht Mascara auf, und dann, noch mit nassen Haaren, nahm ich Haydens Satellitenhandy, das neben meinem Bett lag. Am Abend zuvor hatte er darauf bestanden, es mir zu überlassen, weil ich ihm erzählt hatte, dass ich seit mehreren Tagen nicht mehr mit meinem Vater gesprochen hatte.

»Daddy?«, fragte ich, als er sich meldete.

»Avery. Wie geht es dir?«

Ich setzte mich aufs Bett, fuhr mir mit der Hand durch das nasse Haar und löste die wirren Strähnen voneinander. »Tut mir leid, dass ich dich gestern Abend nicht angerufen habe, ich musste hier ein paar Dinge in Ordnung bringen. Hast du etwas von der Versicherung gehört?«

Nach der Diagnose hatte ich meinen Vater überredet, sich eine Pflegekraft zu suchen, die Michael morgens beim Aufstehen half. Wir mussten nur noch die Versicherung dazu bringen, die Hilfe zu bezahlen, und wehe, sie weigerten sich, denn die Prämie, die ich zahlte, war in diesem Jahr kräftig erhöht worden.

»Ach, du weißt doch, wie die sind. Ich werde schon zurechtkommen.«

»Nein, Daddy. Es ist nicht gut für dich, wenn du schwer hebst.«

»Ich sage doch, ich komme klar. Die Versicherung zahlt nicht.«

»Du hast also von ihnen gehört?«, fragte ich.

»Gestern habe ich jemanden erreicht. Sie überprüfen die Zusatzleistungen, die uns zustehen.«

»Okay, das klingt gut. Als wollten sie uns zumindest helfen.«

Mein Dad schnaubte. »Ich glaube kaum, dass es so gemeint ist.«

Mein Vater versuchte mich mit schlechten Neuigkeiten zu verschonen. Immer war er derjenige, der an vorderster Front kämpfte und uns erzählte, es sei alles nicht so schlimm, wie wir glaubten. Aber ich hatte gelernt, die Zeichen zu lesen. Er verschwieg mir etwas. »Was haben sie gesagt?«

»Bis jetzt noch nichts Endgültiges.«

»Was bedeutet ›bis jetzt‹? Bitte, verheimliche mir nichts. Ich muss es wissen.«

Am anderen Ende der Leitung erklang ein langer, tiefer Seufzer. »Ich weiß es nicht, Avery. Wenn Michael bei der Physiotherapie keine beträchtlichen Fortschritte macht, zahlen sie möglicherweise nicht mehr dafür, das haben sie jedenfalls angedeutet.«

»Was?!« Ich sprang vom Bett auf. »Das können sie doch nicht machen! Er macht doch Fortschritte. Er arbeitet so hart!«

»Ich weiß es nicht, Liebes. Sie haben irgendwas von chronisch oder vorbeugend oder so gesagt – ich erinnere mich nicht mehr genau. Sie sagen, sie werden nur noch für eine Sitzung pro Monat zahlen.«

Bereits jetzt zahlte ich für drei Sitzungen pro Woche, was nur möglich war, weil ich in dieser Saison eine Gehaltserhöhung von vierzig Prozent bekommen hatte. Weitere drei Stunden konnte ich nicht bezahlen. »Aber wegen der Physiotherapie haben wir doch gar nicht angerufen. Wir wollen eine zusätzliche Pflegekraft. Ich verstehe nicht, warum sie beschließen, Leistungen zu kürzen, die sie bereits seit dem Unfall übernehmen.«

»Ich vermute, unser Antrag auf eine Pflegekraft hat zu einer Überprüfung der gesamten Akte geführt. Ich weiß es nicht, Süße. Aber wir schaffen das schon. Wir haben es immer geschafft. Ich will nicht, dass du dir deswegen Sorgen machst.«

Ich hätte am liebsten laut geschrien. Im Lauf der Jahre hatte ich ein Vermögen in die Prämien gesteckt, und jetzt wollten sie uns die Leistungen kürzen? Das war nicht fair.

Ich hatte kaum noch Ersparnisse, weil ich gerade erst die rollstuhlgerechte Einrichtung des Hauses und den Umbau der Garage zu einem ebenerdigen Schlafzimmer für Michael abgezahlt hatte.

Ich holte das Notizbuch, in dem ich meine Einnahmen und Ausgaben notierte, von dem Regal über meinem Bett. Als Teenager war ich häufig in Schwierigkeiten geraten, weil ich sorglos mit meinem Taschengeld umgegangen war, aber seit Michaels Unfall drehte ich jeden Cent um, überlegte mir genau, wofür ich etwas ausgab. Vielleicht könnte ich eine zusätzliche Pflegekraft bezahlen, aber das Geld für zusätzliche Physiotherapie konnte ich auf keinen Fall auch noch aufbringen.

»Er hat so große Fortschritte gemacht, Dad. Das hat die Physiotherapeutin selbst gesagt. Und du weißt, wie sehr er sich wünscht, wieder gehen zu können.« Ich konnte zwar die Zeit nicht zurückdrehen und uns daran hindern, hinunter zum Fluss zu gehen, aber ich würde tun, was ich konnte, damit Michael das bestmögliche Leben führen konnte. Vielleicht konnte ich mich auf ein größeres Schiff versetzen lassen oder einen Job auf der Jacht eines russischen Oligarchen ergattern und dort für deutlich mehr Geld Revolverkugeln und sexuellen Übergriffen ausweichen.

»Ich weiß, Liebes. Sie haben gesagt, dass sie es uns schriftlich geben, also warten wir einfach auf den Brief, dann wissen wir genau, woran wir sind.«

Ich fand es schlimm, dass mein Vater sich mit so etwas herumschlagen musste. Ein weiterer Rückschritt, noch eine Hürde, die er überwinden musste. Bei seinem Gesundheitsrisiko sollte er besser darüber nachdenken, weniger zu arbeiten und es ein bisschen langsamer angehen zu lassen, aber das würde er jetzt auf keinen Fall mehr tun.

»Okay. Schickst du mir eine Kopie, damit …« *Shit.* Ich hatte mich immer noch nicht daran gewöhnt, dass ich auf dem Schiff weder E-Mails versenden noch welche empfangen konnte. »Mail mir eine Kopie des Briefes, wenn du ihn bekommst. Ich gehe in ein Internetcafé an Land und sehe ihn mir an. In der Zwischenzeit überlege ich mir, wie wir an mehr Bares kommen können. Vielleicht raube ich eine Bank aus oder so.«

Mein Vater lachte. »Klar. Ich glaube kaum, dass du zu einem bewaffneten Überfall fähig wärst.«

Ich lächelte. Egal was passierte, mein Vater sah immer die lustige Seite. »Bald bin ich wieder zu Hause, Dad.«

»Ich freue mich, wenn ich dich endlich wiedersehe.«

Bei diesen Worten zog sich mein Herz zusammen. Er war kein sentimentaler Mensch, und er hätte niemals zugegeben, dass er mich bei sich zu Hause haben wollte oder mich vermisste. Er bestand darauf, das Leben in Sacramento sei nichts für mich und ich sei viel besser dran, wenn ich um die

Welt reiste. Seine Worte, der dumpfe Klang seiner Stimme durch das Telefon, brachten mich auf die Idee, dass sich daran möglicherweise gerade etwas änderte. Vielleicht geriet seine positive Einstellung ins Wanken. Ich wusste nicht, was ich tun würde, wenn sein strahlendes Lächeln und seine lockere, charmante Art verschwanden – sie machten meinen Dad aus. Nein, ich musste eine Lösung für dieses Problem finden, und dann wäre alles wieder so wie in den vergangenen sieben Jahren. Ich musste einen Weg finden, unserer Familie die Hoffnung zurückzugeben.

27. Kapitel

Avery

Ich brauchte Tequila. Oder einen Whiskey. Was tranken die Leute, wenn sie schlechte Nachrichten bekamen?

Ich starrte auf den Brief, den ich in Händen hielt, und wünschte mir, die Worte würden sich von denen unterscheiden, die ich auf dem Bildschirm gelesen hatte, ehe ich auf Drucken geklickt hatte. Ich hatte gehofft, mein Vater hätte bei unserem Telefonat wenige Tage zuvor etwas verwechselt, aber es stimmte, die Versicherung kürzte Michael die Physiotherapiestunden. Ich ließ mich in dem Internetcafé wieder auf den Stuhl sinken. Sie mussten sich geirrt haben. Ganz sicher.

Mein Instinkt sagte mir, dass ich ins nächste Reisebüro gehen, einen Flug nach Hause buchen und die Dinge wieder in Ordnung bringen sollte. Aber das hätte alles nur noch schlimmer gemacht, denn jetzt brauchte ich meinen Job dringender denn je. Die letzten Tage hatte ich mit Stift, Papier und Taschenrechner verbracht und herauszufinden versucht, ob ich auf irgendeine Weise die Lücke zwischen dem, was die Versicherung übernehmen würde, und dem, was Michael brauchte, schließen konnte.

Wie sehr ich die übrigen Ausgaben auch kürzte, mir fehlten zwanzigtausend Dollar im Jahr. Schuldgefühle schnürten mir die Kehle zu. Es war schwer, raubte mir die Luft zum Atmen. Wäre ich eine bessere Schwester gewesen, wäre es nie zu dem Unfall gekommen, und wäre ich *jetzt* eine bessere Schwester, würde mir etwas einfallen, um Michaels Pflege zu bezahlen. Ich hätte aufs College gehen, einen Vorkurs für Jura belegen oder Medizin studieren sollen – dann würde mein Einkommen wenigstens jedes Jahr steigen, anstatt zu stagnieren. Ich hätte mich zur Physiotherapeutin ausbilden lassen oder programmieren lernen und mir etwas Großartiges wie Facebook oder so einfallen lassen müssen.

Ich hatte mein Leben vergeudet. Für Geld hatte ich auf das College und die Zukunft, die ich mir wünschte, verzichtet, und *trotzdem* war es nicht genug. Was sollte ich jetzt tun? Ich hatte keine Ahnung, wie es weitergehen sollte.

Ich besaß nichts Wertvolles, das ich verkaufen könnte, und selbst wenn ich einen Job auf einer russischen Jacht bekäme, könnte ich nicht zwanzigtausend Dollar mehr im Jahr verdienen.

Ich faltete den Brief zusammen und steckte ihn in meine Handtasche, fest entschlossen, nicht zu weinen. Ich musste einfach eine Lösung finden. Derart hoffnungslos hatte ich mich auch gefühlt, als Michael im Krankenhaus gelegen und wir noch nicht gewusst hatten, ob er durchkommen würde. Und dann noch einmal, als meine Mutter fortgegangen war. Jedes Mal war ich schließlich wieder aufgestanden, oder ich hatte mich an die neue Situation gewöhnt – ich wusste nicht, was von beidem –, aber aus irgendeinem Grund fühlte ich mich diesmal noch schlechter. So als hätte es früher Hindernisse gegeben, die ich überwinden konnte, starrte jetzt aber in ein schwarzes Loch, das uns alle zu verschlingen drohte.

Ausnahmsweise einmal wünschte ich mir, jemand anders

würde die Verantwortung übernehmen. Ich wusste, dass mein Dad hier der Große war, aber es gab nichts, was er tun konnte. Alles lag bei mir. Und die Last bohrte mir so sehr in der Seele herum, dass ich mir nichts sehnlicher wünschte als einen Moment ohne sie. Vielleicht war es das, was ich in der Zeit gefunden hatte, als Hayden und ich allein gewesen waren – ein paar Minuten, ein paar Stunden, in denen ich mich leichter fühlte. Die Verantwortung verschwand zwar nicht einfach, aber irgendwie machte es mich stärker, mit ihm zusammen zu sein. Es war, als nähme er mir die Last ab und schenkte mir neue Kraft. Bald würde er fortgehen, und ich fragte mich, ob die jüngste Hiobsbotschaft leichter zu ertragen gewesen wäre, wenn ich *nicht* für eine Weile entkommen wäre, nicht für einige Stunden einen Blick in ein anderes Leben erhascht hätte.

Leicht benommen stand ich auf und ging nach draußen. Ich hatte Eric gesagt, dass es nicht länger als eine halbe Stunde dauern würde. Hayden mochte es nicht, wenn ich die Jacht verließ, und außerdem hatte ich an diesem Morgen seine Kabine noch nicht aufgeräumt. Ich musste das Badezimmer putzen, die Laken wechseln und Hunderte andere Dinge tun, die getan werden mussten, auch wenn sich nur ein einziger Gast auf der Jacht befand.

Ich blinzelte, als ich die Tür des Internetcafés öffnete, und setzte meine Sonnenbrille auf. Im Allgemeinen genoss ich die Hitze, den Sonnenschein und den blauen Himmel, aber an diesem Tag wünschte ich mir Regen, Hagel und Schnee – etwas, das nichts mit Urlaub oder Geld oder Glück zu tun hatte, denn das schien die Welt der anderen zu sein, nicht meine.

Über die hügeligen, gepflasterten Straßen ging ich zum Schiff zurück. Als ich diesen Weg zuletzt eingeschlagen hatte, war ich in einer völlig anderen seelischen Verfassung gewesen. Ich war so glücklich gewesen, dass ich nicht aufhören konnte zu lachen, mit Fremden zu reden – am liebsten hätte ich aus vollem Hals gesungen. Heute war alles anders.

»Avery!« Ein Mann rief nach mir, und neben mir tauchte eine Gestalt auf, eine Zeitung unter den Arm geklemmt. »Wie geht es Mr Wolf?«

Ohne den Schritt zu verlangsamen, ging ich in Richtung Meer und bemerkte, dass es sich um den rothaarigen Mann namens Phil handelte, der mich an dem Morgen, nachdem ich mit Hayden geschlafen hatte, angesprochen hatte.

»Was wollen Sie? Ich habe Ihnen gesagt, dass ich Ihnen nicht helfen kann.« Es waren mehr Menschen auf der Straße als bei meiner ersten Begegnung mit ihm – Touristen schlenderten umher, Einheimische gingen ihren Alltagsgeschäften nach –, aber irgendetwas an seiner unangemessenen Vertraulichkeit sorgte dafür, dass ich mich ausgeliefert und verletzbar fühlte. So nett und höflich er auch war, unter seiner blassen Haut und dem harten Blick lauerte etwas Finsteres. Ich blickte stur geradeaus.

»Ich mag Sie, Avery«, sagte er mit fröhlicher Stimme, als wollte er mir Obst oder Eiscreme verkaufen. »Darum bringe ich die Sache jetzt auf den Punkt. Ich möchte wissen, woran Hayden Wolf arbeitet.«

»Ich weiß nicht, wovon Sie reden. Ich spreche nicht über meine Gäste oder darüber, wer an Bord ist oder nicht.« Ich mied seinen Blick und ging einfach weiter.

»Mag sein, aber wir wissen beide, dass Hayden Wolf sich

auf der *Athena* aufhält. Und wir wissen auch, dass Sie ein bisschen Bargeld gut gebrauchen können.«

Mir drehte sich fast der Magen um. Woher wusste dieser Kerl etwas über mich? Wer zum Teufel war er? »Lassen Sie mich in Ruhe.«

»Sie wollen mir nicht zuhören, nicht einmal Ihrem Bruder zuliebe?«

Wie angewurzelt blieb ich stehen und drehte mich zu ihm. »Was haben Sie da gerade gesagt?«

»Ich weiß, dass Sie für Ihre Familie sorgen, Avery. Alles was ich will, ist, Ihnen einen Vorschlag machen, wie Sie das bewerkstelligen können.«

»Sie wissen gar nichts über mich und meine Familie …«

»Es ist mein Job, so etwas herauszufinden. Ich weiß über Ihren Bruder Bescheid und dass Sie die Versicherung für ihn bezahlen. Ganz zu schweigen von all dem, für das Sie aufkommen, weil es nicht von der Versicherungspolice gedeckt wird.«

Wie hatte dieser Typ all das herausgefunden? Ich drehte mich wieder zum Wasser. »Woher wissen Sie das?«

»Ich musste nur ein paar Leute in Ihrer Nachbarschaft befragen. Für ein bisschen Geld tun die Leute alles.«

Unsere Nachbarn hatten mit fremden Menschen über uns gesprochen? Wofür? Für ein paar Dollar?

»Und das ist nichts Schlechtes. Ich verurteile niemanden. Schließlich muss jeder sehen, wo er bleibt«, fuhr er fort. »Das war sehr hilfreich für mich. Was ich von Ihnen verlange, ist so gut wie nichts. Wir brauchen nur jemanden, der vor Ort Augen und Ohren aufsperrt. Das ist alles. Sie tun niemandem weh. Tatsächlich helfen Sie sogar Ihrem Bruder.«

»Inwiefern sollte es meinem Bruder helfen, wenn ich herumschnüffle und Leute ausspioniere?«

Ich blickte ihn von der Seite an, und er lächelte und war so entspannt, als gäbe er mir Empfehlungen für die besten Strände in der Gegend. »Wir sind bereit, Ihnen viel Geld zu zahlen, wenn Sie uns sagen, was wir wissen müssen.«

»Ich bin an Ihrem Geld nicht interessiert.«

»Nicht einmal, um Ihrer Familie zu helfen? In meinen Ohren klingt das ziemlich selbstsüchtig.« Er legte den Kopf schief und musterte mich, als hätte ich gerade etwas Lächerliches gesagt.

»Meine Familie würde kein Geld wollen, für das ich lügen musste.«

»Du liebe Güte, nein! Ich verlange nicht von Ihnen, dass Sie lügen. Tatsächlich will ich nur die Wahrheit hören. Möglicherweise haben Sie bereits alles, was ich wissen muss. Sagen Sie mir, woran Mr Wolf arbeitet, und ich gebe Ihnen …«

»Danke, kein Interesse«, fiel ich ihm ins Wort und setzte mich erneut in Richtung Beiboot in Bewegung.

»Sie haben doch noch gar nicht gehört, was ich Ihnen anbieten will. Um Ihres Bruders willen: Hören Sie mich an.«

»Ich habe kein Interesse!«, fiel ich ihm ins Wort. In diesem Augenblick wollte ich nur noch zu dem Boot zurück und Abstand zwischen mich und diesen rothaarigen Widerling bringen.

»Würden Sie für hundertfünfzigtausend Dollar Ihre Meinung ändern?«

Ich blieb stehen.

Das konnte nicht sein Ernst sein. Er würde mir hundertfünfzigtausend geben? In was für einen Mist war Hayden da verwickelt? Es konnte nicht nur um eine Firma gehen, die eine andere Firma übernehmen wollte. Oder um lang gehegten Groll. Bei einem Betrag in dieser Größenordnung musste es um mehr gehen.

»Ich dachte mir, dass Sie das interessiert.«

»Hundertfünfzigtausend?«

Er lächelte. »Leicht verdientes Geld, nicht wahr? Wie viele Saisons müssten Sie arbeiten, um so viel zu verdienen? Denken Sie an all die fantastischen Dinge, die Sie damit tun können. Sie könnten Urlaub machen, sich eine Weile freinehmen, vielleicht sogar zur Uni gehen.«

Mir wurde schwindelig. Hundertfünfzigtausend … das war *verdammt* viel Geld.

Er holte eine Visitenkarte heraus und hielt sie zwischen Zeige- und Mittelfinger hoch. »Wenn Sie sich überlegt haben, wofür Sie das Geld ausgeben wollen, welchen Kurs am College Sie belegen wollen, wie glücklich Ihr Dad und Ihr Bruder mit diesem zusätzlichen Bankguthaben wären, rufen Sie mich an, und wir vereinbaren einen Termin.« Er holte ein Satellitenhandy aus der Tasche und hielt es mir hin.

Ich starrte auf seine Hände, als könnte ich die hunderttausend Dollar bereits in der italienischen Sonne blinken sehen. Ich musste nur zugreifen und sie mir nehmen.

»Sie haben widerstanden, Avery. Sie haben Nein gesagt. Sie haben sich selbst bewiesen, dass Sie ein guter Mensch sind. Jetzt müssen Sie Ihrem Bruder zuliebe Ja sagen.«

Ich blickte zu ihm auf. Seine Augen wirkten warm und ruhig, und wenn uns ein Außenstehender gesehen hätte,

hätte er geglaubt, dass wir Freunde waren oder er bei mir zu landen versuchte.

Ich mochte diesen Typen nicht, kein bisschen, aber er hatte recht. Mein Bruder brauchte mich in der Tat, und hundertfünfzigtausend Dollar waren viel Geld.

Ich blickte zum Beiboot hinüber, dann schluckte ich. Würde mein Dad wirklich von mir erwarten, dass ich auf so viel Geld verzichtete? Diese Summe würde das Leben meiner Familie völlig verändern. Mich eingeschlossen. Ich brauchte Zeit, um mir darüber klar zu werden, was ich tun sollte.

Ich riss ihm Karte und Handy aus den Händen und rannte zum Beiboot, wo Eric auf mich wartete. Nie zuvor hatte ich eine Jacht als einen Ort betrachtet, an den ich fliehen wollte, anstatt so schnell wie möglich wieder wegzukommen, aber ich hatte es auch noch nie so eilig gehabt, den festen Boden unter meinen Füßen zu verlassen. Ich war vollkommen verwirrt, und das Schiff war immerhin ein vertrauter Ort. Dort konnte ich entscheiden, ob ich Hayden oder meine Familie verraten sollte.

28. Kapitel

Hayden

Ich erkannte mich selbst kaum wieder, so sehr sehnte ich mich nach Avery Walker. Nur wenige Stunden waren vergangen, seit sie nackt auf meinem Schreibtisch gelegen hatte, und ich vermisste bereits ihren süßen Geschmack und ihre Finger in meinem Haar. Seit Taormina hatten wir uns jeden Tag ein bisschen Zeit für uns allein nehmen können, aber mein Verlangen nach ihr war dadurch nicht gestillt, sondern im Gegenteil noch angefacht worden. Wie würde ich mich in London ohne sie fühlen? Das alles ergab keinen Sinn. Schließlich kannte ich die Frau erst seit Kurzem und war auch kein Typ für emotionale Verwicklungen, aber dennoch konnte ich mir mein Leben nicht mehr ohne sie vorstellen. Ich brauchte einen Plan.

Ich wusste nicht, ob es an fehlender Ablenkung lag, aber inzwischen war sie es, auf die ich mich jeden Tag am meisten freute. Normalerweise war der Kick, den mir die Übernahme eines Unternehmens gab, besser als jede Droge, ja sogar besser als Sex. Es schob alles andere beiseite und beanspruchte meine gesamte Aufmerksamkeit. Das hatte etwas Befreiendes. Nichts war wichtiger. Wenn ich einen Deal abschließen wollte, war ich mir meiner Ziele und Verantwortlichkeiten klar bewusst. Avery erschwerte mir diesen Tunnelblick. Sie schien außerhalb der Röhre zu existieren und beanspruchte einen Teil meiner Aufmerksamkeit. Ich sonnte mich in der Art, wie sie für mich sorgte und sicherstellte, dass ich alles bekam, was ich brauchte. Aber noch wichtiger war, dass sie mich herausforderte und mir sagte, was ich alles *nicht* brauchte.

Als es an der Tür klopfte, lächelte ich, denn ich wusste, dass sie es war. »Herein.« Ich behielt die Tür aus glänzendem Walnussholz im Blick. Das Erste, das ich meistens sah, wenn die Tür sich öffnete, waren Averys schönes Lächeln und ihre großen Augen, aber nun machte sie die Tür gerade so weit auf, dass sie in die Kabine schlüpfen konnte, und ihre Miene wirkte ein bisschen finster, ihr Lächeln gezwungener als sonst.

»Du bist eine Augenweide«, begrüßte ich sie und streckte die Hände nach ihr aus, als sie die Tür zudrückte.

»Bin ich das?«, fragte sie und ließ sich von mir umarmen. »Soll ich dir etwas holen?«

Ich seufzte. So nah wir uns in den vergangenen Wochen auch gekommen waren, es ließ sich nach wie vor nicht leugnen, dass sie sich als Angestellte betrachtete.

»Ich wünschte, es wäre nicht so«, sagte ich.

Sie erstarrte, und ihre Knie berührten meine, als ich ihr einen Arm um die Taille legte und sie auf meinen Schoß zog. »Was denn?«, fragte sie.

»Dass du mich bedienen musst. Hinter mir herräumen. Dafür bist du zu gut.«

Sie schnaubte und entspannte sich in meinen Armen. »Ich bin nicht zu gut dafür. Außerdem mache ich das gern für dich.« Sie fuhr mir mit den Händen über die Arme.

»Mir gefällt der Gedanke nicht, dass du dasselbe für andere Leute tun wirst, wenn ich weg bin.«

Sie hob den Kopf und gab mir einen Kuss auf das Kinn. »Willst du mich als deine persönliche Chefstewardess haben?«

»Das klingt, als wäre ich pervers.«

»Bist du ja auch.« Sie stupste mich in die Rippen, und ich packte ihre Hand, küsste die Innenseite ihres Handgelenks und rieb meine Hüften an ihr.

»Hast du nie darüber nachgedacht, was du sonst vielleicht gern tun würdest?«

Ihr Mund verweilte auf meinem Kinn, ihre Miene nahm einen professionellen Ausdruck an. »Das hier ist mein Job. Hast du schon mal darüber nachgedacht, was du lieber tun würdest, als Firmen zu kaufen und zu verkaufen? Wenigstens bekomme ich bei der Arbeit Tageslicht zu sehen.«

Da hatte sie nicht ganz unrecht. Ich saß stundenlang in unpersönlichen Räumen, und das über Wochen. Sie arbeitete immerhin auf einer Jacht vor der Küste Italiens. »Ja, ich gebe zu, dass mein Job lächerlich ist. Aber deswegen fühle ich mich nicht schlecht – mein Bruder war beim SAS, schon vergessen? Ich kann inzwischen damit leben, dass meine Arbeit manchmal ziemlich oberflächlich ist. Sie zahlt sich nämlich aus.«

»Okay, dann verstehe ich dein Problem nicht.«

Ich zeichnete die Vertiefung über ihrem Schlüsselbein nach und ließ einen Finger zwischen ihren Brüsten hinabwandern. »Ich habe über Logistik nachgedacht.«

Um nicht zu lächeln, presste sie die Lippen zusammen. »Du hast über *Logistik* nachgedacht? Hat dir schon mal jemand gesagt, dass du ein richtiger Romantiker bist?« Sie fuhr mir mit den Fingern durchs Haar, und ich schloss die Augen und genoss die sanfte Berührung.

»Ist es das, was du willst? Ich weiß nicht, ob ich mich mit Romantik so gut auskenne, aber daran kann ich arbeiten.« Ich würde vieles verändern müssen. Ich hatte mich nie auf Beziehungen eingelassen, nie jemanden geliebt, aber für Avery würde ich tun, was nötig war.

»Aber selbst wenn ich den Firmenhauptsitz verlege – du bist trotzdem nicht ständig an einem Ort. Wir müssen uns etwas überlegen, das für uns beide funktioniert.«

Ich biss sie sanft in den Nacken, und sie drängte sich an mich, wollte mehr. »Na, ich weiß nicht, ob Romantik wirklich das ist, was du willst«, knurrte ich.

Sie legte mir eine Hand um den Nacken und strich mir mit dem Daumen über das Kinn. So. Genau so sollte es für immer bleiben. Nicht vögeln. Nicht reden. Das hier war Intimität, etwas, das ich wahrscheinlich nie zuvor erlebt hatte.

»Ich habe keine Antworten. Du und ich außerhalb der *Athena,* das kommt mir unmöglich vor. Mein Leben ist zwischen drei Orten aufgeteilt – Sacramento, das Mittelmeer und die Karibik. Du bist in London. Ich muss mich um meine Familie kümmern, du führst ein Unternehmen.« Sie schloss die Augen, und ich drückte meine Lippen auf ihre Stirn. »Ich weiß nicht, wie das funktionieren soll.«

»Wir werden dafür sorgen, dass es funktioniert«, erklärte ich. »Zwischen deinen Einsätzen kann ich zum Mittelmeer fliegen, wenn es sein muss.«

Sie seufzte. »Das kannst du nicht. Und was ist, wenn ich fünftausend Kilometer weit weg bin?«

»Ich kann das sehr wohl. Wir finden einen Weg.«

»Du scheinst dir deiner Sache so sicher zu sein, aber ich weiß einfach nicht, wie das gehen soll«, sagte sie und sah mich an, als sollte ich ihr auf der Stelle eine Lösung präsentieren.

»Vielleicht kaufe ich eine Versicherungsgesellschaft mit Sitz in Florida, dann kann ich von den USA aus arbeiten. Oder du besorgst dir einen Job in London. Wir kriegen das schon hin.«

»Ich weiß nicht«, sagte sie und seufzte.

Zweifelte sie etwa an meinen Gefühlen für sie? Ich hatte ihr mehr von mir selbst gezeigt als je zuvor einem anderen Menschen. »Du begreifst nicht, wie wichtig du mir bist. Ich werde einen Weg finden«, flüsterte ich. »Versprochen. Vertrau mir.« Ich wollte ihr nicht zustimmen, aber die Lage war tatsächlich schwierig. Ich konnte ihr das Geld geben, das sie für ihre Familie brauchte, oder ihr eine Anstellung bei Wolf Enterprises anbieten, aber ich wusste, ihr Stolz würde ihr verbieten, einer dieser Optionen zuzustimmmen. Und wenn ich kein Deckarbeiter werden wollte, wie sollte ich dann Zeit mit ihr verbringen, wenn sie weiterhin auf einer Jacht arbeitete? Würde ich hinnehmen müssen, dass ich sie während der Saison nur hin und wieder ein paar Tage sehen konnte? Auf Dauer würde das kaum gut gehen. Nun musste ich nicht nur den Deal mit Phoenix unter Dach und Fach bringen und herausfinden, wer der Maulwurf war, sondern ich musste mir außerdem überlegen, was ich zu tun hatte, um Avery nicht zu verlieren. Und die Uhr tickte. Mir blieb nicht mehr viel Zeit.

29. Kapitel

Hayden

Mit Phoenix war ich so kurz vor der Ziellinie, dass ich den Sieg fast riechen konnte. In letzter Minute hatten sie den Preis erhöht. Der Geschäftsführer war nicht zu erreichen, und niemand konnte mir diesen Sinneswandel kurz vor Toresschluss erklären. Sie setzten mir die Pistole auf die Brust – entweder ich zahlte mehr oder ich hatte die vergangenen zwei Monate mit einem gescheiterten Deal vergeudet. Ohne die Zustimmung meiner Investoren konnte ich der Erhöhung nicht zustimmen, und sie hatten beschlossen, mich zu foltern, indem sie einige Finanzwerte genauestens unter die Lupe nahmen. Als ich an Bord der *Athena* gegangen war, war mir der Kauf von Phoenix wie eine nahezu unlösbare Aufgabe erschienen, aber jetzt war er in greifbare Nähe gerückt. Es war eine Qual. Ich konnte nichts anderes tun als warten, und während ich wartete, würde ich hoffentlich herausfinden, wo die undichte Stelle bei Wolf Enterprises war. Wenn der Phoenix-Deal scheiterte, konnte ich meine Geschäfte nicht mehr von einer Superjacht aus erledigen. Ich wählte Landons Nummer.

»Cannon scheint viel Zeit und Mühe auf dich zu verwenden«, meldete sich Landon, ehe ich auch nur Hallo gesagt hatte. »Sie sind an ein Besatzungsmitglied herangetreten.«

»Von der *Athena?*« Ich spürte meinen Puls im Hals pochen. »Und an welches genau?«

»Die betreffende Person hat nichts durchsickern lassen.

Ich warte nur noch auf die Investoren. Wir sind fast fertig.«

Mist. In diesem späten Stadium würde die Sache doch nicht mehr schiefgehen, oder? War dies der Grund, warum Phoenix mehr Geld verlangt hatte? Hatten sie ein besseres Angebot von Cannon erhalten?

Im Geist ging ich durch, um welches Besatzungsmitglied es sich handeln könnte. Die einzige Person, mit der ich neben Avery zu tun hatte, war Skylar. War es möglich, dass jemand in meinen Sachen herumstöberte, wenn sie glaubten, dass ich schlief oder mich auf dem Hauptdeck aufhielt?

»Kannst du mir den Namen der Person nennen, die du für gefährdet hältst?«, fragte ich.

Das Klappern einer Tastatur hallte aus dem Handy. »Avery Walker. Sie ist doch die Chefstewardess, oder?«

Ich versuchte zu schlucken, aber meine Kehle war wie zugeschnürt, und ich musste husten. »Nein, nicht Avery. Da musst du etwas verwechselt haben. Hast du ein Foto? Ist es eine Frau? Hat sie weißblondes Haar?«

»Nein, braune Haare. Auf einem Bild hat sie einen Pferdeschwanz. Auf einem anderen trägt sie sie offen.«

Das Herz stolperte mir in der Brust, als klopfte es an die Rippen, um herausgelassen zu werden. »Nein, das muss ein Fehler sein.«

»Habe ich dich je in die falsche Richtung gelenkt?«

»Nein, aber Avery würde mich nicht verraten. Und wie ich schon sagte: Cannon hat es nicht geschafft, meine Pläne zu durchkreuzen und mir diese Firma vor der Nase wegzuschnappen.« Jedenfalls noch nicht.

»Hör mal, mein Mitarbeiter bei euch da drüben hat sie dreimal an verschiedenen Orten mit demselben Kerl gesehen. Wir haben ihn überprüft, und er ist so was wie ein Ex-MI5-Mitarbeiter. Arbeitet für eine Firma, die Cannon für Spionage bezahlt, soweit wir wissen. Der Typ heißt Phil Dyer, aber er benutzt verschiedene Decknamen. Sehr gern James Cree. Oder Alfie Molloy.«

Das konnte nicht wahr sein. Er musste sich irren – aber Landon irrte sich in solchen Dingen nie. »Hast du Fotos von ihr und dem Typen? Aber selbst wenn, das heißt doch immer noch nichts, oder? Vielleicht ist er an sie herangetreten, aber das bedeutet nicht, dass sie ihm etwas erzählt hat. Möglicherweise hat er sie zu kompromittieren versucht und ist dabei gescheitert.«

Landons Schweigen am anderen Ende der Leitung verriet mir, dass er mein Verhalten idiotisch fand und sich den Grund dafür zusammenzureimen versuchte.

Ich quälte ihn nicht weiter. »Also gut. Ich schlafe mit ihr.«

»Himmel, du bist wirklich ein Idiot. Ich habe doch gesagt, ich sorge dafür, dass du Gesellschaft bekommst, wenn du …«

»Landon«, knurrte ich. Ich wollte nicht hören, dass er mich für einen Teenager hielt, der sich keine zwei Monate mit der eigenen Faust behelfen konnte im Tausch gegen einen erfolgreichen Deal, von dem noch in den Nachrufen auf mich die Rede sein würde. So war es nicht gewesen. Natürlich hatte auch Lust eine Rolle gespielt, aber es war mehr als das. Ich hätte mich nicht von ihr fernhalten können, selbst wenn ich es versucht hätte. Und ich hatte es versucht.

Auch sie hatte auf Abstand zu mir gehen wollen. Sie trug eine Maske, ja, aber die Art, wie sie sich dagegen wehrte, die unsichtbare Linie zwischen Gast und Crewmitglied zu überschreiten, konnte nicht vorgetäuscht sein. Oder? Wenn ich ihr nicht in dem Theater begegnet wäre, hätten wir vermutlich nicht den ganzen Tag und die folgende Nacht miteinander verbracht.

Hatte sie das bewusst arrangiert?

Hatte sie absichtlich auf schüchtern gemacht, um mich schließlich zu überrumpeln?

Fuck. Ich wusste überhaupt nichts mehr.

»Bist du sicher, dass es Avery ist?«

»Kannst du an Land gehen? Ich kann dir innerhalb der nächsten halben Stunde jemanden mit Beweisen schicken.«

»Aber es sind nur Fotos, auf denen sie mit irgendeinem Kerl spricht, oder?«

»Auf einem der Bilder ist zu sehen, wie er ihr ein Satellitenhandy gibt.«

Sie hatte mir erzählt, dass es auf der Jacht nur ein einziges Handy gab und dass sie es nur selten benutzen durfte. Darum hatte sie mit meinem telefonieren müssen. War auch das eine Lüge gewesen?

»Sie hat eine Standleitung. Das war keine einmalige Sache.«

Ich konnte nur hoffen, dass es nicht Avery war. Das Landon etwas durcheinandergebracht hatte. Ließen sich Augusts Haare nicht notfalls als braun beschreiben, obwohl es so dunkel war, dass die meisten Leute es schwarz oder wenigstens *dunkel*braun nennen würden?

Ich stand auf. Ich brauchte weitere Beweise. Ich vertraute meinem Bruder, aber ich konnte kaum glauben, dass ich mich dermaßen in jemandem getäuscht hatte. Ich musste dieses Handy finden, mit eigenen Augen die Bilder sehen und sie damit konfrontieren. »Zeig mir die Beweise.«

30. Kapitel

Hayden

Ahnte sie, dass ich wusste, was sie getan hatte? Obwohl ich sie nicht ansehen wollte, fühlte ich mich unwillkürlich zu Avery hingezogen, die auf dem Hauptdeck stand, während sich das Beiboot dem Schiff näherte. Wie üblich hatte sie ihr Haar zu einem praktischen Pferdeschwanz zurückgebunden.

Leider hatte Landon sich nicht geirrt. Die Bilder, die sein Kontaktmann mir gezeigt hatte, waren eindeutig. Avery hatte sich bei drei verschiedenen Gelegenheiten mit einem ehemaligen MI5-Agenten getroffen. *Ein* Treffen wäre noch erklärlich gewesen. Vielleicht sogar zwei. Aber sie hatte *drei* Mal mit diesem Kerl gesprochen, einmal gleich nach unserer gemeinsamen Nacht in Taormina.

Avery wusste, dass ich dabei war, Phoenix zu kaufen. Sie hatte die verdammten Dokumente gesehen. Durchaus möglich, dass sie den Preis und die wichtigsten Vertragsbedingungen herausgefunden hatte … aber meine Beute hatten sie mir trotzdem nicht abgejagt. Noch nicht.

Warum hatte Cannon nicht zugegriffen? War Avery ein Teil längerfristiger Planungen? Vielleicht gab es Pläne, von denen ich nichts wusste.

Ich hatte auf dem Festland mit meinen Investoren gesprochen, und sie hatten der Preiserhöhung zugestimmt. Ich war kurz davor, den Deal des Jahrzehnts abzuschließen, die wichtigste Transaktion meiner Karriere, und dennoch freute ich mich nicht. Mir strömte zwar das Adrenalin durch die Adern, aber das lag nicht an meinem Sieg. Der Grund dafür war Wut.

Verrat. Es hatte geschmerzt wie ein Messerstich, als ich von dem Leck bei Wolf Enterprises erfuhr, aber es war nur eine oberflächliche Schnittwunde im Vergleich zu dem, was ich in diesem Augenblick empfand – ich fühlte mich, als hätte mir jemand das Herz aus der Brust gerissen, um es auf einem Pfahl zur Schau zu stellen.

Das Schiff war zwar bis zum Ende der Woche gebucht, aber ich hatte keinen Grund, nach dem Abschluss des Kaufvertrags noch zu bleiben. Nicht mehr. Doch bevor ich ging, wollte ich eine Erklärung. Ich wollte Avery Walker in die Augen sehen und sie fragen, wie viel sie ihr gezahlt hatten, damit sie mich fickt. Und ob sie sich wie die Prostituierte fühlte, zu der sie dadurch geworden war.

Avery

Irgendetwas stimmt nicht.

So vorsichtig Hayden und ich uns auch verhalten hatten – ich hatte immer gewusst, dass er sich meiner bewusst war, auch in Gegenwart anderer. Ein Blick oder eine Neigung seines Kopfes hatten es mir verraten. Aber jetzt kam er an Bord, ohne mich eines Blickes zu würdigen, und alles, was ich von ihm sah, war sein Hinterkopf, als er an mir vorbei in den Hauptsalon stürmte.

Seltsam genug, dass er – plötzlich und ohne mir etwas davon zu sagen – Eric gebeten hatte, ihn an Land zu bringen.

Warum wich er nun auch noch meinem Blick aus? War sein Deal geplatzt? Als ich das letzte Mal mit ihm gesprochen hatte, waren sie gerade dabei gewesen, die letzten Details zu regeln. Etwas musste schiefgegangen sein.

Hayden war immer cool. Charmant. Beherrscht. Aber er sah aus, als hätte er am liebsten jemanden die Hände um den Hals gelegt und zugedrückt, bis das Leben aus ihm herausgepresst war.

»Alles in Ordnung?«, fragte ich Eric, der oben auf dem Treppenabsatz auftauchte und in die Sonne blinzelte.

Mit einem Schulterzucken setzte er seine Sonnenbrille auf. »Das hier ist die seltsamste Charterreise, die ich je mitgemacht habe, so viel steht fest, verdammt noch mal.«

»Hat er etwas abgeholt oder sich mit jemandem getroffen oder so?«

»Keine Ahnung. Sobald wir angelegt hatten, war er verschwunden und kam erst vierzig Minuten später wieder. Hat kein Wort mit mir geredet, weder auf dem Hin- noch auf dem Rückweg. Der Typ ist echt ein seltsamer Huren-«

Ich hob eine Hand und sagte: »Ich gehe mal nach ihm sehen.«

»Hoffentlich macht das Trinkgeld alles wieder wett.«

Das Trinkgeld war meine geringste Sorge. Ich fand es schrecklich, dass Hayden sich nicht mehr wie der Mann verhielt, als den ich ihn kannte. Etwas Wichtiges musste schiefgegangen sein, und ich machte mir Sorgen um ihn.

Ich klopfte an seine Bürotür, wie ich es auf dieser Reise bereits so oft getan hatte. In der folgenden Woche würde aus dem Büro wieder eine Schlafkabine werden, und ich würde erröten, wenn ich an all das dachte, was in diesem Raum zwischen uns geschehen war.

Er würde mir fehlen.

Ich wünschte, es wäre anders.

Aber wie mein Dad immer sagte: Niemand hatte mir je versprochen, dass das Leben fair ist. Er erzählte mir auch gern, ich müsste das Beste aus dem machen, was ich hatte, ehe er auf seinen ewigen Lieblingsspruch zurückgriff: Finde dich damit ab, Herzchen.

»Herein!«, schnauzte Hayden. Normalerweise kam er zur Tür, zog mich in die Kabine, drückte mich an die Tür und küsste mich heftig. Hier stimmte *definitiv* etwas nicht.

Ich drehte den Knauf und trat ein. Er saß hinter dem Schreibtisch, den Blick gesenkt. Ich sah, dass er Fotos betrachtete, die auf der glänzenden weißen Oberfläche verteilt waren.

Ich ging auf ihn zu, und die umgekehrt liegenden Bilder wurden schärfer; sie zogen mich an, weil sie so vertraut wirkten.

Als ich näher kam, legte er die Fingerspitzen auf die Fotos und ließ sie herumwirbeln, sodass sie richtig herum vor mir lagen.

Alle zeigten mich und den rothaarigen Mann, der mich angesprochen und mir Geld angeboten hatte, wenn ich Hayden ausspionieren würde.

»Wärst du so freundlich, mir das zu erklären?«, fragte er und sah mir endlich ins Gesicht. Der Zorn war ihm deutlich anzumerken, aber er hatte sich im Griff. Er war ein Mann, mit dem sich niemand gern anlegte. Ein Mann, der zum Kämpfen bereit war.

Ich trat einen weiteren Schritt vor und betrachtete das erste Bild. Es war einige Wochen zuvor in Saint-Tropez aufgenommen worden. Bislang hatte ich die Verbindung nicht bewusst hergestellt, aber der Fotograf, der mich gefragt hatte, wer auf dem Schiff war, war derselbe rothaarige Typ, der mir hundertfünfzig Riesen für die Information angeboten hatte, welche Firma Hayden aufkaufte. »Es ist derselbe Mann«, sagte ich wie zu mir selbst.

»Ihr scheint euch miteinander sehr wohlzufühlen.«

Ich blickte auf. Hayden ragte über mir auf, seine Augen wirkten dunkel, die Lider schwer.

»Warum fotografierst du mich?« Vertraute er mir nicht? Spionierte er mir genauso nach wie dieser rothaarige Typ namens Phil, der mich nicht in Ruhe lassen wollte? Was zum Teufel war passiert, und wieso war ich die Frau, die mitten in diesem Chaos steckte?

Hayden schwieg. Er starrte mich nur an, als würde er liebend gern seine Wut an mir auslassen.

»Kontrollierst du mich?«, fragte ich.

»Beantworte meine Frage«, entgegnete er knapp, und sein Kiefer wirkte wie gemeißelt.

»Er hat mir Geld angeboten«, sagte ich und starrte blinzelnd auf das erste Bild. Noch immer fragte ich mich verwirrt, warum ich nicht erkannt hatte, dass es derselbe Mann war, der mich in Taormina angesprochen hatte. Ich hatte mir darüber überhaupt keine Gedanken gemacht. Vielleicht hatte mich die Kamera aus dem Konzept gebracht. Ich war so aufgeregt, weil ich das Boot verlassen konnte, und freute mich darauf, mit meinem Dad zu sprechen. »Das war der Typ.«

»Arbeitest du für Cannon?«

Die Frage durchfuhr mich wie ein Stromstoß. Ich schreckte auf und wich zurück.

»Wie bitte?« Hielt er mich für eine Spionin? Ich musste mich verhört haben. Er kannte jeden Zentimeter von mir. Wir hatten Stunden miteinander verbracht, hatten gearbeitet, uns geküsst, die Umrisse unserer Körper nachgezeichnet. Er konnte doch nicht glauben, dass ich ihm alles nur vorgespielt hatte. Das war unmöglich.

»Ich habe dir eine einfache Frage gestellt. Ja oder nein.«

»Wer ist Cannon? Was glaubst du, wer ich bin, verdammt noch mal?«

»Dann erklär mir diese Bilder. Warum triffst du dich mit diesem Kerl – der für Cannon arbeitet, aber das weißt du ja vermutlich bereits.«

»Ich habe keine Ahnung, wer Cannon ist, und dieser Typ da ist auf mich zugekommen. Ich habe mich nicht mit ihm *getroffen,* kein einziges Mal. Von dieser Begegnung habe ich dir erzählt«, sagte ich und tippte auf das Bild in der Mitte.

»Du hast mir aber nicht erzählt, dass du mindestens dreimal mit ihm gesprochen hast.« Er zeigte auf die Fotos. »Wahrscheinlich hast du geglaubt, wenn du mir von einer Begegnung erzählst, bist du auf der sicheren Seite, falls du gesehen wirst. Sehr clever.«

Was meinte er damit: *auf der sicheren Seite?* »Ist dir schon mal in den Sinn gekommen, dass er mich mehrmals angesprochen hat, weil ich ihm eben *nicht* gegeben habe, was er wollte?«

Meine Gefühle schwankten zwischen Wut und Panik, weil er mich zu Unrecht beschuldigte, aber vor allem war ich furchtbar enttäuscht, weil Hayden mich für fähig hielt, jemanden auszuspionieren – noch dazu ihn!

»Ich zeige dir die Aufnahmen und bitte dich, sie mir zu

erklären. Ich denke, das ist angemessen.« Seine Stimme klang flach und leblos, als wäre er der Boss eines Konzerns und ich eine gesichtslose Angestellte, der er nie zuvor begegnet war und die er gleich feuern würde. Seine Meinung, was diese Bilder zu bedeuten hatten, stand bereits fest. Es traf mich ins Mark, dass wir so viel Zeit miteinander verbracht hatten und er mir dennoch einen solchen Verrat zutraute.

Wahrscheinlich musste ich es ihm einfach erklären. Wenn er begriff, was tatsächlich passiert war, würde er wütend auf sich selbst sein, weil er so ein Arschloch gewesen war.

»Das hier«, sagte ich und drehte das glänzende Bild so herum, dass er es mühelos betrachten konnte. »Das war, als ich die Jacht zum ersten Mal verlassen habe. Der Typ sieht aus wie ein Paparazzo. Er hat mich gefragt, wer auf der *Athena* ist.«

Haydens Schweigen enthielt eine unausgesprochene Frage, darum fuhr ich fort: »Nein, ich habe ihm nichts erzählt. Wir werden öfter nach solchen Dingen gefragt, aber wir sagen nie etwas dazu.« Ich wusste nicht, ob das auf all meine Kollegen zutraf, aber ich hatte immer geschwiegen. »Es sei denn, der Gast möchte, dass wir uns äußern.«

»Die Gäste wollen, dass ihr der Presse von ihrem Aufenthalt an Bord berichtet?«, fragte Hayden und musterte mich aus schmalen Augen.

Schulterzuckend nahm ich ihm gegenüber Platz. »Manchmal. Ich meine, diese Art zu leben ist teuer. Die Leute geben gern damit an.«

»Dann erklär mir, warum du mir nicht erzählt hast, dass du angesprochen worden bist.«

»So etwas kommt andauernd vor. Bis ich das Foto gesehen habe, hatte ich sogar vergessen, dass es überhaupt passiert war.«

»Und was ist mit diesem hier?«, fragte er und tippte auf das Bild in der Mitte, auf dem der Rothaarige zu sehen war. »Das war nach unserer gemeinsamen Nacht im Hotel. Du kannst mir nicht erzählen, dass das ein Zufall war.«

»Was meinst du mit *Zufall?*« Ich verstand einfach nicht, warum er mir gegenüber so kalt und hart war.

»In dieser Nacht haben wir das erste Mal miteinander geschlafen. Hat er auf dich gewartet, damit du ihm Bericht erstattest oder …«

Ich hob eine Hand, um ihn zum Schweigen zu bringen. Hayden schien zu glauben, dass ich mit ihm geschlafen hatte, um an Informationen zu kommen oder so etwas. Er würde mir also nicht sagen, was passiert war. Dabei hatte ich ihm von der Begegnung mit diesem Kerl erzählt. »Er saß auf einer Bank. Ich war morgens auf dem Rückweg zum Beiboot, und da war er. Ich habe dir das alles später an dem Tag erzählt, nachdem Skylar uns zusammen erwischt hatte. Ich hatte Angst. Er hat mir Geld angeboten – fünftausend Dollar –, damit ich ihm sage, woran du arbeitest.« Bei der Erinnerung, wie Phil behauptet hatte, ich hätte Haydens Anwesenheit auf dem Boot bestätigt, zuckte ich zusammen.

»Damals klang es, als wäre das keine große Sache«, sagte er.

»Keine große Sache? Ich konnte dich nicht dazu bringen, mir überhaupt richtig zuzuhören. Du meintest, es sei kein Geheimnis, dass du auf der *Athena* bist, und dann hast du mich erneut gefragt, was mit Skylar ist. Erinnerst du dich nicht mehr?«

»Du hast es nie wieder erwähnt. Und praktischerweise vergessen, dass er dich schon vorher angesprochen hatte. Sehr überzeugend.«

Ich seufzte. Himmel, warum wollte er unbedingt so schlecht von mir denken? Ich konnte nicht glauben, dass Hayden und ich dieses Gespräch führten. Hatte er nicht gesagt, so wie für mich hätte er noch für keine Frau zuvor empfunden? Zählte das denn überhaupt nicht? Vertraute er mir nicht? »Ich habe dir sogar erzählt, dass er mir einreden wollte, ich hätte ihm etwas verraten, weil er mich mit Fragen bedrängt hat, denen ich auszuweichen versuchte. Ich habe dir erzählt, dass er behauptet hat, ich hätte ihm bestätigt, dass du auf der Jacht bist.«

»Du gibst also zu, dass du es ihm gesagt hast? Was hast du ihm noch erzählt?«

»Nichts.« Aber stimmte das? »Glaube ich jedenfalls, aber alles ging so schnell, und in meinem Kopf drehte sich alles. Vielleicht erinnerst du dich, dass wir in der Nacht nicht viel geschlafen haben, und der Typ hat mich kalt erwischt. Vielleicht habe ich es nicht abgestritten, oder in seinen Augen habe ich es bestätigt, *indem* ich es abgestritten habe. Ich weiß es nicht.«

Hayden schüttelte den Kopf. Er glaubte mir eindeutig kein Wort. »Dann hat dieser Typ dich also ein drittes Mal angesprochen, obwohl er hätte wissen müssen, dass es zwecklos war? Was ist bei der dritten Begegnung passiert?«

Mir sank der Mut, und meine Haut kribbelte vor Schuldgefühlen. Ich legte den Kopf zurück und sah an die Decke. »Da hat er mir hundertfünfzigtausend Dollar angeboten, wenn ich ihm Informationen über den Deal besorge, an dem du arbeitest.«

»Wow«, sagte Hayden. »Hundertfünfzig Riesen. Fünftausend waren eben nicht genug. Ich schätze, jetzt kennen wir deinen Preis.«

Zorn überlagerte mein schlechtes Gewissen, und ich machte mir Luft. Warum ging er einfach davon aus, dass ich das Geld angenommen hatte? Ich hatte nichts getan. Eine Sekunde lang war ich in Versuchung gewesen. Ich hatte darüber nachgedacht. Das Geld hätte meinem Bruder die notwendige Therapie ermöglicht und mir vielleicht ein anderes Leben. Zumindest hätte es mir Luft zum Atmen verschafft, Zeit für eine Pause.

Rasch erhob ich mich von dem Stuhl und beugte mich über den Schreibtisch. Er behandelte mich grob und unfair. Das war nicht mehr der Mann, dem ich mich hingegeben hatte. Er war nicht der, für den ich ihn gehalten hatte. »Du bist ein Arschloch«, sagte ich rundheraus. »Ich habe das Geld nicht genommen. Du arbeitest nach wie vor an deinem Deal, oder etwa nicht?«

»Ja, deinen Aktivitäten zum Trotz.« Was er sagte, war böse, aber seine Stimme klang flapsig, so als wäre er sich seiner Sache nicht mehr sicher.

»Wenn ich den Mund aufgemacht hätte, dann hätte diese kostbare Firma längst jemand gekauft, dieser Typ nämlich, der so einen Hass auf deinen Dad hatte.«

Hayden verschränkte die Arme. »Ich habe keine Ahnung, was in deinem Kopf vor sich geht oder was du für Pläne hast. Ich hoffe, es hat sich für dich gelohnt. Du hast deinen Charakter und deine Seele für dieses Geld verkauft.«

»Wenn ich hundertfünfzigtausend Dollar hätte, glaubst du, dass ich dann noch hier herumhängen und warten würde, bis ich erwischt werde? Ich säße längst im Flieger.«

»Leugnen ist zwecklos, Avery. Ich habe das Handy und die Visitenkarten von dem Typen unter deinem Bett gefunden. Das gleiche Handy, das dir hier an Bord zur Verfügung steht.« Er tippte auf das Foto.

»Wie bitte?« Wie war er an dieses Handy gekommen? Ich hatte es zusammen mit der Visitenkarte versteckt, weil ich nicht wusste, was ich damit anfangen sollte. »Du warst in meiner Kabine?«

»Wenn die Leute dein Zeug nicht finden sollen, musst du dir beim Verstecken mehr Mühe geben.«

»Du hast meine Sachen durchwühlt? Für wen hältst du dich?« Himmel, wie lange verdächtigte Hayden mich bereits? Hatte er deswegen oder trotzdem mit mir geschlafen? Ich zitterte, fühlte mich schrecklich unwohl in meiner Haut. Ich musste hier raus.

»*Fuck you!* Ich habe das Geld nicht genommen. Hätte ich es getan, wäre mein Leben jetzt viel besser. Das Leben meines *Bruders* wäre viel besser. So eine Frau bin ich nicht. So etwas würde ich niemandem antun, und schon gar nicht *dir*. Es passt nicht zu meinen Gefühlen für dich.« Ich straffte die Schultern und musterte ihn durchdringend. Obwohl er so attraktiv war wie immer, er war nicht mehr der Mann, mit dem ich so viel erlebt hatte. Dieser Mann hätte gewusst, dass ich niemals fähig wäre, jemanden für Geld zu verraten. »Du glaubst, du bist isoliert, weil du auf dieser Jacht auf dem Mittelmeer segelst? Nein. Was dich einsam macht, ist dein Argwohn, das Misstrauen in deinem Herzen. Ich würde lieber jeden Dollar verlieren, den ich besitze, als so zu leben – niemandem vertrauen, niemanden lieben, von niemandem geliebt werden. Vielleicht besitzt du irgendwann ein Imperium und mehr Geld als der liebe Gott, aber wenn du dich umsiehst, siehst du nur noch die Rücken der Menschen, die dich geliebt haben und die du weggeschickt hast.«

Waren all diese Wochen eine Lüge gewesen? Gab er vor, jemand zu sein, der er nicht war? Ich schüttelte den Kopf. »Ich habe das Geld nicht genommen. Ich weiß es, und der Mann, den ich vor vielen Wochen beim Feuerwerk geküsst habe, weiß es auch. Den Menschen, der hier vor mir steht, kenne ich nicht. Und ich will ihn auch gar nicht kennenlernen.« Hayden glaubte, was er glauben wollte. Kaum war ich wieder auf der Jacht angekommen, wusste ich bereits, dass ich Hayden niemals derart betrügen könnte. Ich hatte einen hohen Preis gezahlt, um mir selbst treu zu bleiben, denn schuldig machte ich mich in jedem Fall: Ich verriet entweder Hayden oder meinen Bruder. Nicht einmal in diesem Augenblick, in dem Hayden mich beschuldigte, das Geld angenommen zu haben, bereute ich meine Entscheidung, aber ich bereute sehr wohl, dass ich seinetwegen dermaßen viel aufs Spiel gesetzt hatte. Ich hatte mich benommen wie eine Idiotin. Ich öffnete die Tür und ging aus dem Büro, und Hayden versuchte nicht, mich aufzuhalten. Als ich die Tür hinter mir zugeschlagen hatte, atmete ich durch, um nicht laut loszuschreien, weil die ganze Sache derart ungerecht war. Eine Sekunde lang hatte ich geglaubt, den perfekten Partner für mich gefunden zu haben. Einen Moment lang hatte ich mir ein Leben voller Spaß, Liebe und Glück anstelle von Pflichten, Belastungen und Opferbereitschaft ausgemalt. Das Herz stolperte mir in der Brust und setzte plötzlich aus, so als hätte es den Kampf schlicht aufgegeben.

31. Kapitel

Avery

»Komplette Crew, hier spricht der Captain. Treffen in der Bordküche, sofort.« Die Durchsage kam aus dem Funkgerät an meinem Bund, als August und ich im Wäscheraum gerade Handtücher falteten. Captain Moss rief uns zur Nachbesprechung am Ende der Charter zusammen, bei der er wie üblich unsere Leistung als Team beurteilen und dann die Trinkgelder aushändigen würde.

Hayden hatte die Jacht am Tag zuvor verlassen, am Tag nach unserem Streit wegen der Fotos in seinem Büro. Danach hatte ich ihn nicht mehr gesehen. Solange er noch an Bord war, hatte ich es nicht über mich gebracht, meine Kabine zu verlassen. Ich wollte nicht an die Wut in seiner Stimme oder an seinen misstrauischen Blick erinnert werden. Skylar war hereingekommen, hatte mich weinen sehen und mir befohlen, im Bett zu bleiben. Sie stellte mir keine Fragen, und ich tat, was sie von mir verlangte. In dieser Situation war auch ich nicht mehr in der Lage, mein gebrochenes Herz mit einem geschäftsmäßigen Lächeln zu kaschieren. Ich musste es wieder zusammensetzen, und da Hayden nun weg war, würde mir das vielleicht sogar gelingen.

»Ich hoffe wirklich, dass es ein anständiges Trinkgeld gibt. Mindestens zehn Prozent. Wir hatten zwar nicht besonders viel zu tun, aber acht Wochen sind zu lang, um sich mit einem miesen Trinkgeld zufriedenzugeben.« Augusts Worte erreichten mich nicht. Ich war erschöpft. Emotional, körperlich … in jeder Hinsicht erschöpft.

Durch den schmalen Gang arbeiteten wir uns zur Bordküche durch, und ich schlüpfte auf die Sitzbank, nahm als Letzte für das Crewmeeting Platz. Da Haydens Reise nun beendet war, stieg der Energiepegel an Bord wieder, und alle sprachen etwas lauter und lächelten ein bisschen breiter. Andererseits hatte ich das Gefühl, aus einem Nebel aufzutauchen. Ich kannte die Menschen um mich herum, hatte aber immer noch den Eindruck, durch eine Wand von ihnen getrennt zu sein, in einer anderen Welt als sie zu leben.

»Bier?«, fragte Neill und öffnete den Kühlschrank. Wenn wir Alkohol tranken, war die Reise offiziell vorüber.

»Ja, ich nehme eins«, sagte ich. Schlechter würde ich mich durch ein wenig Alkohol bestimmt nicht fühlen.

»Bist du sicher?«, fragte Skylar. »Geht es deinem Magen wieder besser?«

Ich war nicht gekommen, um Hayden zu verabschieden. Zum ersten Mal überhaupt hatte ich darauf verzichtet, einem Gast Lebewohl zu sagen, aber ich konnte es einfach nicht ertragen. Meine professionelle Maske war gebröckelt, und ich wusste nicht, ob sie lange genug halten würde. Ich war wütend, weil er glaubte, dass ich ihn verraten hatte, aber auch beschämt, weil ich das Handy und die Karte angenommen hatte, ohne ihm davon zu erzählen – vielleicht, um den unvermeidlichen Konsequenzen zu entgehen. Das Herz tat mir weh bei dem Gedanken, ihn nie wiederzusehen, aber mein Verstand sagte mir, dass es vermutlich einfacher war, die Sache auf diese Art zu beenden – ohne jedes Was-wäre-wenn oder Was-hätte-sein-können.

Seit dem ersten Kuss hatte ich mir große Mühe gegeben, nicht darüber nachzudenken, was passieren würde, wenn Hayden die Jacht verließ. Obwohl er gesagt hatte, dass die Sache mit uns nach seinem Fortgang weitergehen sollte, wusste ich, dass die *Logistik,* wie er es ausgedrückt hatte, kompliziert sein würde. Er wohnte in London, hatte Verpflichtungen und führte ein Unternehmen, und mein Job macht eine Fernbeziehung nahezu unmöglich. All meine freie Zeit verbrachte ich in Sacramento. So sehr ich mir auch wünschte, es möge anders sein – die Wahrscheinlichkeit, dass es Hayden und mich auch außerhalb der Jacht geben würde, tendierte gegen null, und zwar schon, bevor er mich beschuldigt hatte, eine Wirtschaftsspionin zu sein.

Aber nun träumte ich nicht einmal mehr von einer Beziehung mit ihm. Er glaubte, ich hätte ihn verraten, und mit seinen Unterstellungen und Anschuldigungen hatte er *mich* verraten.

Ich hatte meine Karriere für ihn aufs Spiel gesetzt. Die Pflege meines Bruders. Und doch hatte er sich von einem Augenblick zum anderen gegen mich gewandt. Seine Meinung zu den Fotografien hatte bereits festgestanden, ehe er mich nach ihnen gefragt hatte, und dann war er davon ausgegangen, dass ich log.

Captain Moss betrat die Küche. Alle Blicke richteten sich auf die zehn braunen Umschläge, die er in der Hand hielt. Sie interessierten mich weniger, als sie sollten. Die Trinkgelder, die ich in dieser Saison bekam, waren komplett für die Krankenversicherungsprämie meines Bruders reserviert. Egal, wie viel Geld in diesem Umschlag war, es würde nicht ausreichen, um die zusätzlichen Kosten zu decken, das wusste ich.

»Keine großen Probleme auf dieser Reise«, sagte Captain Moss, nachdem er Platz genommen hatte. »Aber wir sind auch nicht auf die Probe gestellt worden. Diese Reise war für alle ein leichter Job, abgesehen von Avery. Geht es Ihnen besser?«, fragte er.

Ich nickte. »Ja. Ich muss etwas Falsches gegessen haben«, sagte ich und bedachte Neill mit meinem strahlendsten falschen Lächeln. »Ich habe mich übergeben, aber jetzt ist alles wieder gut.«

»Haha«, sagte Neill spöttisch.

»Sie haben hart gearbeitet«, sagte Captain Moss und hob das Kinn in meine Richtung.

Schuldgefühle nagten in meinem Magen. Wenn der Captain gewusst hätte, was zwischen Hayden und mir vorgegangen war … Ich hatte so viele Menschen hintergangen, noch dazu für jemanden, der es gar nicht wert war.

»Sie sind ein braves Mädchen, Avery.« Bei jedem anderen hätte diese Aussage herablassend geklungen, aber in diesem Moment war sie genau, was ich hören musste. Ich wollte ein *braves Mädchen* sein, denn wenn ich es nicht war, warum hatte ich dann das Geld abgelehnt und damit auch die Möglichkeit, meiner Familie zu helfen?

»Sie sollten also genug Energie für unsere nächsten Gäste übrighaben, die nächste Woche eintreffen werden.« Er verteilte die Umschläge an die neun Besatzungsmitglieder. »Die Messlatte liegt hoch, und so soll es auch bleiben. Wir haben fünfzehn Prozent Trinkgeld bekommen. Alles darunter wird beim nächsten Mal eine Enttäuschung sein.«

Die Crewmitglieder schnappten nach Luft, als sie in die dicken Umschläge blickten. Das Trinkgeld lag an der Obergrenze dessen, was üblich war, und da Charterreisen normalerweise kürzer waren, überraschte uns die Höhe des Betrags, den wir in Händen hielten.

»Kein Grund zur Selbstzufriedenheit«, fuhr Moss fort. »Gehen Sie heute Abend aus, amüsieren Sie sich, aber morgen erwarte ich jeden einzelnen von Ihnen um Punkt zehn Uhr an Deck. Wir müssen dieses Schiff gründlich auf Vordermann bringen, damit es aussieht wie neu. Keine Ausflüchte.« Captain Moss stand auf, machte sich wieder auf den Weg zum Ruderhaus und überließ die restliche Crew ihren Plänen für den Abend. Allerdings war Planung im Grunde überflüssig, denn wir machten immer dasselbe – so viel wie möglich trinken, tanzen und jemanden zum Herumknutschen finden.

Aber Letzteres kam für mich nicht infrage, und eine weitere Charterreise war das Letzte, das ich gebrauchen konnte. Es kam mir falsch vor, andere Menschen an diesem Ort zu bewirten, an dem Hayden und ich so viel miteinander erlebt hatten. Obwohl es nicht gut ausgegangen war, wollte ich die Erfahrung nicht aus meinem Gedächtnis löschen. Nur der Schmerz, ihn nicht bei mir zu haben, sollte endlich verschwinden. Ich wusste nicht, ob das je passieren würde, aber ich wusste, dass neue Gäste dabei nicht hilfreich sein würden. Und Wodka auch nicht.

»Kommst du mit und hilfst mir, ein Outfit für heute Abend auszusuchen?«, fragte Skylar.

Ich zuckte mit den Schultern und folgte ihr aus der Küche. »Das rosa Kleid, dass du mir neulich gezeigt hast, würde gut passen«, sagte ich und tat so, als stünde meine Welt nicht auf dem Kopf.

Ich begleitete sie in die kleine Kabine, die sie sich mit August teilte, und sie schloss die Tür hinter uns. »Alles okay mit dir?«, fragte sie. »Du siehst ein bisschen mitgenommen aus.«

»Mir geht's gut«, sagte ich, setzte mich auf Augusts Bett und zog den Kopf ein, um ihn mir nicht an Skylars Koje zu stoßen.

»Also, was ist zwischen dir und Hayden passiert? Werdet ihr euch wiedersehen?«

Mit dieser Frage hatte ich nicht gerechnet. Über Hayden und mich hatten wir seit dem Gespräch im Wäscheraum nicht mehr geredet. »Nein, natürlich nicht.«

»Natürlich nicht?« Blinzelnd sah sie mich an, während sie auf Augusts Bett Platz nahm und die Beine übereinanderschlug. »Du warst doch verliebt in ihn. Warum willst du ihn dann nicht wiedersehen?«

Ihre Bemerkung traf mich wie ein Faustschlag in die Magengegend. »Verliebt in ihn?« Ich fasste mir an den Bauch, rang nach Luft, verwirrt und benommen. »Warum glaubst du, dass ich verliebt in ihn war?« Das konnte doch nicht wahr sein! Niemals würde ich mich in einen Mann verlieben, der mir zutraute, dass ich ihn für Geld verriet, jemanden, der mich überhaupt nicht kannte.

Mein erschöpfter Körper und mein gebrochenes Herz sagten allerdings etwas anderes.

»Avery, so eine Frau bist du nicht. Du hättest nicht alles aufs Spiel gesetzt, wofür du so hart gearbeitet hast, nur um dich von einem Kerl mit hübschem Gesicht flachlegen zu lassen.« Sie seufzte, dann verzog sie den Mund zu einem Grinsen. »Obwohl er ein verdammt hübsches Gesicht hatte. Und einen prächtigen Arsch. Ich schwöre, einmal hat der Wind sein Hemd hochgeweht, und ich habe einen Blick auf …«

Sie hielt inne, als sie sah, dass ich sie wütend anstarrte.

»Ich will doch nur sagen, wenn du so viel riskiert hast, muss er dir eine Menge bedeutet haben.«

Ich schluckte. Ich liebte Hayden doch nicht, oder? Ich konnte keinen Menschen lieben, der derart grausam zu mir gewesen war. Am liebsten hätte ich aus Leibeskräften geschrien. Warum nur war alles so verdammt unfair? Ich wollte keinen Mann lieben, der mich einfach so verlassen hatte. Aber natürlich hatte sie recht. Ja, ich liebte ihn. Oder zumindest eine Version von ihm. Ich liebte die Art, wie er meine Schichten zu durchdringen versuchte, um meine tiefsten, geheimsten Gedanken zu erfahren, ich liebte es, dass er so getrieben und entschlossen war, dass er manchmal die Tageszeit und den Wochentag vergaß, aber dennoch der Ansicht war, sein Bruder übe einen viel wertvolleren Beruf aus als er. Ich liebte den Mann, der der beste Mensch war, den ich je kennengelernt hatte. Für weniger hätte ich niemals alles riskiert. Aber es spielte keine Rolle, wie viel er mir bedeutete. Er hatte mich verletzt. Egal, wie er es sah: Er war derjenige, der mich verraten hatte. Ich drückte die Augen zu, zwang mich, nicht zu weinen. »Jetzt ist er weg. Es ist egal.«

»Du solltest ihn unbedingt anrufen. Ihr habt doch eure Nummern ausgetauscht, oder?«

Ich schüttelte den Kopf. »Wir hatten einen Riesenstreit. Die Sache ist erledigt.«

»Erzähl mir, was passiert ist.« Skylar nahm mich in die Arme, und ich ließ es zu. In diesem Augenblick brauchte ich einen Menschen, der mir zeigte, dass er mich mochte.

Ich erzählte ihr von Haydens Anschuldigungen und erklärte, was wirklich passiert war. Darüber zu reden, war, als setzte ich einen Punkt hinter diese Beziehung. Ich konnte mir nicht länger vormachen, dass es anders war, dass seine Vorwürfe nur ein großer Fehler gewesen waren und er bald zurückkommen und mich um Vergebung anflehen würde. Es war zu Ende.

Nie zuvor hatte mich ein Mann so unwiderstehlich angezogen wie Hayden. Wahrscheinlich würde ich etwas Vergleichbares nie wieder erleben. Niemand würde in der Lage sein, mich allein mit seinem Blick zu fesseln, mich derart zu erregen, dass ich schon durch einen Kuss beinahe kam. Kein Mann würde mir je wieder das Gefühl geben, dass es eine Ehre für ihn war, wenn ich die Last meiner Verantwortung mit ihm teilte. Schon ein einziges Gespräch mit Hayden über meine Familie hatte mir das Leben ein wenig erleichtert.

Einem Menschen wie Hayden Wolf begegnet man kein zweites Mal. Vielleicht wäre es anders ausgegangen, wenn ich dieses Handy und die Visitenkarte nicht angenommen hätte. Dann hätten wir womöglich auf wundersame Weise einen Weg gefunden, die Entfernung und unsere gegensätzlichen Lebensstile zu überbrücken, aber die Chance auf ein Wunder war vorbei.

Nun musste ich mich auf das konzentrieren, was immer an erster Stelle hätte stehen müssen – meine Familie.

32. Kapitel

Hayden

Die Beifahrertür wurde von innen geöffnet. Ich zog den Kopf ein, um Platz zu nehmen, und stöhnte beim Anblick meines Bruders auf. »Ich hoffe, du bist gekommen, um mir gute Nachrichten zu bringen.«

»Willkommen zu Hause, Bruderherz. Ich dachte mir, ich hole dich mal in Heathrow ab. Schließlich weiß ich, wie sehr du dich freust, mich zu sehen.«

»Im Augenblick habe ich die Nase ziemlich voll von dir. Vor allem nach diesem Linienflug.« Ich war erschöpft.

»Ach Gott, du armer Kerl. Du musstest mit einem Linienflug von deiner Superjacht zurückkommen? War denn auf der ganzen Welt kein Privatjet mehr zu bekommen?«

Ich presste die Lippen zusammen, um zu verhindern, dass meine Mundwinkel nach oben wanderten. »Und? Ich dachte, du hast Neuigkeiten für mich.«

»Ich habe dein Leck gefunden«, sagte er und berührte bereits mit dem Daumen die Seite seines Tablets, um es per Fingerabdruck zum Leben zu erwecken.

»Das wurde auch Zeit. Ich dachte schon, ich würde mein Büro nie wieder betreten.«

»Es war Gerald«, sagte er nur.

Ich zuckte zusammen. »Ich dachte, ein Konto in einer Steueroase stellt keinen schlüssigen Beweis dar? Warum bist du dir jetzt so sicher?« Als Controller bei Wolf Enterprises und rechte Hand des Leiters der Finanzabteilung besaß Gerald Zugang zu vielen Informationen.

»Weil ich so gut bin.«

»Du hast beinahe acht Wochen dafür gebraucht – *so* gut bist du nun auch wieder nicht.«

»Tja, was soll ich dazu sagen? Er hat seine Spuren gründlich verwischt. Wir mussten warten, bis er einen Fehler macht.«

»Ich will Beweise sehen.« Bei der Sache mit Avery hatte ich ihm erst geglaubt, als ich die Beweise selbst gesehen hatte. Und sogar, nachdem ich das Handy und die Visitenkarte gefunden hatte, war ich noch an Land gegangen, um mir die Fotos anzusehen. Als ich sie damit konfrontierte, waren ihre Erklärungen ein wenig zu glatt. Auf alles hatte sie eine Antwort. Ich wollte mehr von ihr hören – wann hatte sie bei Cannon angefangen? Hatte sie die ganze Zeit dort auf der Gehaltsliste gestanden? Aber sie war empört aus meinem Büro gestürmt. Bei der Sache mit Avery fehlte nur noch ein einziges Puzzleteil: Landon hatte die Zahlung des Schmiergelds auf ihr Konto nicht nachverfolgen können.

Mein Bruder ließ mehrere Dokumente und Fotografien über das Display fliegen. Er zeigte mir Berichte über die hohen Beträge, die auf Geralds Schwarzgeldkonto geflossen waren, kurz nachdem Cannon mir vier Deals abgejagt und sie seinerseits abgeschlossen hatte. Landon hatte auch Geralds Wohnung durchsuchen lassen und mehrere elektronische Akten sichergestellt, die in einem Safe lagerten und voller vertraulicher Details über die Transaktionen steckten, an denen Wolf Enterprises zu der Zeit gearbeitet hatte.

»Himmel. Er arbeitet seit Jahren bei uns. Er war so kompetent, so professionell. Er ist der Letzte, dem ich so etwas zugetraut hätte.«

Das stimmte nicht. *Avery* war der letzte Mensch, von dem ich je gedacht hätte, dass er mich verraten würde. Ich kannte sie zwar nur einen Bruchteil der Zeit, die ich Gerald kannte, aber ich war mir sicher gewesen, in ihren Augen nichts als Aufrichtigkeit und Wahrheit zu sehen. Ihre Selbstlosigkeit gehörte zu den Dingen, die ich besonders an ihr mochte. Die Tatsache, dass sie konsequent bestimmte Werte vertrat – die Art, wie sie sich für die Menschen aufopferte, die sie liebte. Ich hatte geglaubt, einer dieser Menschen zu sein. Offensichtlich war alles nur gespielt gewesen, lediglich Mittel zum Zweck.

»Heißt das, dass Anita über jeden Verdacht erhaben ist?«, fragte ich.

»Ja. Es handelte sich um eine Erbschaft von ihren Großeltern. Ein Teil davon wurde ihr vor dem Verkauf einiger Immobilien ausgezahlt und ein Teil danach.«

Ich hatte nicht einmal gewusst, dass ihre Großeltern gestorben waren. Ich blieb gern auf der geschäftlichen Ebene, dennoch hätte meine Assistentin sich durchaus ermuntert gefühlt haben sollen, mir so etwas zu erzählen. Aber ich würde noch Gelegenheit haben, das in Ordnung zu bringen. Wenigstens war sie nicht die undichte Stelle gewesen.

»Ich werde Geralds Mitarbeiterausweis einziehen und seinen Schreibtisch ausräumen lassen.« Ich lehnte den Kopf an die Kopfstütze. »Wenigstens ist die Sache jetzt erledigt.« Ich hatte erwartet, dass es sich wie ein Sieg anfühlen würde, aber so war es nicht. Vielleicht hatte ich meine Adrenalinvorräte verbraucht, um den Deal zum Abschluss zu bringen, jedenfalls war ich nicht euphorisch und triumphierte auch nicht, weil der Kerl, der mein Lebenswerk in Gefahr gebracht hatte, gefasst worden war. Stattdessen fühlte ich mich innerlich grau und wie ausgehöhlt. Mir fehlte Averys Wärme. Ich hatte sie nur wenige Wochen gekannt, aber sie hatte sich so tief in meinem Inneren eingenistet, dass ich das Gefühl hatte, nicht mehr ich selbst zu sein, jetzt, wo ich wusste, dass ich sie nie wiedersehen würde.

War ich so leicht zu manipulieren?

Ich hatte nicht bemerkt, dass Gerald mich monatelang betrogen hatte, dabei kannte ich den Mann seit Jahren, hatte ihm tausendmal am Tisch gegenübergesessen, seine Frau und seine Kinder kennengelernt.

Warum kam mir Averys Verrat dennoch größer vor?

Ihr lächelndes Gesicht – das die anderen Gäste nie zu sehen bekamen –, ihr langes Haar um mein Handgelenk, ihr atemloses, leises Stöhnen, das mir direkt in den Schwanz fuhr. Nichts davon konnte ich aus meinen Gedanken vertreiben.

»Hast du was über Avery herausgefunden?«, fragte ich Landon.

Er schüttelte den Kopf. »Ich habe dir doch gesagt, dass es ein paar Wochen dauern wird. Ich überprüfe ihre Finanzen und die ihres Vaters. Irgendwann wird die Zahlung auftauchen.«

»Aber wenn sie die Verräterin war, wie habe ich es dann geschafft, Phoenix zu übernehmen? Das ergibt einfach keinen Sinn.«

»Warum interessiert dich das noch?«

Ich hatte keine Ahnung, warum ich noch darüber nachdachte. Der Phoenix-Deal war abgeschlossen; ich besaß nun die Firma, von der ich immer schon geträumt hatte. Ich sollte mir vorkommen wie ein Riese, aber ich fühlte mich, als hätte ich den Gipfel des Mount Everest erklommen und festgestellt, dass die Aussicht zwar ganz nett ist, sich aber nicht sehr von der tausend Meter weiter unten unterscheidet. Ich weiß nicht, was ich erwartet hatte – eine Krönung, einen goldenen Schlüssel zur City? Ja, ich hatte Cannon überlistet, aber das Echo dieses Sieges klang verdammt hohl.

»Wir haben sie enttarnt, und du wirst sie nie mehr wiedersehen.«

Ich hatte die Frauen nie verstanden, die bei einem Mann oder Freund blieben, der sie körperlich und seelisch misshandelte – warum konnten diese Frauen nicht einfach gehen? Aber ich war mir keineswegs sicher, ob ich Avery nicht bereitwillig mit in meine Wohnung genommen hätte, wäre sie in diesem Moment bei mir gewesen. Ob ich sie nicht ausgezogen und bis nächste Woche gevögelt hätte. Obwohl ich ihre schuldbewusste Miene gesehen und ihre Ausreden gehört hatte, begehrte ich sie nach wie vor. Hatte das vergangene Jahr, in dem Cannon mein Unternehmen attackiert hatte, mehr aufgezehrt als nur mein Eigenkapital? Hatte es meinem Urteilsvermögen und meiner Menschenkenntnis geschadet? Ich wollte immer noch glauben, dass Avery mich nicht verraten hatte. Ich musste das letzte Puzzlestück einfügen, erst dann würde ich die Hoffnung aufgeben und mir eingestehen, dass ich mich einem Menschen gegenüber geöffnet hatte, der mich nur benutzen wollte.

»Ich will es wissen, Landon. Ich will das Geld auf ihr Konto fließen sehen. Sie kam mir einfach nicht vor wie eine

Frau, die …« Die *was* tun würde? Alles, um für ihren Bruder zu sorgen? Das gehörte zu den Dingen, die mir besonders an ihr gefallen hatten. Sie hatte ihre eigenen Lebensziele für ihre Familie geopfert. Geld für deren Zukunft anzunehmen, sollte ihr nicht besonders schwerfallen.

»Wie du selbst sagst, jeder hat seinen Preis«, meinte Landon.

»Mag sein«, sagte ich. »Aber ich will es mit eigenen Augen sehen. Und kannst du diesen rothaarigen Typen ausfindig machen? Ich möchte mit ihm reden.«

»Himmel, muss die gut im Bett sein.«

»Mach hier nicht auf Klugscheißer. Ich will sicher sein, dass wir sie richtig eingeschätzt haben. Damals hatte sie für alles eine Erklärung. Sobald das Geld bei ihr ankommt, gibt es keine glaubhaften Ausreden mehr. Du weißt doch, ich lege Wert aufs Detail. Ich bin gnadenlos, aber fair. Und nur fürs Protokoll: Demnächst mache ich dich beim Squash platt.«

Sobald ich das Geld auf Averys Konto sah, würde ich dieses Kapitel meines Lebens abschließen und weitermachen können. Bis dahin würde ich weiterhin mitten in der Nacht mit dem Gefühl aufwachen, ihr Haar zwischen meinen Fingern zu spüren, und sie jedes Mal, wenn ich die Augen schloss, vor mir sehen. Ich musste wissen, zu welchem Preis sie sich hatte kaufen lassen, und dann konnte ich endlich vergessen, dass es sie je gegeben hatte.

33. Kapitel

Drei Monate später

Avery

Ich setzte ein strahlendes Lächeln auf und ging durch die Schiebetüren des Salons hinaus auf das Hauptdeck, in Händen zwei Servierteller mit Häppchen – Austern auf dem einen, Kaviar auf dem anderen. Es war der letzte Einsatz der Saison, und ich konnte kaum erwarten, dass es endlich vorbei war und ich den Gästen am nächsten Morgen zum Abschied winken konnte.

»Sie haben wirklich eine fantastische Figur«, sagte Gus, der älteste männliche Gast, und musterte mich von Kopf bis Fuß, während ich mich über den Tisch beugte, um die Teller abzustellen. August folgte mit zwei zusätzlichen Flaschen Champagner.

Ich schenkte ihm keine Beachtung, mein Lächeln war so strahlend wie eh und je. Es war ohnehin nicht echt, darum konnten ihm Gus' unverschämte sexistische Kommentare nichts anhaben. Normalerweise ließ ich so etwas einfach an mir abperlen und dachte nicht weiter darüber nach, aber etwas an diesem Typen weckte den Wunsch in mir, ihm mit einer leeren Flasche eins über den Schädel zu ziehen und ihn über Bord gehen zu lassen. Vielleicht lag es daran, dass die Saison so lang gewesen war. Das Mittelmeer ist einer der schönsten Orte der Welt, aber fünf Monate sind auf See eine lange Zeit, egal, in welcher Umgebung.

»Oh ja, das hat sie«, sagte ein anderer Mann und tätschelte mir den Po.

Zu welcher Zeit lebten wir denn? Ich war kein Objekt, das man gierig anstarren durfte, und ich war auch keine Ware. Warum glaubten Typen mit Geld immer, sie dürften einfach so jede Frau begrabschen?

Ich entzog mich den zudringlichen Händen und lüsternen Blicken und ging August voran durch die Türen hinaus und in die Küche.

»Igitt, es sind immer die Hässlichen, die unbedingt ein Stück vom Kuchen klauen wollen. Wenn er gut aussähe, hätte ich ja nichts dagegen. Hätte Hayden Wolf mir an den Hintern gefasst, hätte ich es genossen, aber dieser Typ da?« August tat, als müsste sie sich übergeben. Ich hätte sie zum Schweigen bringen sollen, aber es war mir egal, ob die Gäste sie hörten. Hayden Wolf hätte August niemals an den Hintern gefasst – er hätte klar gesagt, was er von ihr wollte. Ja, er war unglaublich überzeugend und verführerisch gewesen, aber er hatte sich nie etwas genommen, das ich ihm nicht bereitwillig geben wollte.

Ich glaubte, seine Arme um meine Taille zu spüren, und mein geschäftsmäßiges Lächeln verschwand. Ich hätte längst vergessen sollen, wie es sich anfühlte, in seinen Armen zu liegen. Ein Vierteljahr war lang genug. Aber die Sehnsucht nach ihm war immer noch da, sie hatte sich unter meiner Haut eingenistet, und ich wusste nicht, ob sie je wieder verschwinden würde.

»Avery, Avery, hier spricht der Captain. Bitte zur Kommandobrücke kommen.«

Dankbar für die Unterbrechung, nahm ich das Funkgerät von meinem Taillengürtel.

»Schon unterwegs«, antwortete ich und sagte zu August: »Behalt den Tisch im Auge, aber geh nicht allein hin, okay?«

»Wenn du länger beim Captain bleibst, gehe ich mit ihr raus«, sagte Neill, der sehr genau wusste, warum ich nicht wollte, dass sie allein dort bediente. Eigentlich sollten solche Winkelzüge nicht nötig sein, aber so war es nun mal auf einer Jacht.

Ich schleppte mich die Treppe hinauf, denn meine Beine waren schwer vor Erschöpfung, und klopfte an die Tür des Ruderhauses.

»Herein«, sagte Captain Moss. »Benehmen sich die Grabscher da unten einigermaßen?«

Ich zuckte mit den Schultern. Wir wussten beide, dass sie das nicht taten, aber es war nicht so schlimm, dass wir unser Trinkgeld aufs Spiel setzen würden … was vermutlich schlicht bedeutete, dass sie uns gekauft hatten. Vielleicht hatte Hayden recht, und ich hatte wirklich einen Preis. Jeden Tag tat ich für Geld Dinge, die ich hasste. Eigentlich lag es nahe, zu glauben, dass ich die hundertfünfzigtausend Dollar angenommen hatte. Mir war klar gewesen, wo die Grenze verlief, aber vielleicht stand ich in seinen Augen schon dadurch auf der falschen Seite, dass ich an jedem Tag auf einer Jacht aufwachte. »Alles unter Kontrolle.«

Captain Moss verdrehte die Augen und forderte mich mit einer Handbewegung auf, Platz zu nehmen. »Sie hatten eine gute Saison, Avery. Ich weiß, dass Sie zwischen den Reisen keine freien Tage hatten, es muss also ziemlich hart für Sie gewesen sein.«

»Ich freue mich darauf, nach Kalifornien zurückzukehren, das stimmt.« Mein Flug war bereits gebucht. Am Ende der Reise würde ich noch am selben Abend aufbrechen. Ich wollte den Kontinent verlassen, auf dem sich Hayden Wolf befand. Vielleicht konnte ich mich dann endlich von ihm befreien.

Ich hatte ihn seit Monaten nicht gesehen, dachte aber immer noch ständig an ihn. Manchmal hasste ich ihn für das, was er mir unterstellt hatte, dafür, dass er mich ohne zu zögern für eine Lügnerin gehalten hatte. Aber bei anderen Gelegenheiten vermisste ich ihn einfach – ich vermisste es, dass er mich festhielt und mir die Lippen auf die Stirn drückte. Nachts war es schlimmer. Dann träumte ich von ihm – von *uns* – in London, davon, wie wir zu Abend aßen, vor dem Fernseher saßen, eine richtige Beziehung führten. Von Anfang an war es nur ein Traum gewesen, aber es hatte sich unglaublich echt angefühlt.

»Sie haben den Betrieb an Bord in dieser Saison mit Ihrer Professionalität und Ihrem Engagement am Laufen gehalten, Avery. Ich bin stolz, mit Ihnen zu arbeiten. In drei Wochen starte ich in die Karibik, und ich möchte gern, dass Sie dabei sind.«

Es kostete mich einige Mühe, doch ich verzog den Mund zu einem Lächeln. »Das ist wirklich schmeichelhaft, Captain Moss. Aber ich … Ich weiß nicht, ob ich schon den Kopf für die nächste Saison freihabe.« Ich wollte nur weg von diesem Schiff, auf dem ich mich verliebt hatte und ein paar Wochen lang mehr als nur Stewardess auf einer Jacht gewesen war. Die getrogene Verheißung eines anderen Lebens hatte dazu geführt, dass mir meine tägliche Realität härter als früher vorkam. Die Liebe zu Hayden hatte mir eine gewisse Leichtigkeit verliehen. Aber die war mir vergangen. Immer wenn ich die Augen aufschlug, schmerzte mich das Tageslicht, als wollte es mich daran erinnern, dass ich lächerlicherweise geglaubt hatte, für mich könnte es noch mehr geben. Dass ich mir ein Leben und eine Zukunft mit jemandem hatte aufbauen wollen. Ich hatte es gewagt, einen Menschen zu lieben, und nun war mein Herz dauerhaft von Narben gezeichnet.

Der Captain runzelte die Stirn. »Ich habe immer geglaubt, dass Sie Ihr Leben lang Stewardess sein würden. Denken Sie darüber nach, sich zu verändern?«

Das Arbeiten auf einer Jacht war nie meine Leidenschaft gewesen, jedenfalls nicht auf die Art, wie das Meer die Leidenschaft des Captains war. Für mich war die Arbeit ein Mittel zum Zweck. »Ich komme wieder. Ich glaube, ich brauche einfach eine Pause.« Mir blieb nichts anderes übrig, als wiederzukommen. Ich hatte mir das Leben auf der Jacht nicht ausgesucht, im Gegenteil, dieses Leben schien mich ausgesucht zu haben. »Es würde mich sehr freuen, in der Karibiksaison mit Ihnen zu arbeiten.« Ich zwang mich, etwas breiter zu lächeln. »Aber vorher brauche ich einen Monat Pause.«

Er nickte. »Den haben Sie auch verdient. Ich wollte gerade vorschlagen, dass wir auch August und Skylar mitnehmen, wenn Sie glauben, dass sie der Aufgabe gewachsen sind.«

In der ersten Hälfte der Saison hatte ich mich ablenken lassen und war ganz mit meinen Gefühlen für Hayden beschäftigt gewesen. Aber trotz meiner mangelnden Aufmerksamkeit und trotz des unsanften Erwachens, das uns seine Abreise und die Ankunft von zwölf Gästen zu unserer zweiten Reise in dieser Saison bereitet hatte, waren wir hervorragend miteinander ausgekommen. August hatte rasch gelernt, und Skylar war fleißig und loyal gewesen, obwohl sie selbst den reichen Mann, nach dem sie suchte, nicht gefunden hatte.

»Ich werde sie fragen. Wir drei sind ein gutes Team.«

»Zeigen Sie mir ein gutes Team, und ich zeige Ihnen einen guten Vorgesetzten. Ausgezeichnete Arbeit, Avery.«

Ich atmete tief durch. »Vielen Dank, Sir.«

Am nächsten Tag würde ich bereits auf dem Heimweg zu meiner Familie sein. Ich war bereit, das Kapitel Hoffnung auf Liebe und Glück abzuschließen und die Zukunft zu akzeptieren, die mir bevorstand.

34. Kapitel

Hayden

Landon hatte den Typen von den Fotos aufgespürt. Ich hatte keine verdammte Ahnung, warum er uns nicht in London treffen wollte, denn ich hätte ihm genug dafür gezahlt. Allein die Fahrt hinaus nach Essex hatte mich fast zwei Stunden gekostet. Hoffentlich lohnte es sich. Ich zog den Kopf ein und betrat den dunklen, altmodischen Pub. Ein Kamin, an dessen Brüstung Hufeisen und Zaumzeugbeschläge befestigt waren, befand sich in der einen Ecke, auf der gegenüberliegenden Seite stand die Theke. Dieser Ort hatte seit tausend Jahren weder Farbe noch Pinsel gesehen.

Ich suchte den Raum ab und entdeckte meinen Bruder. Ich zögerte, musterte zunächst seinen Begleiter, der ihm am Tisch gegenübersaß. Das Haar des vertrauten Fremden wirkte in dem gedämpften Licht, das zu den kleinen Fenstern hereinfiel, weniger rot als auf den Bildern. »Hallo«, sagte ich und zog einen Stuhl unter dem Tisch hervor.

»Ach, da bist du ja«, stellte mein Bruder das Offensichtliche fest. »Ich habe dir ein Bier bestellt.« Ich betrachtete die drei Pint-Gläser auf dem Tisch, die mit Flüssigkeiten in verschiedenen Brauntönen gefüllt waren. Seit ich von der Universität abgegangen war, hatte ich kein einziges Bier mehr getrunken. Ich zog einen guten Whiskey vor, aber der Alkohol war nicht das, was im Mittelpunkt meines Interesses stand.

»Du kennst Phil sicherlich von den Fotos her. Wie ich am Telefon bereits sagte, ist er von Cannon beauftragt worden, aber nicht bei ihm angestellt.«

»Ich arbeite für den Höchstbietenden, so einfach ist das«, erklärte Phil. Er hatte keinen klar erkennbaren Akzent, sondern passte sich dem jeweils üblichen Ton an und wirkte, als könnte er mit jeder beliebigen Menge verschmelzen.

Phil schien zu seiner Lebensgeschichte ansetzen zu wollen, aber mein Bruder fiel ihm ins Wort. »Er scheint nicht viel zu wissen, darum bezweifele ich, dass er von großem Nutzen für uns sein wird.«

Als wir Geralds Verrat entdeckt hatten, hatte ich einen kompletten Sicherheitscheck für die gesamte Führungsmannschaft angeordnet. Ich war beruhigt, weil es keine undichten Stellen mehr geben würde, aber damit war die Sache für mich nicht ausgestanden. Noch nicht. Cannon war nicht zur Verantwortung gezogen worden. Ich hatte klargemacht, dass ich weder gegen die Firma noch gegen Gerald Anzeige erstatten würde. Ich wollte, dass die faule Stelle beseitigt wurde, und dann würde ich mich erneut darauf konzentrieren, der Beste auf meinem Gebiet zu sein. Ich hatte mir die Macht zurückerobert, die Investoren bei Laune gehalten und Phoenix aufgekauft. Ich war nicht auf Rache aus.

Die beste Art, sich zu rächen, bestand darin, erfolgreich zu sein, obwohl Cannon weder Kosten noch Mühen gescheut hatte, mich auf dieselbe Weise wie meinen Vater zu ruinieren.

Dennoch war es nicht vorbei. Nicht ganz. Wir hatten die Einzahlungen auf Averys Konto – oder das eines anderen

Familienmitglieds – bislang nicht nachvollziehen können. Und solange dieses Geld nicht auftauchte, würden auch die Zweifel in meinem Hinterkopf nicht verschwinden. Ich wusste, ich würde in Gedanken immer wieder das Gespräch durchgehen, bei dem ich sie so hartnäckig mit dem Handy und den Fotos konfrontiert hatte. Das war jetzt drei Monate her, aber ich erinnerte mich an jede Einzelheit, als wäre es gestern gewesen. Ich lag innerlich mit mir selbst im Krieg, wechselte jedes Mal die Seiten, wenn ich an dieses Gespräch dachte. Hätte ich ihr glauben sollen? Ich brauchte Gewissheit, erst dann konnte ich Avery Walker komplett aus meinem Gedächtnis streichen.

Da das Geld für Avery auf sich warten ließ und ich nicht an Cannons Geschäftsleitung herantreten wollte, die das ganze Chaos ohnehin rundheraus leugnen würde, war Phil der einzige Mensch, der Averys Schuld bestätigen konnte. Ich musste die Sache abschließen, denn die Gedanken an Avery Walker verfolgten mich. Ich hatte alles versucht, um sie aus meinem Kopf zu verbannen, aber trotz Überstunden, Alkohol und eines Trainingspensums, als wollte ich Teil des olympischen Teams werden, sehnte ich mich noch immer nach ihr. Ich hatte geglaubt, es würde helfen, mich mit anderen Frauen einzulassen, aber aus irgendeinem Grund konnte ich das nicht. Seitdem ich die Jacht verlassen hatte, behalf ich mir mit schlechten Pornos und meinen eigenen Händen.

»Wir werden sehen«, sagte ich zu Landon und nickte. Ich wollte aus erster Hand erfahren, was genau passiert war. An diesem Punkt hatte ich nichts mehr zu verlieren. »Phil, ich werde Ihnen eine Menge Geld geben, und als Gegenleistung möchte ich alles über Ihre Geschäfte mit Cannon hören, direkte und indirekte, und zwar von Anfang an. Sollte ich herausfinden, dass Sie mich angelogen oder mir die Wahrheit vorenthalten oder mich auf irgendeine Art irregeführt haben, dann …«, sagte ich und blickte meinen Bruder an, »… dann kenne ich ein paar sehr gefährliche Männer. Dabei wollen wir es belassen, nicht wahr?« Ich hatte noch nie auf körperliche Gewalt oder die Androhung körperlicher Gewalt zurückgegriffen. Sogar in der Schule hatte ich so etwas stets meinem Bruder überlassen, aber mir war auch noch nie etwas so ernst gewesen. Vorerst war die Beweislage überzeugend, aber von untergeordneter Bedeutung. Wenn es um Avery Walker ging, wollte ich Gewissheit.

Phil zuckte mit den Achseln und erwiderte: »Wie gesagt, ich bin käuflich. Und Sie geben mir eine Menge Geld, da haben Sie völlig recht.«

»Also gut, schießen Sie los«, forderte ich ihn auf.

»Für die Firma, die mir den Cannon-Auftrag gegeben hat, arbeite ich hin und wieder schon, seit ich nicht mehr beim MI5 bin. Ich hatte für Cannon bereits ein paar Jobs erledigt. Er ist ein guter Kunde. Die Arbeit ist leicht. Hauptsächlich Überwachung und Sammeln von Informationen.«

»Und Sie haben Cannons Vertrauen gewonnen?«, fragte Landon.

»Sieht so aus. Dann kamen sie mit diesem Auftrag an und boten mir gutes Geld, damit ich ein bisschen Zeit in der Sonne verbringe. Wer würde da schon Nein sagen? Sie meinten, es ginge um Überwachung und Befragung. Keine große Sache.« Phil zögerte, als versuchte er sich die Einzelheiten ins Gedächtnis zu rufen.

»Haben sie Ihnen eine Liste der Leute gegeben, die Sie überwachen sollten?«

Er schüttelte den Kopf. »Nein. Ich sollte Ihr Schiff ausfindig machen und ihnen Bericht erstatten. Das war's fürs Erste. Es hat ein paar Tage gedauert, weil Sie nicht im Jachthafen lagen. Aber dann habe ich meine Beziehungen spielen lassen und Details über die Besatzung in Erfahrung gebracht. Avery Walker war das leichteste Ziel.«

Ich zuckte zusammen, als ihr Name aus seinem schmalen Mund kam.

»Sie hat nicht für Cannon gearbeitet?«, fragte ich.

Er trank einen Schluck, und die wenigen Sekunden, um die sich seine Antwort verzögerte, fühlten sich an wie Stunden. »Nein, es war meine Aufgabe, sie zum Reden zu bringen. Ich dachte, es wäre leicht. Ich wusste, dass ihre Familie Geld braucht und dass sie den größten Teil ihres Lohns und des Trinkgelds nach Hause schickte. Ich dachte, fünftausend Dollar müssten reichen. Aber keine Chance.«

Für fünftausend Dollar hatte sie sich nicht kaufen lassen. Wenigstens hatte sie zu widerstehen versucht. »Sie sind also an kein anderes Mitglied der Crew herangetreten? Keines der Besatzungsmitglieder? Nur Avery?«

»Nein. Ich war überzeugt, dass sie irgendwann nachgeben würde. Vor allem für so viel Geld.« Er nahm sein Glas und trank genüsslich einen Schluck, als sprächen wir über das letzte Spiel im Six-Nations-Rugbyturnier. »Ich kann immer noch nicht glauben, dass sie so einen Betrag abgelehnt hat. Noch nie habe ich einer Quelle so viel für so wenig angeboten. Ich meine, es ging nur um den Namen der Firma, die Sie kaufen wollten, und darum, wie hoch der Preis dafür war.«

»Hat es Sie überrascht, dass sie die fünftausend nicht genommen hat?«

»Nein, sie hat die hundertfünfzigtausend abgelehnt, die ich ihr anbieten sollte.« Phil schüttelte den Kopf. »Sie hat auf verdammt viel Geld verzichtet, dabei hätte sie nur ein paar Infos liefern müssen. Ich habe sie nicht einmal aufgefordert, Abhörgeräte einzuschmuggeln oder etwas zu tun, das sie tatsächlich in Gefahr gebracht hätte.«

Avery hatte das Geld abgelehnt? Ich wusste, wie dringend ihre Familie darauf angewiesen war, wie viel es ihr bedeutet hätte, über so viel Geld für ihren Bruder zu verfügen. Wahrscheinlich hätte sie eine oder zwei Saisons aussetzen oder sich zumindest einen Job in Sacramento suchen können. Schuldgefühle ließen meinen Magen rebellieren. Was hatte ich nur getan?

»Sie waren völlig verblüfft, als das Mädel nicht anbiss«, fuhr er fort und unterbrach meinen Gedankengang. »Ich war auch überrascht, vor allem, weil es für uns immer besser lief. Cannon hat ein paar Fäden gezogen und dafür gesorgt, dass der Versicherungsschutz ihres Bruders überprüft wurde. Die Leistungen wurden gekürzt. Sie dachten, dass sie sich sofort auf das Geld stürzen würde, dass es der perfekte Augenblick für das ultimative Angebot war. Aber sie hat abgelehnt.«

Ich lehnte mich auf dem Stuhl zurück und versuchte zu verarbeiten, was ich gerade gehört hatte. Averys Bruder – der Mensch, für den sie so viel arbeitete, zu dessen Wohl sie ihre eigenen Hoffnungen und Träume aufgegeben hatte – war die Krankenversicherung gekürzt worden? Wegen mir. Ihr Bruder, ihre Schuldgefühle wegen des Unfalls und ihr

Bedürfnis nach Wiedergutmachung waren Averys Achillesferse, und dennoch hatte sie mich nicht verraten?

»Und sie hat das Geld wirklich nie angenommen?« Mein Herz begann zu rasen. Meine anfängliche Einschätzung war richtig gewesen. Sie hatte mich nicht verraten. Sie hatte mich geschützt. Ich hatte immer gewusst, dass Cannons Leute zwielichtige Gestalten waren, aber ich hatte mich damit begnügt, die unmoralischen und illegalen Dinge, die sie getan hatten, um mich fertigzumachen, einfach hinter mir zu lassen. Ich hatte beschlossen, ehrbar zu bleiben, und mir stand klar vor Augen, dass meine Rache in dem Erfolg bestehen würde, den ich ihnen zum Trotz haben würde. Was dieser Typ mir hier erzählte, änderte alles. Jetzt wollte ich sie fertigmachen. Es gefiel mir zwar nicht, aber ich begriff, dass es ein Leichtes für Avery gewesen wäre, im Tausch gegen das Wohlergehen ihres Bruders Phoenix' Namen zu nennen. Dieses Angebot hatte sie in eine unmögliche Position manövriert.

»Nope. Keinen Cent davon. Als sie mich per Satellitenhandy anrief, glaubte ich, ich hätte sie im Sack. Wirklich.« Ungläubig schüttelte er den Kopf. »Aber sie wollte nur wissen, wen von der Crew ich sonst noch angesprochen hatte. Hat nicht mal mehr Geld verlangt. Ein glattes Nein.«

War sie wirklich so anständig? Hatte sie ihren Bruder geopfert … für mich? Was Phil sagte, klang aufrichtig. Die Avery, die er beschrieb, war *genau* die Frau, die ich kannte. Die Frau, die ich auf dem Oberdeck während des Feuerwerks geküsst hatte, die Frau, die unablässig gearbeitet hatte, um mich zufriedenzustellen, sogar als es nicht mehr ihre Aufgabe war, einfach, weil es ihrer Natur entsprach. Sie war lieb und freundlich und loyal, genau, wie ich immer geglaubt hatte. Sie war tatsächlich so.

Und ich hatte sie fortgestoßen. Ich hatte das Schlechteste angenommen und sie des Verrats beschuldigt, während in Wirklichkeit *ich* derjenige war, der *sie* betrogen hatte. Ich hatte nicht an sie geglaubt. Und auch mir selbst hatte ich misstraut.

Ich war ein Idiot.

»Und das ist alles? Sonst nichts?«

Schulterzuckend erklärte Phil: »Ein paar Tage später hat Cannon den Auftrag widerrufen.«

Das musste passiert sein, nachdem öffentlich bekannt geworden war, dass ich Phoenix gekauft hatte.

»Ich möchte von Ihnen hören, falls Sie je ein weiteres Angebot von Cannon bekommen. Es wird sich für Sie lohnen.«

Phil leerte sein Glas und schob den Stuhl zurück. Voller Schuldgefühle und unsicher, was ich als Nächstes tun sollte, blieb ich sitzen.

»Was sollte das alles?«, fragte Landon, nachdem Phil gegangen war.

»Was denn?«, fragte ich zurück. Mein Bruder wusste, warum wir hergekommen waren.

»In diesem Gespräch ging es nur um Avery. Bist du immer noch derart besessen von ihr? Sie war doch nur ein willkommener Fick.«

Ich lehnte mich zurück, starrte aus dem Fenster in die Dunkelheit und ließ mich von einer schwarzen Welle aus Schuld überrollen. Was hatte ich getan? »Wir haben nicht nur gevögelt.«

»Was soll das heißen?«

Ich wusste es selbst nicht. Ich wusste nur, dass es anders gewesen war als je zuvor. Die Verbindung zwischen uns war unauflöslich. Das hatten wir bewiesen. Ich hatte mich zu ihr hingezogen gefühlt, obwohl ich die schwierigste Zeit meines Lebens durchmachte, weil alles, wofür ich gearbeitet hatte und was ich geworden war, auf dem Spiel stand. Und sie … sie hatte ihren Job, ihre *Wiedergutmachung* für mich riskiert.

Für mich war alles gut ausgegangen. Ich hatte Phoenix gekauft und Cannon besiegt. Aber Avery hatte unsere Beziehung nichts als Elend gebracht. Ich hatte sie eines Verrats für schuldig gehalten, zu dem sie niemals fähig wäre. Mit mir zusammen zu sein, hatte ihr ganzes Leben ruiniert, doch ich hatte sie mit ihrem verletzten Herzen und ihrem gekränkten Selbst zurückgelassen und geglaubt, nur mir gehe es schlecht. »Das soll heißen, dass ich es vermasselt habe«, beantwortete ich die Frage meines Bruders.

»Die Beweise waren erdrückend«, entgegnete Landon. »Es war dein gutes Recht, zu glauben, dass sie Geheimnisse verkaufte.«

Er irrte sich. Avery hatte sich nie wie die Sorte Mensch verhalten, die andere für Geld verriet. »Ich hatte absolut kein Recht dazu. Sie hat ihre Karriere für mich aufs Spiel gesetzt. Wenn die Leute das mit uns herausgekriegt hätten, hätte sie nie wieder einen Job gefunden. Wie konnte ich trotzdem glauben, dass sie mich betrügt? Ich muss den Verstand verloren haben.« Ich fuhr mir mit beiden Händen durchs Haar, mir war heiß vor Panik. Was hatte ich nur getan?

»Himmel, du klingst, als ob dir diese Frau wirklich etwas bedeutet.«

Ich seufzte und rutschte tiefer in den Stuhl. »Ja, so ist es.«

»Dann geh und entschuldige dich bei ihr.«

»Na klar«, sagte ich spöttisch. »Ist ja ganz einfach. Sie ist der personifizierte Anstand, die Loyalität selbst, und ich habe ihr unterstellt, weder das eine noch das andere zu besitzen.«

Landon zuckte zusammen, dann sagte er: »Wir machen alle mal Fehler. Sogar du, Hayden Wolf.«

»Willst du damit sagen, dass du auch welche machst?«

Er verdrehte die Augen. »Natürlich nicht. Aber wenn ich welche gemacht *hätte* und eine Möglichkeit sähe, es wieder in Ordnung zu bringen, dann würde ich es versuchen. Glaube ich jedenfalls.«

Ich stöhnte, weil ich an mein letztes Gespräch mit Avery denken musste. »Sie wird mir niemals verzeihen. Ich war gemein zu ihr. Gehässig. Ich fühlte mich so …« Das Wort *betrogen* traf es nicht. *Verletzlich,* so hatte ich mich gefühlt, aber das würde ich nicht laut sagen. Landon würde es nicht verstehen. »Ich hatte einfach geglaubt, mit ihr wäre es anders. Ich meine, wir haben geredet. Uns aus unserem Leben erzählt. Ich glaubte, sie zu kennen, und ich wollte, dass sie mich kennenlernt.«

Landon nickte und ersparte mir den Spott, mit dem ich gerechnet hatte. »Klingt ziemlich untypisch für einen Kerl, der Frauen bisher in zwei Kategorien eingeteilt hat: die, mit denen er arbeitet, und die, die er fickt.«

Bei der akkuraten Beschreibung meiner Beziehung zu Frauen vor Avery zuckte ich zusammen. Avery und ich waren Freunde gewesen, Partner, Seelenverwandte. Sie war niemand, den ich in eine Schublade stecken konnte. »Ja, mit ihr war es anders.«

Ich musste etwas tun, es wiedergutmachen. Sie hatte Cannons Geld abgelehnt und erleben müssen, dass ich auf sie losging. Und jetzt hatte die Krankenversicherung ihrem Bruder die Leistungen gekürzt, nur wegen mir. »Ich werde bei ein paar Sachen deine Hilfe brauchen, Landon. Ich weiß nicht, wie Cannon es geschafft hat, an die Versicherung heranzukommen, aber ich muss das irgendwie wieder in Ordnung bringen.«

»Ich habe ihre Adresse in Sacramento«, sagte Landon. »Mit dem Privatjet ist es nur ein Katzensprung.«

»Warum willst du, dass ich dieser Frau hinterherlaufe? Ich dachte, du hältst nichts von Monogamie?«

»Tu ich auch nicht, aber für mich klingt das, als *müsstest* du diese Frau haben.«

Er hatte recht. Der Sog, den Avery auf mich ausübte, war so stark wie eh und je. Er hatte nie nachgelassen, nicht mal, als ich ihr das Schlimmste unterstellt hatte. Aber ich konnte nicht einfach vor ihrer Haustür auftauchen. Ich wusste nicht mal, ob sie da sein würde, ganz zu schweigen davon, ob sie bereit war, mich zu sehen.

»Nein, ich kümmere mich nur um den Papierkram. Sie hat gelitten und ihr Bruder auch, und alles nur, weil Avery zufällig zur Besatzung der Jacht gehörte, die ich gechartert hatte. Das kann ich nicht auf sich beruhen lassen. Sie hat nichts falsch gemacht, und trotzdem trägt ihre Familie die Konsequenzen dafür, dass sie mit mir in Verbindung gebracht wurde. Es geht nicht darum, dass ich bekomme, was ich will – obwohl ich *sie* tatsächlich will. Es geht darum, dass ich ihr Leben und das ihrer Familie wieder in Ordnung bringe.«

Landon grinste mich über sein Bierglas hinweg an, trank einen Schluck und stellte es wieder ab. »Wenn du jemandem erzählst, dass ich das gesagt habe, werde ich es leugnen, aber du bist ein anständiger Kerl, Hayden. Ich bin ein bisschen stolz, dass du mein Bruder bist.«

Landon war ein Kriegsheld. Er hatte für sein Land gekämpft und Opfer gebracht. Dass er einmal stolz auf mich sein würde, hätte ich mir niemals träumen lassen. »Ich behalte es für mich«, antwortete ich und stieß mein Glas an seines. In Beziehungen mit Frauen mochte ich schrecklich sein, und vielleicht war ich auch ein paranoider Kontrollfreak geworden, aber eins hatten mein Bruder und ich gemeinsam: Wir waren Männer der Tat, und wir gaben erst Ruhe, wenn wir hatten, was wir wollten. Ich würde das mit Avery in Ordnung bringen. Das war das Mindeste, was ich tun konnte.

35. Kapitel

Avery

Das Herz tat mir immer noch so weh, als hätte ich Hayden erst am Tag zuvor das letzte Mal gesehen. Ich hatte geglaubt, in Sacramento würde ich mich erholen und die zurückliegenden Wochen vergessen. Aber der Monat zu Hause war viel zu schnell vergangen, und mir graute davor, später am Tag nach Miami aufzubrechen.

»Komm her und frühstücke mit mir und deinem Bruder, bevor du gehst«, sagte mein Dad.

Ich blickte zu den beiden hinüber. »Klar. War die Post schon da?«

Mit einem Kopfnicken deutete mein Vater auf die Tischplatte, auf der ein Stapel ungeöffneter Briefe lag.

»Dad!«

Seit ich aus Frankreich zurückgekommen war, hatte ich fast meine gesamte freie Zeit im Internet verbracht. Ich war auf der Suche nach wohltätigen Organisationen, die Menschen in unserer Lage unterstützten und mit ihnen über das sprachen, was passiert war, die an Stiftungen schrieben und sich um Beihilfen und Zuschüsse kümmerten. Ich recherchierte, was ich tun konnte, um Berufung gegen die Entscheidung der Krankenversicherung bezüglich der Pflege meines Bruders einzulegen. Ich war fleißig gewesen, und das begann sich nun auszuzahlen. Manche Spenden beliefen sich auf wenige Hundert Dollar, aber am Tag zuvor hatten wir von einem Verein für Sportverletzte einen Scheck über fünftausend erhalten. Damit würden wir nicht unendlich weit kommen, aber die Spende schenkte mir neue Hoffnung, und die brauchte ich dringender als alles andere.

Mein Vater schien einfach alles hinzunehmen, was geschehen war, so als wüsste er, dass die Umstände für unsere Familie von jeher ungünstig waren und die anderen ohnehin immer gewinnen würden. Er hatte nur mit den Schultern gezuckt und getan, was er mit den ihm zur Verfügung stehenden Mitteln tun konnte.

Das war seine Bewältigungsstrategie.

Michael und ich hatten gar nicht über die Kürzungen miteinander gesprochen.

Ich versuchte, damit fertigzuwerden, indem ich es in Ordnung brachte. So war ich – ich regelte Dinge für andere Leute, und der Scheck vom Tag zuvor war der Beweis, dass ich auch dieses Problem lösen würde.

Ich nahm die Post vom Tisch, ließ mich auf den Stuhl davor fallen und sah die Umschläge durch. In den meisten war nur Schrott.

»Willst du noch Saft, Liebes?«, fragte mein Vater und hielt bereits den Krug über mein Glas.

»Gern, danke«, sagte ich und schnitt mit dem Fingernagel die versiegelte Verschlussklappe eines braunen Umschlags auf. »Wenn ich weg bin, musst du die hier durchsehen. Das ist dir doch klar, oder? Du kannst sie nicht einfach liegen lassen, bis ich in fünf Monaten wieder zu Hause bin. Manche müssen wir sofort beantworten. Die scannst du ein, und ich kümmere mich darum.« Ich entfaltete das Blatt Papier. Die anderthalb Zeilen Maschinenschrift musste ich nicht lesen – alles unter zwei Absätzen war ohnehin eine Absage.

»Auf dem nächsten Schiff kannst du doch E-Mails empfangen, oder?«

»Ja, und anrufen kannst du mich auch. Ich nehme mein Handy mit. Viel besser als bei dieser einen Mittelmeer-Tour.« Ich weiß nicht, ob es an der Erleichterung lag, meinen Vater jederzeit kontaktieren zu können, oder an dem Gedanken, dass mein Gast nicht Hayden Wolf sein konnte, weil ich mein Handy mitnehmen durfte, jedenfalls ließ ich endlich die Schultern sinken.

Ich hatte versucht, nicht an ihn zu denken, aber er war immer noch da und lauerte mir am Rand meines Lächelns auf, sobald ich mich in Sacramento gemütlich zurücklehnen wollte, und auch kurz vor dem Einschlafen, wenn ich die Erinnerungen nicht länger unterdrücken konnte. Ich hoffte, wenn ich den Gedanken an ihn nur lange genug verdrängte, würde es mir irgendwann nicht mehr schwerfallen, und dann würde er sich in einem Mix aus unguten Entscheidungen und versäumten Chancen einfach auflösen.

Meine Wut war verebbt, wenigstens das.

Ich war Hayden wegen seiner Unterstellungen nicht mehr böse. Sie hatten wehgetan. Sie taten mir immer noch weh, aber ich verstand ihn. Und ich hatte sein Misstrauen verdient. Eine Sekunde lang war ich tatsächlich in Versuchung gewesen. Und was mich zurückgehalten hatte, waren nicht meine Gefühle für Hayden Wolf. Ich hatte es meinem Vater und meinem Bruder nicht antun können. Sie hätten mir nie verziehen, wenn das Geld, das ihnen zugutekam, aus einer Quelle wie Cannon gesprudelt wäre. Meinem Vater fiel es schwer genug, die Schecks von Wohltätigkeitsvereinen und Stiftungen anzunehmen, die wir erhielten, seitdem ich begonnen hatte, Anträge zu stellen. Er war ein Ehrenmann, jemand mit Prinzipien, und ich würde sein Vermächtnis nicht besudeln, indem ich Geld für gestohlene Geheimnisse annahm. Ich wollte es wert sein, ihn meinen Vater zu nennen.

Meine Gefühle für Hayden drohten mich nach wie vor zu überwältigen, wenn mein Herz und mein Geist schwach wurden und Erinnerungen an ihn in mir aufstiegen. Nichts deutete daraufhin, dass das je aufhören würde, aber ich redete mir nach wie vor ein, dass es irgendwann so weit sein würde. Bestimmt würden die Gedanken an ihn verblassen, und ich musste mich nicht mehr dermaßen anstrengen, um sie zu verdrängen.

»Das ist ja seltsam. Dieser hier ist für Michael«, sagte ich und nahm einen cremefarbenen Umschlag von dem Stapel. Die meisten Briefe und Anträge, die ich geschrieben hatte, lauteten auf den Namen meines Vaters als Michaels nächstem Angehörigen. Einen oder zwei hatte ich in meinem Namen verfasst, aber kein einziger lautete auf meinen Bruder.

»Darf ich ihn aufmachen, Michael?«, fragte ich.

Er zuckte mit den Achseln, konzentrierte sich auf sein Essen anstatt auf die Post, und ich lächelte und warf ihm einen Luftkuss zu. Ich drehte den Umschlag um und schob den Daumen unter die Klappe.

Zwei Schecks, dazu ein zwei Seiten langer Brief. Ich blätterte zur zweiten Seite und sah ein Antragsformular mit Kästchen und gepunkteten Linien, die über die ganze Seite verteilt waren. Es wurde nach Adressen und Bankverbindungen gefragt. Das war eigenartig.

Ich blätterte zurück zur ersten Seite und betrachtete den Briefkopf. Lycan Foundation. Ich konnte mich nicht erinnern, an eine Stiftung mit diesem Namen geschrieben zu haben, aber ich hatte ungefähr vierhundert Anträge versendet, durchaus möglich also, dass ich es einfach vergessen hatte.

Ich las das Schreiben einmal durch und hielt inne. Hatte ich mich verlesen? Sie boten an, Michaels Physiotherapie zu bezahlen, dazu eine Pflegekraft in Vollzeit und die Beiträge für die Krankenversicherung.

Das konnte nicht stimmen. Mein Puls begann in den Ohren zu hämmern, und ich fing noch einmal von vorn an.

»Ich möchte, dass du etwas isst«, sagte mein Vater. Seine Stimme klang blechern und schien von weit weg zu kommen.

»Warte noch, Dad«, murmelte ich, legte den Brief auf den Tisch und zeichnete die Zeilen des getippten Textes mit dem Finger nach. Ich musste sorgfältiger lesen. Ich musste dieses freudige Flattern in meinem Bauch unter Kontrolle bringen, das mir das Gefühl gab, mit diesem Brief einen Hauptgewinn im Lotto in Händen zu halten.

Ich hatte mich geirrt. Es war nicht, wie ich gedacht hatte. Es ging nicht nur um Michaels Physiotherapie, eine Vollzeit-Pflegekraft und die Versicherungsbeiträge, die sie übernehmen wollten. Es ging um *›sämtliche mit Michaels medizinischen oder berufsbezogenen Bedürfnissen verbundenen Kosten für den Rest seines Lebens‹*.

Das hatte ich falsch verstanden, oder? Die Worte bedeuteten, dass diese Wohltätigkeitsorganisation sämtliche Kosten tragen würde, wenn Michael oder mein Vater älter wurden und zusätzliche Dinge benötigten. Ich blätterte noch einmal um. Das konnte doch gar nicht wahr sein.

Ich stand auf, fast ohne wahrzunehmen, dass der Stuhl hinter mir umfiel.

»Avery, setz dich hin und iss etwas. Bitte«, sagte mein Dad.

»Einen Moment noch. Ich muss nur etwas überprüfen.« Wann hatte ich mich mit diesen Leuten in Verbindung gesetzt?

Ich schnappte mir den Laptop und öffnete die Tabelle mit den Anträgen, die ich gestellt hatte, aber die Lycan Foundation konnte ich nicht finden.

Ich gab den Namen bei Google ein. Keine Ergebnisse.

War das eine Masche? Konnte irgendjemand so grausam sein?

»Daddy, hast du irgendwo Anträge gestellt? Oder jemand, den wir kennen?« Eine Sekunde lang fragte ich mich, ob meine Mutter etwas damit zu tun hatte, aber das war natürlich Unsinn. Für sie existierten wir nicht mehr.

»Nein, Avery, du weißt, was ich davon halte. Schlimm genug, dass ich dir dabei zusehen muss, aber dann sage ich mir, dass du es Michael zuliebe tust. Und ich möchte nicht …«

Ich drehte mich wieder zum Computer um und suchte erneut auf Google. »Hast du schon mal was von einer Lycan Foundation gehört?«

Mein Dad lachte, und ich spürte, wie mir das Herz gegen die Rippen schlug. War das ein Witz? »Lycan? Wie Werwolf? Sind wir hier bei *Dungeons & Dragons* oder so?«

»Wovon redest du?« Ich hielt den Brief in die Höhe. »Dieses Charity-Dings hier behauptet, sie würden Michaels Arztrechnungen übernehmen. Alle. Für immer. Aber ich kann mich nicht erinnern, an eine Lycan Foundation geschrieben zu haben.«

Mein Vater erstarrte. »*Alle* Arztrechnungen?«

»Ja! Weißt du, wer diese Leute sind?«

Er zuckte mit den Schultern und zog die Brauen zusammen, während er zu mir herüberkam, mir das Schreiben aus den Händen nahm und es selbst durchlas. »Lycan ist … Keine Ahnung. Ich dachte immer, das ist der Name für einen Werwolf, aber wahrscheinlich ist es einfach ein Nachname.«

Ein Wer*wolf*? Erinnerungen an Hayden überfluteten meine mentalen Dämme. Er konnte doch nicht dahinterstecken, oder? Er hatte keine Ahnung, wo wir lebten oder dass ich diese Anträge gestellt hatte. Ich hatte ihm nie erzählt, dass Michaels Krankenversicherung die Bedingungen geändert hatte und seine Physiotherapie reduziert worden war. Und er hasste mich. Er hielt mich für eine Lügnerin und Diebin. Natürlich kam der Brief nicht von ihm. Ich schüttelte den Kopf.

»Ruf sie an«, sagte Dad und gab mir den Brief zurück. Ich brauchte die Bestätigung, dass dieses Angebot echt war. Ich tippte die Zahlen ein und biss mir auf die Wange.

»Lycan Foundation, Alyson am Apparat.«

Ich atmete tief durch und nannte den Grund meines Anrufs.

»Ja, das ist richtig«, sagte Alyson, nachdem ich den Inhalt des Schreibens dargelegt hatte. »Sie müssen nur die nötigen Angaben eintragen. Wir brauchen etwa dreißig Tage, um alle Zahlungen zu organisieren, aber wir zahlen rückwirkend vom Tag des Schreibens an.«

Ich presste die Lippen aufeinander und versuchte zu begreifen, was sie sagte. Ich schluckte. »Und es gibt kein Enddatum?«

»Ganz richtig. Die Zusage gilt für Michaels gesamtes Leben.«

Es war, als hätte sie den Ring um meine Brust aufgeschlossen, denn auf einmal bekam ich wieder Luft zum Atmen.

»Danke«, stammelte ich. »Ich … ich kann mich nur gerade überhaupt nicht an den Antrag erinnern, darum muss ich das Ganze erst mal verarbeiten.«

»Verstehe«, antwortete sie. »Hin und wieder berichten uns andere Organisationen oder dritte Personen von Fällen. So ist es vermutlich auch in Ihrem Fall.«

Ich nickte. »Ja, wahrscheinlich. Ich weiß nicht, was ich sagen soll. Vielen, vielen Dank.«

»Gern geschehen. Senden Sie uns einfach die Formulare zu, und wir leiten alles in die Wege.«

Ich legte das Telefon wieder auf den Tisch. Die Augen meines Vaters waren geweitet. »Es ist also kein übler Scherz?«

»Nein, sieht nicht so aus«, antwortete ich. »Ich denke, wir sollten den Fragebogen ausfüllen.«

»Das bedeutet, dass du nicht nach Miami gehen musst«, sagte er.

Ich hatte meinem Dad nie erzählt, dass der einzige Grund, warum ich die Saison auf einer Jacht verbrachte, der war, dass ich Michael helfen wollte, genauso, wie er mir nicht erzählt hatte, dass er nicht in den Ruhestand gehen wollte, weil dann die Kosten für die Krankenversicherung in schwindelerregende Höhe gestiegen wären.

Diese Spende schenkte uns beiden die Hoffnung auf eine bessere Zukunft.

Ich stand auf und nahm ihn in die Arme. »Ich muss trotzdem nach Miami. Ich habe mich dazu verpflichtet, und außerdem würde ich mich gern vergewissern, ob diese Lycan-Sache auch tatsächlich stattfindet, ehe ich über größere Veränderungen nachdenke.« Mein Leben lang hatte ich gearbeitet, um für meinen Bruder aufzukommen. Wenn tatsächlich für Michael gesorgt war, was wurde dann aus mir? Für mich hatte immer im Fokus gestanden, genug Geld für meine Familie zu verdienen.

Wenn ich diesen Fokus verlor, wusste ich vielleicht nicht mehr, wer ich war. Ich hatte mir nie erlaubt, darüber nachzudenken, was mir fehlte oder wie das Leben hätte sein können. Im Grunde wusste ich gar nicht, wie das ging.

»Wenn es tatsächlich so kommt, Avery, dann musst du mir versprechen, keinen Job mehr zu übernehmen, den du nicht magst. Versprich mir, dass du tun wirst, was du willst, wo und was auch immer das sein mag.«

Ich hatte keine Ahnung, was ich wollte. In den vergangenen sieben Jahren war Hayden das Einzige, das ich nur für mich gehabt hatte, und ihm bedeutete ich nichts. Ich war in seinen Augen nur eine Frau, die ihn betrogen hatte.

Mir schwoll das Herz vor Freude, weil mein Vater mich glücklich sehen wollte, und weil ich endlich in der Lage sein würde, etwas für mich selbst zu tun. Obwohl ich aufgeregt war, erlaubte ich mir nicht, daran zu glauben, dass etwas so Wundervolles tatsächlich wahr werden könnte. Das war mir schon einmal passiert. Ich hatte geglaubt, Hayden und ich würden uns gemeinsam eine Zukunft aufbauen. Zu glauben, dass das Leben anders aussehen könnte, hatte mir nur Elend und Enttäuschung gebracht. Diesmal würde ich mich zurückhalten und mein Herz schützen, bis die Veränderung tatsächlich eintrat.

36. Kapitel

Avery

Ein weiterer Tag unter blauem Himmel und eine weitere Superjacht, aber vielleicht würde es mein letzter erster Tag einer Saison sein. Vom Oberdeck der *Venus* aus spähte ich hinüber zur Marina. Kurz vor Ankunft der Gäste war dieser Anblick immer besonders schön.

Zu Beginn der vorangegangenen Saison hatte ich an Deck gestanden und darauf gewartet, dem Mann zu begegnen, der mir das Herz brechen würde. Unwillkürlich fragte ich mich, was Hayden in diesem Augenblick tat. Damals hatte ich ihn noch nicht einmal gekannt, was mir lächerlich vorkam, weil meine Gefühle für ihn so stark waren, als wären wir bereits in einem früheren Leben zusammen gewesen und hätten uns nur wiedergefunden. Doch er hatte mich weggestoßen, einfach so. Er konnte also nicht so viel für mich empfunden haben, wie ich noch immer für ihn empfand. Ich hasste mich dafür, dass ich ihn liebte. Er hatte mich verraten, ja, aber ihn konnte ich nicht hassen. Meine Liebe zu ihm ließ sich nicht einfach abschalten.

Das Funkgerät an meiner Taille knisterte. »Avery, Eric und Josh. Hier spricht der Captain. Servicemeeting in der Messe.«

Ich nahm das Gerät vom Gürtel, sagte »Roger«, machte kehrt und steuerte auf den Hauptsalon zu. Die Gäste würden innerhalb der nächsten Stunde eintreffen, sodass es für eine Servicebesprechung schon recht spät war, aber sie konnte nun einmal erst stattfinden, wenn die Gäste das entsprechende Formular ausgefüllt hatten.

»Keine ausgefallenen Wünsche, aber uns bleibt nicht mehr viel Zeit«, eröffnete Captain Moss das Meeting, ehe wir Platz genommen hatten. »Sechs Gäste. Heute kommen zusätzlich drei zum Lunch, aber die gehen abends wieder. Sie verbinden Geschäftliches mit Privatvergnügen, also empfangen sie während der Reise vermutlich hin und wieder Gäste auf dem Schiff.«

Charterreisen, die Geschäft und Vergnügen miteinander verbanden, waren im Allgemeinen etwas weniger anstrengend. Die Gäste würden viel Zeit mit Essen und Trinken verbringen, und nicht alle Schlafkabinen würden belegt sein.

»Einer der Gäste ist Vegetarier«, fuhr der Captain fort. »Und ein anderer isst kein Fleisch, sondern nur Fisch. Und ein Dritter isst keine Kohlenhydrate.«

Josh verdrehte die Augen, aber wir wussten alle, dass es wesentlich schlimmere Diätvorschriften gab.

»Sie mögen Mojitos und Champagner, und es muss Bio-Mineralwasser mit Kohlensäure sein.«

Nun war ich diejenige, die die Augen verdrehte. Die Gäste tranken mit Vergnügen ihre Cocktails, aber das Wasser musste natürlich bio sein. Captain Moss überflog die Seite, und wir folgten seinem Beispiel. »Keine teuren Whiskeys oder Zigarren … Sie wollen jeden Tag das *Wall Street Journal*, die *New York Times* und die *Washington Post.*« Den Rest des Formulars arbeiteten wir in Rekordzeit ab.

»Okay, das war's. Wir sehen uns oben auf dem Hauptdeck.«

Der Captain blickte auf die Uhr. »Eric, sorgen Sie dafür, dass Leute von der Crew unten sind, fürs Gepäck. Die Gäste müssten gleich hier sein.«

Ich stand auf und holte elf Champagnergläser aus dem Schrank. Zwei für Orangensaft – in Miami gab es immer jemanden, der keinen Alkohol trank. Ich fing an, Schampus in die übrigen neun Gläser zu gießen.

»Kann ich dir helfen?« Skylar tauchte hinter mir auf.

»Klar, nimm den Orangensaft und füll zwei Gläser damit.«

Unsere Funkgeräte knisterten. »Komplette Crew: Gäste am Anleger.«

»Mist«, schnaubte Skylar.

»Zu früh. Ist mal wieder typisch«, sagte ich.

Wir nahmen die Gläser, rannten fast zum Hauptdeck und stellten uns gerade rechtzeitig in einer Reihe auf, um die ersten Gäste die Treppe heraufkommen zu sehen.

Ich hielt mein Tablett und setzte mein schönstes Superjacht-Lächeln auf. Vielleicht war dies das letzte Mal, dass ich eine Saison eröffnete, und bei dem Gedanken, was das für meine Zukunft bedeutete, war ich freudig erregt.

Wir begrüßten Brad, den Hauptgast, und seine Frau Jennifer, dann strömten die Mitreisenden an Deck. Ich versuchte diejenigen ausfindig zu machen, von denen wir Fotos bekommen hatten und die über Nacht bleiben würden.

»Da fehlt noch jemand«, sagte Brad. »Oh, da ist er ja.« Er drehte sich zur Treppe, auf der nun der letzte Gast erschien. »Hayden, wir dachten schon, wir hätten Sie verloren. Das ist Hayden Wolf, einer unserer Geschäftspartner.«

Es war, als löste sich die ganze Welt einfach auf und ließe

nur ihn und mich zurück. Für eine gefühlte Ewigkeit war ich komplett gelähmt, konnte nicht einmal blinzeln.

Unsere Blicke trafen sich, und er lächelte. Ich konnte nicht zurücklächeln. Was machte er hier?

Die Welt tauchte mit einem Rauschen wieder auf, und ich hörte den Captain leise lachen, als Hayden und er sich die Hand schüttelten. Neben mir schnappte Skylar nach Luft.

»Avery, Skylar, August, Eric? Freut mich, Sie zu sehen.« Hayden nahm ein Glas Champagner von meinem Tablett und hob es leicht an, als wollte er auf etwas anstoßen.

War das ein Zufall? Er schien nicht überrascht, mich hier zu sehen. Hatte er gewusst, dass ich an Bord sein würde? Wollte er mich einem weiteren Verhör unterziehen? Es gab nichts, was ich ihm noch sagen konnte. Niemand war mehr wegen irgendwelcher Informationen über ihn an mich herangetreten.

War er hier, um mir Schwierigkeiten zu machen? Sollte ich mich noch schlechter fühlen wegen eines Fehlers, den ich nicht begangen hatte? Vielleicht war er ja gekommen, um mich rauswerfen zu lassen.

»Avery, würden Sie den Rundgang noch ein wenig verschieben? Auf diese Art können alle Ihr Essen genießen, und wir besichtigen das Schiff, wenn die Gäste, die nicht übernachten wollen, gegangen sind.«

Wie in einer Nebelwolke führte ich die Gäste an ihren Tisch, fragte sie, welchen Wein sie trinken wollten, und sorgte dafür, dass alle zufrieden waren. Ich vermied es, Hayden anzusehen, und versuchte, mich an die Liste der Vorlieben zu erinnern, die wir gerade erst durchgegangen waren. Wenn er über Nacht bleiben wollte, hätte ich doch seinen Namen und sein Foto sehen müssen, oder etwa nicht? Ein Mittagessen würde ich vielleicht überstehen, aber eine ganze Woche mit ihm konnte ich nicht ertragen. Nicht hier. Nicht nach all dem, was er mir vorgeworfen hatte. Nicht wenn ich ihn trotz allem immer noch liebte.

Er schien mit Brad ins Gespräch vertieft, darum ging ich so bald wie möglich wieder in die Bordküche und versuchte, die Übelkeit zu unterdrücken, die in mir aufstieg. Warum war er hier?

»Alles okay mit dir?«, fragte Skylar, als ich die Küche betrat. Meine Beine waren schwer und meine Gedanken verworren, weil ich zu begreifen versuchte, was vor sich ging. »Wusstest du, dass er an Bord sein würde?«

Ich schüttelte den Kopf und stellte das Tablett auf die Theke. »Nein, absolut nicht«, antwortete ich und blickte Skylar an. Sie zuckte mit den Schultern.

»Ich glaube, du solltest dir eine Pause gönnen. Er bleibt nur zum Lunch, und das kriegen August und ich auch allein hin.«

»Was ist los?«, fragte Küchenchef Josh und zog die Kühlschranktür auf.

»Gar nichts!«, riefen Skylar und ich im Chor.

»Ja, es wäre gut, wenn du mit August zusammen beim Mittagessen bedienen könntest.« Hoffentlich hatte Skylar recht und Hayden würde bald wieder verschwinden. Es war besser für uns beide, wenn wir uns aus dem Weg gingen. Ich war mit Sicherheit der letzte Mensch, den er sehen wollte.

»Klar, bleib einfach hier und … Glaubst du, er ist gekommen, um sich zu entschuldigen?«, fragte sie.

Ich runzelte die Stirn. »Nein, seine Meinung über mich steht fest. Das kann nur ein Zufall sein. Oder?«

Sie zuckte mit den Achseln und holte eine frische Flasche Champagner aus der Kühlvorrichtung. »Es ist nur … Ach, ich weiß nicht. Ihr seht einfach gut zusammen aus.«

Mein Magen machte Anstalten, sich zu überschlagen. *Er* sah gut aus. Er sah *immer* gut aus, aber ich wusste, dass sein Herz mir nicht gehörte. Ich musste mich einfach für ein paar Stunden hier drin verstecken, und danach würde ich meine letzte Chartersaison zu Ende bringen.

37. Kapitel

Hayden

Dies war vielleicht die schlechteste Idee, die ich je gehabt hatte. Avery war eindeutig schockiert gewesen, mich auf dem Hauptdeck zu sehen. Damit hätte ich rechnen müssen. Ich hatte nur gehofft, noch etwas anderes als Schock in ihrer Miene zu sehen. Ich hatte gedacht, dass ihre Profifassade irgendwann bröckeln und sie mir zeigen würde, dass sie mich liebte – so, wie ich sie liebte.

»Darf ich Ihr Glas auffüllen, Mr Wolf?«, fragte Skylar und hielt die Champagnerflasche bereits über mein Glas.

»Danke«, entgegnete ich. »Wo ist Avery?« Ich sprach leise, damit mich außer ihr niemand hören konnte. Avery war verschwunden, sobald sie uns zu unserem Tisch geführt hatte. Skylar und August hatten den Lunch serviert. Ging sie mir aus dem Weg?

»Sie ist in der Bordküche«, antwortete sie.

Brad hatte mich immer wieder auf seine Jacht eingeladen. Ich hatte stets abgelehnt, aber diesmal war ich seiner Einladung zuvorgekommen und hatte ihm erzählt, ich sei mit Captain Moss sehr zufrieden gewesen. Ich hatte ihm empfohlen, das Schiff zu chartern, auf dem er Captain war. Brad war meinem Ratschlag gefolgt, und ich hatte die anschließende Einladung angenommen, die Übernachtung allerdings abgelehnt.

Sobald ich begonnen hatte, Ordnung zu schaffen und einige der hinterhältigen Dinge rückgängig zu machen, die Cannon getan hatte, um mich auszuschalten, sehnte ich mich verzweifelt danach, Avery zu sehen, und auf einer Jacht einzuchecken, war die schnellste mir bekannte Art, das zu bewerkstelligen. Kaum hatte ich sie gesehen, vergrößerten und vervielfachten sich meine Gefühle, und mir wurde klarer denn je, was für ein Idiot ich gewesen war. Avery Walker war nicht fähig, jemanden zu betrügen. Das wusste ich, hatte es tief im Innern immer gewusst. Warum also hatte ich sie beschuldigt? Ich hatte zugelassen, dass die schmutzigen Tricks eines geschäftlichen Konkurrenten auf alles um mich herum abfärbten, und aus der Denkweise heraus, nach der jeder entweder verdächtig oder schuldig war, hatte ich um mich geschlagen. Avery hatte meinen Frust wegen Cannon und meinen Wunsch, sie zu besiegen, ausbaden müssen.

Auf dem Hinflug hatte ich mir eine Entschuldigung zurechtzulegen versucht, aber die Worte wollten sich einfach nicht zusammenfügen. Ich sah keinen Grund, warum sie mir verzeihen sollte. Aber ich musste es versuchen. Ich konnte nicht einfach aufgeben.

Als das Mittagessen zu Ende war, verabschiedete ich mich von Brad, seiner Frau und den anderen Gästen und entschuldigte mich. Anstatt die Jacht sofort zu verlassen, ging ich ins Innere mit der Entschuldigung, ich müsste zur Toilette gehen. Ich fand den Eingang zur Bordküche, und das Herz begann mir in der Brust zu hämmern. Ich wollte Avery nicht in Schwierigkeiten bringen, aber ich würde dieses Schiff erst verlassen, wenn ich mit ihr gesprochen hatte.

Ich atmete auf, als ich sie am Tisch sitzen sah, wo sie sich mit ordentlicher Handschrift Notizen machte. Unter ihrem perfekten Pferdeschwanz war der lange, sanft geschwungene Hals zu sehen. »Avery«, sagte ich.

Für eine Sekunde schloss sie die Augen, dann drehte sie sich um und blickte mich an, als wäre es das Letzte, wozu sie Lust hatte. Ihr Widerwille grub sich schmerzlich in mein Inneres. Ich wollte sie, brauchte sie. Hasste sie mich? War ich rettungslos verloren?

Sie sah auf die andere Seite des Raums, und mein Blick folgte ihr. In der Küche war ein Mann, den ich nicht erkannte, obwohl er mich und Avery fixierte. Er lächelte, dann drehte er uns den Rücken zu und fuhr mit seiner Arbeit fort.

»Kann ich mit dir reden?«, fragte ich und richtete all meine Aufmerksamkeit auf Avery. »Vielleicht begleitest du mich von der Jacht?«

»Natürlich.« Ihr professionelles Lächeln überspielte ihre Traurigkeit, als sie vom Tisch aufstand und mich von der *Venus* führte. Ich wusste nicht, was schlimmer war – ihr Kummer oder das aufgesetzte Lächeln.

Mir voran stieg sie die Treppe hinunter. Unten angekommen blieb sie stehen, verschränkte die Arme und betrachtete die Holzbohlen des Anlegestegs.

»Lass uns ein Stück gehen«, bat ich. Ich hatte vergessen, wie es war, ihr so nah zu sein, wie gern ich sie an meiner Seite hatte, mit ihr spazieren ging, arbeitete, vögelte. Am liebsten hätte ich alles mit ihr gemeinsam getan.

Als wir außer Sichtweite des Schiffs waren, blieb ich stehen. »Ich muss mich bei dir entschuldigen. Und mein Fehler ist so groß, dass ich dich persönlich um Verzeihung bitten muss.«

Aus schmalen Augen blickte sie zu mir auf.

»Ich weiß, dass du das Geld von Cannon nicht genommen hast«, sagte ich.

Ohne zu blinzeln stand sie da, vollkommen reglos.

»Ich weiß, dass du nicht fähig bist, so etwas zu tun. Daran hätte ich niemals zweifeln dürfen. Ich kannte dich gut genug, um das zu wissen.«

Sie schloss die Augen und schüttelte den Kopf. Ich fragte mich, ob sie mich ausblenden oder mir sagen wollte, dass mein Verhalten unentschuldbar war.

»Ich weiß nicht, was ich sagen soll.« Für mich war es neu, mich zu entschuldigen. Ich irrte mich nur selten, aber nie zuvor hatte ich mich dermaßen getäuscht, und ich hatte auch noch nie etwas so sehr bereut. Ich war darauf angewiesen, dass sie mir glaubte. Ich war darauf angewiesen, weil ich es sonst vollkommen vermasselt und sie für immer verloren hatte. »Es tut mir so leid. Ich bin ein Arschloch, ich habe alles kaputt gemacht.« Die Worte sprudelten aus mir heraus in dem verzweifelten Versuch, alles auf einmal zu sagen. »Ich habe dir vertraut. Ich habe dich … ich liebe dich. Ich wusste, dass du auf meiner Seite warst. Ich weiß nicht, was passiert ist.« Im Rückblick fragte ich mich, warum ich ihr misstraut hatte. Alles, was sie gesagt hatte, ergab Sinn. »Ich glaube, es war einfach so viel los, dass ich verwirrt war und die Wahrheit nicht sehen konnte, die mir vor Augen stand.«

Sie runzelte die Stirn, dann öffnete sie die Arme, sah zu mir auf und blinzelte, als blickte sie in die Sonne. »Du glaubst mir? Du liebst mich?«

Ich nickte. »Ja, natürlich tue ich das. Ich bin ein Idiot. Einer, dem das alles sehr leidtut. Ich hätte niemals an dir zweifeln dürfen.«

Sie seufzte. »Endlich«, flüsterte sie, als wäre ihr ein Stein von der Seele gefallen. »Ich könnte dich niemals verraten. Nicht für alles Geld der Welt.«

Natürlich war es so. Sie war zu gut. Zu anständig. Zu aufopferungsvoll. Ich wollte die Hände ausstrecken, sie in meine Arme ziehen und beschützen bis in alle Ewigkeit. Vor Leuten wie Cannon – und vor Idioten wie mir, die sie nicht zu schätzen wussten.

»Cannon hat seine Verbindungen spielen lassen, damit die Krankenversicherung deines Bruders überprüft wurde. Sie wollten dich dazu bringen, das Geld zu nehmen«, erklärte ich, denn ich wollte das Schweigen beenden und ihr Vertrauen wiedergewinnen.

»Verdammt«, sagte sie und stampfte mit dem Fuß auf das abgenutzte Holz des Anlegers. »Die waren das also? Was für Arschlöcher!«

»Das sehe ich genauso.« Ich wollte den Schmerz von ihr nehmen, ganz und gar.

»Sie haben versucht, mein Leben zu ruinieren, damit ich gezwungen bin, ihr Geld zu nehmen.« Mit verschränkten Armen blickte sie auf das Meer hinaus. Ich wollte, dass sie mich ansah. Ich wollte Vergebung in ihrem Blick sehen.

»Ja, es sieht ganz danach aus. Noch einmal: Es war meine Schuld. Wenn ich nicht auf dieser Jacht gewesen wäre, wäre die Krankenversicherung deines Bruders nie angetastet worden.«

»Wow«, gab sie zurück. »Diese Leute haben wirklich sehr viel Macht.«

»Zu viel.« Sie sollte nicht mit diesem Damoklesschwert über ihrer Familie leben müssen. Sie hatte sich den Menschen in ihrem Leben gegenüber immer anständig verhalten.

»Für eine Sekunde habe ich mir vorgestellt, wie mein Leben wäre, wenn ich dieses Geld annehme«, sagte sie und blinzelte in die Sonne. »Deshalb habe ich das Handy genommen. Ich wollte darüber nachdenken.«

»Du musst deswegen kein schlechtes Gewissen haben. Sie haben es so verlockend wie nur möglich gemacht, und weißt du, wenn es mein Bruder gewesen wäre, hätte ich die Kohle wahrscheinlich genommen.«

Sie lachte, und ich lächelte unwillkürlich beim Anblick der aufrichtigen Freude in ihrem Gesicht. Aber dann verstummte sie wieder und drehte sich zu mir. »Das mit deinem Deal hat funktioniert, oder? Sie haben dich nicht besiegt?«

Ich konnte nicht glauben, dass sie nach allem, was sie durchgemacht hatte, nach der Art, wie ich sie behandelt hatte, immer noch besorgt um mich war. »Mit Phoenix ist alles in Ordnung, aber das ist mir egal. Ich bin hier. Ich will, dass zwischen uns alles wieder gut wird.«

Eine leichte Brise erfrischte die warme Luft und blies Avery eine Strähne ihres braunen Haars in die Stirn. Instinktiv strich ich sie ihr aus dem Gesicht.

»Du hast mir gefehlt«, sagte ich, nahm ihr Gesicht in beide Hände und streichelte mit dem Daumen ihre Wange.

Sie schloss die Augen, als täten meine Worte ihr weh.

»Du hast mir auch gefehlt«, sagte sie.

»Ich weiß, dass ich es nicht verdiene, aber bitte vergib mir.«

Sie drückte die Wange leicht an meine Hand. »Schon passiert. Ich konnte nicht böse auf dich sein, nicht mal, bevor du hergekommen bist. Na ja, anfangs schon, aber ich wusste, wie groß der Druck war, der auf dir lastete, wegen des Verrats, mit dem du zu kämpfen hattest.«

Das Herz hüpfte mir in der Brust. Ich wusste, ich hatte es nicht verdient – und doch verzieh sie mir, sie hatte es gerade gesagt. Ich kam mir vor wie auf dem Gipfel des Mount Everest. Und ihr Gesicht war die schönste Aussicht der Welt.

»Vergib, aber vergiss nicht, sagt mein Vater immer.«

Mein Magen verkrampfte sich. Natürlich konnte sie nicht vergessen, was ich getan hatte. Ich hatte sie als Person infrage gestellt. Aber hieß das, dass eine gemeinsame Zukunft unmöglich war?

»Hast du dein Leck gefunden?« Sie legte mir eine Hand auf die Brust, und ich trat einen Schritt vor, sodass uns nur noch wenige Zentimeter trennten.

Ich nickte. »Ja. Cannon hat ihn seit ungefähr einem Jahr sehr gut bezahlt.«

»Was Menschen für Geld alles tun, hm?«, sagte sie.

»Ich würde für *dich* alles tun«, flüsterte ich. »Eine Bank ausrauben, eine Leiche im Keller verstecken – was immer du von mir verlangst.«

Ihr Schweigen dehnte sich, während meine Brust unter ihrer Berührung zu brennen begann. Ich strich ihr mit dem Daumen über die Wange.

»Ich muss jetzt gehen«, sagte sie schließlich. »Ich kann Skylar und August nicht länger warten lassen.«

War es das? Waren ihre Gefühle für mich im Sande verlaufen und gestorben, nachdem ich sie mit Vorwürfen überschüttet hatte? Ich musste das ändern. Ich würde kämpfen. »Kommst du noch einmal? Später? Heute Abend?«

»Ich kann die Jacht nicht verlassen. Das weißt du.«

Indem sie mir verzieh, hatte sie mir ein größeres Geschenk gemacht, als ich mir je hätte wünschen können. Dennoch wollte ich mehr. Ich wollte ihr Herz, ihren Körper, ihre Seele. »Dann warte ich. Wann kann ich dich wiedersehen?«

Sie legte den Kopf schief. »Geh zurück nach London, Hayden. Ich verbringe die ganze Saison hier.« Sie biss sich auf die Unterlippe. »Dein Leben ist dort.«

»Ich will *dich* in meinem Leben. Ich will …«

»Das … wir sind … Ich weiß nicht, was du willst oder was du erwartet hast, aber ich habe Verpflichtungen. Die nächsten fünf Monate bin ich hier und dann … Wir passen einfach nicht zusammen.«

Es war schrecklich, das aus ihrem Mund zu hören. Nie zuvor war ich einer Frau begegnet, die so gut zu mir gepasst hatte. »Das stimmt nicht, und ich glaube, das weißt du auch. Wenn du mir verzeihen kannst, können wir noch einmal zurückgehen …«

»Zurück wohin? Ein paar Wochen lang hatten wir auf einer Jacht eine Affäre miteinander. Du hast selbst gesagt, dass ›die Logistik kompliziert ist‹.«

»Wenn du dir einredest, dass es nur eine Affäre war, bist du tatsächlich eine Lügnerin.«

Sie antwortete nicht, und es war auch nicht nötig. Wir wussten beide, dass mehr zwischen uns war als eine flüchtige Verbindung, die wir einfach so wegwerfen konnten.

»Mir ist klar, dass die eine oder andere Herausforderung

auf uns wartet«, sagte ich. »Aber ich stelle mich meinen Kämpfen gern – und ich gewinne sie. Ich werde mich nicht davonschleichen, weil es vielleicht zu schwierig wird. Du hast etwas Besseres verdient.«

Sie blickte zum Schiff hinüber. »Es ist nicht nur das«, sagte sie zögerlich, und während sie den Blick über mein Gesicht wandern ließ, erkannte ich, dass sie überlegte, ob sie mich in ihre Gedanken einweihen sollte. »Ich glaube, ich kann das einfach nicht. Mit dir zusammen zu sein, war wie ein Versprechen für mich, Hayden. Du musst wieder der Mann sein, für den ich dich gehalten habe. Der Mann, der auf meiner Seite war, der mich respektierte, mir glaubte, dass ich zu ihm halte. Diesen Mann verdiene ich.«

»Ja«, sagte ich und befürchtete, meine Stimme würde brechen. Sie hatte recht. Ich war nicht gut genug für sie. »Und ich möchte dieser Mann für dich sein. Anfangs war ich das vielleicht nicht, aber die Begegnung mit dir hat so viel in meinem Leben verändert. Mehr noch, seit ich dich verloren habe, steht meine Welt auf dem Kopf, und ich habe gründlich über mein Leben nachgedacht. Ich will dich nicht verlieren. Ich werde für den Rest meines Lebens daran arbeiten, der Mann zu sein, der dich verdient hat.«

Stille hüllte uns ein. Ich hielt die Luft an, damit mir nicht entging, was sie als Nächstes sagen würde.

»Ich muss los.«

Hatte ich sie verloren? Ich konnte nicht einfach weggehen. Ich holte eine Visitenkarte heraus. »Meine Handynummer steht hier drauf. Versprich mir, dass wir uns treffen, wenn dieser Einsatz vorbei ist. Es sind nur noch fünf Tage.«

»Fliegst du in fünf Tagen nach London zurück?«

»Nein.« Ich schüttelte den Kopf und war mir sicher, einen Hauch von Enttäuschung in ihrem Gesicht zu sehen. »Ich bleibe in Miami. So lange, bis du mir glaubst, dass ich dich liebe.«

Erneut biss sie sich auf die Unterlippe, nahm die Karte aber an. Ich wollte sie packen, sie küssen und in den Arm nehmen, aber ich hielt mich zurück. Ich durfte sie nicht bedrängen, so groß die Versuchung auch war. Nicht hier, nicht jetzt.

»Ich muss gehen«, wiederholte sie.

»Versprich es mir. Fünf Tage.«

»Ich werde dir keine Versprechungen machen, die ich vielleicht nicht halten kann. Aber ich verspreche, dass ich dich anrufe und Bescheid sage.«

Es war nur ein kleiner Sieg, aber ich würde mich vorerst damit begnügen. Ich konnte es kaum erwarten, zu dem Teil zu kommen, in dem ich sie küssen und in den Armen halten konnte. Wenn sie endlich mir gehören würde.

Sie blickte über den Anleger in Richtung Schiff. »Ich muss jetzt wirklich gehen.«

Ich brachte kein Wort heraus, wollte ihr nicht Auf Wiedersehen sagen.

»Du hast mir gefehlt«, sagte ich noch einmal. Sie nickte und drehte sich um, dann machte sie sich auf den Rückweg zur Jacht.

Im Gehen blickte sie über die Schulter und lächelte mich kurz an. Ich würde alles tun, damit dies nicht das letzte Lächeln war, das sie mir schenkte.

38. Kapitel

Avery

Ich musste eine Entscheidung von großer Tragweite treffen, und zum ersten Mal seit langer Zeit wusste ich nicht, was ich tun sollte. Den ganzen Morgen über hatte ich das Pochen meines Herzens in der Brust gefühlt. Wir lagen vor den Bermudas, und Captain Moss hatte den Anker gelichtet, um unsere Gäste wieder an Land zu bringen. Das war's. Die Reise war fast vorüber, und das hieß, dass ich Hayden Wolf einen Anruf schuldete.

Seine abgewetzte, eselsohrige Visitenkarte lag unter meinem Kissen, denn dort bewahrte ich sie auf, seit er sie mir gegeben hatte. Jeden Abend nahm ich sie in die Hand, drehte sie hin und her und überlegte, ob ich ihn anrufen sollte.

Denn ich wollte es. Ich wollte es wirklich.

Er glaubte mir, und ich hatte ihm längst verziehen, dass er an meiner Loyalität und meinem Charakter gezweifelt hatte.

Und ich liebte ihn. Ich liebte ihn wirklich. Und er sagte, dass er mich liebte.

Es war also ganz einfach, oder? Ich sollte ihn jetzt anrufen.

Das Problem war, dass ich in den Monaten nach der Trennung von ihm so sehr gelitten hatte. Noch immer war der Schmerz roh und tief, aber ich begann allmählich zu genesen. Irgendwie. Wenigstens hatte ich mich mit einer Zukunft ohne ihn abgefunden. Fünf Tage zuvor war er dann wiederaufgetaucht, während ich bereits eine Zukunft zu planen versuchte, in der er nicht vorkam. Zu wissen, dass er mich hasste, hatte mir die Sache erleichtert. Und dass er meine tiefen Gefühle eindeutig nicht erwiderte. Ich hätte ihm niemals das Schlimmste unterstellt und ihn einen Lügner genannt. Das Ungleichgewicht unserer Gefühle machte es mir leichter, mir eine Zukunft ohne ihn vorzustellen.

»Dürfen wir Ihnen noch etwas bringen?«, fragte ich die sechs Gäste, die ihren Lunch allmählich beendeten.

»Nein, ich glaube, wir sind fertig«, sagte Brad und warf einen Blick auf seine Uhr. »Wir müssen noch packen.«

Diese Reise würde in wenigen Minuten vorüber sein, und das Ticken der Uhr dröhnte mir förmlich in den Ohren.

»Ich glaube, das hat August für Sie erledigt, während Sie beim Lunch waren«, erklärte ich.

Seine Frau tätschelte ihm die Hand. »Siehst du, es wird alles erledigt.«

Das war es, wofür sie bezahlt hatten, und das war es, was wir taten. Die Reise war gut verlaufen. Die Gäste waren freundlich und lustig gewesen, ohne es zu übertreiben. Über den Auftakt zu meiner vermutlich letzten Saison konnte ich mich nicht beklagen.

Skylar und ich räumten den Tisch ab und die Küche auf, während die Crew die Jacht anlegte und dann sämtliches Gepäck aus den Kabinen holte. Die letzte halbe Stunde war immer sehr arbeitsreich, aber es war auch die Zeit, in der die Besatzungsmitglieder ihr breitestes Lächeln zeigten.

»Ich kann es kaum erwarten, mir heute Abend die Kante zu geben«, verkündete August, die den Geschirrspüler mit der Hüfte schloss. »Es ist immer noch gewöhnungsbedürftig, anderen Leuten Champagner einzuschenken und selbst nichts trinken zu dürfen. Wo gehen wir hin?«

Ich zuckte die Schultern und blickte zu den anderen Crewmitgliedern, die nach und nach in der Bordküche eintrafen, bereit, den Gästen Lebewohl zu sagen.

»Können wir gleich mit dem Trinken anfangen? Ich meine, noch vor heute Abend? Sobald die Leute weg sind?«, fragte August.

»Die Saison wird verdammt lang werden, wenn du den Alkohol jetzt schon so dringend brauchst«, antwortete ich. »Aber wenn Captain Moss sagt, dass wir bis morgen freihaben, dann fang ruhig schon mal an.«

»Ich möchte einfach mal einen Martini mixen und ihn dann selbst trinken, wenn du verstehst, was ich meine«, erklärte August.

Ich wusste genau, was sie meinte. Mein Dad hatte recht. Wir verbrachten so viel Zeit damit, uns um andere zu kümmern, dass ich darüber ganz vergessen hatte, was ich selbst wollte. Was ich mochte. Oder liebte. Die einzige Abwechslung in meinem Leben, das mit den Wünschen und Bedürfnissen anderer ausgefüllt war, war Hayden gewesen. Er hatte mir gehört. Nur mir.

Ich hatte ihm versprochen, ihn anzurufen, egal, wie ich mich entscheiden würde, und obwohl ich all diese Ängste hatte, so viele Gründe, warum Hayden und ich nicht zusammen sein konnten, wünschte ich mir doch, dass er mich umstimmen würde. Ich wollte, dass er wieder mir gehörte.

Die nächste Stunde durchlebte ich wie im Nebel. Wir verabschiedeten die Gäste, dann folgte das Trinkgeld-Meeting, und danach waren wir vierundzwanzig Stunden lang uns selbst überlassen. Jede Menge Zeit zum Trinken.

»Juchhu!«, rief August, als Captain Moss die Bordküche verließ. »Freiheit und ein Haufen Dollarscheine.« Sie wedelte mit dem weißen Umschlag, in dem sich ihr Trinkgeld befand. »Das Leben ist schön. Können wir jetzt die Bierdosen aufmachen?«

Die Crew drängte sich um den Kühlschrank, und ich nutzte die Gelegenheit und rutschte aus der Sitzbank. »Ich muss einen Anruf erledigen«, flüsterte ich Skylar zu.

Sie legte mir einen Arm um die Taille. »Pass auf. Denk dran, du bist eine großartige Frau, die immer nur das Gute in anderen sieht.« Ich hatte Skylar von meinem Gespräch mit Hayden erzählt. Sie war skeptisch, was seinen Flug nach Miami und seine Liebesbeteuerungen betraf. Und das konnte ich gut verstehen. Ich hatte ihm verziehen, aber das hieß nicht, dass ich ihn wieder in mein Herz lassen konnte.

»Ich weiß nicht, wo wir am Ende landen, aber ich höre mir zumindest an, was er mir zu sagen hat.« Tatsache war: Selbst wenn wir Cannon hinter uns lassen konnten, was ich für möglich hielt, war es *praktisch* unmöglich, mit jemandem wie Hayden zusammen zu sein. Aber ich wollte ihm Gelegenheit geben, sich zu erklären – im Gegensatz zu ihm, der mir überhaupt nicht richtig zugehört hatte, als ich ihm versicherte, dass ich nicht für Cannon spionierte.

»Du verdienst es, glücklich zu sein«, sagte Skylar.

Ich gab ihr einen Kuss auf die Wange und verließ die Küche, ohne dass es jemand bemerkte.

Ich zog mich nicht einmal um. Ich griff nur nach meiner Handtasche und Haydens Nummer und verschwand von der Jacht. Alles, woran ich denken konnte, war die Art, wie er mich im Arm gehalten hatte, so fest, als wollte er mich beschützen. Die Art, wie er mich ansah, als erzählte ich ihm die interessanteste Geschichte, die er je gehört hatte, sein Flüstern auf meiner Haut, sein zurückhaltendes Lächeln. Ich wünschte nur, es hätte ihm ebenso viel bedeutet wie mir.

Ich beschleunigte den Schritt, suchte nach einem stillen Plätzchen, um ihn so bald wie möglich anzurufen. Am Ende des Anlegers ließ ich den Blick über die Marina schweifen und überlegte, wohin ich gehen sollte.

»Suchst du jemanden?«

Ich wirbelte herum und sah Hayden Wolf in die Augen.

39. Kapitel

Hayden

Geduld war nie meine Stärke gewesen, aber manchmal hatte auch Ungeduld Vorzüge. Schließlich war sie der Grund, warum ich nun hier stand. Ich hatte es nicht ausgehalten, im Hotelzimmer zu sitzen und auf ihren Anruf zu warten. Ich war zur Marina gegangen, um beim Anlanden der Jacht zuzusehen.

»Was machst du hier?«, fragte sie und verzog den Mund zu einem Lächeln, als ich auf sie zuging.

»Auf dich warten«, antwortete ich und ließ eine Hand über ihre Hüfte gleiten.

Sie versuchte, sich meinem Griff zu entziehen, aber das würde ich nicht zulassen. »Ich habe doch gesagt, ich rufe an.«

»Und ich habe gesagt, dass ich warte.«

»Ich wollte nur … Wir haben doch … Ich wollte dich gerade anrufen«, sagte sie und strich mir über die Brust. Ich erschauerte, weil es sich so vollkommen anfühlte.

»Was wolltest du mir sagen?«

Ihr Lächeln erlosch. »Ich wollte dir sagen, dass ich bereit bin, dir zuzuhören.«

»Wie ich dir hätte zuhören sollen«, flüsterte ich. Sie war ein besserer Mensch als ich. Ich hatte an ihr gezweifelt, sie beschuldigt, und dennoch war sie da und gab mir die Chance, reinen Tisch zu machen. »Mir ist klar, dass ich dich verraten habe. Du hast jeden Grund, mich zu hassen.«

»Ich hasse dich nicht. Aber ich weiß auch, dass du auf keinen Fall das für mich empfindest, was ich für dich empfinde. Wäre es anders, würden wir jetzt nicht hier stehen und in unterschiedliche Richtungen gehen. Und ich kann nicht mit jemandem zusammen sein, der mich weniger liebt als ich ihn. Mein Herz ist schon gebrochen genug. Mit der Enttäuschung, die ich zwangsläufig erleben würde, werde ich nicht mehr fertig.«

Ich stöhnte, wünschte mir verzweifelt, ich könnte ihr den Schmerz abnehmen, den ich ihr zugefügt hatte und der noch immer in ihrem Innern rumorte. »Ich war ein Vollidiot. Dazu stehe ich, aber bitte gib mir eine Chance, dir zu beweisen, dass ich meine Lektion gelernt habe. Ich hätte dich niemals infrage stellen dürfen. Aber bitte glaub nicht, dass ich das getan habe, weil ich dich nicht genug liebe. Ich stehe hier vor dir, weil ich nicht nur glaube, sondern weiß, dass ich dich bis zu meinem letzten Atemzug lieben werde. Das ist die Wahrheit, ob du mich nun verlässt oder ob du mir erlaubst, dir für den Rest unseres Lebens meine Liebe zu beweisen.«

Sie bedeckte ihr Gesicht mit beiden Händen, so wie sie es getan hatte, als ich sie vor vielen Wochen durch ein Fernglas beobachtet hatte. »Ich bleibe für die nächsten fünf Monate hier, Hayden. Wir werden also nicht zusammenkommen.«

»Sieh mich an.« Ich umfasste ihre Handgelenke und sah ihr ins Gesicht. Mit beiden Daumen strich ich sanft über die Haut unter ihren Augen, denn ich fand es schrecklich, dass sie meinetwegen traurig gewesen war. »Fünf Monate sind so gut wie nichts.« Ich löste ihren Zopf, sodass ihr die kastanienbraunen Locken über die Schultern fielen und die goldenen Glanzlichter in der untergehenden Sonne leuchteten. Da war sie. Meine Avery. »Das sind nur Details. Wir werden eine Lösung finden.«

Sie strich mir mit den Fingerkuppen über die Wange und schüttelte den Kopf. »Diese Details sind wichtig, und ich kann mich nicht noch einmal dermaßen öffnen. Nicht dir gegenüber. Nicht, ohne zu wissen, wo das alles enden wird.«

»Ich sage dir, wo es enden wird: Wir heiraten, bekommen zwanzig Kinder und werden zusammen alt.« *Fuck,* nie hätte ich geglaubt, jemals eine Ehefrau zu haben, ganz zu schweigen von Kindern. Aber ich wollte mit ihr zusammen sein. Mit Avery. Für immer. Alles andere spielte keine Rolle.

Sie verdrehte die Augen. »Bleib ernst, Hayden. Wenn wir nicht mal Dates hinbekommen, welche Hoffnung besteht dann für uns?«

»Über Dates sind wir längst hinaus, meine Liebe. Verstehst du denn nicht? Du musst begreifen, dass es vom ersten Augenblick an kein Zurück gab. Ich gehöre jetzt zu dir. Du gehörst zu mir. Sag mir, dass es nicht stimmt.«

»Das kann ich nicht. Ich liebe dich.«

Mir hüpfte das Herz in der Brust. Sie gehörte mir! »Ich liebe dich mehr, als du dir vorstellen kannst«, sagte ich.

Ich nahm sie bei der Hand und ging mit ihr über den Anleger zurück zum Ufer. »Aber wenn du dich bis ins Detail festlegen und alles durchplanen willst, können wir gern sofort damit anfangen.«

»Und wo gehen wir hin? Doch nicht in dein Hotel, oder? Denn dann …«

»Was dann? Kannst du deine gierigen Finger nicht bei dir behalten?!«

Sie lachte, und ein Teil von mir war fast gestorben, so lange hatte ich warten müssen, um sie endlich wieder lachen zu hören.

»Nein, wir gehen zu meinem Wagen. Ich habe den Laptop dabei, und wir werden einen Plan machen.«

»Einen Plan?«

»Ja. Ich werde mir überlegen, wie viel Zeit ich hier drüben verbringen kann. Vielleicht miete ich ein Büro oder so etwas.«

»Hier in Miami? Du willst in die Staaten ziehen, einfach so?«

Unvermittelt blieb ich stehen und sah ihr ins Gesicht. »Du glaubst es immer noch nicht, stimmt's? Ich will dich. Und ich werde tun, was nötig ist. Genauer gesagt: alles, was du brauchst.«

»Na ja, das hier ist wahrscheinlich sowieso meine letzte Saison«, sagte sie. »Die Versicherung meines Bruders war wirklich nervtötend, aber wir haben eine Stiftung gefunden, die die Kosten übernehmen wird …« Sie verstummte und musterte mich aus schmalen Augen. »*Du* hast herausgefunden, dass die Versicherung die Leistungen für meinen Bruder überprüft hat!«, sagte sie auf einmal. »*Du* warst das! Lycan. Der Wolf. Hayden, verdammt noch mal!« Sie stampfte mit dem Fuß auf, ließ meine Hand aber nicht los.

Es war Zeit für mein letztes Geständnis. Eigentlich wollte ich es ihr erst sagen, wenn sie eingewilligt hatte, mir zu gehören. Weder das Geld noch ein sonderbares Gefühl von Verpflichtung sollte ihre Entscheidung beeinflussen. »Ja. Die Lycan Foundation ist meine Stiftung. Sie haben sich bereiterklärt, für die Pflege deines Bruders aufzukommen. Das war das Mindeste, was ich tun konnte. Schließlich war ich der Grund, warum ihm die Zuschüsse gekürzt wurden.«

»Das kannst du nicht machen. Ich will nicht von dir abhängig sein. Was ist, wenn wir uns trennen? Was passiert dann?«

»Hast du mir gerade nicht zugehört?« Ich nahm ihr Gesicht in beide Hände. »Wir trennen uns nicht. Niemals. Und außerdem ist das Geld zweckgebunden, es kommt nur deinem Bruder zugute. Es führt kein Weg mehr zurück.«

Sie seufzte und schmiegte den Kopf in meine Hand. »Aber es ist zu viel. Das kann ich dir niemals vergelten.«

»Das sollst du auch gar nicht. Es war richtig, das zu tun, unabhängig davon, dass ich dich liebe. Es war meine Schuld, dass die Krankenversicherung deinem Bruder die Leistungen gekürzt hat.«

»Nein, Cannon ist schuld daran.«

»Genau. Aber ich habe sie auf deine Spur gebracht. Du kannst das Geld nicht ablehnen. Es ist für deinen Bruder. Und außerdem passt es hervorragend in meine Steuerplanungen.« Als sie mir spielerisch einen Klaps auf den Arm gab, nahm ich sie bei der Hand.

»Danke«, sagte sie, während wir unseren Weg zu meinem Auto fortsetzten. »Was du da getan hast, ist großartig.«

»Es ist nichts im Vergleich zu dem, was du dein Leben lang für andere getan hast. Es ist nur Geld. Das ist doch gar nichts.«

»Glaubst du, wir kriegen das mit der Logistik hin?«, fragte sie und blickte zu mir auf.

»Ich weiß, dass wir es schaffen. Solange wir zusammen sind, schaffen wir alles.«

»Beim Lesen einer Tabellenkalkulation hatte ich noch nie eine Erektion«, verkündete ich, als Avery auf Speichern drückte.

»Bist du wegen der Tabelle hart oder weil sie endlich fertig ist?«

Wir hatten vereinbart, dass ich so oft wie möglich in die Karibik fliegen würde, um Avery zwischen ihren Einsätzen abzupassen. In der Zwischenzeit konnte sie sich überlegen, was sie machen wollte, jetzt, wo sie ihre eigenen Träume verwirklichen konnte.

»Weil ich dich ansehe«, sagte ich und fuhr ihr mit den Fingern ins Haar.

Ihr Blick wanderte zu meinem Schritt, wo mein Schwanz gegen den Reißverschluss drückte, als wollte er sich befreien.

Sie stand auf und setzte sich rittlings auf mich, sodass wir einander ins Gesicht sahen. »Ich glaube, ich möchte noch mal die Schulbank drücken. Aufs College gehen«, sagte sie. »Ich möchte unterrichten.« Sie zuckte mit den Schultern, als wäre ihr dieser Wunsch ein bisschen peinlich.

»Du bist großartig.« Obwohl sie nun tun konnte, was sie wollte, wünschte sie sich immer noch, anderen Menschen zu helfen. »Mit jeder Sekunde, die ich dich kenne, liebe ich dich mehr.«

Sie lächelte und drückte mir einen Kuss auf das Kinn. »Das höre ich gern.«

»Dass ich dich liebe?«

Sie lehnte sich zurück. »Ja. Dann komme ich mir nicht so dumm vor, weil ich mich so schrecklich in dich verliebt habe … weil ich dich so sehr liebe.«

Ich stöhnte und umfasste ihre Pobacken, drückte ihre

Hüften an meinen harten Schwanz, und sie rieb sich an mir. *Fuck,* wie gut sie sich anfühlte.

»Glaubst du, das mit dem College könnte funktionieren? Ich meine, es sind immerhin vier Jahre. Und mein Vater und mein Bruder … leben in Kalifornien. Du bist in London.«

»Sie können umziehen oder wir ziehen um oder wir teilen die Zeit einfach auf. Ganz wie du willst.«

»Sagst du das nicht nur, damit ich mich ausziehe?« Sie machte sich an meinem Reißverschluss zu schaffen.

»Ich sage das definitiv, damit du dich ausziehst, aber wenn wir wieder angezogen sind, meine ich es immer noch ernst.«

»Ich habe nur vierundzwanzig Stunden Zeit«, flüsterte sie mir ins Ohr. »Das ist nicht genug. Ich weiß nämlich, was für schöne Gefühle du mir verschaffen kannst.«

Mit einem Stöhnen stand ich auf und trug sie zum Bett. »Dann sollte ich allmählich mal anfangen. Nicht, dass du etwas verpasst.« Ich zog sie aus und warf auch meine eigenen Klamotten auf den Boden. Endlich waren wir beide nackt. Ich stand über ihr, betrachtete ihren vollkommenen Körper, ließ den Anblick auf mich wirken. Himmel, was war ich für ein verdammter Glückspilz! Ich wusste, Cannon würde mich niemals zur Strecke bringen, egal, was passierte, egal, auf welche Art sie es versuchen mochten. Ich hatte Avery Walker, und damit war ich ein Sieger, an jedem einzelnen Tag der Woche.

Bei ihr wusste ich nie, wo ich anfangen sollte. Sonst war ich mir immer sehr sicher, was ich zu tun hatte … aber bei der Frau vor mir war das anders. Sie brachte mich ständig aus dem Gleichgewicht. Vielleicht liebte ich sie darum so sehr. Ich beugte mich über sie, ließ die Fingerkuppen über ihren Schenkel und immer höher wandern. Ihre Haut war heiß und straff und *sehr* nass, als ich die Finger bis zu ihrer empfindsamsten Stelle schob. Vierundzwanzig Stunden? Himmel, ich wusste nicht mal, ob ich es ertragen würde, wenn sie diesen Raum nach einer *Woche* wieder verließ. Es gab so viel, was ich mit ihr machen wollte, mit ihr erleben wollte.

»Bald werden wir mehr Zeit haben«, flüsterte sie, als hätte sie meine Gedanken gelesen. So etwas machte sie häufig. Sie schloss eine Hand um meinen Schwanz, meine Hüften bäumten sich auf und ihr entgegen; ich brauchte mehr, wollte jeden Teil von ihr auf mir spüren, über mir, um mich herum.

»Es gibt so vieles, was ich mit dir tun möchte.« Ich legte mich auf sie, rollte zur Seite und zog sie mit, sodass sie mit dem Rücken zu mir lag.

»Solange dabei ein Orgasmus für mich vorgesehen ist, bin ich mit allem einverstanden.«

Mit einem leisen Lachen legte ich ihr Bein rückwärts über meine Beine und vergrub das Gesicht in ihrem Nacken, genoss das Gefühl ihrer Haut, die über meine glitt. Ich legte ihr eine Hand flach auf den Bauch und zog sie an mich, sodass mein Schwanz sich von hinten zwischen ihre Beine presste. Ihre Hitze, die Nässe und die Verheißung dessen, was als Nächstes kommen würde, raubten mir den Atem. Ich schob einen Finger in sie hinein, und sie stöhnte.

»*Fuck* … Kondom«, brachte ich mühsam heraus. Ich hatte mich so darauf konzentriert, sie auszuziehen und zu berühren, dass ich es vergessen hatte.

Ich wollte mich zurückziehen, aber sie hielt mich auf. »Brauchen wir das?«, fragte sie mit leiser Stimme.

Mehr musste sie nicht sagen, ich hatte verstanden, was sie wissen wollte.

»Nach dir hat es keine andere gegeben«, flüsterte ich, während ich sie weiterhin mit meinen Fingern umkreiste. »Nur die Erinnerung an dich.«

»Für mich auch nicht«, sagte sie und verlagerte ein wenig das Gewicht, sodass sie mich anblicken konnte.

Als klar wurde, dass unsere Gefühle füreinander auf die Probe gestellt worden waren und standgehalten hatten, atmete ich erleichtert auf. Auf einer bestimmten Ebene waren wir immer miteinander verbunden gewesen, selbst in den finstersten Zeiten. Das war es, was ich von ihr hören musste.

»Ich habe nie einen anderen gewollt als dich.« Sie berührte mein Kinn mit einer Hand, und ich drückte mich an ihre köstlich weiche Nässe. Ich wünschte mir, dass es lange dauerte, sodass ich es auskosten konnte, aber ich wusste, das war unmöglich. Dicht unter meiner Haut summte das Verlangen, es drängte hervor, und ich wusste, dass ich diese Frau haben musste. Ich hatte die Verbindung zwischen uns bereits gespürt, als ich Avery das erste Mal gesehen hatte, aber noch immer empfand ich ein ursprüngliches Verlangen, sie in Besitz zu nehmen. So, dass sie mich noch in der folgenden Woche bei jeder Bewegung spüren würde.

»Besorg's mir, Hayden. Fick mich.«

Diese Worte raubten mir den Rest meiner Selbstbeherrschung. Stöhnend drehte ich sie auf den Bauch, hob ihre Hüften an und drang bis zum Anschlag in sie ein.

Sie schrie auf, die Matratze dämpfte das Geräusch, während sie sich mit den Händen am Kopfende abstützte.

»Ich will dich hören«, knurrte ich. So oft hatten wir uns vorsichtig verhalten müssen, hatten uns nicht gehen lassen dürfen, wenn wir zusammen waren. Jetzt wollte ich jedes Geräusch von ihr hören, besitzen, einordnen und dann ein neues hervorrufen.

Ich fickte sie härter, schneller, drückte sie auf das Bett, als ihr Stöhnen lauter wurde. »Siehst du, wie gut ich dich ficke? Kein anderer wird dich je auf diese Art nehmen. Du gehörst mir. Du gehörst *nur mir!*«

Unter mir liegend, feuerte sie mich an: »Ja, Hayden, ja, bitte! Mehr, Hayden! Fick mich! Bitte!« Dass sie mit belegter Stimme meinen Namen stöhnte, mich anbettelte, sie zu ficken, während mein Schwanz immer wieder in sie eindrang … das war mehr, als ich mir je erhofft hatte. Sie gehörte mir. Ich hörte es an der Verzweiflung in ihrer Stimme. Der einzige Grund, warum ich länger als zehn Sekunden durchhielt, war das Blut, das in meinen Ohren rauschte und die Geräusche ihrer Lust dämpfte.

Sie ballte die Hände um das hölzerne Kopfende zu Fäusten und zog sich um mich zusammen. Ich würde jetzt kommen, es ließ sich nicht mehr hinauszögern. Das hier war zu viel, zu gut, zu perfekt.

Ihre Schreie wurden lauter, unkontrollierter, schriller, und sie krampfte sich um mich zusammen. Ich konnte das tiefe Knurren nicht zurückhalten, das sich meiner Kehle bei jedem erneuten Eindringen entrang. Mein Orgasmus begann tief unten um mein Rückgrat zu kreisen, schoss dann durch mich hindurch und breitete sich mit jedem Stoß meiner Hüften in meinem ganzen Körper aus, während ich sie zum Höhepunkt trieb und ihn in Besitz nahm.

Da ich wusste, wie gern sie dafür sorgte, dass andere sich wohlfühlten, verlieh mir die Fähigkeit, ihr etwas Gutes zu tun, ein Gefühl von Macht, das ich nie zuvor erlebt hatte. Es war aufregender als jeder Geschäftsabschluss, prickelnder als jede Firmenübernahme.

Noch immer nach Luft schnappend lag ich auf ihr, drehte mich auf die Seite und zog sie mit mir.

»Jedes Mal, wenn ich mit dir komme, ist es der beste Orgasmus aller Zeiten«, sagte ich.

Sie drehte sich in meinen Armen um. »Aber gleich darauf jagst du schon dem nächsten nach«, ergänzte sie meinen Satz. Ich zog sie an mich, wollte ihre heiße Haut auf meiner spüren. Zwischen uns sollte es keinen Abstand mehr geben. Sie gehörte mir, und ich gehörte ihr.

Sie legte ein Bein über mich und drehte mich auf den Rücken, sodass sie rittlings auf mir saß. Obwohl meine Glieder schwer und müde waren, würde ich mich durch nichts davon abhalten lassen, Avery zu spüren. Ich setzte mich auf, wir sahen einander ins Gesicht, und ich knabberte sanft an ihrer Unterlippe, ließ sie wieder los und stahl mir einen Kuss ihrer bereits geröteten Lippen. Ich umfasste ihre Hüften und zog sie näher zu mir, mein Schaft rieb über ihre empfindsamste Stelle. Sie gab ein Summen befriedigter Lust von sich, während sie die Hüften kreisen ließ und meinen Schwanz erneut zum Leben erweckte. Es dauerte nicht lange. Schon mit dieser schönen Frau in einem Raum zu sein, ließ mich hart werden, und sie nackt im Arm zu halten, war fast zu gut, um wahr zu sein. Sie strich mir mit beiden Händen über die Arme, betrachtete mich, als wollte sie meinen Körper genau inspizieren, und fuhr dann mit den Fingerkuppen über Schlüsselbein und Hals.

»Ich gehöre ganz dir«, sagte ich.

»Ich möchte jeden Teil von dir kennenlernen«, gab sie zurück und ließ die Hüften ein bisschen schneller kreisen, benetzte mich mit ihrem Saft.

Ich stöhnte, mein Schwanz zuckte unter ihr.

Mit einer Hand fuhr sie mir über die Brust, griff dann nach meinem harten Schwanz, erhob sich auf die Knie und brachte mich in Position. Sie keuchte, und ich wusste, das war das Zeichen für mich. Ich verstärkte meinen Griff und zog sie auf mich herab.

Sie warf den Kopf zurück und schrie auf. Himmel, wie ich ihre Geräusche liebte und die Art, wie sie um meinen Schwanz herum vibrierte! Ich schob sie zurück, die Reibung ihrer Haut an meiner ließ mich erschauern, und dann zog ich sie erneut heftig an mich. Sie war gern oben, aber sie mochte es auch, wenn ich die Führung übernahm.

»Ja, Hayden«, brachte sie atemlos heraus, und ich nahm meinen Rhythmus auf, vor und zurück, rieb mich an ihr und drang in sie ein, fickte sie hart.

Ein Teil von mir wollte die Augen schließen und in dem Gefühl ihrer weichen Haut unter meinen Fingerkuppen schwelgen, an dem Gefühl, wie sie meinen Schwanz umfing, aber ich konnte nicht aufhören, sie anzublicken, ihre hervorspringenden Brüste, die rosigen Nippel, die verlockend auf mich zeigten, die weiße Haut ihres Halses, ihr Haar, das ihr über die Schultern fiel.

Ich drehte sie um, und sie schlang die Beine um meine Taille, als ich mich in Bewegung setzte, um uns beide zum Höhepunkt zu bringen. Immer wieder drang ich in sie ein, wollte unsere Verbindung verstärken, sie nehmen, damit sie mich nie wieder verlassen würde.

Als ihr Orgasmus einsetzte, wölbte sie den Rücken und grub mir die Fingernägel in die Schultern. Ihr pulsierendes Innerstes und der Schmerz, den ihre Nägel verursachten, zündeten meinen eigenen Höhepunkt. Ich spürte, wie meine Hoden sich zusammenzogen, und drang so tief wie möglich in sie ein, denn ich wollte nicht, dass diese vollkommene Verbundenheit jemals zu Ende ging. Was auch immer als Nächstes kommen mochte – Avery zu spüren, sie zu lieben, mit ihr zusammen zu sein, war die befriedigendste Erfahrung, die ich in meinem Leben je machen würde.

Epilog

Neun Monate später

Hayden

Ich bog in die Auffahrt, und Avery stand in Jeans und etwas, das wie ein altes Hemd von mir aussah, in der Tür. Ihre zierliche Gestalt ertrank fast darin, aber dennoch sah sie unglaublich sexy aus. Würde mir immer noch so heiß werden, wenn sie in zwanzig Jahren so vor mir stand und auf mich wartete? Himmel, ich hoffte es sehr.

Sie kam auf das Auto zugerannt, die goldbraunen Strähnen in ihrem Haar leuchteten in der Nachmittagssonne, als ich den Wagen zum Stehen brachte.

»Hallo, meine Schöne«, begrüßte ich sie, als sie die Wagentür aufriss, ehe ich den Sicherheitsgurt lösen konnte.

»Ist es zu fassen, dass wir das tun? Ich meine, dass wir es *tatsächlich* tun?«

Ihr breites Lächeln lockte stets mein eigenes hervor, wo es sich auch versteckt haben mochte. Ich stieg aus, und sie faltete die Hände in meinem Nacken. Ich drückte ihr einen Kuss auf den Mund.

»Ja, wir tun es wirklich«, sagte ich und blickte an der Fassade unseres neuen Hauses hinauf. Wir hatten es am Tag nach unserer Landung in London gekauft. Zwanzig Besichtigungstermine hatten wir vereinbart, auf drei Tage verteilt, aber wir waren in dieses Haus spaziert und hatten sogleich darauf verzichtet, uns weitere Häuser anzusehen. Es war ein modernes Haus, ungefähr eine Autostunde von London entfernt, in einem Dorf mit viel Grün, und es stand auf einem fünf Morgen großen Stück Land. Zwei Monate hatte es gedauert, bis die vorherigen Eigentümer ausgezogen waren, und weitere zwei, bis die Renovierungsarbeiten abgeschlossen waren, aber dann war es endlich fertig.

»Ich werde dich in Zukunft jeden Tag willkommen heißen, wenn du von der Arbeit nach Hause kommst …«

»Nackt?«, fragte ich.

»An *manchen* Tagen vielleicht.« Sie zog die Nase kraus. »Nein, an vielen Tagen wahrscheinlich. Aber nicht heute. Noch nicht. Heute sind tausend Lieferungen gekommen.«

»Tja, und ich bin die nächste«, sagte ich und öffnete die Tür zur Rückbank. Ich holte eine Pappröhre aus dem Auto und reichte sie ihr.

»Sind sie gut? Hast du sie dir angesehen?«, fragte sie, nahm den Plastikdeckel von der Röhre und spähte hinein.

»Ich dachte mir, das sollten wir lieber gemeinsam tun.« Sie blickte zu mir auf, und ich drückte ihr einen weiteren Kuss auf die Lippen, ehe ich nach einer kleinen schwarzen Geschenktüte griff und die Wagentür zuschlug.

»Dies ist unser Zuhause, Hayden. Ich lebe gern in England, mir gefällt es hier«, sagte sie, während wir auf die Türschwelle zugingen.

»Nichts könnte mich glücklicher machen«, antwortete ich, als wir hineingegangen waren und ich mein Jackett ablegte. Ich sah mich um. Wir waren erst am Tag zuvor eingezogen, und abgesehen von ein paar grundlegenden Dingen war das Haus noch ziemlich leer. Avery besaß nicht viel, das aus den Staaten hierhergebracht werden musste, und wir hatten die Wohnung in London behalten, also mussten wir hier ganz von vorn anfangen. Solange wir ein Bett und ein Sofa hatten, interessierten mich nur die Dinge, die Avery glücklich machten. »Tut mir leid, dass ich heute ins Büro musste, ich hatte nur …«

»Ist völlig in Ordnung. Es hat Spaß gemacht, hier ein bisschen Ordnung zu schaffen. Ich habe online noch ein paar Sachen bestellt und schon mal zu lesen angefangen. Es ist viel. Sie werden mich ganz schön rannehmen.«

»Zweifellos. King's College ist eine der besten Universitäten des Landes.« Ich drückte ihr einen Kuss auf die Stirn. Ich war so stolz auf sie, weil sie endlich tat, wozu sie Lust hatte.

»Und darum kann ich kaum fassen, dass sie mich angenommen haben.«

»Ich habe nie daran gezweifelt, dass sie dich nehmen«, versetzte ich, was sie mit ihrem mittlerweile vertrauten Augenrollen quittierte.

Sie ließ die Papprolle auf den Esstisch fallen, drehte sich um und legte mir die Hände auf die Brust. Ich atmete durch und umschlang ihre Taille in dem Wissen, dass ich der glücklichste Mann in ganz Europa war.

»Willkommen daheim«, sagte sie und blickte lächelnd zu mir auf. Ich drückte meine Lippen auf ihre, und wir küssten uns, als wollten wir nie wieder damit aufhören. Mein Mund auf Averys, das wurde nie zur Gewohnheit. Ich sehnte mich nach ihren Küssen, sobald ich von ihr getrennt war.

»Komm, sehen wir uns das mal genauer an.« Ich deutete mit dem Kinn auf die Pläne, die ich bei den Architekten abgeholt hatte. »Und dann gehen wir ins Bett und überprüfen, ob die Matratze hält.«

Sie holte tief Luft. »Okay. Aber du machst mich ganz nervös. Diese Matratze wird einiges erleben. Hoffentlich ist sie stabil genug.«

Mit einem leisen Knurren vergrub ich den Kopf an ihrem Hals, dann ließ ich sie los und drehte mich zum Tisch um. Ich ließ die dünnen Papierbögen aus der Rolle gleiten, und ohne dass ich sie dazu auffordern musste, hielt sie ein Ende fest, während ich den Bogen entrollte.

»Wow«, sagten wir einstimmig, als wir einen Blick auf die Vorderansicht erhaschten.

»Warte, ich hole etwas, um die Ecken zu beschweren.« Ich verschwand in der Küche und holte Essbesteck aus einer Schublade. Das sollte funktionieren.

»Ich wusste, dass Löffel nützlich sein würden«, sagte Avery und legte sie auf die Ecken, damit sich der Plan nicht wieder zusammenrollte. »Das sieht großartig aus. Was sagst du dazu?«

»Ja, es ist fantastisch. Sehen wir uns die Grundrisse an.«

Ich entrollte den ersten Bogen, und der Grundriss des einstöckigen Gebäudes, das sieben Meter von unserem Haus entfernt entstehen würde, kam zum Vorschein. »Alle Zimmer sind groß und haben breite Durchgänge.« Wir betrachteten die Details, als läge eine Schatzkarte vor uns.

»Großartig. Obwohl wir den Zugang für den Rollstuhl vielleicht nicht für immer brauchen werden. Ich meine, Michael kann inzwischen wieder stehen. Wie auch immer, meinem Vater wird es gefallen. Und Michael auch.« Sie schüttelte den Kopf und fragte: »Bist du sicher, dass es in Ordnung für dich ist, wenn sie so nahe bei uns wohnen?«

Sie glaubte doch nicht im Ernst, dass ich Zweifel hatte, oder? »Natürlich bin ich mir sicher. Ich mag Michael und deinen Dad, und ich will, dass sie glücklich sind. Ich bin froh, dass sie Ja gesagt haben.«

Nachdem Avery die Saison und ihre Jachtkarriere beendet hatte, hatten wir uns in Miami getroffen und waren zusammen für zwei Wochen nach Sacramento geflogen, ehe wir nach London weitergereist waren. Und während des Aufenthalts in Kalifornien war ich darauf zu sprechen gekommen, dass Averys Familie nach England ziehen könnte. Ihr Vater hatte gesagt, dass er irgendwann dazu bereit sein würde, hatte aber darauf bestanden, dass seine Tochter sich an Londoner Universitäten bewarb. Anfangs hatte Avery sich gesträubt, doch dann hatte ihr Dad ihr klargemacht, dass sie in den Ferien immer nach Sacramento kommen konnte und sie auf diese Art häufiger zu sehen bekommen würde, als wenn sie weiterhin auf einer Jacht gearbeitet hätte. Genauso hätte sich auch mein Vater verhalten, und ich bewunderte Mr Walker dafür, dass seine Tochter für ihn an erster Stelle stand.

»Und wenn es gleich neben unserem ein Haus für sie gibt, können sie hierbleiben, solange sie wollen, stimmt's?«

»Genau. Darum haben wir dieses Haus letztlich gekauft«, sagte ich, legte meine Hände um ihre Taille und betrachtete über ihre Schulter hinweg das Leben, das wir uns gerade aufbauten.

»Ich glaube, mein Vater hat es gar nicht begriffen. Anfangs jedenfalls.«

»Was denn?«

Sie legte ihre Hände auf meine. »Na ja, er hat nicht verstanden, was das zwischen uns ist. Dass es für immer ist.«

Vor Glück über die Gewissheit in ihrer Stimme zog sich meine Brust zusammen. Avery hatte ein offenes Herz – ich hatte nicht lange gebraucht, um sie davon zu überzeugen, dass ich sie nie wieder im Stich lassen würde. Nie wieder würde ich ihre Aufrichtigkeit anzweifeln oder ihre Loyalität infrage stellen. Sie war mehr, als ich verdiente, und ich würde alles tun, was in meiner Macht stand, um mich des Vertrauens, das sie in mich, in uns, setzte, für den Rest unseres Lebens würdig zu erweisen.

»Ich liebe dich, Avery Walker.«

Sie drehte sich in meinen Armen um und nahm mein Gesicht in beide Hände. »Ich weiß. Ich liebe dich auch.«

Für eine Sekunde ließ ich sie los und griff nach der schwarzen Geschenktüte, die ich aus dem Auto geholt hatte.

»Du und ich haben zusammen einige schöne Orte besucht. Wir haben atemberaubende Landschaften auf uns wirken lassen, zusammen aufs Meer hinausgeblickt, die Sonne über dem Wasser untergehen sehen. Aber ich dachte mir, hier, in unserem Haus und über die Pläne gebeugt, ist der passende Ort für einen Antrag.« Ich nahm das Samtkästchen aus der Tüte.

»Für einen Antrag?«, fragte sie.

»Überrascht dich das?« Wir waren uns über unsere Gefühle füreinander im Klaren, war dies nicht der logische nächste Schritt?

»Ich weiß nicht. Vielleicht, weil es sich anfühlt, als wären wir schon verheiratet. Einen förmlichen Antrag habe ich gar nicht erwartet.« Ihr Blick huschte von mir zu dem Kästchen.

Ich lachte leise. »Du sagst also Nein?«

»Du hast mich noch nicht gefragt«, versetzte sie, während sie mit dem Finger über den Rand aus blauem Samt strich. »Und ich habe den Ring noch nicht gesehen«, fügte sie augenzwinkernd hinzu.

Inzwischen bekam ich die lustige, entspannte Avery sehr häufig zu sehen. Seit dem Ende ihrer letzten Saison war die Chefstewardess nur hervorgekommen, als sie sich um Kurse am College beworben oder mit der Therapeutin ihres Bruders über dessen Fortschritte gesprochen hatte.

»Das heißt, wenn der Ring hässlich ist, sagst du vielleicht Nein?«, hakte ich nach.

Sie holte tief Luft, als müsste sie über ihre Antwort nachdenken. »Keine Ahnung. Es hängt wohl davon ab, *wie* hässlich.«

Ich ließ die Box aufschnappen, und der diamantene Solitär im Prinzessschliff kam zum Vorschein.

Sie presste die Lippen aufeinander und nickte. »Ich glaube, das kann ich durchgehen lassen.«

»Durchgehen?«, wiederholte ich leise lachend. Der Diamant hatte vier Karat und war der hochwertigste, den ich hatte auftreiben können. »Ich finde, dieses Format ist gut tragbar, aber wenn du etwas Größeres brauchst, musst du es nur sagen.« Ich seufzte in gespielter Entrüstung.

Mit einem Schulterzucken antwortete sie: »Tja, um das zu erfahren, wirst du mich wohl fragen müssen.«

Ich zog sie an mich und beugte mich über sie, um ihr einen Kuss auf den Mund zu geben. »Avery Walker, willst du mich heiraten?«

»Hayden Wolf, ich würde dich jederzeit und immer wieder heiraten, wenn du mich darum bittest.«

Sie hatte recht. Wir brauchten keinen Ring und keine Zeremonie, um zu wissen, dass wir für immer zusammenbleiben würden. Unsere Gefühle – unsere Liebe und unser Respekt füreinander – waren das, was uns verband. Ich hatte mich auf die Suche nach einer Möglichkeit gemacht, mein Unternehmen zu retten, und gefunden hatte ich eine Frau, die mich zum Leben erweckt hatte. Avery Walker war alles, was ich je brauchen würde. Sie war mein Sonnenauf- und -untergang. Sie war die bewegte und die ruhige See für mich.

Sie war mein Ein und Alles.

Ein weiteres Jahr später

Avery

Ich achtete sorgfältig auf meine Geschwindigkeit, als ich an diesem letzten Tag des Studienjahres vom College nach Hause fuhr. Ich konnte es kaum erwarten, endlich dort anzukommen. Drei lernfreie Monate lagen vor mir, als ich in die Zufahrt eingebogen war. Hayden winkte, und als ich anhielt, näherte er sich dem Wagen mit großen Schritten.

»Die Sommerferien stehen vor der Tür«, sagte er und öffnete die Fahrertür.

»Allerdings, und für das Referat, das ich letzte Woche abgegeben habe, habe ich eine Eins plus bekommen.«

»Das über Piaget?«, fragte er.

Ich hatte keine Ahnung, wie Hayden bei all dem, was ich ihm über meine Kurse erzählte, den Überblick behielt. Und dabei schien er sich für jedes Detail zu interessieren.

»Genau das.« Ich drückte seine Hand, dann ließ er mich los und nahm meine Bücher von der Rückbank.

»Übrigens: Ich habe selbst auch interessante Neuigkeiten«, sagte er, als wir ins Esszimmer schlenderten. »Ich habe heute einen Anruf erhalten – Cannon wird gerade verkauft.«

»Wow. Willst du die Firma übernehmen?« Obwohl ich es bewundernswert fand, dass Hayden auf Vergeltungsmaßnahmen gegen Cannon verzichtete, hatte ich mir immer gewünscht, dass sie ihre wohlverdiente Strafe bekommen, nicht nur für das, was sie meiner Familie angetan hatten, sondern auch für ihr Verhalten Haydens Vater gegenüber.

Er schüttelte den Kopf. »Cannon würde niemals an mich verkaufen. Trotzdem habe ich mich über den Anruf gefreut. Sie verlangen offenbar kein Geld, sondern suchen nur jemanden, der ihre Schulden übernimmt.«

Ich blieb stehen und drehte mich zu Hayden. »Wie bitte? Es gibt die Firma also umsonst, solange der Käufer ihre Kredite ablöst?«

»Genau. Ich hatte recht. Sie haben überhöhte Preise für die Firmen gezahlt, die sie mir weggenommen haben. Und jetzt zahlt der Mann, der meinen Vater in den Bankrott getrieben hat und auch uns zerstören wollte, den höchstmöglichen Preis.«

»Wow. Und wie fühlt sich das an?«, fragte ich, während ich zur Haustür hineinging.

»Ich bin froh, dass ich nicht der Grund für diese Pleite bin. Ich wollte nie, dass die Verbitterung eines anderen Menschen die Art bestimmt, wie ich lebe.«

»Himmel, du weißt doch, dass es mich nervt, wenn du so prinzipientreu und anständig und so weiter bist!«

Hayden lachte auf. »Okay, merk dir, wo wir stehen geblieben waren. Mein Bruder ist da, er redet mit deinem Vater und mit Michael.«

Ich schmollte, als hätte Hayden mir seit Wochen seinen Körper vorenthalten, dabei hatten wir tatsächlich noch an diesem Morgen vor dem Unterricht miteinander geschlafen.

»Hey Leute!«, rief ich, als wir die Küche betraten.

»Du solltest hier wirklich eine Spielekonsole aufstellen«, sagte Michael. »Ich will Landon bei Sniper Elite fertigmachen.«

»Haha, von wegen«, spottete Landon. »Du weißt doch, dass ich beim SAS war, oder?«

»Wenn ich richtig informiert bin, sitzt du jetzt nur noch hinter dem Schreibtisch«, gab Michael zurück.

Ich hatte mich an Landon und Michael gewöhnt. Sie waren gute Freunde geworden und machten sich ständig übereinander lustig.

»Wolltest du nicht demnächst wieder nach Amerika ziehen?«, fragte Landon, obwohl er wusste, dass mein Bruder und mein Vater jetzt in England lebten.

»Landon«, ermahnte ihn Hayden und öffnete den Kühlschrank, um eine Flasche Wein herauszunehmen.

»Keine Sorge, mein Sohn«, sagte Dad, griff nach einem Teller und zog die Tür des Geschirrspülers auf. »Uns wirst du nicht mehr los. Von dem prächtigen Wetter hier kann ich einfach nicht genug bekommen«, sagte er und deutete mit einem Kopfnicken auf die Fenster, hinter denen es gerade heftig zu regnen begonnen hatte.

Lachend sagte ich: »Gut, dass du so attraktiv bist, sonst hätte ich die Verlobung absagen müssen, um nicht das ganze Jahr über im Regen zu sitzen. Beim Wettergott, wir haben Juni!«

»Ich dachte, du hättest genug Sonne für ein ganzes Leben gehabt«, antwortete Hayden. »Aber vielleicht sollten wir für diesen Sommer eine Jacht chartern? Fehlt dir das Schaukeln auf den Wellen des Ozeans?«

Ich strich ihm über die Brust. »Wenn ich mit dir zusammen bin, fehlt mir gar nichts.«

»Ich werde euch sagen, was *mir* fehlt«, meldete sich mein Vater zu Wort.

»Vielleicht wäre eine Reise zu zweit eine gute Idee«, sagte ich lachend.

»Mir fehlen eine Hochzeit und Enkelkinder«, sagte mein Dad. »Wann kommt ihr beiden in dieser Hinsicht endlich voran?«

»Das müssen Sie Ihre Tochter fragen, Sir. Wenn sie bereit ist, bin ich es auch«, antwortete Hayden.

»Ich will erst das College beenden, Dad. Das Leben ist so schön im Augenblick. Ich möchte es einfach noch eine Weile genießen, so, wie es jetzt ist.«

Mein Vater schnaubte empört und steuerte wieder auf den Essbereich zu, wo Michael und Landon sich über irgendetwas ein verbales Duell lieferten.

»Wir könnten in diesem Sommer heiraten«, sagte Hayden. »Über die Sache mit den Kindern können wir nach deinem Abschluss nachdenken, aber heiraten möchte ich dich gern noch vor Ende des Studiums.«

»Wirklich?«, fragte ich und strich ihm mit dem Finger über das Kinn. Er beugte sich zu mir herab und küsste mich.

»Ja, wirklich.«

Wie war es möglich, dass ich solch ein Glück hatte?

Wie an jenem verhängnisvollen Nachmittag unten am Fluss hatte sich das Leben erneut schlagartig verändert, als ich Hayden Wolf begegnet war. Aber in diesem Fall zum Besseren. Er würde für immer zu mir gehören, und darum war ich mir sicher, dass die Zukunft uns Glück bescheren würde, egal, was noch kommen mochte.

»Ich werde dich in diesem Sommer heiraten – ach verdammt, wir heiraten morgen. Aber mit den Babys warten wir noch. Eine Zeit lang möchte ich dich noch für mich allein haben.«

»Wollen wir in Taormina heiraten? Ich weiß doch, wie sehr du Italien liebst«, schlug Hayden vor.

»Ist mir egal, wo die Trauung stattfindet. Solange ich meine Flitterwochen nicht auf einer Jacht verbringen muss.« Es regnete in England zwar viel und häufig, aber den ständigen Sonnenschein über dem Mittelmeer und der Karibik hatte ich nie vermisst.

Hayden zog mich an sich und gab mir einen Kuss auf den Scheitel, während wir dastanden und zusahen, wie unsere Familien miteinander lachten und scherzten. »Keine Jacht, versprochen. Nur du und ich und die Leute, die wir einladen, wohin auch immer du willst.«

»Solange mich jemand zu dir und zum Traualtar führt, wird sich alles andere finden.« Solange er bei jedem Sonnenauf- und -untergang an meiner Seite war, spielte nichts anderes eine Rolle.

Dank

Vielen Dank fürs Lesen. Ich hoffe, ihr habt Haydens und Averys Geschichte genossen. Ich habe ein bisschen gebraucht, um die beiden kennenzulernen, und die beiden haben ein bisschen gebraucht, um einander kennenzulernen. Sie fanden, dass sich für ein glückliches Leben das Warten lohnte. Ich hoffe, ihr seht das auch so.

Elizabeth … und ausatmen! Beim nächsten Mal wird es leichter, nicht wahr? Danke für dein Engagement für dieses Buch, für mich und mein Schreiben. Ohne dich hätte ich es nicht geschafft.

Najla – wir haben diesmal *eine Menge* getan!! Alter Falter! Du bist so talentiert, so lieb und so fleißig. Du bist die Beste, und ich liebe es, mit dir zu arbeiten!

Stevie, danke für all deine Liebe und Unterstützung. Du fehlst mir! Komm zurück!

Sophie! Du bist wie eine frische Brise. Danke für deine Hilfe und Unterstützung. Hätte ich nicht gewusst, dass du da bist, mir hinterherräumst, was ich fallen lasse, und mir immer wieder großartige Ideen präsentierst – ich hätte es nicht gepackt.

Für Kimberly: Es ist großartig, dass wir auf einer Wellenlänge sind, und zwar *sowohl* im Hinblick auf Verlage *als auch* auf Lisa Vanderpump. Danke, dass du in meinem Namen immer wieder Tritte in den Hintern verteilt hast.

Kate – vielen Dank. Charity, Davina, Sallyanne und Ruth – danke für eure Hilfe! Diesmal war eine Menge zu tun.

An all die fantastischen Bloggerinnen und Rezensentinnen, die mich mit meinen Leserinnen verbinden: Ihr seid großartig! Danke für eure Hilfe.

Sehr dankbar bin ich außerdem den zahlreichen überaus talentierten Romanautorinnen, die sich gegenseitig anfeuern und ermutigen – ich bin so stolz, zu einer so großartigen Community von Frauen zu gehören. Vielen Dank.